Blanc comme neige

Soul Fiction
Collection dirigée par Samuel Blumenfeld

BIENVENUE EN ENFER
Clarence Cooper

YARDIE
YUSH
Victor Headley

LA RUE
Nathan Heard

KING SUCKERMAN
SUAVE COMME L'ÉTERNITÉ
FUNKY GUNS
George P. Pelecanos

PORTRAIT D'UN JEUNE HOMME QUI SE NOIE
Charles Perry

MUMBO JUMBO
Ishmael Reed

LE VAUTOUR
Gil Scott-Heron

CORNER BOY
Herbert Simmons

PIMP, MÉMOIRES D'UN MAQUEREAU
TRICK BABY
MAMA BLACK WIDOW
Iceberg Slim

APPORTEZ-MOI LA TÊTE DE LENNIE JACK
Vern E Smith

George P. Pelecanos

Blanc comme neige

traduit de l'américain
par François Lasquin et Lise Dufaux

Soul FICTION
Éditions de l'Olivier

Cet ouvrage est paru chez Little, Brown and Company, 2001,
sous le titre : *Right As Rain.*

ISBN 2.87929.271.9

1

Ce qui inquiétait Derek Strange, tandis qu'il regardait Jimmy Simmons assis en face de lui, son gros bide débordant de la chaise, c'était l'idée que Simmons allait attraper des objets sur son bureau et les balancer à travers la pièce. À moins qu'il ne se mette à brailler comme un bébé. Strange ne savait pas laquelle de ces deux éventualités lui déplaisait le plus. Sur son bureau, il y avait des objets auxquels il tenait – des cadeaux offerts par des dames, d'autres que des clients lui avaient faits en témoignage de leur gratitude, et quelques souvenirs des Redskins qui dataient des années soixante. Mais pour lui, voir un homme pleurer était plus insupportable que tout. Les lèvres de Simmons tremblaient et les larmes qui s'étaient accumulées dans les coins de ses yeux injectés de sang menaçaient d'en jaillir.

– Redis-le-moi, Derek. Redis-moi à quoi il ressemble, cet enfoiré.

– C'est dans mon rapport, dit Strange.

– Je vais le buter, tu comprends. Et dès que je l'aurai buté, je le buterai une deuxième fois.

– Arrête de débloquer, Jimmy.

– Au bout de quinze ans de mariage, ma femme décide soudain d'aller se faire sauter par un autre mec, et tu me dis que je débloque ? Enfin quoi, merde !

Jimmy Simmons abattit son poing sur le bureau, à côté d'un joueur de football en plâtre à tête articulée. Le footballeur avait été blanc jadis, mais Lionel, le fils de Janine, lui avait repeint la gueule en marron. Il portait le maillot lie-de-vin et le pantalon en tissu doré des Redskins de l'époque héroïque, et tenait sous le bras un ballon ovale. Sa tête se mit à dodeliner et la statuette vacilla sur son socle. Strange rattrapa le petit footballeur au moment où il allait piquer du nez.

– Vas-y mollo. Si tu me le casses, je saurai même pas combien te faire raquer, il a pas de prix.

– Excuse-moi, Derek.

Une larme perla de l'œil droit de Simmons et glissa le long de sa joue rebondie.

– Merde, maugréa-t-il.

– Tiens, prends ça.

Strange tira un mouchoir en papier de la boîte de Kleenex posée sur son bureau et le tendit à Simmons, qui s'en tamponna délicatement la joue, geste qui semblait d'une préciosité surprenante de la part d'un homme qui n'avait sans doute plus qu'un vague souvenir du temps où il était encore au-dessous de la barre des cent trente kilos.

– Faut que je sache quelle gueule il a, dit-il. Faut que je sache son nom.

– C'est dans mon rapport, répéta Strange en poussant vers lui une grosse enveloppe en papier jaune. Mais tu vas pas faire de conneries, hein ?

Simmons ouvrit l'enveloppe et en sortit le contenu avec les gestes lents et circonspects d'un enfant qui s'approche d'un cercueil pour la première fois de sa vie. Strange suivit son regard tandis qu'il examinait les photos et parcourait le texte du rapport.

Il ne lui avait pas fallu bien longtemps pour prendre Denice Simmons la main dans le sac. Ce genre de filature, ce n'est jamais sorcier. C'est une opération simple, banale et fastidieuse. Il avait suivi Denice par deux fois jusqu'à l'immeuble de Springfield, Virginie, où habitait son petit ami, et l'avait attendue dehors jusqu'à ce qu'elle en ressorte pour regagner

Washington. La troisième fois qu'il lui avait collé au train, un dimanche, alors que Jimmy Simmons était parti à Atlantic City pour un salon d'électronique, il l'avait attendue en vain. Denice n'était pas ressortie, et les lumières s'étaient éteintes dans l'appartement où vivait son copain, au deuxième étage. Strange n'en demandait pas plus. Le lendemain matin, il avait rédigé son rapport, était allé chercher au Photo-Express la pellicule qu'il avait donnée à développer, et avait prié Jimmy Simmons de passer le voir à son bureau le jour même.

– Depuis combien de temps ça dure ? demanda Simmons sans quitter des yeux les documents étalés devant lui.

– Trois mois à peu près.

– Comment tu le sais ?

– Denice n'a aucune autre raison de se rendre en Virginie, n'est-ce pas ?

– Elle bosse à Washington. Elle connaît personne en Virginie.

– D'après les relevés de carte de crédit que tu m'as toi-même fournis, il y a trois mois et demi que Denice achète régulièrement de l'essence dans une station-service qui se trouve juste après la sortie de Franconia, à moins de deux kilomètres de chez notre gars.

L'ombre d'un sourire affectueux passa sur les lèvres de Simmons.

– Elle est vraiment pas maligne, dit-il. Payer l'essence de sa poche, ça lui a jamais trop plu. Elle se sert toujours de la carte, comme ça c'est moi qui casque à tous les coups. Elle a un oursin dans la poche. C'est bizarre pour une gonzesse, hein ? Et même en sachant que c'est moi qui vais cracher, faut toujours qu'elle trouve l'essence la moins chère, quitte à faire un détour. Si t'allais vérifier, tu t'apercevrais sûrement que cette station-service casse les prix.

– Leur sans plomb est à un dollar et un *cent*, dit Strange.

Quand Simmons se leva de sa chaise, son bide et son

visage frémirent, comme si une brusque rafale de vent lui avait soufflé dessus.

– Au revoir, Derek. Tu n'as qu'à m'envoyer ta facture, je te la réglerai dare-dare.

– Janine te la postera tout à l'heure.

– D'accord. Et merci, t'as fait du beau travail.

– Crois-moi, Jimmy, j'ai toujours mal au ventre en faisant ce genre de découverte.

Simmons vissa sur son énorme crâne un énorme chapeau avec une plume rouge fichée dans le ruban.

– Tu fais ton boulot, c'est tout.

Strange resta assis derrière son bureau, guettant le bourdonnement qui lui indiquerait que Janine avait ouvert la porte de devant à Simmons. Ça prenait toujours quelques minutes, le temps que Simmons essaye de faire du gringue à Janine et qu'elle l'envoie sur les roses. Quand le bourdonnement se fit entendre, Strange se leva et enfila une veste en cuir noir doublée d'une fine couche de molleton. Il prit sur le bureau la barre chocolatée que Janine avait achetée pour lui et la glissa dans la poche droite de sa veste.

Ensuite il passa dans l'antichambre où Janine Baker recevait les clients et s'arrêta à la hauteur de son bureau. Derrière elle, l'écran de l'ordinateur affichait le menu d'un des nombreux sites Internet spécialisés dans les recherches individuelles. Son tailleur écarlate, assorti à son rouge à lèvres, mettait en valeur le velours sombre de sa peau. Avec ses seins ronds et fermes, son joli visage, son regard ambré, ses jambes fines et bien galbées et ses hanches généreuses, elle assumait gracieusement sa maturité.

– Tu l'as vite expédié, dit Strange.

– Contrairement à son habitude, il n'était pas d'humeur mutine. Il m'a dit que j'étais en beauté aujourd'hui...

– Il avait raison.

Janine piqua un fard.

– Mais il n'a pas été plus loin. Manifestement, le cœur n'y était pas.

– Je venais de lui apprendre une mauvaise nouvelle. Sa femme s'envoie en l'air avec un jeune mec qui vend des batteries dans un magasin d'accessoires auto de Virginie.

– Comment ils se sont rencontrés ? Elle était en carafe sur le bord de la route, c'est ça ?

– Ce garçon a un cœur d'or, que veux-tu.

– Il s'est arrêté pour lui donner un peu de jus ?

– Enfin quoi, Janine.

– C'est le type avec lequel elle s'était maquée il y a deux ans ?

– Non, et c'est pas non plus celui avec lequel elle frayait il y a cinq ans.

– Que va faire Jimmy ?

– Il m'a joué son cinéma habituel, comme quoi il allait le buter, ce mec. Mais il se contentera de faire souffrir un peu Denice. Oh pas physiquement, bien sûr. Pour rien au monde il ne lèverait la main sur elle. Il l'obligera à se répandre en excuses pendant quelques jours, puis il lui pardonnera, jusqu'à la prochaine fois.

– Pourquoi est-ce qu'il reste avec elle ?

– Il l'aime. Et je crois que le sentiment est mutuel. Alors, si t'avais des vues sur le gros Jimmy, mieux vaut ne plus y penser. C'est pas demain la veille qu'il la quittera, sa Denice.

– Oh moi tu sais, j'ai tout mon temps.

Strange eut un large sourire.

– Tu veux lui laisser une chance de se remplumer un peu, c'est ça ?

– S'il se remplume plus que ça, va falloir qu'on installe une porte de garage à la place de celle-ci, sinon il passera plus.

– S'il se remplume plus que ça, Fat Albert, Roseanne, Liz Taylor et Sinbad vont tous se mettre à raconter des blagues sur ce gros poussah de Jimmy Simmons.

– S'il se remplume plus que ça...

– Attends, Janine. Tu sais comment il s'appelle, ce petit jeu-là ?

– Non, comment ?

– C'est le jeu des « douze insultes ».

– Tu crois ?

– Mais oui. Hier, à la radio, j'ai entendu un blanc qui a écrit un bouquin sur la culture africaine-américaine. Il expliquait que les jeunes noirs jouent aux « douze insultes » depuis on ne sait combien de générations. Que c'était une sorte de précurseur du rap.

– Ah parce que ça porte un nom, ce truc-là ? Moi qui pensais qu'on cassait simplement du sucre sur le dos de Jimmy.

– J'ai rien inventé, je t'assure, dit Strange en boutonnant sa veste. T'oublieras pas de lui poster la facture, hein ?

– Je la lui ai remise en main propre au moment où il passait la porte.

– C'est vrai que t'as toujours une tête d'avance. Je sais pas pourquoi j'éprouve le besoin de te rappeler des trucs pareils.

Désignant du menton l'un des deux bureaux inoccupés qui flanquaient celui de Janine, Strange lui demanda :

– Où est passé Ron ?

– Il essaye de repérer un débiteur, tu sais le type qui a extorqué deux mille dollars à une vieille.

– La dame qui habite du côté de Princeton Avenue ?

– C'est ça. Tu vas où, toi ?

– Voir la mère de Chris Wilson.

Strange se dirigea vers la porte, les muscles de ses larges épaules roulant sous le cuir noir. Ses cheveux et sa courte barbe grisonnaient par endroits.

Au moment où sa main allait se poser sur la poignée, il se retourna. Il avait senti les yeux de Janine sur son dos.

– Tu veux autre chose ?

– Non, pourquoi ?

– Si vous avez besoin de moi, toi ou Ron, j'ai mon bipeur.

Strange sortit de l'immeuble et se retrouva dans la 9e Rue, entre Upshur Street et Kansas Avenue, tout près de Georgia Avenue. La pensée de Janine lui mettait le sourire aux lèvres. Ils s'étaient connus en boîte, dix ans auparavant, et ç'avait très vite fini au pieu. Ils en avaient autant envie l'un que l'autre, et Strange n'était pas homme à laisser passer pareille aubaine.

Janine avait été mariée et vivait seule avec son fils, Lionel, situation dont Strange avait très peur. L'idée d'avoir un fil à la patte l'avait toujours effrayé, mais celle de se retrouver père d'un adolescent dans un monde pareil le terrorisait littéralement. En dépit de ses craintes, les moments qu'il passait avec Janine semblaient leur faire du bien à tous les deux, en sorte qu'il avait persévéré, sachant que les bonheurs comme celui-là sont rares et qu'à moins d'avoir une raison impérative de s'en priver il vaut mieux s'y accrocher vaille que vaille. Leur liaison s'était poursuivie sans à-coups pendant plusieurs mois.

Quand Strange s'était fait plaquer par sa secrétaire, il avait aussitôt pensé à Janine, personne brillante et de tempérament méthodique, qui était justement sans emploi. Ils avaient décidé d'interrompre leur idylle, et Janine n'avait pas tardé à nouer des relations avec un autre homme. Loin d'y trouver quelque chose à redire, Strange en avait été plutôt soulagé, car cela lui permettait de s'éclipser discrètement par la porte de derrière, manière de tirer sa révérence qu'il avait toujours préférée. L'autre homme n'avait fait qu'un passage assez météorique dans la vie de Janine.

Strange et Janine avaient repris leur anciens rapports depuis quelque temps. Mais la relation n'avait rien d'exclusif, du moins en ce qui concernait Strange. Et le fait qu'il était l'employeur de Janine ne les dérangeait ni l'un ni l'autre au point de vue déontologique. Faire l'amour n'était jamais pour eux que la satisfaction d'un besoin mutuel, et Strange avait fini par s'attacher à Lionel. Ses amis avaient beau lui répéter qu'il fallait se méfier du mélange des genres, il avait une réelle affection pour Janine, et au bout de toutes ces années elle continuait de lui faire un sacré effet. Il aimait bien la faire marcher, pour lui montrer qu'il savait qu'il ne la laissait pas indifférente. Ces petits jeux allégeaient un peu la routine abrutissante de leurs journées.

Strange resta un assez long moment sur le trottoir, les yeux levés vers l'enseigne lumineuse jaune accrochée au-dessus de la porte. Elle annonçait « Strange enquêtes », la loupe dessinée en travers de la plaque de verre agrandissant les lettres « NGE ENQU ». Strange adorait ce logo. Chaque fois qu'il levait les yeux sur l'enseigne et y voyait son nom, un sentiment voisin de la béatitude s'emparait de lui.

Sa petite entreprise, il l'avait montée seul, à la force du poignet. Il avait accompli quelque chose dans le quartier où il avait grandi. Les gamins du voisinage voyaient un noir ouvrir cette porte avec sa clé tous les matins, et peut-être qu'un déclic se produisait en eux, que quelque chose s'inscrivait au fond de leur cervelle, même s'ils ne s'en rendaient pas compte. Cela faisait vingt-cinq ans que son affaire tournait, avec quelques cahots de temps en temps mais sans plus. Strange s'identifiait à son entreprise. Elle était le reflet de sa personnalité et lui appartenait en propre.

Strange, nonchalamment assis au volant de sa Caprice bicolore modèle 1989, roulait sans se presser le long de Georgia Avenue en écoutant une cassette des Blackbyrds. Il avait posé sur la banquette à côté de lui une mini-torche Mag-lite, un plan de Washington et un Leatherman multi-usage dans sa gaine, qu'il s'accrochait souvent à la ceinture, juste au-dessus de la hanche, à côté du couteau de chasse Buck dont il se munissait toujours quand il était en opération.

La boîte à gants, qu'il avait fait équiper d'une serrure renforcée, contenait une paire de jumelles 10 x 50, un téléphone portable, un petit magnéto à activation vocale et des piles de rechange pour ses torches et son appareil photo. Dans le coffre, il y avait une boîte à fiches qui renfermait toutes sortes de renseignements sur les affaires en cours. Il contenait aussi une boîte à outils Craftsman qui abritait une Mag-lite grand format, un appareil photo Canon AE-1 avec téléobjectif de 500 mm, de grosses lunettes de vision nocturne de fabrication russe, un mètre-ruban en acier Craftsman de 30 mètres, un rouleau d'adhésif extrafort et divers outils indispensables en cas de panne de moteur ou de crevaison. Tous de chez Craftsman, marque à laquelle Strange s'efforçait d'être fidèle – les outils Craftsman étaient garantis à vie, et il était enclin à traiter son matériel sans douceur.

Il traversa successivement Petworth et Park View, bifurqua à l'est dans Irving Street pour rejoindre Michigan Avenue, passa devant le Children's Hospital, puis l'université catholique, et tourna à droite pour rejoindre Brookland.

Il se gara devant le domicile de Leona Wilson, un modeste pavillon dans une rangée de maisons mitoyennes en brique, à l'angle de la 12e Rue et de Lawrence Street. Il attendit la fin du solo de flûte sur « Walking in Rhythm » en laissant tourner le moteur. Le moment lui semblait propice pour écouter ce morceau qu'il adorait, car il n'avait aucune raison de se hâter. Il n'avait consenti à venir voir Leona Wilson que parce que celle-ci avait beaucoup insisté.

Les rideaux du bow-window de Leona s'écartèrent imperceptiblement. Strange coupa le contact, descendit de sa voiture, la verrouilla et s'engagea sur l'allée cimentée. La porte de devant était entrebâillée. Elle s'ouvrit toute grande au moment où il arrivait sur le perron.

– Bonjour, madame Wilson, dit-il en tendant la main.

– Bonjour, monsieur Strange.

2

– M'aiderez-vous ?

Ils étaient assis côte à côte dans la salle de séjour sur un canapé recouvert d'une housse en plastique. La cheminée émettait une crépitation assourdie. Strange buvait du café ; Leona Wilson sirotait un thé au citron et au miel.

Bien qu'elle fût sa cadette de quelques années, elle accusait dix ans de plus. Strange se souvenait de l'avoir aperçue à l'église au temps où son fils était encore de ce monde ; depuis, sa physionomie s'était radicalement modifiée. Sa large et haute silhouette s'était décharnée, et un fanon couleur café au lait lui pendait du menton. Elle portait un ensemble chemisier-pantalon lie-de-vin et était chaussée d'une paire d'escarpins très usagés. De toute évidence, elle avait enfilé ses vêtements à la hâte. Le bouton du haut de son chemisier avait sauté, et une broche le maintenait fermé au-dessus de sa poitrine osseuse. Ses cheveux avaient viré au gris et elle ne se souciait même plus de leur donner un coup de peigne. Le chagrin lui avait fait perdre toute coquetterie.

Strange posa sa tasse sur la table basse en verre.

– Comment pourrais-je vous venir en aide, madame Wilson ? La police s'est livrée à une enquête très approfondie. L'affaire avait fait beaucoup de bruit.

– Christopher était un brave garçon.

Leona Wilson s'exprimait d'une voix lente, posée, en roulant un peu les « r ». Elle avait derrière elle trente ans d'enseignement dans les écoles primaires du district de Columbia. Strange savait qu'elle avait inculqué à ses élèves la grammaire et la prononciation telles qu'elle les avait apprises. C'est ainsi qu'il les avait apprises lui-même, ayant grandi comme elle à Washington.

– Je n'en doute pas, dit-il.

– Les journaux ont prétendu qu'il n'en était pas à son premier acte de violence. D'après eux, il n'avait pas de raison valable de menacer ce blanc de son arme quand les autres policiers sont arrivés sur les lieux. Mais je n'y crois pas. Christopher était capable de faire usage de la force en cas de nécessité, mais il n'a jamais été brutal.

– J'ai un vieil ami dans la police, madame Wilson. Il m'a dit que Chris était un flic du tonnerre et un garçon charmant.

– Vous connaissez le mémorial de Northwest, dans le centre ville ? Le mémorial national de la police ?

– Oui, madame.

– Il y a près de quinze mille noms gravés sur ce mur. Ceux de tous les policiers américains qui sont morts en faisant leur devoir depuis qu'il en existe un registre national. Saviez-vous que la police de Washington a rejeté ma requête quand j'ai demandé qu'on y inscrive le nom de Chris ? Le saviez-vous, monsieur Strange ?

– Oui, madame.

– Tout ce qui me reste désormais, c'est le souvenir de mon fils. Je voudrais que d'autres gens se souviennent de lui tel qu'il était. Tel qu'il était vraiment. Je connaissais mon fils. Christopher était un brave garçon.

– Je vous crois sur parole.

– Alors vous m'aiderez.

Elle se pencha vers lui. Elle avait l'haleine fétide.

– Ce n'est pas mon métier. Je vérifie des antécédents. Je déjoue des fraudes à l'assurance. Je dresse des constats d'adultère ou de non-adultère. Des avocats m'engagent pour interroger des témoins dans des procès civils et me payent pour déposer à l'audience. Je localise des débiteurs et j'ai un jeune collaborateur qui se charge parfois de débusquer des mauvais payeurs particulièrement rétifs. De temps à autre, il m'arrive de retrouver un enfant perdu ou la mère biologique d'un enfant adopté. Mais je ne m'occupe pas d'affaires de meurtre, je ne rouvre pas des dossiers qui ont déjà été bouclés par la police. Ce n'est pas de mon ressort. Et d'ailleurs, ce n'est du ressort de personne, sinon de la police elle-même.

– Les états de service de mon fils ont été passés au crible. A-t-on agi de même avec le policier blanc qui l'a tué ?

– Si je m'en souviens bien, et vous vous en souvenez sans doute aussi, la presse a donné beaucoup de détails sur le policier en question. Elle a dit qu'il n'avait pas participé à un seul exercice de tir depuis deux ans, alors qu'on était censé réévaluer ses qualifications tous les six mois. Qu'il avait atterri dans la police à la fin des années quatre-vingt, au moment où on embauchait à tour de bras, sans trop se soucier des aptitudes des candidats. Qu'il avait lui aussi, et à plusieurs reprises, été accusé de violences. Sans vouloir vous désobliger, je crois que le passé de ce garçon a été examiné avec la rigueur qui s'imposait.

– Pour arriver à la conclusion que son pistolet était la cause de tout.

– Les enquêteurs ont souligné les inconvénients de ce type d'arme, c'est exact. Le Glock a une détente très sensible, et pas de cran de sûreté.

– Je veux que vous poussiez les investigations plus loin. Je veux en savoir plus sur le policier qui a abattu mon fils. Il est la clé de toute l'affaire, j'en suis persuadée.

– Madame Wilson...

– Christopher était fier d'être dans la police, il n'aurait pas hésité à se faire tuer dans l'exercice de ses fonctions... et d'ailleurs c'est ce qui est arrivé, il est mort en faisant son devoir. Mais la presse a laissé entendre qu'il aurait en quelque sorte mal agi. En menaçant un innocent de son arme, en ne faisant pas état de sa qualité de policier quand son collègue est intervenu. Les journaux ont parlé d'un taux d'alcoolémie élevé... Christopher n'était pas un ivrogne, monsieur Strange.

Il n'était pas non plus un ange, songea Strange. Cette femme attribuait à son fils une pureté qu'il n'avait jamais rencontrée chez aucun flic, ni d'ailleurs chez aucun autre homme.

– Bien sûr que non, dit-il.

Quand Leona Wilson porta sa tasse de thé à ses lèvres, sa main trembla et Strange comprit qu'elle était au premier stade de la maladie de Parkinson. Il eut la vision de sa mère à la maison de retraite et se leva du canapé.

Il s'approcha de la cheminée, où une lumière clignotante éclairait par intermittence des bûches en plastique. Les fausses flammes étaient accompagnées d'un crépitement rythmique. Un fil électrique reliait les bûches à une prise murale.

Strange étudia les photographies encadrées qui ornaient le manteau de la cheminée. Il reconnut Leona jeune, une main posée sur l'épaule du petit Christopher. Sur une autre photo, elle était avec son défunt mari. Il y en avait quelques autres de son fils : Christopher en robe noire et toque à gland, Christopher en uniforme, Christopher à genoux sur un terrain de football avec ses coéquipiers, sous le tableau où allait bientôt s'afficher le score. Son expression était dure, ses yeux ne souriaient pas et fixaient l'objectif sans ciller. Au temps du lycée, il avait déjà une gueule de flic.

Sur une autre photo, aux couleurs prématurément fanées, on voyait une fillette de treize ou quatorze ans. La sœur de Chris Wilson. Strange était au courant de son existence. Il l'avait vue aux infos : une jolie jeune femme d'une maigreur extrême, à la peau claire, au teint malsain et brouillé. Il se souvenait d'avoir trouvé étrange le geste théâtral avec lequel elle s'essuyait les yeux alors qu'ils étaient parfaitement secs. Peut-être était-il devenu machinal au bout de plusieurs jours de deuil. Peut-être que son chagrin était sincère, mais qu'elle était à court de larmes.

Strange réfléchit à la proposition de Leona, à laquelle il tournait le dos. Le boulot ne serait pas tuant. Il n'aurait qu'à questionner de nouveau les acteurs du drame, à reconstituer leurs faits et gestes une fois de plus. Il avait une entreprise à faire tourner. Il ne pouvait pas se permettre de refuser une affaire.

– Mon tarif..., commença-t-il.

– Je vous demande pardon ?

Il se retourna vers Leona.

– Vous ne m'avez posé aucune question sur mon tarif.

– Je suis sûre qu'il est raisonnable.

– Je prends trente dollars de l'heure, plus les frais. Les affaires de ce genre demandent beaucoup de temps...

– J'ai de l'argent. J'ai été indemnisée, comme vous le savez. J'ai également perçu l'assurance sur la vie de Christopher, et je touche sa pension. Il aurait été heureux que j'utilise l'argent de cette manière, j'en suis convaincue.

Strange revint vers elle. Leona Wilson se leva et se frotta la paume de la main droite des doigts repliés de la main gauche. Elle était presque aussi grande que lui et le regardait droit dans les yeux.

– Il faudra que je puisse accéder à certaines de ses affaires personnelles, dit Strange.

– Vous n'aurez qu'à jeter un coup d'œil à sa chambre.

– Il habitait ici ?

– Depuis la mort de son père.

– Et votre fille ?

– Sondra n'habite plus ici.

– Où puis-je la joindre ?

– Je suis sans nouvelles d'elle depuis le jour où j'ai enterré mon fils.

Le bipeur que Strange s'était fixé à la ceinture se fit entendre. Il le décrocha et en vérifia l'écran d'affichage.

– Vous permettez que j'utilise votre téléphone ?

– Il est là-bas.

Strange passa son coup de fil, raccrocha le téléphone et posa sa carte de visite à côté de l'appareil.

– Il faut que je me sauve, dit-il.

Leona Wilson se redressa et, d'un revers de la main, se coinça une mèche de cheveux gris derrière l'oreille.

– Viendrez-vous à l'église dimanche ? demanda-t-elle.

– Je ferai mon possible.

– Je dirai une prière pour vous, monsieur Strange.

Strange récupéra sa veste de cuir, qu'il avait accrochée au dossier d'une chaise.

– Merci, dit-il. Votre sollicitude me touche beaucoup.

Strange prit South Dakota Avenue jusqu'à Rhode Island Avenue et tourna à gauche. Sa bonne humeur s'était envolée ; il éjecta la cassette des Blackbyrds et régla la radio sur 1450 grandes ondes. Il tomba sur l'émission où Joe « the Black Eagle » Madison prenait des appels à l'antenne. Strange était fidèle à WOL depuis le milieu des années soixante, époque où la station s'était convertie à une programmation dite « rhythm and blues ». En ce temps-là, ses deux disc-jockeys vedettes, Bobby « the Mighty Burner » Bennett et « Sunny Jim » Kelsey, s'étaient donné le surnom de « Soul Brothers ». Strange fit rapidement le compte : il écoutait WOL depuis trente-cinq ans. Putain, qu'est-ce que le temps passe vite, se dit-il, comme chaque fois qu'il repensait à sa jeunesse.

Il bifurqua à gauche dans la 20e Rue, en direction du nord-est

Dès l'instant où il avait accepté de s'occuper de son affaire, Leona Wilson s'était transformée physiquement. Strange n'avait rien imaginé : le poids des ans avait subitement cessé de l'écraser ; aussi infime qu'elle ait pu être, cette lueur d'espoir lui avait donné un regain de jeunesse.

– Tu t'en es bien tiré, Derek, dit-il à haute voix comme si le seul fait de le formuler ainsi avait suffi à lui en donner confirmation.

Il s'était montré le plus clair possible avec Leona Wilson, ce qui n'a rien d'évident lorsqu'on a en face de soi une femme animée d'une résolution aussi farouche. L'espoir qu'il avait fait naître en elle serait de courte durée, mais la déception qu'elle allait forcément éprouver ensuite lui en paraîtrait sans doute moins cruelle. En tout cas, il essayait de s'en persuader.

Et puis il avait besoin d'argent. L'affaire Chris Wilson allait lui rapporter mille dollars au bas mot, peut-être même le double.

À la hauteur de Langdon Park, il aperçut l'Acura de Ron Lattimer garée le long d'un trottoir, moteur tournant au ralenti, son pot d'échappement crachant un panache de fumée blanche. Strange gara sa Caprice derrière l'Acura, empoigna ses jumelles et son Leatherman, descendit de voiture, ouvrit la portière du petit coupé rouge côté passager et se glissa sur le siège.

Lattimer n'avait pas encore tout à fait atteint la limite fatidique des trente ans. Grand, mince et athlétique, il était vêtu d'un costume griffé, d'une chemise qui semblait avoir été taillée sur mesure et d'une cravate peinte à la main. Il tenait dans la main droite un gobelet de chez Starbucks dont le couvercle était encore en place. De la main gauche, il marquait le rythme en pianotant sur le volant. Il avait mis le chauffage à fond et la stéréo du tableau de bord diffusait du hip-hop aux inflexions jazzy.

– T'as assez chaud, Ron ?

– Oui, ça peut aller.

– Je te l'ai répété cent fois, quand t'es en planque l'hiver, faut couper le contact parce que le pot d'échappement fume trop. Une voiture rouge comme la tienne attire déjà assez l'attention comme ça.

– Ça caille, j'ai besoin du chauffage, dit Lattimer.

– Et ce manteau, là, sur la banquette arrière ? Si tu le mettais, t'aurais moins froid.

– C'est du cachemire, Derek. Pas question que je reste assis dans la voiture avec. Il sera tout froissé, et les gens s'imagineront que je l'ai acheté au dépôt Burlington ou une connerie du même genre.

Strange s'emplit les poumons d'air et expira lentement.

– Et combien de fois t'ai-je répété qu'il ne fallait pas boire de café ? Qu'il fallait avoir une bouteille d'eau dans la voiture et attendre que la soif devienne vraiment intolérable pour en boire une petite gorgée ? Le café descend à toute vitesse, tu le sais bien. Qu'est-ce qui se passera quand ton envie de pisser deviendra si forte que tu n'y tiendras plus, que tu seras obligé de descendre de voiture pour aller te soulager derrière un arbre, et que le mec que tu files en profitera pour s'esquiver par la porte de derrière ? Hein, qu'est-ce que tu feras ?

– Écoute Derek, le jour où je perdrai une piste parce que j'ai bu un *Americano*...

– Ah parce que c'est un *Americano ?* Faut-il que je sois vieux et pas dans le coup pour m'être imaginé que tu buvais bêtement du café !

Lattimer ne put se retenir de rire.

– Faut toujours que tu me fasses la leçon, dit-il.

– Que veux-tu, je pense que t'as du potentiel. Que si t'arrivais à te concentrer plus sur l'affaire dont tu t'occupes que sur ton élégance, tu ferais un enquêteur du tonnerre.

D'un mouvement du menton, Strange désigna la stéréo.

– Arrête ce tintouin, il m'empêche de penser.

– C'est pas du tintouin, c'est A Tribe Called Quest.

– Arrête-le quand même et dis-moi où on en est.

Lattimer éteignit la stéréo.

– Leon est dans cette maison, là-bas. L'avant-dernière à droite, dans Mills Avenue.

Strange chaussa ses jumelles pour examiner les lieux.

– Vu, dit-il. Comment tu l'as trouvé ?

– Il avait donné une adresse à la vieille dame qu'il a dépouillée. Il n'y habitait plus depuis un an, mais un de ses voisins avait grandi dans le même quartier que lui, et il avait connu ses parents. Il m'a dit qu'ils étaient morts tous les deux depuis belle lurette. J'ai dégoté l'acte de décès de sa mère au bureau d'état civil de H Street, dans Chinatown. À partir de la date qui figurait sur ce document, j'ai retrouvé son avis de décès dans un quotidien de l'époque, et la liste de ses héritiers y figurait. La seule qui vivait encore, c'était la grand-mère de Leon. Comme il n'a ni frère ni sœur, il est l'unique héritier de la mémé. Je me suis dit que Leon, filou comme il est, devait espérer que sa grand-mère allait lui léguer tous ses biens, et qu'il devait lui rendre visite régulièrement pour rester dans ses petits papiers.

– Et ça, c'est la maison de la grand-mère ?

– Oui. Je planque ici depuis le début de la semaine. Leon a fini par débouler aujourd'hui. Sa bagnole, c'est ce tas de boue qui est garé devant la maison. La Pontiac Astra jaune toute rouillée. Putain, quelle mocheté.

– C'est la sœur jumelle de la Chevrolet Vega.

– Y a des gens qui ont payé ce modèle-là plus cher rien que pour la marque Pontiac ?

– Certains, oui. T'as fait du beau boulot.

– Merci, chef. Comment tu comptes procéder ?

Strange médita là-dessus un moment.

– À mon avis, faut qu'on le coince devant sa grand-mère.

– C'est ce que je m'étais dit aussi.

– Allons-y.

Ils descendirent de l'Acura. Lattimer, qui avait récupéré son manteau sur la banquette arrière avant de sortir de la voiture, l'enfila tandis qu'ils longeaient Langdon Park en direction de Mills Avenue. Du banc où ils étaient assis, deux gamins de sept ou huit ans vêtus de parkas trop grandes les fixèrent d'un air hostile ; Strange jeta un coup d'œil dans leur direction, mais ils ne se détournèrent pas.

Le pas de Lattimer devint sautillant et il coula un regard en biais vers Strange.

– Une seconde, Derek. Faut que je me trouve un arbre...

– Très drôle, dit Strange.

Ils venaient de déboucher dans Mills Avenue, laissant le parc derrière eux.

– Je prends la porte de derrière ? demanda Lattimer.

– Oui. Vaut mieux que j'évite de courir aujourd'hui. Avec ce froid, j'ai les genoux qui grippent.

– Moi non plus, j'ai pas envie de courir. Tu sais bien que je me mets tout de suite à transpirer, même par ce temps.

– Je serais surpris qu'il essaie de nous fausser compagnie, mais tant qu'à faire...

Ils n'étaient plus qu'à quelques pas de l'Astra jaune. Strange sortit son Leatherman de la poche de sa veste et déplia la lame du canif. Tout en marchant, il plongea une main dans la poche de son pantalon et fit tomber un peu de monnaie à la hauteur de la portière. Il s'accroupit pour la ramasser et tandis qu'il était dans cette position perfora le pneu avant gauche avec le canif. En se relevant, il referma le Leatherman et le remit dans sa poche.

– À tout de suite, Ron.

La maison faisait partie d'une rangée de pavillons mitoyens. Strange gravit les marches du perron pendant que Lattimer faisait le tour pour gagner l'allée de derrière. Il lui accorda trente secondes de battement avant de frapper à la porte.

Un coin du rideau de dentelle se souleva et Strange entrevit un visage minuscule. Une serrure cliqueta, puis une seconde, et une femme de très petite taille, ridée comme une vieille pomme, la tête surmontée d'une toison d'un gris arachnéen, apparut dans l'encadrement de la porte. Après avoir inspecté Strange des pieds à la tête, elle se retourna vers le salon d'une propreté immaculée sur lequel donnait le vestibule et cria :

– Leon ! Y a un monsieur de la police qui veut te voir !

– Merci, madame, lui dit Strange. Et dites-lui de ne pas essayer de s'enfuir, voulez-vous ? Mon collègue est dans l'allée de derrière et il sera fou de rage si Leon le fait transpirer. Les taches de sueur sur ses jolis vêtements, il a ça en horreur.

Strange fit sortir Leon Jeffries par la porte de la cuisine et ils se retrouvèrent dans une petite véranda enclose d'un fin grillage métallique, qui donnait sur un bout de jardin rabougri et l'allée de derrière. Après avoir refermé la porte, Strange fit signe à Lattimer de venir les rejoindre. Leon leur avoua tout sans se faire prier : il avait arnaqué la vieille dame de Petworth en lui faisant opérer des placements fictifs.

– Et maintenant qu'est-ce que vous allez faire, hein ? leur demanda-t-il.

C'était un quadragénaire de petite taille avec une face de belette et des globes oculaires jaune pâle. Il était vêtu d'une veste de costume à fines rayures, d'un pantalon noir uni et d'une chemise mauve à col Danton.

– T'as qu'à restituer l'argent à notre cliente et on n'en parlera plus, dit Strange.

– Je comptais bien lui rendre son pognon, avec intérêt. Mais ça prend du temps. Vous comprenez, mon truc, c'était de me servir du placement de la personne suivante pour rembourser la précédente, à tempérament. Y en a bien qui font ce genre de cavalerie en prenant plusieurs cartes de crédit.

– Oui mais ça, c'est légal comme combine. Toi, tu dépouilles des vieilles dames qui te font confiance. Comment tu crois qu'un jury va le prendre ?

– Un jury pour une petite dette de rien du tout ?

– Tu t'es déjà fait alpaguer, Leon ? demanda Lattimer.

– J'ai jamais été en prison.

– Donc, tu t'es déjà fait alpaguer, reprit Lattimer. Oublions le jury et disons que tu passes devant un juge, que le juge est dans un mauvais jour parce que la saucisse qu'il a bouffée au petit déjeuner lui est restée sur l'estomac ou une connerie du même genre, t'es fait comme un rat.

– Notre cliente veut que tu la rembourses, dit Strange. Elle n'en demande pas plus. C'est une dame qui a bon cœur. Toi, tu y voyais sûrement une faiblesse, mais ça aussi on passera dessus si tu nous files sans plus attendre les deux mille dollars que tu lui as piqués.

– Faudrait d'abord que je trouve un boulot, dit Leon. En ce moment, mes fonds sont au plus bas.

– Tu vas aller à l'entretien d'embauche avec ces fringues-là ? demanda Lattimer.

Vexé, Leon leva les yeux sur Lattimer et lissa de la main le revers de sa chemise mauve.

– C'est une chemise de chez Yves Saint-Laurent.

– La succursale de Singapour ? Et puis tu devrais te mettre au coton. À ton âge, le 60 % acrylique, ça la fout mal.

– Alors on fait comment pour le pognon, Leon ? demanda Strange.

– Puisque je vous dis que j'ai pas le rond !

Leon lâcha un jet de postillons. Quelques-uns atterrirent sur le manteau de Lattimer, à la hauteur de la poitrine. Lattimer empoigna Leon par les revers de son veston et l'attira à lui.

– Crache pas sur mon cachemire !

– Laisse, Ron, dit Strange, et Lattimer lâcha prise.

– Vous avez un problème ? fit une voix qui venait du jardin d'à côté.

L'arbre à feuillage persistant qui masquait la véranda les empêchait de voir le propriétaire de la voix, mais apparemment c'était un homme âgé. Strange tourna la tête dans sa direction et s'écria :

– Tout va bien, monsieur. Nous sommes de la police.

– C'est pas vrai ! glapit Leon.

– Rentrez chez vous, dit Strange. Nous avons la situation en main.

Strange carra les épaules, écrasant Leon de toute sa hauteur. Leon fit un pas en arrière en frottant l'arête de son nez bosselé.

– Ben quoi ? fit-il, l'air hautain.

– Côa, côa, dit Lattimer.

– Bon écoute bien, dit Strange. Mon associé et moi, on va retourner à l'intérieur pour discuter avec ta grand-mère. On va lui expliquer la petite bévue que tu as commise. À mon avis, elle comprendra qu'elle a intérêt à nous donner l'argent. Ça m'étonnerait qu'elle ait encore des traites à régler sur la maison, et de toute évidence un chèque de ce montant ne risque pas de grever son budget. Elle voudrait pas que t'ailles en prison, j'en suis sûr. C'est moche qu'elle soit obligée de payer tes erreurs, mais que veux-tu, la vie est ainsi faite.

– C'est sans doute pas la première fois, dit Lattimer.

– Ce que vous faites là, c'est du racket. C'est même pas légal !

Les toisant l'un après l'autre, Leon se dressa sur ses ergots.

– Et y a pas que ça. D'abord vous vous foutez de mes sapes, et après vous voulez me faire honte devant ma grand-mère.

– D'une façon ou d'une autre, dit Strange, on finit toujours par régler ses dettes.

Après avoir quitté Lattimer, Strange reprit sa voiture et mit le cap sur la bibliothèque Martin Luther King, à l'angle de la 9e Rue et de G Street. Il monta au deuxième étage, où sont rassemblés les livres et la documentation concernant la ville de Washington. Il sortit deux bobines de microfilms d'un classeur métallique où les archives de journaux étaient rangées par ordre chronologique, les enroula sur le projecteur et fit défiler des articles sur un écran lumineux, glissant de temps en temps une pièce de monnaie dans la fente pour en photocopier certains dont il pensait qu'ils pourraient lui être utiles. Au bout d'une heure et demie, il éteignit l'appareil, car ses yeux commençaient à lui faire mal. Quand il ressortit de la bibliothèque, la nuit était tombée.

Il se dirigea vers la première cabine venue, fit le numéro de Janine et laissa un message sur sa boîte vocale. Il avait besoin de la nouvelle adresse d'un individu dont il lui donna le nom, et de celle de son lieu de travail actuel, s'il en avait un.

– Salut, Strange, comment tu vas ? lui demanda un type qui passait devant la rangée de cabines.

– Bien, et toi ?

– On te voit plus, où t'étais passé ?

– J'ai pas bougé d'ici, dit Strange.

S'éloignant du centre ville, il roula quelque temps vers le nord et s'arrêta au Raven, un bar de quartier de Mount Pleasant Street, pour y boire une petite bière. Après avoir fait un crochet par le magasin de vins et spiritueux qui se trouve un peu plus haut dans la même rue pour y acheter un pack de six, il remonta en voiture et rentra chez lui. Il occupait un modeste pavillon dans une rangée de maisons mitoyennes de Buchanan Street, à deux pas de Georgia Avenue.

Il éclusa une autre bière, qui l'aida à trouver son second souffle. Il fit le numéro d'une femme qu'il voyait de temps en temps, mais elle n'était pas chez elle.

Il gagna la chambre du premier, contiguë à sa chambre à coucher, qu'il avait convertie en bureau et se plongea dans la lecture des articles qu'il avait photocopiés à la bibliothèque – une enquête qui s'était prolongée sur plusieurs numéros du *Washington Post* et un reportage du *Washington City Paper*. Tandis qu'il les compulsait, son chien, un boxer fauve du nom de Greco, s'endormit, le museau appuyé sur la pointe d'une de ses chaussures.

Quand Strange eut achevé sa lecture, il alluma son ordinateur pour voir comment son portefeuille d'actions s'était comporté ce jour-là. Le double CD de l'anthologie des musiques de films d'Ennio Morricone était posé sur sa table de travail. Il ouvrit le boîtier, en sortit le disque un et l'inséra dans l'ordinateur. Les premières mesures du thème de *Pour une poignée de dollars* se firent entendre. Strange augmenta d'un poil le volume des baffles Yamaha, se laissa aller en arrière dans son fauteuil inclinable, les mains jointes sur l'abdomen, ferma les yeux et sourit.

Enfant, il s'était pris d'amour pour les westerns. Et cet amour ne l'avait plus jamais quitté.

3

Il ferma la porte du magasin à double tour, puis remonta Bonifant Street en direction de Georgia Avenue, relevant le col de sa veste de cuir noir pour se protéger du froid. Il passa devant l'armurerie où de jeunes noirs venus d'au-delà de la limite du district et des adolescents blancs échappés des banlieues huppées qui voulaient jouer les affranchis se retrouvaient le samedi après-midi pour soupeser des automatiques et relever le prix d'armes qu'on leur proposerait au marché noir le soir même. Des Integra et des Accord enrichies de becquets aérodynamiques et d'enjoliveurs tape-à-l'œil venaient s'aligner devant l'armurerie pendant la journée, mais il faisait nuit à présent, la rue avait retrouvé son calme et seules quelques rares voitures étaient garées le long du trottoir. Il passa devant le restaurant africain, le restaurant thaïlandais et Vinyl Ink, le magasin de disques où l'on trouvait encore des 33 et des 45 tours, la bijouterie-horlogerie dont la clientèle était presque exclusivement hispanique et l'un des nombreux petits magasins de plain-pied, genre salon de coiffure-manucure ou nettoyage à sec, qui composaient l'essentiel du quartier commerçant de Silver Spring.

Il traversa la rue avant d'avoir atteint le Quarry House, l'un des deux ou trois bars du voisinage qu'il fréquentait. L'idée de sa première gorgée de bière lui faisait déjà venir l'eau à la bouche, et il se demanda si ce genre de sensation était le début de l'alcoolisme. Au temps où il portait encore l'uniforme, on lui avait enseigné lors d'un séminaire que les gens qui s'astreignent à des horaires ou font le compte des coups qu'ils boivent sont à tout le moins des ivrognes potentiels, mais il savait qu'il avait de bonnes raisons de se réjouir en pensant à sa première bière et il n'allait quand même pas se tourmenter pour si peu. Il aimait les bars et l'atmosphère de camaraderie qui y règne ; c'était tout bête et il n'y avait rien de sinistre là-dedans. De toute façon, il ne pouvait pas se permettre de sombrer dans l'alcoolisme ; il avait déjà bien assez de problèmes comme ça.

Il coupa par le parking de la banque, mais ne ralentit pas l'allure en passant devant le bar irlandais qui venait d'ouvrir au premier étage d'un immeuble, à l'angle de Thayer Avenue et de Georgia Avenue. Un noir avançait dans sa direction le long du trottoir. Il leur aurait été facile à l'un comme à l'autre de faire un pas de côté, mais ils ne dévièrent pas de leur route ; ils se heurtèrent de l'épaule et continuèrent à marcher sans proférer ni excuse ni menace.

Du côté gauche de Georgia Avenue, il passa devant le Rosita's, le restaurant où travaillait une jeune femme du nom de Juana, et il se força à hâter l'allure et à ne pas jeter un coup d'œil à travers la vitrine où clignotaient une guirlande de Noël et d'alléchants néons à la gloire de la Tecate et d'autres bières, car il ne voulait pas s'arrêter tout de suite, il avait envie de marcher. Il passa devant la boutique du prêteur sur gages, un autre restaurant thaïlandais, le stand de tacos, le magasin de fournitures pour artistes, le fleuriste... puis, de l'autre côté de Silver Spring Avenue, longea la station de pompiers, le World Building et l'ancienne boutique de glacier convertie en halte-garderie, franchit Sligo Avenue et continua jusqu'à Selim Road, alignement d'ateliers de réparation auto et de salles d'aïkido face à la voie ferrée.

Il se glissa dans une cabine téléphonique située entre un *pho* vietnamien et un magasin d'accessoires auto, mit trente-cinq *cents* dans la fente et fit le numéro du Rosita's. C'est son ami Raphael, le patron du restaurant, qui décrocha.

– Salut, amigo, c'est...

– Je sais qui tu es. Y pas tant de gringos qui appellent à une heure pareille et tu as une voix très facile à reconnaître. Et je sais à qui tu t'intéresses.

– Elle travaille ce soir ?

– Oui.

– Est-ce qu'il y a un « F » à côté de son nom sur le tableau de service ?

– Elle fait la fermeture, oui. T'as largement le temps. T'es dehors ? J'entends des voitures.

– Oui, je suis dehors. Je me balade.

– Continue ta balade, je t'en mets une au frais, mon ami.

– À tout à l'heure.

Il raccrocha, traversa la rue et s'engagea sur la passerelle pour piétons qui enjambe Georgia Avenue. Il s'arrêta au milieu de la passerelle et regarda les voitures qui allaient et venaient dessous ; celles qui se dirigeaient vers le nord jaillissaient du tunnel, celles qui roulaient en sens inverse s'y engouffraient. Il se concentra sur les lignes jaunes discontinues peintes sur la chaussée et les voitures avançant à la queue leu leu dans les espaces qu'elles délimitaient. Il contempla les réverbères de Georgia Avenue, que le froid entourait d'un halo livide, puis le panache blanc qu'il soufflait lui-même dans la nuit ténébreuse. C'est dans cette ville qu'il avait grandi, elle était à lui et il la trouvait belle.

Au bout d'un moment, il acheva la traversée de la passerelle et s'approcha de la clôture grillagée qu'on avait édifiée un an plus tôt afin d'empêcher les piétons de s'introduire dans la gare en prenant par la passerelle. Après avoir jeté un coup d'œil négligent autour de lui, il escalada la clôture et se laissa retomber de l'autre côté. Il se retrouva face à une petite gare de banlieue, modeste bâtisse en brique aux fenêtres condamnées par des planches qui abritait un guichet et une salle d'attente, et emprunta un escalier obscur qui descendait le long de sa façade latérale. Il pénétra dans un tunnel pour piétons éclairé par des tubes fluorescents qui passait sous les voies du métro et du chemin de fer. Le tunnel puait le tabac, la pisse et le dégueulis de bière, mais à cette heure-là il était désert. Il ressortit à l'autre bout, gravit une autre volée de marches en béton et se retrouva sur un chemin en bordure de voie.

Il avança le long de la clôture de l'ancienne usine d'embouteillage Canada Dry, se retourna et, les mains enfoncées dans les poches de son jean, regarda la rame de métro de la Red Line qui venait dans sa direction, en provenance du centre ville. Il commençait à voir trouble ; les lumières le long de Georgia Avenue n'étaient plus que des étoiles pâles et floues, avec çà et là des taches rouges ou vertes.

Quand le train passa en soulevant un nuage de poussière, il se détourna vers le bâtiment de la gare, puis ferma les yeux.

Il pensait à son western favori, *Il était une fois dans l'Ouest*. Pendant que le générique défile, trois pistoleros attendent sur le quai d'une gare déserte. C'est une séquence dont la lenteur est rendue encore plus intolérable par le train qui approche en temps réel et des effets sonores tellement exagérés qu'ils en deviennent presque comiques. Le train finit par entrer en gare. Un personnage qui a pour nom Harmonica en descend et il se campe face aux hommes qui sont venus le tuer. Le soleil déclinant étire leurs ombres. Harmonica et les trois hommes échangent des paroles lapidaires. Puis la violence éclate, et tout est réglé en quelques secondes.

Les soirs où il se tenait ainsi sur le quai de la gare de Silver Spring, il avait souvent le sentiment que c'était ce train-là qu'il attendait. Qu'il avait passé une bonne partie de sa vie à l'attendre.

Au bout d'un moment, il fit le même trajet en sens inverse et se dirigea vers le Rosita's. Il était prêt à boire une bière ; prêt aussi à parler avec Juana. Cela faisait déjà quelque temps qu'il avait envie d'en savoir plus sur elle.

Juana Burkett était debout à l'extrémité du comptoir, attendant qu'Enrique, le barman, ait fini de lui préparer sa margarita-sans-sel-avec-glaçons, quand le blanc à la veste de cuir noir passa la porte du restaurant. Elle le regarda traverser la salle en louvoyant entre les tables ; il était de taille moyenne, il avait le ventre plat et des cheveux bruns et ondulés qui lui descendaient presque jusqu'aux épaules. Il était glabre, avec à peine une ombre de barbe, et sa démarche était très assurée.

Il prit place sur l'un des tabourets du bar, qui était court et étroit. D'abord, il évita de la regarder, mais elle savait qu'il était là pour elle. Ils s'étaient déjà rencontrés, brièvement, dans le magasin de Bonifant Street où il travaillait, une librairie d'occasion où l'on vendait aussi des vinyles. Elle y était entrée dans l'espoir de dénicher un exemplaire du *Vieux Marin* de Jorge Amado, et Raphael lui avait dit qu'il n'avait pas arrêté de le questionner à son sujet depuis et qu'il finirait par passer au restaurant. Le jour où ils s'étaient connus, Juana avait eu l'impression de l'avoir déjà vu quelque part, et cette idée la traversa de nouveau. À présent il regardait autour de lui d'un air nonchalant, en faisant semblant de s'intéresser à la décoration ; à la fin, il posa les yeux sur elle, comme il en avait eu l'intention dès le début, et lui adressa un petit signe de tête accompagné d'un sourire aimable, mais pas trop appuyé.

Enrique posa la margarita sur son plateau. Après y avoir ajouté une rondelle de citron vert et un bâtonnet en plastique, elle apporta leurs apéritifs aux deux couples qui occupaient la table de quatre côté vitrine. Elle déposa devant eux la margarita et les trois bières brunes et, tout en notant sur son carnet les plats qu'ils avaient choisis, jeta un coup d'œil en direction du bar. À présent Raphael était debout à côté de l'homme en veste de cuir noir, et ils échangeaient une poignée de main.

Juana se dirigea vers le passe-plat et posa sa commande sur la tablette, partie écrite vers le haut. La main du commis de cuisine s'en empara et l'empala sur le tourniquet. Raphael l'appela et elle se dirigea vers lui. L'homme en veste noire avait refermé la main autour d'une bouteille de Dos Equis fraîche. Elle vit qu'il ne portait pas d'alliance.

– Tu te souviens de lui ? demanda Raphael.

– Évidemment, dit-elle, et là-dessus Raphael la laissa brutalement en plan et s'éloigna pour aller saluer les deux occupants d'une table d'angle.

La prochaine fois que je le verrai en tête-à-tête, il faudra que je lui donne un petit cours de bonnes manières, se dit-elle.

– Alors vous l'avez trouvé, votre Jorge Amado ? lui demanda l'homme d'une voix lente, un peu rocailleuse.

– Oui, merci.

– On a rentré *Tereza Batista* la semaine dernière. Avon l'avait publié en édition de poche il y a quelques années...

– Je l'ai lu, dit Juana.

Elle avait parlé trop précipitamment. Elle était mal à l'aise, et elle le laissait paraître ; cela ne lui ressemblait pas d'avoir ce genre de réaction en face d'un homme. Elle tourna la tête. Il ne lui restait plus qu'une table pour ce soir et ses clients sirotaient leurs apéritifs d'un air satisfait. Elle s'éclaircit la gorge et dit :

– Bon, écoutez...

– Vous en faites pas pour ça, dit-il en pivotant sur son tabouret pour lui faire face.

Il avait une bouche large et charnue soulignée de part et d'autre par deux sillons verticaux qui rejoignaient son menton vigoureux. Il avait des yeux verts et le regard direct, un peu avide, d'un homme qui a beaucoup souffert. Ce regard confirmait le pressentiment de Juana, et il lui faisait un peu peur.

– Pourquoi est-ce que je m'en ferais ? demanda-t-elle.

– Rien ne vous oblige à rester plantée là si vous n'en avez pas envie. Retournez travailler si le cœur vous en dit.

– Oh non, ça va. Je suis très bien ici. C'est simplement que...

– Vous vous appelez Juana, c'est ça ?

Il avança le visage vers elle et pencha la tête vers la droite. Ses gestes étaient très rapides, et Juana se dit que ce qu'elle avait pris pour de l'assurance dans sa démarche était peut-être de la suffisance.

– Je ne crois pas vous avoir dit mon nom le jour où nous avons fait connaissance.

– C'est Raphael qui me l'a dit.

– Et maintenant vous allez me parler de sa belle sonorité. De sa musique.

– C'est vrai qu'il est très musical. Mais ce n'est pas de ça que j'allais vous parler.

– Vous alliez me parler de quoi, alors ?

– J'allais vous demander si vous aimez les huîtres.

– Oui, j'aime bien les huîtres.

– Ça vous dirait de venir en manger avec moi au Crisfield's, quand vous aurez fini votre service ?

– Comme ça, tout à coup ? Je ne sais même pas comment...

– Écoutez, dit-il en levant la main droite, paume ouverte. J'ai souvent pensé à vous depuis le jour où vous avez passé la porte du magasin. Aujourd'hui, j'ai pensé à vous sans arrêt. Comme je ne suis pas du genre à tourner autour du pot, je vais vous reposer la question : est-ce que ça vous dirait que je passe vous prendre quand vous aurez fini votre service pour qu'on aille manger un morceau ensemble ?

La tête du commis de cuisine s'encadra dans le passe-plat et il cria :

– C'est prêt, Juana !

– Excusez-moi, dit-elle.

Elle se dirigea vers le passe-plat, prit le bol de *chili con queso* sur la tablette, remplit de chips un panier en plastique rouge et servit le tout en hors-d'œuvre à ses quatre derniers clients. Au moment où elle posait le chili et les chips sur la table, elle se retourna vers le bar et s'en mordit instantanément les doigts. L'homme lui souriait de toutes ses dents. Gênée, elle rejeta en arrière d'un mouvement de la tête les longs cheveux qui lui retombaient sur l'épaule, et regretta aussi ce geste-là. D'un pas rapide, elle regagna le bar.

– Vous êtes drôlement sûr de vous, dit-elle lorsqu'elle arriva à sa hauteur.

Elle s'aperçut non sans surprise qu'elle avait les bras croisés sur la poitrine.

– Je ne manque pas d'assurance, si c'est à ça que vous pensez.

– Peut-être que vous en avez trop.

Il haussa les épaules.

– Je ne vous déplais pas, sinon vous ne seriez pas restée ici aussi longtemps. En tout cas, vous ne seriez pas revenue. Vous, vous me plaisez, y a pas de doute. C'est pour ça que je suis là. Et puis Raphael peut se porter garant de moi. Vous savez bien qu'il ne va pas me pousser de longues canines acérées dès qu'on aura mis le pied dehors. Alors pourquoi ne pas tenter le coup ?

– Vous êtes ivre ? dit-elle en désignant de la tête la bouteille de bière qu'il tenait à la main.

– Ivre de vin et d'amour.

Voyant l'expression perplexe de la jeune femme, il précisa :

– Je citais le dialogue d'un western.

– Ah bon.

Il jeta un bref coup d'œil en direction de ses bras croisés.

– Vous allez froisser votre uniforme si vous continuez à le serrer comme ça.

Lentement, elle déplia les bras et les laissa retomber le long de son corps. Comme sa bouche formait un sourire, elle essaya de le réprimer et sentit qu'un spasme imperceptible lui agitait la commissure des lèvres.

– Ce n'est pas un uniforme, dit-elle d'une voix radoucie. Ce n'est qu'un vieux chemisier en coton.

L'espace d'un moment, ils s'étudièrent mutuellement sans rien dire, tandis que la musique mariachi préenregistrée tourbillonnait à travers la salle de restaurant et le bar.

– Quand vous m'avez interrompue, dit-elle, j'essayais de vous dire que... Je ne sais même pas comment vous vous appelez.

– Terry Quinn, dit-il.

– Teu-ri Quinn, dit-elle en s'efforçant de restituer le son.

– Un nom typiquement catholique-irlandais, dit-il. Si ça compte pour vous ces choses-là.

– Très musical, dit Juana.

4

– Où est votre voiture ? demanda Juana.

– Ce soir, vaut mieux qu'on prenne la vôtre, dit Quinn.

– Elle est au parking. On n'a qu'à couper par là.

Ils prirent par le passage couvert qui séparait l'immeuble du restaurant de celui du prêteur sur gages. Ils approchèrent du buste en bronze de Norman Lane, alias « le Maire de Silver Spring », qui se dressait en son milieu. Au moment où ils passaient devant, Quinn tapota d'un geste machinal le sommet de sa casquette en bronze.

– Vous faites toujours ça ? lui demanda Juana.

– Oui, dit Quinn. Il paraît que ça porte bonheur. Des mecs qui travaillent dans ces garages, là-bas, l'avaient plus ou moins adopté à la fin de sa vie, c'est eux qui prenaient soin de lui. Vous voyez ?

Il désigna du doigt l'enseigne fixée au-dessus d'un portail métallique dans l'allée de derrière. Elle était ornée d'une caricature de Lane ; le badge épinglé à sa poitrine portait la devise : « Te bile pas pour ça ». Au moment où ils pénétraient dans l'allée, Quinn ajouta :

– Les gens du coin surnomment cette allée « la rue du Maire ».

– Vous l'avez connu ?

– Un peu. Un jour, je lui ai payé un coup à boire au Captain White's. Encore un endroit qui n'existe plus. C'était jamais qu'un poivrot. Je crois que ce qu'ils essayent de dire avec la statue et tout, c'est qu'il n'en était pas moins un homme.

– Il fait un de ces froids, dit Juana.

Tout en rabattant d'une main les revers de son manteau sur sa poitrine, elle coula un regard en direction de Quinn.

– Je suis sûre de vous avoir déjà vu quelque part. Je ne parle pas de la librairie. Je vous avais vu avant, mais on n'avait pas fait connaissance.

– L'année dernière, la presse a parlé de moi. La télé, et les journaux aussi.

– Ça doit être ça.

– Probablement.

– C'est ma voiture, là.

– La vieille Coccinelle ?

– Elle n'est pas assez bien pour vous ?

– Au contraire, elle me plaît beaucoup.

– Vous avez quoi comme voiture, vous ?

– J'en suis momentanément dépourvu.

– Comme on est momentanément sans emploi ?

– Exactement.

– Vous me proposez de sortir avec vous alors que vous n'avez pas de voiture ?

Quinn remonta la fermeture éclair de sa veste en cuir.

– Bon, ça va vous coûter vingt-cinq *cents* d'essence, dit-il. Mais c'est moi qui offre les huîtres et la bière.

Ils étaient au bar du Crisfield's, le Crisfield's d'origine, assez décati, de Georgia Avenue, pas le Crisfield's neuf et clinquant de Colesville Road, et ils mangeaient des huîtres qu'on leur avait servies accompagnées de *cole slaw* et qu'ils faisaient descendre avec de la Heineken. Quinn avait relevé la sauce avec du raifort et Juana avait ajouté du Tabasco à ce mélange, détail qui ne lui avait pas échappé.

– Mmm, fit Juana en avalant une huître et en tendant la main vers le bol de crackers.

– Une douzaine d'huîtres avec salade de chou, dit Quinn. Y a rien de meilleur. Elles sont bonnes, hein ?

– Excellentes.

Tous les tabourets du bar en fer à cheval étaient occupés, et la salle à leur droite était bondée. Le décor n'était pas terrible : murs carrelés de blanc ornés de photos de célébrités locales, tables en bois avec napperons de papier, sauces de salade de supermarché alignées sur une étagère murale – et en plus ce n'était pas donné. Pourtant, le restaurant était plein presque tous les soirs. Le Crisfield's était une véritable institution, où des générations successives de Washingtoniens étaient venus se taper la cloche dans un joyeux brouhaha de conversations.

– Vous vous êtes fait de l'argent ce soir? demanda Quinn.

– Une fois que j'ai reversé sa part de pourboires au barman... non, c'était pas le Pérou. Je me suis fait quarante-cinq dollars.

– Si vous continuez à gagner quarante-cinq dollars par soirée, vous n'arriverez jamais à terminer vos études.

– Ce sont mes emprunts étudiant qui me payent mes études. Je ne travaille comme serveuse que pour gagner ma croûte. Raphael vous a dit que je faisais mon droit ?

– Il m'a dit tout ce qu'il savait de vous. Vous inquiétez pas, il en savait pas des masses. Passez-moi le Tabasco, s'il vous plaît.

Quand Juana lui tendit la bouteille de Tabasco, leurs mains se frôlèrent. Il sentit la chaleur de sa peau, et ses longs doigts effilés, à la fois féminins et vigoureux, lui plurent beaucoup.

– Merci.

Quinn s'aperçut que deux noirs assis en face d'eux, à l'autre extrémité du bar, les dévisageaient avec insistance. À vue de nez, il leur donna une trentaine d'années. Quand ils étaient entrés dans le restaurant, pas mal de têtes s'étaient retournées, et il avait senti que ce n'était pas simplement Juana qui attirait les regards. La plupart des gens ne leur avaient jeté qu'un bref coup d'œil, mais ces deux-là ne se lassaient pas de les regarder. Oh et puis merde, se dit Quinn. Si ça marchait entre eux – et il commençait à en avoir sérieusement envie – il faudrait bien qu'il s'habitue à ce qu'on les dévisage ainsi. Mais avec ces deux-là, ça frisait l'insolence.

– C'est injuste, dit Juana.

– Quoi donc ?

– Vous avez posé des questions à mon sujet et cela vous a appris certaines choses, mais moi je ne sais rien de vous.

– J'aime bien votre accent, dit-il.

– Quel accent ?

– Votre voix monte et descend, comme une musique. C'est quoi, comme accent ? Brooklyn ?

– Le Bronx.

Elle fit tomber dans la sauce l'huître qu'elle venait de décrocher avec sa fourchette.

– Et le vôtre, c'est quoi ? Caroline du Nord, ou du Sud ?

– Non, c'est l'accent du Maryland. De Washington, quoi.

– J'aurais juré que vous étiez du Sud. Avec cette manière que vous avez de traîner sur les mots...

– Mais c'est le Sud, ici. En tout cas, on est au sud de la ligne Mason-Dixon.

Il tourna la tête vers elle. Ses longs cheveux noirs et bouclés cascadaient sur ses épaules graciles et rebiquaient sur ses seins menus. Elle avait un beau cul, en plus ; Quinn avait eu tout le loisir de l'admirer au Rosita's quand elle s'était penchée en servant la margarita et les bières. Il était haut placé et bien rond, exactement à son goût, et à sa vue son souffle s'était brièvement arrêté dans sa poitrine, sensation qu'il n'avait pas éprouvée depuis longtemps. Ses yeux étaient d'un brun beaucoup plus foncé que celui de sa peau ; ses lèvres charnues étaient peintes d'une couleur sombre et cernées d'un trait encore plus sombre. Elle avait un grain de beauté sur la joue droite, juste au-dessus de la lèvre supérieure.

Il la dévorait des yeux à présent. Elle soutint son regard, puis ses lèvres se retroussèrent en une sorte de demi-sourire qu'elle s'efforça de réprimer. Elle avait eu exactement la même mimique au Rosita's. Quinn émit un rire étouffé.

– Qu'est-ce qu'il y a ?

– Oh, rien. C'est votre expression. Ce sourire qui n'en est pas tout à fait un. Ça me plaît bien, quoi.

Juana repêcha son huître dans la sauce, la mastiqua, l'avala, but une gorgée de bière fraîche.

– Comment avez-vous connu Raphael ? demanda-t-elle.

– Il est entré dans la boutique un beau jour. Il cherchait *School Days* de Stanley Clarke en vinyle. Raphael est un grand amateur de jazz-funk, cette musique plus ou moins orchestrale des années soixante-dix. Dexter Wansel, George Duke, Lonnie Liston Smith et tout ça. Moi j'y connaissais rien, et il s'est fait un plaisir de m'instruire. Chaque fois qu'on rachète un stock de vieux disques, je lui passe un coup de fil.

– Vous avez toujours été employé de librairie ?

– Non, je n'ai pas fait que ça. Vous voulez savoir si j'ai fait des études et pourquoi elles ne m'ont pas mené plus loin ? J'ai décroché un diplôme de criminologie à l'université du Maryland, puis j'ai appartenu à la police de Washington pendant huit ans. Après l'avoir quittée, j'ai eu envie d'exercer une activité plus paisible. J'aime les livres, ou en tout cas un certain genre de livres...

– Les westerns.

– C'est ça. Et il n'y a rien au monde de plus paisible qu'une librairie d'occasion. Voilà, vous savez tout.

Elle étudia attentivement son visage.

– Maintenant je sais où je vous avais vu.

– Eh oui. Je suis le flic qui en a tué un autre l'année dernière.

– Vous avez changé de coiffure.

– Oui. Je me suis laissé pousser les cheveux.

Quinn s'attendait à ce qu'elle lui pose la série de questions qui suivaient d'ordinaire cette révélation, mais il en fut pour ses frais. Juana se contenta d'écarter du coude le plat couvert de coquilles d'huître. Tout en observant son manège, il avala une grande lampée de bière.

– Et vous ? demanda Juana. Qu'aimeriez-vous savoir d'autre à mon sujet ?

– Oh, rien. Jusqu'à présent, tout ce que je sais de vous me plaît.

– Rien ? Vous en êtes sûr ?

– Aucune question ne me vient à l'esprit.

– Bon, eh bien autant crever l'abcès tout de suite. Ma mère était portoricaine, mon père était noir. Il y a plusieurs mondes dans lesquels je me sens bien. Il y a aussi des moments où je ne me sens bien nulle part.

– Je ne vous ai pas interrogée là-dessus.

– Pas encore.

– Moi vous savez, je m'en fiche complètement.

– Ce soir, vous vous en fichez. Ce soir, tout ce qui compte c'est l'attraction mutuelle, les atomes crochus. Mais le monde qui nous entoure et les gens qui l'occupent ne nous permettront pas de nous en ficher, comme vous dites. C'est d'ailleurs déjà le cas. Ces deux mecs là-bas n'ont pas cessé de nous reluquer depuis notre arrivée.

– Si on affrontait le problème au fur et à mesure ? suggéra Quinn.

Il fit signe au balèze à moustache poivre et sel qui se tenait derrière le comptoir.

– Vous pourriez nous en ouvrir douze de plus, s'il vous plaît ?

– Merci, Terry, dit Juana.

Teu-ri. Cette manière de prononcer son prénom enchantait Quinn.

Au moment où ils sortaient du restaurant, Juana remarqua qu'il tournait la tête vers les deux hommes qui les avaient reluqués pendant tout le repas, leur adressant à chacun un regard bref mais lourd de sens.

Dans la rue, Juana lui prit le bras tandis qu'ils marchaient vers sa Coccinelle noire garée sur le parking d'un magasin de pneus. Elle avait froid, le contact de Quinn la réchauffait et le geste lui semblait naturel, comme s'ils venaient de franchir une limite invisible et de s'engager dans des relations d'un autre ordre. C'était facile de lui parler, il savait écouter, il n'avait pas l'air d'être le genre d'homme qui n'a en tête que ce qu'il va dire ensuite. En plus, il ne la ramenait pas, ne tirait pas de plans sur la comète ; il n'avait guère fait d'efforts pour lui en mettre plein la vue, et c'est encore ce qui l'impressionnait le plus.

– Vous habitez où ? demanda-t-elle.

– Une petite rue qui donne dans Sligo Avenue. Et vous ?

– Moi, j'habite dans la 10e Rue, du côté de l'université catholique.

– Ça vous ennuierait de me déposer avant de reprendre le chemin du centre ?

– Vous rigolez, ou quoi ?

– Je pourrais y aller à pied, après tout.

– C'est vrai que vous aimez vous balader la nuit.

– C'est Raphael qui vous l'a dit ?

– Je savais aussi que vous aimiez les westerns. Il m'a dit que vous en lisiez un la première fois qu'il est entré dans votre magasin, et toutes les autres fois.

– Alors c'était quoi cette histoire de : « C'est injuste, je ne sais rien de vous » ? dit Quinn en riant. Quelle menteuse !

– Bon, ce n'était pas la vérité, dit Juana. Mais je ne vous mentirai plus jamais, je vous en donne ma parole.

Elle arrêta la Volkswagen devant le petit immeuble de brique où il logeait, et laissa le moteur tourner au ralenti. De l'autre côté de la rue, des gamins en parka battaient la semelle devant la porte cadenassée d'une supérette où l'on débitait un grand choix de bières. Le magasin était plongé dans le noir. Dans l'immeuble, il n'y avait pas une seule fenêtre éclairée.

– Nous y voilà, dit Quinn.

– Merci pour tout. J'ai passé une très bonne soirée.

– Tout le plaisir était pour moi. Bon eh bien ! à un de ces jours.

– D'accord.

Quand il lui pressa la main, ce fut presque comme un baiser. L'instant d'après, il mit pied à terre et traversa la chaussée ténébreuse. Sa veste de cuir noir se confondait avec la nuit.

Juana rentra chez elle en écoutant une cassette de Cassandra Wilson. Elle pensa à Quinn tout le long du chemin.

Après avoir fait sa toilette, Quinn se glissa entre les draps. Il essaya de lire le Max Evans qu'il avait laissé sur sa table de nuit, mais comme il perdait le fil sans arrêt, il éteignit la lumière. Il pensait à Juana et s'efforçait de ne pas trop prendre ses désirs pour la réalité en espérant quand même que ça allait marcher entre eux.

Peu avant le lever du jour, il rêva qu'il se querellait avec un noir dans une boîte. Des coups étaient échangés, quelqu'un dégainait une arme à feu. Ensuite venaient les cris, le sang, la mort.

À son réveil il n'en fut ni surpris ni troublé. Il y avait déjà quelque temps qu'il faisait des rêves de ce genre.

5

Ray Boone avait la mâchoire raide à cause de la grosse ligne de speed qu'il venait de se sniffer. Il décolla sa langue de son palais, humecta ses lèvres desséchées et passa derrière le long comptoir en acajou que son père et lui avaient construit de leurs propres mains pour se préparer un verre.

– Où est le Jack Daniels, papa ? hurla-t-il.

Ray ne s'entendait plus lui-même au milieu du tintouin. Edna s'était branchée sur la station de country de Frederick et la radio diffusait une chanson de Randy Travis qui faisait d'autant plus de boucan qu'elle passait par les baffles du juke-box Wurlitzer que Ray avait acheté dans une vente aux enchères où on dispersait le contenu d'un restaurant en faillite.

Assis devant un écran vidéo, Earl Boone faisait une partie de poker électronique. Il porta sa canette de bière Busch à ses lèvres, en avala une petite gorgée, tira sur sa cigarette et en fit tomber la cendre dans le cendrier sans quitter l'écran des yeux.

– Il est là où tu l'as laissé la dernière fois que t'en as bu, P'tite tête.

– Je le vois, dit Ray.

Le bourbon était sur une étagère, à côté de l'évier en inox, devant l'automatique Colt que son père avait suspendu à deux clous plantés dans la cloison derrière le bar. Ray empoigna la bouteille à étiquette noire, puisa des glaçons dans le frigo à côté de l'évier, les entassa dans un verre et leur ajouta une solide dose de whisky de maïs. Ensuite il remplit le verre de Coca et remua la mixture de son index crasseux.

– Tu m'en prépares un, mon chou ? lui demanda Edna Loomis.

Edna était assise à une table de poker recouverte de feutre vert. Bourrée de speed jusqu'aux oreilles, comme tous les après-midi. Elle empilait et rempilait des jetons en plastique blanc d'une main, jouant de l'autre avec ses cheveux coupés mèche à mèche et plutôt hirsutes.

– Tu vas quand même pas te biturer la gueule d'aussi bonne heure, dit Ray du ton qu'il aurait pris pour tancer une fillette.

– C'est pas pour tout de suite. Je me le sifflerai plus tard, en regardant mes émissions.

Ray prépara un deuxième cocktail, pas trop corsé, et l'apporta à Edna, qui se leva pour le réceptionner. Au moment où elle allait s'en emparer, elle frôla de ses longs doigts le dos de ceux de Ray et se passa maladroitement la langue sur les lèvres. Ray ressentit un vague mouvement dans l'entrejambe.

– On a le temps ? demanda-t-elle en tournant brièvement la tête pour jeter un coup d'œil en direction du vieux.

– Non, dit Ray. On a une livraison à faire en ville, papa et moi.

– On verra ça à ton retour alors, dit-elle.

Rejetant en arrière les boucles d'un blond orangé qui lui flottaient mollement au-dessus de l'épaule, elle adressa un clin d'œil à Ray et approcha de ses lèvres le verre de bourbon-Coca. Tout en buvant, elle se déhanchait maladroitement au rythme de la musique, fixant Ray des yeux par-dessus le bord de son verre. Quand Randy Travis entonna le refrain, elle le reprit en chœur : « *Forever and ever, amen.* »

Ray la toisa du regard. Elle se croit irrésistible, se dit-il. Il se demanda ce qu'elle voyait en se regardant dans la glace. Les plis autour de sa bouche trahissaient l'approche de la trentaine. Elle avait toujours eu des yeux de vieille, et voilà qu'à présent elle commençait à avoir la peau qui lui pendait sous les fesses. Mais elle avait une sacrée paire de nichons, toujours au garde-à-vous, avec de beaux tétons rose vif. Le jour où ces deux-là commenceraient à partir en couille comme le reste de sa personne, il faudrait que Ray songe sérieusement à l'échanger contre un modèle plus récent.

– Hein ? fit-elle. Je t'ai posé une question, P'tite tête. On jouera à zizi-panpan à ton retour, ou pas ?

L'autre truc chiant avec elle, c'était sa grande gueule. Beaux roberts ou pas, si elle apprenait pas à fermer son clapet, il serait peut-être obligé de s'en défaire plus tôt que prévu.

– M'appelle pas P'tite tête, dit Ray. Y a que papa qui a le droit.

– On y jouera ou pas ?

– Peut-être, dit-il.

Mais à son retour de Washington elle serait en piteux état, pétée aux amphètes et bourrée comme un coing en plus. Ray n'était jamais très chaud pour se la faire quand elle s'était arrangée comme ça.

– Ray ?

– Quoi ?

– Vous allez rester absents plusieurs heures ?

– Hon-hon.

– Tu pourrais pas me laisser un peu de speed ?

– Si tu continues tu vas finir accro.

– S'il te plaît, mon chou.

– Bon mais rien qu'un chouïa alors.

Le regard de Ray se déplaça vers son père et il demanda :

– T'es prêt, papa ?

– Oui, fit Earl Boone en secouant sa cigarette au-dessus du cendrier.

Ray se dirigea vers le fond de la grange et s'approcha

d'une porte blindée encastrée dans un mur renforcé et ignifugé. Il décrocha un trousseau de clés d'un des passants de son jean et déverrouilla la porte, qu'il gardait fermée à double tour vingt-quatre heures sur vingt-quatre. Il franchit le seuil, referma le lourd battant derrière lui et poussa le verrou.

Tout un côté de la pièce était occupé par un banc de musculation équipé d'haltères et de disques, avec des miroirs muraux orientés vers le bas. Le long du mur opposé courait un établi surmonté d'étagères et d'un panneau d'Isorel perforé avec crochets porte-outils. Sous l'établi, il y avait deux coffres-forts qui contenaient de l'argent, de l'héroïne et des flingues. À côté de l'établi, il y avait encore une cantine posée par terre et une petite armoire vitrée en chêne vernissé dans laquelle s'alignaient quatre fusils.

Le troisième mur était consacré à une mini-cuisine intégrée qui se composait d'une double plaque électrique, d'un évier et d'un frigo dans lequel Ray avait toujours en stock une quantité suffisante d'eau minérale et de bière. Il se servait du réchaud électrique pour se fabriquer sa réserve personnelle de speed, sous forme de poudre ou de cristaux, qu'il préparait dans une petite casserole. Des bouteilles de Sudafed et de fluide pour carburateur et d'autres produits chimiques qu'il utilisait pour la fabrication du speed étaient posées sur la paillasse de l'évier en inox.

Au prix de quelques raccords, Ray et son père avaient équipé la pièce d'un chiotard pour faire bonne mesure. De gigantesques W-C, on ne peut plus privés, derrière une porte en chêne massif. Ray avait toujours une pile de bouquins de cul à portée de la main et si la fantaisie l'en prenait, il n'avait qu'à se retourner après s'être torché pour lâcher sa purée dans la cuvette et tirer la chasse pour faire disparaître l'immonde mixture.

Sous un reste de moquette, à quelques pas du banc de musculation, il y avait une trappe. La trappe donnait sur un tunnel que Ray et son père avaient creusé deux étés plus tôt, l'idée étant de s'en servir pour prendre le large si jamais ils étaient coincés. Le tunnel faisait une cinquantaine de mètres de long et il aboutissait dans les bois, de l'autre côté de la maison.

Ray Boone aimait beaucoup cette pièce. À part lui et son père, personne n'avait le droit d'y entrer. Aucun de leurs amis n'aurait jamais eu l'idée de s'y aventurer, même s'ils avaient pu s'en procurer la clé. Pas plus qu'Edna d'ailleurs. Elle savait que Ray y stockait les drogues dont elle raffolait. Mais elle avait beau en tenir une sacrée couche, elle n'était pas conne au point de commettre une bévue pareille.

Ray saisit une paire d'haltères, se plaça face à l'un des miroirs et les leva une vingtaine de fois jusqu'à l'épaule, en alternant bras gauche et bras droit. Puis il les lâcha et s'examina sous toutes les coutures. Juste au-dessous des manches de son tee-shirt blanc, il avait deux tatouages bien visibles, d'un modèle assez banal – poignard ruisselant de sang sur un bras, cobra enroulé autour de la hampe d'un drapeau confédéré sur l'autre. Ces tatouages étaient un souvenir de son séjour en cabane, mais il en avait deux autres en travers des omoplates, des vrais de vrais ceux-là, qu'il valait mieux ne pas trop exhiber : un svastika entre deux éclairs et un nègre pendu au bout d'une branche.

Ray se composa une mine sérieuse, souleva le sourcil gauche, puis le droit. Il n'avait rien d'un Apollon, d'accord, mais il n'était pas repoussant non plus. Il avait le visage grêlé de cicatrices d'acné, mais aucune gonzesse n'avait jamais pris ses jambes à son cou en l'apercevant. Il y en avait même qui trouvaient un charme certain à ses yeux profondément enfoncés sous un front dur et protubérant. Deux ou trois fois dans son enfance, des garçons de son âge l'avaient traité de bigleux et ils s'étaient pris un pain dans la gueule. Peut-être qu'il avait un œil qui disait merde à l'autre, mais ça se voyait pas quand il se regardait dans la glace. Edna trouvait qu'il ressemblait à un acteur de *Profiler*, le feuilleton télé, celui qui jouait toujours des rôles de trafiquant de drogue au cinéma. Ray aimait bien cet acteur. Lui non plus n'avait rien d'un Apollon.

Quand il fut fatigué de s'admirer, Ray s'empara d'une fiole qui contenait deux gros cristaux de speed hyperconcentré et la fourra dans la poche de son jean. Il ôta ses baskets et les remplaça par une paire de bottes Dingo à très hauts talons, puis il ouvrit l'un des deux coffres et en sortit le petit sac à dos dans lequel était placée l'héroïne qu'il avait pesée et répartie en plusieurs paquets emballés dans du plastique un peu plus tôt dans la journée. Après s'être assuré que son Beretta 9 mm était bien muni d'un chargeur, il le glissa sous la ceinture de son jean. Dans la cantine, il prit une grosse chemise de flanelle et un blouson, les enfila tous les deux, laissant flotter les pans de la chemise pour dissimuler le flingue. Le sac à dos jeté en travers de l'épaule, il ressortit de la pièce et verrouilla la porte derrière lui.

Edna l'attendait, assise sur un tabouret de bar. Ray lui donna la fiole de speed. Elle le gratifia d'un baiser bien baveux puis sortit de la grange, son bourbon-Coca à la main.

– T'es prêt, papa ?

– Tu penses bien.

Earl haïssait cette ville de tout son cœur. Une seule chose en elle trouvait grâce à ses yeux. Elle était dans un entrepôt désaffecté connu sous le sobriquet de la Droguerie. Et pour lui, elle valait le déplacement.

Earl Boone écrasa sa cigarette dans le cendrier, éclusa le reste de sa bière, broya la canette entre ses doigts et la jeta dans la corbeille à papier. Il glissa son paquet de Marlboro dans la poche de sa chemise et regarda son fils effectuer le même geste après avoir récupéré son propre paquet sur le bar.

Earl se leva quand son fils s'avança vers lui. Son visage était la réplique de celui du gamin, mais en plus buriné, avec des joues creusées de rides profondes qui masquaient un peu ses propres cicatrices d'acné, et des yeux sans éclat, profondément enfoncés dans leurs orbites. Il dépassait Ray d'une bonne tête, et il était nettement plus large d'épaules. Contrairement au gamin, il n'avait jamais soulevé aucun objet pesant à moins d'avoir été payé pour, et ce genre de pratique le dépassait. Sa carrure, il l'avait acquise lors de son passage chez les marines, puis en travaillant à la sueur de son front.

– Allons-y, dit Ray.

Earl esquissa un sourire en voyant les bottes à hauts talons dont son gamin s'était affublé. Ray avait toujours eu des complexes à cause de sa petite taille.

– Qu'est-ce qu'il y a de drôle ? demanda Ray.

– Rien, dit Earl.

Earl empoigna la mini-glacière dans laquelle il avait mis au frais un pack de six bières, et après avoir jeté un regard circulaire sur le bar et l'espace de jeux il éteignit la lumière. Ils avaient fait du sacré beau boulot, son fils et lui. Maintenant qu'ils avaient arrangé l'endroit à leur façon, l'illusion était parfaite. On aurait vraiment juré un saloon du vieil Ouest.

Edna Loomis bourra d'herbe le fourneau de sa pipe à eau et posa au sommet un grain de speed cristallisé. Debout à la fenêtre de la chambre qu'elle partageait avec Ray dans le corps de bâtiment principal, elle suivit du regard les mouvements de Ray et d'Earl tandis qu'ils sortaient de la grange et se dirigeaient vers leur voiture, une Ford au moteur gonflé garée entre un pick-up F150 et la Harley de Ray.

Edna fit jouer la roulette d'un briquet Bic, plaça la flamme au-dessus du fourneau et aspira un bon coup. Tout en retenant la fumée afin que le mélange herbe-speed lui fasse un maximum d'effet, elle observa le ménage de Ray. Il décrocha le haut du pare-chocs arrière de la Ford, sortit les paquets d'héroïne de son sac à dos et les tassa dans l'espace qui séparait le pare-chocs du coffre.

Edna fut prise d'une quinte de toux et recracha un champignon de fumée qui s'éparpilla contre la vitre.

Ray calfeutra l'héroïne à l'aide d'une bande de caoutchouc, remit le haut du pare-chocs en place et l'ajusta en le frappant du plat de la main. Earl surveillait la large allée gravillonnée qui conduisait à la route pour parer à toute visite intempestive. Ils sont aussi paranos l'un que l'autre, se dit Edna. Personne ne passait jamais sur cette route. Et de toute façon l'accès de l'allée était barré par un portail fermé à clé.

La toux d'Edna ne s'était pas apaisée pendant qu'elle pensait aux affaires de Ray et d'Earl. Son crâne se mit à battre et elle éprouva un début d'appréhension. Mais elle se dit que c'était simplement le speed qui lui pilonnait la cervelle, puis sa toux cessa et elle se sentit bien. Et même mieux que bien. Tout à coup, plus rien au monde ne lui pesait. Elle prit une Virginia Slim dans le paquet qu'elle habillait toujours d'un étui en cuir, l'alluma, porta son verre de bourbon-Coca à ses lèvres et en but quelques menues gorgées, histoire de le faire durer le plus longtemps possible.

Elle s'approcha de la commode et augmenta le son de la télé. Une fille blanche aux cheveux carotte était assise sur une estrade à côté d'un grand balèze noir. Elle était grosse et moche comme un pou, ce qui n'avait rien de surprenant. Là-dessus, une noire au cul rebondi, l'air vraiment pas jouasse, monta sur l'estrade à son tour. Apparemment, la blanche avait baisé avec son mec et elle s'apprêtait à lui montrer de quel bois elle se chauffait. Elle essayait même de lui foutre son poing dans la gueule... Edna avait déjà vu cette émission, ou en tout cas elle se l'imaginait.

Elle retourna à la fenêtre et regarda ce qui se passait dans le jardin. La Ford partit en marche arrière, fit demi-tour sur l'allée et disparut sous les arbres.

Edna jeta un coup d'œil à son verre. Elle avait le gosier

en pente aujourd'hui. Le mélange de Jack Daniels et de nicotine lui faisait toujours un effet bœuf après le speed. Si Ray la trouvait bourrée à son retour, ça ne lui ferait pas plaisir, mais il était encore trop tôt pour se faire du souci à ce sujet.

Elle but une gorgée, puis elle se dit qu'après tout elle n'en avait rien à foutre et avala le reste d'un trait. Peut-être qu'elle allait retourner à la grange pour s'en préparer un autre, plus léger, plein de Coca à peine allongé d'une petite goutte de bourbon. Ray ne rentrerait pas avant plusieurs heures ; en plus, il serait fou de joie et ça l'occuperait pendant tout le reste de la soirée. Quand Ray revenait d'une livraison, il n'aimait rien tant que de compter et recompter les biffetons qu'elle lui avait rapportés.

La baraque de Ray et Earl était un peu en retrait de la route 28, entre Dickerson et Comus, à une vingtaine de kilomètres au sud de Frederick, dans le comté de Montgomery. Il y avait encore de la forêt et de la campagne dans le coin, mais plus pour longtemps. Au fil des années, les Boone avaient vu les lotissements champignonner au nord de Washington ; leurs occupants étaient pour la plupart des blancs qui se prétendaient en quête de terrains moins chers et de maisons plus spacieuses, mais ne cherchaient en fait, Ray l'avait vite compris, qu'à fuir la « marée noire » et la délinquance qui allait avec. Ces gens-là ne pouvaient pas supporter l'idée de voir un jour leur fille se balader main dans la main avec Willie Horton. C'était leur pire cauchemar, et il les avait fait fuir jusqu'ici comme un troupeau de vaches affolées. Ray était de cœur avec eux, bien sûr, mais il aurait quand même préféré qu'ils choisissent une autre région pour y construire leurs satanés pavillons.

Ray s'engagea sur la rampe d'accès de l'autoroute 270 et la prit en direction du sud.

– Tiens, dit-il à son père en lui tendant son automatique, crosse en avant.

Earl s'en empara, ouvrit la boîte à gants, appuya sur un bouton, attendit que la cloison secrète s'abatte et inséra le Beretta dans l'espace qu'il venait de libérer.

Ray avait acheté leur véhicule dans le Bronx, chez un spécialiste de la bagnole trafiquée. C'était une Taurus d'apparence banale, mais dont le nombre de chevaux dépassait de loin la puissance légale, puisqu'elle était même supérieure à celle de la plus puissante cylindrée de l'écurie Ford, la SHO. Le pare-chocs factice, non content de résister aux heurts (à condition que la vitesse ne soit pas trop grande), pouvait aussi loger une quantité relativement importante d'héroïne. La boîte à gants, la partie gauche du tableau de bord et de nombreux éléments de décor comportaient des cloisons secrètes dont Ray se servait pour dissimuler ses armes et sa provision personnelle de drogue.

Ray s'alluma une cigarette avec l'allume-cigare du tableau de bord et le passa à son père pour qu'il allume la sienne.

– Dans un film, dit Ray, les spectateurs comprendraient tout de suite qu'on est les méchants.

– Pourquoi ?

– Parce qu'on fume tous les deux.

– Ah, fit Earl.

– Paraît que le tabac sera bientôt interdit dans tous les bars du comté.

– Tu m'en diras tant.

– Moi, faudra qu'ils me passent sur le corps pour m'arracher mon paquet de Marlboro, déclara Ray.

Il souriait jusqu'aux oreilles, ravi d'être si spirituel. Earl ne lui répondit pas. Il n'avait jamais été du genre loquace, et avec son fils il devenait encore plus taciturne. Le bon dieu n'avait pas gâté Ray côté matière grise, et il ne proférait pour ainsi dire jamais rien d'autre que des vantardises : regarde comme je suis coriace, regarde comme je suis malin. Earl avait vingt ans d'avance sur Ray ; même s'il avait été à bout de forces, le gamin n'aurait pas fait le poids contre lui, et il le savait. Ça lui faisait une raison de plus d'en avoir gros sur la patate.

Earl arracha la languette d'une boîte de bière Busch.

Ray tira sur sa cigarette. Ça l'embêtait que son père lui batte froid de cette façon. C'était pourtant bien lui qui avait mis sur pied leur petit commerce, en prenant chaque fois les décisions qui s'imposaient. S'il avait confié la gestion de leurs affaires à son père, qui n'avait jamais été fichu de garder un boulot plus de quelques semaines, ils n'auraient plus rien aujourd'hui, ils auraient été ratiboisés.

Évidemment, sans son séjour à la prison de Hagerstown, où il purgeait une peine de dix ans pour meurtre, Ray n'aurait jamais rencontré les gens qui l'avaient branché sur la présente combine. Ray avait été engagé pour régler son compte à un fumeur de crack qui avait dépouillé un dealer de Frederick. Il avait déjà descendu deux mecs pour de l'argent depuis qu'il avait quitté le lycée, et ça lui avait valu une certaine réputation dans cette partie du Maryland. Ray n'avait pas vraiment choisi la carrière de tueur professionnel, mais sa conscience ne l'avait jamais tourmenté plus que ça, et d'ailleurs ces types-là méritaient de crever. Le premier l'avait supplié et il avait mis un temps fou à mourir, mais avec les autres c'était passé comme une lettre à la poste.

Dans ce cas précis, Ray avait prévu de régler son compte au fumeur de crack dans les toilettes d'un bar qu'il fréquentait, puis de s'enfuir par la fenêtre. Il venait de lui planter son couteau commando dans le bide quand le videur de service s'était pointé pour pisser un coup. Il avait désarmé Ray et l'avait retenu jusqu'à ce que les flics arrivent sur les lieux. Ray s'était bien souvent rejoué la scène dans sa tête en concluant chaque fois qu'il aurait dû étriper le videur aussi, mais c'était une brute énorme, d'une force herculéenne, dont le premier soin avait été de lui péter le poignet, le réduisant à l'impuissance.

Pour sa défense, Ray avait prétendu que c'était ce pauvre con de drogué qui l'avait attaqué, et par chance on avait retrouvé un petit pistolet de rien du tout dans une poche du cadavre. C'est comme ça qu'il avait échappé à l'inculpation de meurtre au premier degré et qu'il s'était retrouvé à Hagerstown.

En taule, la vie n'était pas trop désagréable du moment qu'on évitait de se faire passer dessus. Pour l'éviter, il fallait être un dur à cuire ou mieux encore nouer des alliances ou entrer dans une bande. Les blancs se retrouvaient dans des groupes du genre Fraternité chrétienne. Les noirs se tenaient les coudes, les Hispaniques aussi. Mais comme les blancs et les Hispaniques haïssaient les noirs bien plus qu'ils ne se haïssaient entre eux, Ray avait eu l'occasion de se lier avec deux ou trois basanés.

Parmi eux, il y avait Roberto Mantilla. Roberto avait un cousin du côté d'Orlando, un certain Nestor Rodriguez, lequel travaillait pour le compte du cartel Vargas, dont la base opérationnelle était la vallée de Cauca, dans le sud-ouest de la Colombie. Nestor et son frère Lizardo couvraient toute la côte Est, fourguant leur poudre à des revendeurs à Washington, Baltimore, Wilmington, Philadelphie et New York. En vendant de l'héroïne moins coupée et en cassant les prix, ils avaient élargi leur marché et écrasé tous leurs concurrents asiatiques et mexicains. Du coup, leur petite affaire avait énormément grossi. D'après Roberto, ses cousins ne pouvaient plus prendre en charge eux-mêmes la logistique des transactions, et ils auraient eu besoin d'un intermédiaire pour assurer les livraisons à Washington et satisfaire une demande à laquelle ils n'étaient plus capables de faire face. En échange de quoi, avait expliqué Roberto, l'intermédiaire en question palperait une com de dix mille dollars par transaction.

– D'accord, avait dit Ray. Dès que je serai sorti d'ici, je veux bien tenter le coup.

Un an plus tard, ayant réussi à convaincre les membres de la commission des libérations sur parole que le comportement exemplaire dont il avait fait preuve en détention n'avait rien d'aberrant, il était ressorti de Hagerstown. Et au bout de ses deux ans de mise à l'épreuve, il n'avait plus eu qu'à dire adieu à son superviseur et à se mettre au boulot.

Ray devait sa réussite à Roberto Mantilla, et il l'en aurait bien remercié, mais les remerciements n'étaient plus à l'ordre du jour, car, quelque temps après la libération de Ray, Roberto avait été violé et tué à coups de tuyau de plomb par un bandard fou.

– Le chargement d'aujourd'hui, c'est de la pure à 85 pour cent, papa, dit Ray.

Il parlait de l'héroïne dissimulée dans le pare-chocs arrière.

– C'est Lizardo qui te l'a dit ? lui demanda Earl.

Il disait ça pour faire enrager son fils, sachant que Ray ne pouvait pas encadrer Lizardo, qui, à la différence de son frère, ne lui témoignait jamais le moindre respect.

– Non, c'est Nestor. En Floride, ils ont de la brune qui est pure à 95 pour cent, même quand elle arrive en bout de chaîne.

– Et alors ? Ça change quoi ?

– C'est comme ça que les Colombiens enfoncent leurs concurrents. Et là, je parle pas seulement des bridés qui fourguent de la came coupée à 90 pour cent ou plus, mais aussi des Mexicains. Les Colombiens ont tablé sur la pureté et les prix très bas, et sous peu ils contrôleront une bonne partie du marché américain. En plus, avec cette héroïne très pure, on se fait une clientèle d'un nouveau genre : des étudiants, le fils du voisin d'à côté, et tout. Elle est plus réservée aux négros, tu comprends. Parce que avec elle on n'est pas obligé de se piquer. Si on la sniffe ou on la fume, ça monte au cerveau aussi vite.

– Tu m'en diras tant.

– Tu trouves pas ça intéressant ?

– Non, pas tellement. Moi, tout ce qui m'intéresse, c'est de faire un aller-retour vite fait et de vendre ce qu'on a à vendre. Si c'était pas pour le fric, y a belle lurette que j'aurais plus remis les pieds dans cette ville. Qu'ils s'entre-tuent jusqu'au dernier à cause de cette saloperie, moi je m'en tape.

– Parle pas de malheur, dit Ray en adressant un bref sourire à son père. S'ils étaient tous morts, on n'aurait plus de clients.

– Écoute, P'tite tête...

– Quoi ?

– Un beau matin, toi et moi, on va s'apercevoir qu'on a plus de pognon qu'il nous en faut. Ça t'arrive d'y penser ?

Ray donna un brusque coup d'accélérateur et s'engagea sur la route sans prendre garde à la circulation.

– Oui, des fois, dit-il.

À vrai dire, il y pensait de plus en plus souvent ces temps-ci. Il ne resterait plus qu'à se retirer de l'affaire, mais comment ? La seule chose qui leur manquait désormais, c'était un plan.

6

Quand Earl vint à bout de sa deuxième bière, Ray était sorti du périph et avait pris New Hampshire Avenue en direction du centre ville. Un peu plus loin, il bifurqua dans North Capitol Street, et juste avant d'arriver à la hauteur de Florida Avenue il sortit son portable et passa un coup de fil pour annoncer aux gars de la bande à Cherokee Coleman que son père et lui seraient là sous peu.

Il prit à gauche dans Florida Avenue, à l'endroit où les choses commencent à se dégrader sérieusement et roula le long d'une espèce de complexe d'entrepôts et de garages pour camions qui avaient jadis eu pour vocation de former le centre industriel d'une ville d'où l'industrie est pratiquement absente, et dont la plupart étaient à l'abandon. Depuis les émeutes de 1968, le dépérissement du quartier s'était accentué d'année en année.

Ray passa devant la rangée de pavillons mitoyens qui abritait le QG de Cherokee Coleman, une petite maison en brique que rien ne distinguait de ses voisines. Elle était juste en face d'un vieil entrepôt à demi effondré que les habitants du quartier avaient baptisé la Droguerie. Depuis un an, ou peut-être un peu plus, le bâtiment était squatté par des toxicos en tout genre : fumeurs de crack, accros à la coke, shootés à l'héro. Ils s'étaient installés là pour être à proximité de la source d'approvisionnement permanent que Coleman représentait pour eux.

Ray roula à faible vitesse jusqu'au prochain croisement.

Les petits soldats de Coleman – rabatteurs, fourgueurs, ramasseurs de pognon, guetteurs et chefs d'équipe – étaient disséminés le long du trottoir et à des angles de rue stratégiques. Plusieurs voitures étaient garées des deux côtés de la rue : une BMW M3, une Acura Legend, une Lexus munie de becquets aérodynamiques, une Mercedes grand sport avec des jantes chromées et plusieurs gros monospaces genre tout-terrain.

Une Crown Vic de la police remontait la rue dans l'autre sens. Lorsqu'il la croisa, Ray ne prêta aucune attention au flic en uniforme qui la conduisait, mais son regard s'attarda sur les énormes chiffres du numéro inscrit sur sa portière.

– Ray, dit Earl.

– Tout va bien, dit Ray.

Ce numéro était bien celui qu'il connaissait.

Dans le rétroviseur, il vit la voiture de patrouille tourner à droite une rue plus bas pour faire le tour du pâté de maisons. Il accéléra et alla se ranger devant une porte de garage, juste avant le prochain coin de rue. Il donna trois coups de klaxon, deux brefs et un long. La porte se souleva et il la franchit. Un groupe de jeunes mecs – certains vraiment très jeunes – faisaient le pied de grue à l'intérieur.

La porte se referma derrière eux. Ray sortit le Beretta de la boîte à gants et souleva les hanches pour le fourrer sous la ceinture de son jean. Il savait que son père avait glissé son propre .38 dans la poche de son blouson avant de quitter la grange. Ça le dérangeait pas que les jeunes mecs du garage voient les flingues. Au contraire même, ça l'arrangeait.

Quand Ray et Earl descendirent de voiture, les hommes de Coleman ne leur adressèrent même pas un vague signe de tête. En prison, Ray avait appris que dans ces situations-là un sourire, ou toute autre manifestation d'humanité, est forcément pris pour une faiblesse, un défaut de la cuirasse où il n'y a plus qu'à plonger un couteau. Quant à Earl, il ne voyait que des visages noirs, durs et fermés, impossibles à distinguer les uns des autres, et il n'avait pas besoin d'en savoir plus.

D'une mini-chaîne montée sur une étagère s'échappait la voix désincarnée d'un rapper :

« *Money, clothes, cars,* psalmodiait-elle. *Clockin'G's, gettin' skeezed* *... »

– Elle est dans le pare-chocs, annonça Ray à l'adresse du plus âgé des garçons, qu'il avait déjà vu lors de leur précédente livraison, et qui semblait être le chef d'équipe.

– Bon, ben file-la-nous, chef, dit le jeune mec, en désignant la voiture d'un lent mouvement du menton.

– T'as qu'à te servir, dit Ray.

Maintenant, se dit Earl, ils vont se reluquer un bon moment, comme s'ils n'arrivaient pas à décider s'ils vont se foutre sur la gueule ou s'embrasser.

C'est exactement ce qui se passa. Ray regarda les jeunes mecs droit dans les yeux, ils soutinrent son regard, certains des plus âgés se marrèrent, Ray se marra aussi un petit coup, puis ils s'entre-regardèrent de nouveau en prenant un air pas commode.

À la fin, le chef d'équipe donna un ordre bref à l'un des plus jeunes, qui adressa un signe de tête tout aussi bref à son voisin. Les deux gamins démontèrent le pare-chocs et sortirent les paquets d'héroïne de leur cachette.

Ray et Earl grillèrent une cigarette tandis que les sous-fifres de Coleman pesaient l'héroïne vite fait à l'aide d'une balance électronique posée sur l'établi qui courait le long d'un des murs. Ils ne la goûtèrent pas, ne la testèrent pas, non parce qu'ils faisaient confiance aux Boone, mais parce que Coleman leur avait dit de ne pas s'emmerder avec ça. Il savait que Ray et Earl n'auraient jamais essayé de le carotter. Ils étaient bien trop dépendants de lui pour ça.

– C'est le bon poids, dit le chef d'équipe.

* « Fric, fringues, bagnoles. On entasse la thune, on se tape toutes les salopes... »

– Comme si je le savais pas. Appelle Cherokee et dis-lui que j'arrive. On reviendra chercher la voiture.

Au moment où les Boone ressortaient du garage, l'un des gamins imita le son d'un banjo et les autres se mirent à glousser. J'en ai rien à foutre, se dit Ray. Sous peu, ils seront tous morts ou en taule, alors... Ça lui faisait du bien de sortir de là sans même jeter un regard en arrière, comme si ça lui avait été égal de savoir s'ils réprimaient une crise de fou rire ou reprenaient simplement leur souffle. Il se sentait fort, il se sentait grand. Il était content d'avoir mis ses bottes.

Ray et Earl avançaient d'un pas vif le long du trottoir. Des pages de journal chassées par le vent glacial tourbillonnaient sur la chaussée. Le regard de Ray croisa celui d'un jeune mec qui téléphonait avec un portable ; il comprit aussitôt que son interlocuteur devait être l'un des lieutenants de Cherokee Coleman. Ray et Earl continuèrent à marcher, et quand ils arrivèrent à la hauteur de la maison de Coleman, la porte s'ouvrit et ils pénétrèrent à l'intérieur.

Ils se retrouvèrent dans une antichambre où les attendaient quatre jeunes mecs. L'un d'eux leur fit subir une fouille en règle et leur confisqua leurs flingues. Ray ne fit rien pour l'en empêcher, sachant qu'aucun danger ne les menaçait plus, son père et lui. Si les choses avaient dû tourner au vinaigre, ça se serait passé au garage. Le QG de Coleman ne contenait jamais ni drogue ni sommes d'argent trop importantes, et il se gardait bien de faire abattre des gens dans sa proximité immédiate. Il avait dû se démener comme tout le monde pour en arriver là, mais c'était un malin, et tout ça était derrière lui à présent.

Le garçon qui les avait fouillés hocha la tête et ils entrèrent dans le bureau.

Cherokee Coleman était assis dans un fauteuil inclinable en cuir, de l'autre côté d'un bureau sur lequel étaient posés un sous-main, un stylo en or massif avec porte-mine assorti et une de ces lampes à abat-jour vert comme on en voyait autrefois dans les banques. À côté de la lampe, un téléphone portable attendait sagement qu'on le décroche. Ray se disait que dans un décor pareil Coleman devait se sentir intelligent, que tout ça devait lui donner l'impression d'être homme d'affaires ou banquier. Son père et lui avaient plus d'une fois plaisanté sur ce stylo et ce porte-mine dont il ne s'était sans doute jamais servi.

Coleman arborait un complet noir au-dessus d'un col roulé anthracite. Le tissu noir du costume mettait en valeur sa peau lisse, d'un brun rougeâtre, et ses traits réguliers et fins. Il n'était pas particulièrement massif, mais l'épaisseur de ses poignets et les veines noueuses qui recouvraient le dos de ses mains indiquaient, aux yeux d'Earl en tout cas, qu'il devait être plus costaud qu'il n'y paraissait.

Derrière Coleman, adossé au chambranle d'une petite fenêtre aux vitres protégées par des barreaux, se tenait un homme de haute taille, très corpulent, chauve comme un œuf, aux yeux dissimulés par des lunettes de soleil à branches dorées. C'était le bras droit de Coleman, Angelo Lincoln, que tout le monde ici connaissait sous le sobriquet de *Big-Ass* Angelo.

– Messieurs, dit Coleman, soulevant négligemment sa main manucurée pour leur faire signe de prendre place face à lui.

Ray et Earl s'assirent. Leurs sièges étaient nettement plus bas que celui de Coleman.

– Comment tu vas, Ray ? Et toi Earl, ça va-t-y ?

– On fait aller, dit Earl.

– Comme la vache au taureau ?

Les épaules d'Angelo tressautèrent, et une espèce de sifflement assourdi s'échappa d'entre ses lèvres.

– Apparemment, tout baigne dans l'huile, dit Coleman.

– Ça, pas de doute, dit Ray. Y manque pas un gramme,

et ce coup-ci la came est du tonnerre de Dieu. Pure à 85 pour cent.

– C'est ce qu'on m'a dit.

Coleman aurait pu expliquer à Ray qu'il se foutait le doigt dans l'œil jusqu'au coude, mais à quoi bon ? Si cette came avait vraiment été pure à 85 ou 90 pour cent, elle aurait provoqué une hécatombe chez les junkies de Washington, car l'héroïne de cette qualité ne peut se consommer qu'à doses homéopathiques. Voilà que les fourgueurs eux-mêmes se mettaient à croire aux insanités que la DEA diffusait dans ses communiqués de presse.

– Qui te l'a dit ? Les Rodriguez ?

– Oui. Ils m'ont appelé pour discuter d'une autre affaire.

– Une affaire qui nous concerne, papa et moi ?

– Ça se pourrait, dit Coleman.

Il se retourna vers son lieutenant.

– À ce qu'on dirait, cette nouvelle fournée est vraiment d'enfer, Angelo. Comment on va l'appeler ?

Coleman prenait toujours soin d'étiqueter ses petits sachets d'héroïne, en leur inventant des noms de marque. Il disait que ça lui faisait de la publicité gratuite ; pour lui, c'était une manière d'annoncer à ses clients que Cherokee était toujours au top, que le nouvel arrivage était de première bourre. À ses yeux, ces marques étaient une manière d'apposer sa griffe personnelle, un peu comme les chefs des restaus huppés qui inventent des noms à leurs spécialités.

Le regard de Ray se déplaça vers Angelo qui, la bouche entrouverte, sa face adipeuse plissée par une expression d'intense concentration, fixait le sol à ses pieds. Tout à coup, il releva les yeux, hochant la tête de haut en bas, visiblement satisfait de sa trouvaille.

– Plein la gueule ! dit-il en souriant jusqu'aux oreilles.

– Ça me plaît pas, Angie. On dirait le titre d'un film de Chuck Norris, et tu sais ce que je pense de lui.

– Arme fatale 2 ? proposa Angelo.

– Celui-là, on l'a déjà fait, frangin.

– Qu'est-ce que tu dirais de la Scalpeuse ?

Angelo savait que son patron avait un goût prononcé pour ce genre d'appellation. Aux yeux de Coleman, les Indiens étaient un peu des cousins.

– La Scalpeuse, fit-il en pinçant les lèvres. Oui, c'est pas mal.

Earl fit passer son poids d'une fesse sur l'autre. Il faisait chaud dans le bureau, et il y flottait des effluves de parfum ou d'huile aromatique. Les bamboulas ont tous des petits sapins en carton accrochés à leurs rétroviseurs, ils collent des diffuseurs à parfum dans tous les coins et s'inondent d'eaux de toilette hors de prix.

– On parlait des frères Rodriguez, dit Ray.

– Nestor a décidé d'ajouter la coke à sa gamme de produits, dit Coleman. Je lui ai expliqué que, moi, cette affaire-là m'intéressait pas. C'est pas que je crache sur le pognon des accros à la coke et des fumeurs de crack. Mais en ce moment la brune rapporte un max, et la tendance n'est pas près de s'inverser. Et puis, quand je veux de la cocaïne, c'est aux Crips de Los Angeles que je m'adresse. Moi, tu comprends, je ne veux pas être sous la coupe d'un seul fournisseur. Il pourrait fixer les prix à sa guise et je serais désavantagé dans la négociation.

La tendance n'est pas près de s'inverser, sous la coupe, désavantagé dans la négociation... Putain, mais pour qui il se prend, ce négro de merde ? se dit Earl.

– Comment il a pris ça, Nestor ? demanda Ray.

– Il a laissé entendre que si je m'approvisionnais chez d'autres que lui, notre association pourrait en être compromise. J'aime pas qu'on me tienne ce genre de langage. On dirait presque qu'il me menace, tu comprends.

– Je te reçois cinq sur cinq, dit Ray. Je suis de ton côté.

Tu parles que tu me reçois, pauvre gland, se dit Coleman. Et encore heureux que tu sois de mon côté, parce que sans moi qu'est-ce que tu serais devenu, hein? Tu serais dans ton champ, attelé à ta charrue, une paille entre les dents, comme tous les culs-terreux de ton espèce.

– Tout est réglé? demanda Earl.

– Qu'est-ce que t'as, t'es pressé? dit Coleman en souriant. Un rendez-vous galant, peut-être?

– Ça te regarde? dit Earl.

Le visage de Coleman se renfrogna. D'une voix douce, où perçait une pointe de tendresse, il demanda:

– Tu veux jouer les gros bras avec moi, à ton âge? Tu me cherches, c'est ça?

– Allez quoi, Cherokee, dit Ray. Papa plaisantait, c'est tout.

Coleman ne le regarda même pas. Ses yeux étaient toujours rivés sur Earl. À la fin il sourit, puis frappa dans ses mains.

– Oh tu sais, Earl, moi la môme café au lait, je m'en bats l'œil à présent. Je me la suis tapée, mais c'était avant qu'elle perde sa fraîcheur. Va retrouver ta petite junkie et fais le joli cœur avec elle autant que tu voudras.

– Elle craquera, c'est sûr, dit Ray.

Il se leva et regarda son père, qui n'avait pas bougé de son siège. Il fixait toujours Coleman, un sourcil en accent circonflexe.

– Vas-y, Earl, dit Coleman. Elle attend que toi. Sa stalle est prête. Apparemment, quelqu'un lui a dit que tu allais venir en ville aujourd'hui.

Earl se leva.

– T'oublieras pas mon problème avec les Rodriguez, hein, Ray? dit Coleman. Malgré tout le respect que j'ai pour mes frères à peau brune, tu devrais peut-être leur faire part de mon point de vue la prochaine fois qu'ils te livreront leur marchandise.

– Entendu, dit Ray.

– Bon. Votre argent vous attend au garage. On vous rendra vos flingues à la sortie.

– À la prochaine, dit Ray en se dirigeant vers la porte.

Coleman dit « Eh, Ray ! » et quand Ray se retourna vers lui il s'était dressé au-dessus du bureau et fixait ses pieds d'un œil intéressé.

– Lizardo Rodriguez était curieux de savoir si t'aurais tes bottes aujourd'hui. Il les trouve d'enfer, tu comprends.

– Ah bon ?

– Tu les as mises, à ce que je vois.

Une expression de profonde perplexité s'était peinte sur les traits de Ray. Marmonnant un vague « Au revoir », il sortit de la pièce avec son père et la porte se referma derrière eux.

Coleman et Big-Ass Angelo éclatèrent d'un rire tellement ravageur que Coleman fut obligé de s'accrocher au bord de son bureau. Il avait les larmes aux yeux. Angelo avança la main droite et Coleman la frappa de la paume.

– Oh putain, fit Coleman. Ray Boone avec ses talons compensés ! On dirait Joe Don Baker dans *Justice sauvage*.

– Je te reçois cinq sur cinq ! fit Angelo.

Coleman plia le buste et se mit à frapper le sol du pied.

– N'empêche que ça va l'obliger à gamberger, dit-il quand il eut retrouvé son calme. Au sujet des frères Rodriguez, je veux dire.

– Ah ceux-là, si jamais on les perd...

– On trouvera quelqu'un d'autre pour nous fourguer la marchandise, frangin. On est en pleine guerre des prix et les produits rivalisent de pureté. L'offre est surabondante et le marché est favorable aux acheteurs.

– Mais Ray et Earl, on les verrait plus alors ? Ce serait dommage de perdre des clowns pareils. Comment on rigolera sans eux ?

– Là aussi, on en trouvera d'autres.

Levant la tête vers son lieutenant, Coleman ajouta :

– Angie ?

– Quoi ?

– Ouvre un peu la fenêtre, tu veux ? Cette turne pue la nicotine, la bière et l'after-shave.

– C'est vrai que ça schlingue.

– À chaque visite des Boone, je me rappelle soudain que j'ai jamais pu supporter l'odeur des blancs.

Après avoir récupéré leur artillerie dans l'antichambre, Ray et Earl ressortirent de chez Coleman, allumèrent une cigarette et traversèrent la rue. Ils se faufilèrent par une déchirure de la clôture grillagée qui entourait l'ancien entrepôt. Un ruban de plastique jaune de la police avait été glissé entre les maillons du grillage ; un morceau s'en était détaché et flottait au vent comme la queue d'un cerf-volant.

Ils avancèrent à pas précautionneux sur un sol jonché de détritus qui auraient pu receler de vieilles seringues et, après avoir enjambé un tas de briques qui avait jadis été la partie basse d'un mur, se retrouvèrent dans un vaste rez-de-chaussée où l'eau échappée des canalisations crevées s'était mêlée à la pluie d'un récent orage qui avait cascadé le long des parois pour former d'innombrables flaques. Les murs avaient tous des brèches ; certaines étaient dues à la décrépitude, d'autres avaient été ouvertes à coups de masse pour faciliter les allées et venues. Des pigeons voletaient çà et là dans l'immense espace vide et le sol en ciment était constellé de fientes.

Un rat leur fila entre les jambes et disparut dans une pièce latérale, plongée dans une demi-pénombre. Ray entrevit un visage noir, décharné et sec, au moment où il s'enfonçait dans les ténèbres. C'était celui d'un junkie qui s'appelait Tonio Morris. Il appartenait à cette catégorie de junkies qui étaient à l'échelon le plus bas de la chaîne alimentaire, les moribonds qui n'avaient plus la force de s'approprier un espace à eux au premier étage ; quand on livrait enfin ceux qui avaient de quoi se payer un sachet, ils étaient prêts à céder tout ce qu'ils possédaient, le peu qu'ils avaient réussi à grappiller ce jour-là ou n'importe quel orifice de leur corps, en échange d'un peu de crack ou d'une petite ligne.

Ray et Earl croisèrent un des hommes de Coleman ; il tenait un pistolet dans la main droite, et il avait un bipeur et un portable à la ceinture. Il ne leur accorda même pas un regard, et faisant comme s'ils ne le voyaient pas, ils gravirent un escalier ouvert à tous les vents.

Sur le palier du premier étage, un autre homme armé, aussi impassible que celui du rez-de-chaussée, montait la garde. Des fenêtres en arcade auxquelles ne restait plus une seule vitre s'alignaient le long des murs. Ray et Earl parcoururent un corridor, passant devant des chambres éclairées à la bougie où l'on discernait des formes humaines étendues sur des matelas. Puis ils se retrouvèrent dans des toilettes qui n'avaient plus de murs. Ray supposa que les chiottes des hommes et celles des femmes avaient été réunies pour former cette vaste pièce où une rangée d'urinoirs encroûtés de merde faisait face à une rangée de stalles. Ray et Earl respirèrent par la bouche pour se protéger de la puanteur des excréments et des vomissures qui avaient débordé des toilettes bouchées et formé des mares sur le carrelage.

Les stalles, dont plus aucune n'avait de porte, abritaient des hommes et des femmes vêtus de loques crasseuses, empestant l'urine et la sueur. Ils adressèrent aux Boone des sourires et des salutations, les unes sarcastiques, d'autres où perçait un mélange de soulagement et de tendresse sincère. Ray et Earl passèrent devant des stalles où l'on avait scotché au mur des photos de Jésus, de Malcolm X et de Muhammad Ali découpées dans des magazines et des affiches de concerts du Globe, tout cela souillé de sang et d'ordure. Ils continuèrent leur chemin et s'arrêtèrent à la hauteur de la dernière stalle.

– Laisse-nous seuls, P'tite tête, dit Earl. T'as qu'à m'attendre en bas de l'escalier.

Ray fit oui de la tête et, quand son père eut pénétré dans la stalle, il tourna les talons et rebroussa chemin.

– Salut, jeunesse, dit Earl, couvant d'un œil admiratif la créature à la beauté un peu flétrie qui se tenait devant lui.

– Salut, Earl.

C'était une fille de haute taille, avec des cheveux noirs décrêpés dont les extrémités rebiquaient, et une peau claire à l'aspect maladif. Ses yeux dont la couleur verte n'avait rien de naturel étaient soulignés par du mascara et du fard à paupières. Elle sourit, découvrant des dents dont l'émail était terni par une pellicule grisâtre. Elle était vêtue d'un chemisier blanc crasseux qu'elle avait déboutonné jusqu'au nombril pour révéler un soutien-gorge en dentelle élimé qui bâillait sur sa poitrine décharnée.

La stalle était éclairée par des chandelles votives, et la photo d'un top-model, malhabilement découpée dans *Vanity Fair*, était scotchée au-dessus du chiotard. La cuvette était remplie à ras bord d'une eau brunâtre où flottaient du papier hygiénique, des étrons désagrégés et des restes d'allumettes calcinées.

– T'as quelque chose pour moi, Earl ?

On aurait dit la voix d'une poupée mécanique au remontoir détraqué.

Earl la détailla du regard. Elle était sacrément belle, crasse ou pas crasse. Jamais encore une créature pareille ne lui avait manifesté le moindre soupçon d'intérêt, même au temps où il était jeune et plein de feu.

– Tu sais bien que oui, mon petit cœur.

Earl sortit de sa poche un petit sachet d'héroïne brune qu'il avait prélevée sur la livraison. Elle se saisit du sachet d'un geste preste, en souriant pour bien montrer que c'était un jeu.

– Merci, t'es un amour, dit-elle en déchirant le haut du sachet et en en déversant le contenu sur un presse-papiers en verre posé en équilibre sur un distributeur de papier hygiénique rouillé. Divisant la poudre à l'aide d'une lame de rasoir, elle se prépara sur-le-champ une ligne longue et épaisse.

L'instant d'après, elle pencha légèrement la tête, ses paupières battirent et restèrent entrouvertes.

– Prends garde à pas dépasser la dose, hein, lui dit Earl, mais elle se préparait déjà une deuxième ligne.

Quand elle en eut terminé, Earl lui appuya sur les épaules, sans violence, et elle se mit à genoux sur le carrelage mouillé. Comme elle avait du mal à ouvrir la fermeture éclair de sa braguette, Earl s'en chargea lui-même, puis lui passa les mains derrière la tête et l'agrippa par les cheveux.

Au moment où il sentit le contact humide de ses lèvres et de sa langue, il s'appuya d'une main à la cloison métallique de la stalle et ferma les yeux.

– Mon trésor, dit Earl, puis il soupira : Oh bon dieu !

Ray jeta un coup d'œil à sa montre. Un quart d'heure déjà, et son père ne se montrait toujours pas. Ray était impatient de quitter la Droguerie, de dire adieu à cette ville et à la racaille qui la peuplait. Il écrasa le mégot de sa Marlboro contre le mur en parpaings ; des étincelles jaillirent et s'éteignirent presque aussitôt.

Son cœur se soulevait à l'idée de ce que son père était en train de faire à l'étage avec la fille à la peau claire. Elle avait une gueule de blanche, mais c'était une moins que rien comme les autres. De tous les motifs de discorde qui existaient entre lui et son père, c'était sans doute le pire. Mais qu'est-ce qu'il pouvait bien s'imaginer, Earl ? Il ne savait donc pas comment elle s'y était prise pour mettre la main sur la dernière stalle ? Il ne savait donc pas quels moyens on doit employer pour s'approprier un emplacement aussi convoité ? Ray le savait, lui. Un mec ne peut obtenir ça qu'en se bagarrant, et une gonzesse... cette fille devait se faire tringler ou jouer les avaleuses de sabre au moins dix fois par jour rien que pour avoir le droit de squatter cette chiotte immonde. Qu'est-ce qu'il se figurait, son père ?

Mais Ray en avait marre de remettre ça sur le tapis. Un

jour, il avait fait l'erreur de s'exclamer que cette fille n'était qu'une pétasse noire comme il en traîne à tous les coins de rue; son père s'était foutu en rogne et lui avait ordonné de ne l'appeler que par son nom. C'était quoi son nom, déjà? Il avait beaucoup de mal à le retenir. Sandy Williams, ou un truc dans ce goût-là.

D'une chiquenaude, Ray Boone souleva le couvercle de son paquet de Marlboro et le secoua pour en faire tomber une nouvelle clope.

Tout à coup, le nom lui revint. Elle s'appelait Sondra Wilson.

7

Assis derrière un présentoir vitré à côté de la caisse, Terry Quinn était plongé dans la lecture d'un livre lorsqu'il entendit une portière de voiture claquer. Il jeta un coup d'œil par la vitrine pour voir ce qui se passait dans la rue. Un noir d'une cinquantaine d'années venait de descendre d'une Chevrolet blanche. Après l'avoir verrouillée, il traversa Bonifant Street et se dirigea vers la librairie.

La Chevrolet avait l'aspect d'une voiture de police banalisée et, vu sa dégaine, son conducteur aurait pu être flic en civil. Il avait les cheveux et la barbe poivre et sel, et il était vêtu d'une veste en cuir noir, d'un pull à col roulé de la même couleur, d'un blue-jean qui lui laissait pas mal d'aisance et de chaussures de chantier noires. Ce n'était pas tant les fringues qui trahissaient le flic en lui que sa démarche : la tête haute, carrant les épaules, attentif au plus petit mouvement dans la rue. Au téléphone, il avait expliqué à Quinn que la mère de Chris Wilson l'avait engagé pour enquêter sur la mort de son fils et lui avait demandé si ça ne l'ennuierait pas de lui sacrifier une heure de son temps, ou peut-être un peu plus. Ce type-là allait droit au but, et sa voix laissait deviner un homme d'expérience, ce qui n'était pas pour déplaire à Quinn. Vous n'avez qu'à passer, lui avait-il dit.

L'homme poussa la porte du magasin, faisant tinter le carillon d'entrée. À vue d'œil, il mesurait un poil plus d'un mètre quatre-vingts et devait peser quatre-vingt-cinq kilos, ou peut-être quatre-vingt-sept. Quand on s'habille en noir, on a vite fait de paraître deux kilos de moins. Si c'était bien l'homme qui avait téléphoné, il s'appelait Derek Strange.

– Derek Strange.

Quinn se leva de sa chaise et serra la main que l'homme lui tendait.

– Terry Quinn.

Le jeune type brun aux cheveux mi-longs était d'une taille légèrement inférieure à celle de Strange. Un mètre soixante-dix-sept ou soixante-dix-huit, dans les soixante-quinze kilos. Gabarit moyen, yeux verts, pâles taches de son autour de l'arête de nez, lequel était assez proéminent.

– Merci d'avoir accepté de me rencontrer, dit Strange.

Il sortit son portefeuille de la poche revolver de son jean, l'ouvrit d'une pichenette et exhiba sa licence à Quinn.

– Y a vraiment pas de quoi.

Quinn ne jeta même pas un coup d'œil à la licence. C'était une marque de confiance. Il voulait aussi faire comprendre à Strange qu'il était calme et qu'il n'avait rien à cacher. Strange rengaina son portefeuille.

– Comment avez-vous su que vous me trouveriez ici ?

– Votre adresse est dans l'annuaire. À partir de là, j'ai mis la main sur votre proprio. Le formulaire que vous avez rempli au moment de lui verser le dépôt de garantie comportait une rubrique « lieu de travail ».

– Il est autorisé à divulguer ce genre d'information ?

– Un billet de vingt dollars autorise à beaucoup de choses.

– Vous auriez mieux fait de vous procurer le texte de ma déposition, dit Quinn. Ça vous aurait économisé pas mal de temps. Et quelques billets de vingt dollars.

– Je me le procurerai, ne vous en faites pas. Et j'ai déjà lu tout ce qui était paru dans la presse au sujet de cette affaire. Mais ça ne fait jamais de mal de retourner aux sources.

– C'est pour ça que la mère de Chris Wilson vous a engagé ?

– Exactement. Leona Wilson m'a officiellement chargé de cette enquête en me versant des arrhes.

– Vous croyez que vous allez découvrir quelque chose qui aurait échappé à la commission d'enquête ?

– Il ne s'agit en aucune façon de démontrer votre culpabilité ; vous avez été lavé de tout soupçon. La lecture du dossier m'a convaincu que ce n'était qu'un accident comme il s'en produit fatalement dans certaines circonstances. Quand deux hommes armés sont face à face, que la situation est compliquée par l'excès d'alcool d'un côté et de l'autre par l'affolement et certains a priori...

– Des a priori ? dit Quinn.

Si c'est au racisme qu'il pense, pourquoi ne prononce-t-il pas carrément le mot ? se demandait-il.

– Ben oui quoi, des a priori. Avec un cocktail pareil, c'est la catastrophe garantie. Et il faut bien que ça arrive de temps en temps.

Quinn hocha lentement la tête. Les yeux à demi étrécis, il écoutait avec une extrême attention. Strange s'éclaircit la gorge.

– Mon enquête vise avant tout à disculper Wilson. À restaurer sa réputation, qui a été pour le moins ternie par tout ce qu'on a raconté à son sujet dans les journaux et à la télé.

– Je n'ai rien à voir là-dedans. J'ai jamais donné la moindre interview.

– Oui, je sais.

– Sa mère aurait quand même pu se rendre compte de ça.

Quinn parlait d'une voix posée, lente, un peu rocailleuse, en faisant traîner ses voyelles à n'en plus finir. Des gens originaires d'une autre région auraient pu croire que c'était l'accent du Sud, mais Strange ne pouvait s'y tromper : Quinn était de Washington, comme lui.

– Vous avez parlé à Mme Wilson ? demanda-t-il.

– J'ai essayé.

– Vu son caractère entier, elle n'a pas dû se montrer très accommodante.

– Non, mais je ne peux pas lui en vouloir.

– Évidemment.

– Après tout, c'est moi qui ai tué son fils.

– C'est un fait. Sur lequel elle a du mal à ne pas rester bloquée.

– Les distinguos subtils, elle s'en bat l'œil. Toutes ces théories que vous avez lues dans la presse : est-ce que je faisais mon boulot ou pas ? Avais-je ou non cédé à la panique ? Fallait-il imputer ça à ma formation insuffisante, ou au Glock lui-même ? Elle s'en fiche éperdument, et je ne peux pas lui reprocher ça. Quand elle me regarde, tout ce qu'elle voit c'est le meurtrier de son fils.

– On arrivera peut-être à débrouiller un peu tout ça, dit Strange. Ça vous va ?

– Y a rien au monde qui me ferait plus plaisir.

Quinn posa le livre de poche qu'il était en train de lire sur la vitrine. Strange jeta un coup d'œil à sa couverture. Dessous, dans la vitrine cadenassée, plusieurs volumes au format de poche, dont aucun n'avait moins de trente ans d'âge, étaient disposés sur fond de velours grenat : un Harlan Ellison de la série sur les bandes de jeunes, un Chester Himes, un Jim Thompson peu connu et un roman à la couverture franchement rétro d'un certain David Goodis.

– Le type qui tient cette librairie serait-il un passionné de polars ? demanda Strange.

– D'abord c'est une femme. Son truc, c'est les éditions originales. Surtout de livres parus directement au format de poche. Moi, ça m'intéresse pas. Je suis pas collectionneur, et pas vraiment porté sur le polar non plus. Je ne lis que des westerns.

– J'avais remarqué, dit Strange en désignant le livre de Quinn de la tête. Il est bon, celui-là ?

– *Valdez ?* Dans le genre, on a rarement fait mieux.

– J'ai vu le film. Il cassait pas trois pattes à un canard, mais comme y avait Burt Lancaster dedans je suis resté jusqu'au bout. Burt Lancaster, c'était quelqu'un. Il n'est pas particulièrement réputé pour ses westerns, mais certains de ceux dans lesquels il a tourné sont de première bourre : *Vera Cruz, Les Professionnels...*

– *Fureur apache.*

– Sans blague, vous vous en souvenez, de celui-là ? Lancaster tenait le rôle d'un vieil éclaireur qui fait équipe avec un jeune officier de cavalerie novice joué par le gamin qui avait été lancé par ce film où il était copain avec des rats... Oui, *Fureur apache*, quel beau western.

– Parce que vous aussi vous aimez les westerns ?

– Pas sous forme de livres, si c'est à ça que vous pensez. Mais au cinéma, oui. Et puis, il y a la musique. Dans les westerns, la musique est vraiment super.

Strange fit passer son poids d'un pied sur l'autre. L'espace d'un instant, il avait tout oublié de ce qui l'amenait ici.

– Enfin, bref...

– Oui, bref. Où voulez-vous qu'on parle ?

Strange examina le magasin du regard. Il se composait de trois rangées de rayonnages, séparées par des allées exiguës qui couraient jusqu'au mur du fond. Dans l'allée de droite, un individu longiligne en chemise de toile blanche juché sur un petit escabeau en bois rangeait des livres sur une étagère.

– Il travaille ici ?

– C'est Lewis, dit Quinn.

– Lewis ? Est-ce qu'il pourrait s'occuper du magasin tout seul ? Parce que alors on pourrait aller faire un tour en voiture jusqu'à l'endroit où ça s'est passé. Votre présence sur place me serait d'un grand secours. À condition que vous ayez le temps, bien sûr.

Quinn médita un instant là-dessus, puis il se retourna et cria :

– Eh, Lewis !

Lewis descendit de son escabeau et s'avança vers eux en remontant de l'index ses lunettes à monture noire. Les verres épais des lunettes lui grossissaient démesurément les yeux ; ses cheveux noirs et gras étaient pleins de nœuds. Les aisselles de sa chemise blanche étaient soulignées d'auréoles jaunâtres. Au moment où il arrivait à leur hauteur, Strange sentit son odeur. Elle n'était pas des plus plaisantes.

– Je te présente l'inspecteur Strange, Lewis, dit Quinn.

– Comment ça va, Lewis ? fit Strange, sans prendre garde au ton sarcastique de Quinn.

– Monsieur l'inspecteur, répondit Lewis en évitant son regard – du moins, c'est l'impression qu'avait Strange. Les yeux de Lewis, ronds comme des billes et affligés d'un strabisme divergent, semblaient regarder partout et nulle part à la fois. Ses mains étaient animées d'un mouvement continuel et il n'arrêtait pas de remonter ses lunettes sur son nez. Il mettait Strange mal à l'aise, et l'odeur nauséabonde qui émanait de lui n'était pas pour arranger les choses.

– Lewis, si ça t'ennuie pas, on va aller faire un tour, l'inspecteur Strange et moi. Si jamais Syreeta appelle, dis-lui que je me suis offert une petite pause. Ça te va ?

– Très bien.

– Enchanté d'avoir fait votre connaissance, Lewis.

– Moi de même, monsieur l'inspecteur.

Quinn décrocha sa veste en cuir du portemanteau et Strange et lui se dirigèrent vers la porte. Au moment où ils s'engageaient sur la chaussée pour traverser la rue, Strange demanda :

– Il est aveugle ?

– Oui, si on s'en tient à la définition légale. En tout cas, il ne peut pas conduire. Il prétend qu'il s'est bousillé les yeux en lisant sous ses draps avec une lampe électrique quand il était gamin. Apparemment, son père pensait que l'excès de lecture allait en faire une chiffe molle.

– Où avait-il été chercher une idée pareille ?

– Lewis est un garçon tout ce qu'il y a de plus normal.

– Vous qui êtes son ami, vous devriez lui dire un mot de ces nouveaux produits qu'on vient de lancer sur le marché sous le nom de savon et de shampooing. Sans oublier ce truc révolutionnaire qu'on appelle déodorant.

– On arrête pas de le bassiner avec ça, Syreeta et moi. Mais il est très consciencieux. Au-delà d'un certain nombre d'heures, Syreeta en a jusque-là, et moi pareil. Mais lui, tant que le magasin est ouvert, il ne compte pas les heures. Bref, c'est une vraie perle.

– Quel rayon lui avez-vous confié ? demanda Strange. Les romans d'amour ? Vu sa dégaine, il doit vachement s'y connaître.

Quinn lui jeta un regard en coin.

– Vous ne croyez pas si bien dire.

– Sans blague ?

– Je n'irais pas jusqu'à affirmer que c'est un vrai don juan. Il serait plutôt du genre exclusif. D'ailleurs, ça fera bientôt vingt ans qu'il fréquente la même nana – une certaine Mlle Paluche.

– Une autre cause de cécité bien connue.

– Moi, ça ne m'a pas rendu aveugle.

– Moi non plus. Enfin, j'imagine que, comme moi, vous ne pratiquez ce genre de sport qu'avec modération. Mais je parierais que Lewis doit l'user jusqu'à la corde, sa Paluche.

Ils montèrent à bord de la Caprice. Strange mit le contact et le moteur démarra au quart de tour. Un peu plus haut dans la rue, sur le trottoir d'en face, il y avait une armurerie.

– C'est sympa d'avoir ouvert boutique à moins d'un

kilomètre de la frontière du Maryland. C'est pratique pour les jeunes qui habitent le centre ville, ils n'ont pas besoin de rouler des heures pour s'acheter un flingue.

– Ils les achètent pas ici. Les contrôles sont beaucoup trop stricts, et personne ne veut d'une arme de poing immatriculée dans un registre officiel. Ils viennent simplement tester les nouveaux modèles, voir s'ils les ont bien en main.

– À mon avis, c'est pas mieux.

– Vous raisonnez comme un flic, dit Quinn.

– Ah bon.

– Et cette bagnole, c'est un modèle de la police. Elle est de quelle année ? Quatre-vingt-dix ?

– Quatre-vingt-neuf. Stabilisateurs comac, alternateur à toute épreuve. Elle est pas aussi rapide que les LTI, par exemple le modèle de quatre-vingt-seize, qui avait un moteur de Corvette. Mais elle se défend.

– Vous vous faites pas repérer quand vous êtes en filature avec cette bagnole ?

– Ça m'est arrivé. Quand je dois suivre quelqu'un de vraiment près, je prends une voiture de location.

– Je vous ai bel et bien pris pour un flic quand vous vous êtes garé en face du magasin. Pas seulement à cause de la voiture. Vous avez une démarche qui ne trompe pas.

– Hier, à Langdon Park, une vieille dame a eu la même impression que vous. Quand on a eu ce fichu insigne épinglé sur la poitrine, on en reste marqué à vie.

– Vous voulez dire que... ?

– Oui, dit Strange. J'ai été flic, et un jour j'ai cessé de l'être. Exactement comme vous.

– C'était il y a longtemps ?

– Une bonne trentaine d'années. J'ai rendu mon uniforme en 1968.

Strange actionna le levier de vitesse et la Caprice démarra.

Ils roulèrent en musique sur Georgia Avenue vers le centre. Juste après le croisement de Kansas Avenue, Strange désigna son enseigne, dans une petite rue étroite qui donnait dans cette artère très animée.

– Ça, là-bas, c'est mon bureau, dit-il.

– Sympa, l'enseigne.

– Oui, je l'aime beaucoup.

– Vous vendez des loupes en plus ?

– Même un gosse de quatre ans sait que la loupe est le symbole des détectives. Si votre pote Lewis voyait ça, il lui suffirait de plisser les yeux un bon coup pour comprendre que...

– Oh ça va, pas la peine d'en rajouter.

Le regard de Quinn s'arrêta sur la devanture d'un bar, de l'autre côté de la rue. Il s'appelait The Foxy Playground.

– Et ça là-bas, c'est votre rade préféré ?

Strange ne lui répondit pas. Il augmenta le volume de la musique et fredonna avec le chanteur :

– *We both know that it's wrong, but it's much too strong, to let it go now* *...

– Je connais cette chanson, dit Quinn. Le mec s'envoie une femme mariée, c'est ça ?

– C'est un peu plus subtil que ça. M. Billy Paul a bâti toute sa carrière sur ce 45 tours. Heureusement que je l'avais enregistré avant la catastrophe. Il y a deux ans, les canalisations de ma baraque ont pété, et j'ai été obligé de balancer toute ma collection de disques.

– Vous n'avez qu'à acheter le CD.

– J'ai un lecteur de CD, mais je préfère les vinyles. Hier, j'écoutais une cassette des Blackbyrds – *Flying Start*, vous voyez ce que c'est ? Je me suis souvenu du texte qui figurait sur la pochette de l'album. Je le regrette tellement, ce fichu disque.

* « On sait tous les deux que c'est mal, mais c'est tellement fort, plus moyen d'y renoncer. »

Un demi-sourire aux lèvres, Strange écouta un instant la musique.

– C'est beau, hein ?

– Si j'avais connu ça à l'époque, j'aurais peut-être trouvé que c'était beau.

– Vous n'aimez pas la musique ?

– Quand elle fait partie de mon univers. Et vous, ça vous arrive d'écouter des trucs plus actuels ?

– Pas trop, non. Pour moi, la soul de cette époque reste insurpassable. À partir de soixante-seize, soixante-dix-sept, y a plus rien qui vaille la peine d'être écouté.

– Moi, en soixante-dix-sept, j'avais huit ans.

– Voilà pourquoi vous êtes incapable d'apprécier cette chanson à sa juste valeur.

Strange jeta un coup d'œil à Quinn.

– Vous êtes de Washington, n'est-ce pas ?

– De Silver Spring.

– Je l'ai reconnu à votre accent.

– J'étais au lycée Blair, et vous ?

– Lycée Roosevelt. J'ai passé toute ma jeunesse dans ce quartier, et j'y habite encore.

Quinn regarda la suite indistincte de supérettes minables, de magasins de spiritueux, de tout-pour-rien, de boutiques de coiffeur, de teintureries et de gargotes qui défilaient de part et d'autre de l'avenue.

– Mes grands-parents habitaient par ici, dit Quinn. Au coin de Crittenden Street et de la 13e Rue. On venait les voir tous les dimanches après la messe.

– Ma maison n'est qu'à une rue de là.

– J'allais jouer dans leur allée de derrière. J'ai toujours eu l'impression qu'il y faisait anormalement sombre.

À cause de tous ces gens à la peau sombre, pensa Strange.

– C'est parce que vous étiez hors de votre territoire, dit-il.

– Oui. Ça me fichait un peu la trouille. Et en même temps, ça m'excitait, vous voyez ce que je veux dire ?

– Tout à fait.

– Un jour que je m'amusais tout seul dans l'allée, une bande de gamins s'est amenée.

– Des gamins noirs ?

– Oui. Pourquoi vous me demandez ça ?

– Histoire de mieux me figurer la situation.

– Bref, ces gamins sont arrivés dans l'allée, et le plus petit de la bande s'est mis à me chercher des crosses. J'aurais pu lui manger sur la tête et je pesais nettement plus lourd que lui.

– Quand ils sont en bande, c'est toujours le plus petit qui cherche la bagarre. Une demi-portion, ça doit faire ses preuves. Vous avez relevé le défi ?

– Oui. Cette année-là, dans la cour de l'école, je m'étais déballonné devant un mec qui voulait se battre, et je ne me l'étais jamais pardonné. À vrai dire, encore aujourd'hui ça me fait mal au ventre rien que d'y penser. C'est bizarre, non ?

– Pas tant que ça. Ce jour-là, dans l'allée, c'est vous qui avez gagné ?

– Non, j'ai perdu. Je suis arrivé à lui coller un ou deux gnons, et il en a été très étonné. Mais contrairement à moi, il savait se battre, et je me suis fait étendre. Quand je suis rentré à la maison, je tremblais comme une feuille, mais en même temps j'étais fier de n'avoir pas reculé. J'ai revu ce gamin deux ans plus tard, le jour de l'enterrement de mon grand-père. Il passait devant la maison et il s'est arrêté pour me parler. Il m'a proposé de venir jouer au football sur le terrain de jeux de l'école.

– Et quel enseignement en avez-vous tiré ?

– Que c'est la meilleure manière de se faire respecter. Ne pas se dérober quand on vous provoque. Quitte à en prendre plein la gueule. Une raclée, ça fait toujours moins mal que la honte d'avoir été lâche.

– On voit bien que vous êtes jeune, dit Strange. Un jour, vous apprendrez qu'il vaut parfois mieux refuser le combat.

8

Juste après l'université Howard, peu avant le croisement de Florida Avenue, Georgia Avenue devient la 7e Rue. En continuant par la 7e Rue, ils se retrouvèrent dans Chinatown, passant devant des boîtes de nuit, des bars fréquentés par la faune sportive, et le MCI Center, édifice phare du nouveau Washington. Plus bas, ils passèrent devant une autre enfilade de boîtes de nuit et de restaurants, longèrent le court tronçon de rue où sont regroupées les galeries d'art, puis, sur les indications de Quinn, Strange bifurqua à gauche dans D Street, gara la Caprice sur un emplacement interdit, sans tenir compte de la bande jaune qui courait le long du trottoir, et coupa le contact. Ensuite il ouvrit la boîte à gants, en sortit son petit magnéto à activation vocale et le plaça sur la banquette entre Quinn et lui.

– Allons-y, dit Strange. C'est ici que vous vous trouviez ?

– À part qu'on s'était garés au milieu de la chaussée. On était arrivés par la 7e Rue, comme aujourd'hui. C'est mon coéquipier qui tenait le volant.

– Votre équipier, c'était Eugene Franklin ?

– Oui, j'étais avec Gene.

– Pourquoi vous êtes-vous arrêtés ?

– On était en service. On venait de verbaliser un type en Maxima qui avait brûlé un feu rouge du côté de Mount Vernon Square. À l'angle de la 7e Rue et de N Street, pour être plus précis.

– Ensuite, vous avez continué à rouler le long de la 7e Rue, et Franklin a bifurqué à gauche dans D Street. Est-ce qu'il avait remarqué quelque chose, ou est-ce que c'était votre trajet habituel ?

– Non, on n'avait rien remarqué avant de tourner. Cette partie de D Street n'est pas éclairée la nuit et il ne s'y passe pour ainsi dire rien. Il n'y a jamais le moindre piéton. Après la tombée de la nuit, les rats peuvent s'y balader comme si le quartier leur appartenait.

– Et ce soir-là ? Quand vous vous êtes engagés dans D Street, qu'avez-vous vu ?

Quinn plissa les yeux.

– On est tombés sur une bagarre. Une Jeep Wrangler rouge était garée le long du trottoir derrière une petite Toyota de merde. À côté de la Toyota, un mec en avait plaqué un autre sur la chaussée en lui enfonçant un genou dans la poitrine. L'agresseur avait à la main un pistolet automatique et il appuyait la pointe du canon sur le visage de sa victime.

– Décrivez-le-moi, cet agresseur.

– Noir, entre vingt-cinq et trente ans, costaud, jean et blouson.

– Et le type qu'il plaquait au sol ?

– Blanc... (Quinn jeta un coup d'œil à Strange, et détourna le regard aussitôt)... la trentaine, même genre de vêtements, nettement moins bien bâti.

– Donc, votre coéquipier et vous, vous tombez inopinément sur une bagarre. Que se passe-t-il alors ?

Quinn exhala lentement sa respiration.

– Gene m'a dit : « Regarde ! », mais j'avais déjà décroché le micro. Pendant que je demandais des renforts, Gene a allumé les gyrophares et il a donné un coup de sirène. En entendant le hululement de la sirène, l'agresseur a relevé la tête. Il a vu la voiture arrêtée au milieu de la rue, mais notre présence ne lui a visiblement pas fait changer d'idée.

– Comment vous l'avez su ? Vous êtes télépathe ?

– Je vais formuler les choses autrement. L'agresseur a continué de braquer son arme sur l'individu qu'il plaquait au sol. Il a vu qu'on était flics, mais son comportement ne s'est pas modifié. J'en ai déduit qu'il n'avait pas changé d'intention.

– Vous parlez de l'intention qu'avait cet agresseur noir de faire subir un mauvais sort au blanc qu'il plaquait au sol ?

– J'ai vu un homme qui en menaçait un autre d'une arme à feu.

– D'accord, Quinn. Continuez. Où êtes-vous à présent, vous et votre équipier ?

– À environ vingt-cinq mètres d'eux.

– Je vois, dit Strange.

Quinn se frotta la lèvre inférieure du pouce.

– Je suis descendu de voiture aussitôt, et au moment où je dégainais mon arme de service, j'ai entendu Gene ouvrir sa portière. J'ai compris qu'il s'était mis en position derrière, et qu'il avait dégainé aussi.

– Et là, qu'avez-vous fait ?

– Je tenais l'agresseur en joue. Je lui ai crié de lâcher son arme et de s'allonger à plat ventre. Il m'a répondu quelque chose, mais je n'ai pas entendu ce qu'il disait parce que Eugene s'était mis à hurler à tue-tête en lui ordonnant aussi de lâcher son arme. Les lumières rouges et bleues des gyrophares faisaient un effet stroboscopique, et j'entendais le grésillement de la radio qui s'échappait par les portières ouvertes de notre voiture de patrouille.

– Apparemment, il y avait de quoi être désorienté.

– Oui. Gene et moi qui braillons en chœur, les gyrophares, la radio, et l'agresseur qui nous hurle quelque chose en braquant toujours le canon de son arme sur le visage de l'autre gars.

– Que vous criait Wilson – enfin, je veux dire l'agresseur ?

– Il criait son nom, dit Quinn. Son nom et un numéro.

Je n'ai compris que plus tard que le numéro était celui de son matricule. Mais il n'a pas cessé une seconde de braquer son arme sur le visage de l'autre gars. Jusqu'à ce qu'il se mette à nous regarder.

Strange fixait le pare-brise des yeux, s'efforçant de reconstituer en imagination la scène que Quinn était en train de lui décrire.

– Qu'est-il arrivé quand il vous a regardés, Quinn ?

– Tout s'est passé très vite. Il m'a regardé, moi, ensuite il a regardé Gene et une espèce de rage lui a tordu les traits. Je ne l'oublierai jamais. Il était en colère contre Gene et moi. C'était même plus que de la colère ; son visage avait pris une expression meurtrière. Il a retourné son pistolet dans notre direction...

– Il vous a mis en joue ?

– Il ne braquait pas son arme sur un point précis, dit Quinn, dont la voix était soudain devenue plus douce. Il lui a fait décrire un quart de cercle, j'ai vu le canon passer sur moi. Son visage était convulsé de haine... Pour moi, ça ne faisait pas l'ombre d'un doute... J'étais sûr qu'il allait tirer. Eugene a hurlé mon nom, et j'ai appuyé sur la détente.

– Combien de fois ?

– Trois fois.

– En restant à la même place ?

– Il paraît que j'ai avancé tout en tirant, mais je n'en ai gardé aucun souvenir.

– D'après ce que j'en ai lu dans la presse, la trajectoire des balles qui ont atteint Wilson et celle des douilles expulsées par votre arme de service ont confirmé vos dires. Mais les douilles étaient dispersées à trois endroits différents, ce qui semblait indiquer que vous vous étiez porté vers l'avant et que vous aviez tiré la troisième balle alors que Wilson était déjà à terre. La dernière douille a été retrouvée à un peu plus de deux mètres du corps.

– Je ne me souviens pas d'avoir avancé, dit Quinn. J'ai lu

le rapport et je suis au courant pour les douilles, mais je ne m'en souviens pas. Je n'arrive pas à croire que je lui ai tiré dessus alors qu'il était déjà à terre. Peut-être au moment où il s'effondrait, le pistolet encore levé...

– Vous n'avez pas craint d'atteindre l'autre gars ?

– Je craignais pour ma vie et celle de mon équipier, et c'est de ça que je me souciais en priorité, dit Quinn en fusillant Strange du regard. Mais je me suis déjà expliqué là-dessus. Vous avez d'autres questions ?

– Tout va bien, Quinn. Respirez profondément et calmez-vous.

Le bipeur de Strange se mit à gazouiller. Il le décrocha de sa ceinture, consulta l'écran, s'excusa et passa le bras devant Quinn pour ouvrir la boîte à gants et en tirer son portable. Il composa un numéro sur le clavier et se mit à parler.

– Qu'est-ce qui t'arrive, Ron ?

En entendant la réponse, Strange se renfrogna.

– Tu veux que je te remplace parce que t'es allé prendre livraison d'un costard chez ton tailleur de K Street ?... Oui oui, je sais, c'est plus compliqué que ça, il y a les essayages... Hon hon... Non, dis pas que j'y comprends rien parce que je porte que des fringues de confection... Je comprends très bien... Non, je t'assure, c'est rien, Ron. Tu vois bien que ça me fait pas râler. File-moi les coordonnées.

Strange prit des notes sur un petit carnet fixé au tableau de bord à l'aide d'un stylo retenu par un cordon. Il coupa la communication sans ajouter un mot, remit son portable dans la boîte à gants qu'il referma en y mettant un peu trop de force.

– J'ai un truc à faire. On est sur la piste d'un petit casseur en liberté sous caution qui a pris le large. Un de nos indics a été chargé de surveiller un bar où il avait ses habitudes. Et notre gars vient d'entrer dans la salle il y a quelques minutes.

– C'était qui, au téléphone ?

– Un garçon que j'emploie comme enquêteur. Il s'appelle Ron Lattimer.

– On fait aussi appel à vous pour retrouver les mauvais payeurs ?

– C'est Ron qui s'en occupe. Moi, traquer les gens, j'aime pas ça. Mais Ron est coincé parce qu'il a dû aller prendre livraison d'un costard. Du coup, c'est sur moi que ça retombe. Ce gars-là devrait pas me donner trop de fil à retordre. J'ai vu sa fiche, il pèse pas plus de cinquante kilos. Ça va m'obliger à faire un sacré détour, mais je peux vous déposer quelque part si vous voulez.

– Je vous accompagne, dit Quinn. Vous me déposerez quand vous aurez fini.

– À votre guise.

– Attendez, dit Quinn en posant une main sur le bras de Strange. Vous vous figurez peut-être que vos fines allusions m'ont échappé ? Toutes ces conneries sur l'agresseur noir et sa victime blanche, noir par-ci et blanc par-là. Vous pouvez vous raconter toutes les histoires qui vous chantent sur ce qui s'est passé ce soir-là, mais il n'était pas question de race là-dedans.

– Ce n'est pas vous qui allez me faire la leçon là-dessus, dit Strange. Je suis noir et j'ai vingt-cinq ans de plus que vous, alors je sais de quoi je parle. Si je vous ai blessé en essayant de découvrir la vérité, ou si j'ai mis le doigt sur un point sensible, tant pis. C'est pas pour me faire un ami que je suis venu vous voir aujourd'hui, Quinn. Des amis, j'en ai déjà plus qu'il ne m'en faut. Je fais mon boulot, c'est tout.

Strange fit démarrer la Caprice, actionna le levier de vitesse et exécuta un demi-tour rapide au beau milieu de D Street.

– Encore une chose, dit Quinn. À partir de maintenant, vous allez arrêter de me faire chier avec vos « Quinn ». Vous avez qu'à m'appeler Terry. C'est mon nom de baptême.

Strange bifurqua à droite dans la 7e Rue et donna un

coup d'accélérateur. Quand il tendit la main vers le pare-soleil pour attraper ses lunettes noires, Quinn vit qu'il se marrait en douce.

– Qu'est-ce qu'il y a de drôle ?

– T'as vraiment un fichu caractère, dit Strange.

Le regard de Quinn se déplaça vers la fenêtre et il desserra les mâchoires.

– On me l'a déjà fait remarquer.

– Tu m'as dit qu'après ta bagarre dans l'allée de derrière, tu étais tremblant, terrifié et excité à la fois. Ce goût de l'action ne t'a jamais quitté depuis, j'imagine ?

– Je peux pas le nier.

– Pas étonnant que tu aies fini dans la peau d'un flic. Avec le tempérament que tu as, tu rêvais sans doute de faire ce métier-là.

– C'est vrai, dit Quinn. Et en plus, je le faisais bien.

9

Le bar était à Southeast, au bout d'un tronçon de M Street où les rades du même genre s'alignaient à la queue leu leu. Autour, on ne voyait que des parkings clôturés, des garages et des carrés d'herbe jaunie. Strange se rangea le long du trottoir et désigna de la tête le dernier bar à l'angle de la rue. C'était une bâtisse en brique d'un étage, dépourvue de fenêtres. L'enseigne au-dessus de la porte annonçait : « *Toot Sweet : Live Girls* ».

– D'après ce qui est écrit là-haut, ils ont des filles vivantes dans ce bar, dit Quinn.

– Ils ont mis ça pour que les mecs qui les préfèrent mortes ne soient pas déçus en arrivant à l'intérieur, dit Strange. En voyant l'adresse, j'aurais dû me douter qu'il y aurait des gonzesses à poil.

– Il y a aussi des saunas dans le coin, si je me souviens bien.

– C'est vrai qu'ici il y en a pour tous les goûts. Mais ce bar-là est fréquenté par des mecs qui veulent mater des gonzesses. Tu peux m'attendre dans la voiture, si tu veux.

– Mater les gonzesses, ça me déplaît pas.

– À ta guise, dit Strange en rangeant ses lunettes derrière le pare-soleil. Mais tu me laisseras faire mon boulot, hein. Je veux pas t'avoir dans les pattes.

Strange ouvrit le coffre pour y prendre des documents. Au moment où il se retournait, Quinn remarqua le Leatherman, le couteau de chasse et le bipeur accrochés à sa ceinture.

– Tu portes des collants roses assortis à ton ceinturon porte-outils ? demanda-t-il.

– Très drôle, dit Strange.

À l'entrée du bar, Strange acquitta le prix d'admission et réclama une facture. Le portier, un noir en qui Quinn crut déceler du sang hawaïen ou peut-être même samoan, lui répondit :

– J'ai pas de factures.

– T'as qu'à m'en improviser une, dit Strange.

– Comment ?

– Je sais pas moi, sers-toi de ton imagination. Quand elle sera prête, t'auras qu'à nous l'apporter au bar.

Ils se frayèrent un chemin à travers la foule. Quinn avait d'abord cru qu'il n'y avait que des noirs, mais en y regardant de plus près il vit que des basanés de diverses sortes étaient mêlés aux Africains-Américains : Arabes à la peau très sombre et Pakistanais, genre chauffeurs de taxi. Au temps où il était encore flic, son équipier, Gene, les appelait les « macaques du Penjab ».

Les danseuses aussi étaient noires et d'ethnies variées. Juchées sur de petites estrades circulaires éparses dans la salle, elles se frottaient à leurs poteaux métalliques. Elles n'étaient pas belles, mais elles avaient la poitrine à l'air et ça suffisait. Des hommes entouraient les estrades, une bière dans une main, des billets dans l'autre ; d'autres, assis à des tables, éclusaient verre sur verre en discutant entre eux et en filant des pourboires aux serveuses dont ce serait bientôt le tour de danser ; d'autres encore, ivres morts, le menton sur la poitrine, pionçaient.

Strange et Quinn s'avancèrent jusqu'au comptoir couvert de taches humides et jonché de serviettes en papier usagées et de cendriers sales. Un mégot incandescent fumait dans un cendrier devant eux; Strange l'écrasa. Il n'y avait pas de ventilation et une forte odeur de tabac et de bière imprégnait l'air.

– C'est dégueulasse, dit Strange, en prélevant une serviette en papier sur une pile pour s'essuyer les mains. Ils doivent avoir une cuisine dans ce bouge, mais pour rien au monde je boufferais ici.

Il se retourna pour jeter un coup d'œil à la salle; Quinn comprit qu'il cherchait un visage dans la foule. Plusieurs des noirs accoudés au comptoir les fixaient des yeux. Quinn leur rendit leur regard, mais ils ne se détournèrent pas. La vision d'un noir et d'un blanc ensemble dans un endroit pareil était de nature à faire naître toutes sortes de soupçons, et Quinn en avait conscience. Les clients du bar ne pouvaient les prendre que pour des flics ou pour deux types liés par une amitié un peu trouble – autrement dit, des pédés. Le seul fait qu'ils soient ensemble devait leur paraître anormal, contre nature.

Le barman s'approcha, et Strange demanda à Quinn :

– Tu veux une bière ?

– Jamais d'aussi bonne heure, dit Quinn.

– Pour moi, ce sera une ginger ale, mais en bouteille, dit Strange au barman, qui s'était fiché un cure-dent mâchouillé au-dessus de l'oreille droite.

– Donnez-moi un Coca, dit Quinn. En bouteille aussi.

Il fit volte-face et s'adossa au comptoir. Il trouva une danseuse qui valait le coup d'œil. Il étudia ses seins, leur couleur, leur galbe, en se demandant si ceux de Juana leur ressembleraient. Il était déjà sorti avec des noires, mais sans jamais aller au-delà des caresses et des baisers, sans jamais aller jusqu'au lit. Ce soir, il devait retrouver Juana chez elle. D'ici là, il aurait tout le temps de se calmer. Heureusement, parce que s'il était tombé sur elle en ce moment...

– Ton Coca est là, dit Strange. Tu vas t'abîmer les yeux à force de les écarquiller comme ça. Si t'es obligé de porter les mêmes lunettes que ton pote Lewis, tu crois que les filles s'intéresseront toujours à toi ?

Quinn se retourna vers le comptoir, porta son verre à ses lèvres et avala une lampée de Coca. La sono crachait une chanson de Prince qui datait des années quatre-vingt. Quinn se mit à marquer le rythme en frappant des doigts le flanc de son verre.

– Et cette chanson-là, tu t'en souviens ? demanda-t-il.

– Très bien. Dans le clip, y avait une fille en tenue écossaise qui était drôlement bien roulée.

– Tu aimes Prince ? C'est vraiment pas ton époque, pourtant.

– Il est pas mal. Mais si tu veux savoir le fond de ma pensée, je trouve qu'il fait quand même un peu trop gonzesse.

– Au risque de te faire de la peine, je te signale que tout nabot qu'il soit c'est un vrai homme à femmes.

– Peut-être, mais quand j'écoute sa musique, je le vois s'humectant les sourcils de son doigt mouillé, ou se roulant par terre maquillé jusqu'aux yeux... et qu'est-ce que tu veux, j'arrive pas à m'y faire.

– Le racisme, c'est mal, mais le sexisme, par contre, tu t'en accommodes très bien.

– Je suis honnête avec toi, c'est tout. Quand tu me connaîtras mieux, tu comprendras. Je te dirai toujours ce que j'ai sur le cœur, même au risque de te heurter. Je suis bien obligé de constater que ta génération est plus à l'aise avec l'homosexualité que la mienne.

– En général, les mecs noirs supportent mal l'homosexualité. Si tu étais vraiment honnête, tu le reconnaîtrais.

– À présent, c'est toi qui vas me dire ce que les mecs noirs en général supportent ou ne supportent pas.

Une fois de plus, Strange jeta un coup d'œil par-dessus son épaule ; quand il se retourna, son expression avait changé.

– Ah, voilà mon gars, dit-il. Je reviens tout de suite.

Strange alla conférer avec son indic dans le couloir qui menait vers les cuisines et les toilettes. À son retour, dix minutes plus tard, il annonça à Quinn que le type qu'il recherchait, Sherman Coles, était monté au premier une heure plus tôt.

– Ils font quoi, au premier ?

– Des danses privées, ce genre de connerie.

– Je t'accompagne. T'en fais pas, j'ai aucune intention de m'en mêler.

– Je ne fais que prendre le pouls de la situation, comprends-le bien. Si ça se trouve, ce ne sera pas le moment le plus opportun pour l'alpaguer.

– Entendu, dit Quinn.

Il prit un bout de papier sur le comptoir et le tendit à Strange.

– Qu'est-ce que c'est que ça ?

– Ta facture.

Strange inspecta l'objet. C'était une carte à jouer ornée de la photo d'une fille à poil. En travers des nichons, on avait inscrit : « Reçu sept dollars, prix de deux entrées au bar de strip-tease Toot Sweet ».

– C'est un petit rigolo, dit Strange.

– C'est toi qui lui as dit de se montrer créatif.

– Bah, ça fera plaisir à mon comptable, dit Strange en glissant la carte à jouer dans sa poche intérieure. Au mois d'avril, avec toutes les heures de travail qu'il devra se farcir, un peu de fantaisie ne pourra que lui faire du bien.

Ils gravirent un escalier aux marches tapissées de moquette rouge. Un type qui descendait s'effaça pour leur laisser le passage en évitant leur regard. Il y avait une auréole humide sur le devant de son jean, à la hauteur de la braguette.

– T'as vu ? dit Strange au moment où ils arrivaient sur le palier. Quelque chose lui a coulé dessus, on dirait.

– C'est sa semence qui s'est écoulée, dit Quinn.

– Pourtant, la Bible l'interdit.

– Il va sûrement se précipiter dans le premier confessionnal venu.

– À sa place, je m'aventurerais pas dans une église avec un jean dans cet état.

Au premier, des appliques coniques diffusaient un éclairage tamisé et l'atmosphère était très enfumée. Là aussi, un comptoir courait le long d'un mur. La plus grande partie de la salle était occupée par des tables éparses, certaines plongées dans l'obscurité, d'autres chichement éclairées. À cheval sur les cuisses des rares clients assis à ces tables, des filles en string se trémoussaient lascivement. Elles travaillaient du bas-ventre, des seins et de la croupe pour mener jusqu'à l'éjaculation les hommes affalés dans des chaises à accoudoirs chromés, un sourire béat aux lèvres. La musique était de la soul langoureuse – voix de baryton soyeuse soutenue par une wah-wah insistante.

Strange et Quinn s'installèrent à une table vide, à côté du bar. Strange se cala confortablement dans son siège et se mit à pianoter sur la table pour marquer le rythme.

– Là, ça me plaît déjà mieux, dit-il. *Joy*, d'Isaac Hayes. Celui-là aussi, je l'avais en vinyle. Quand on écoutait le disque sur une bonne chaîne, on entendait les bulles de champagne. Mais en CD, ça ne passe plus.

Il désigna de la tête une fille à la peau claire, plutôt maigrichonne, qui venait dans leur direction. Elle était vêtue d'une tenue plus que succincte – chemise d'homme largement échancrée au-dessus d'une petite culotte – et tenait un plateau en équilibre sur sa main ouverte.

– À propos de champagne, en voilà une qui va essayer de nous en fourguer, dit Strange.

– Vous voulez boire quelque chose ? demanda la fille en arrivant à leur hauteur.

– On attend un ami, dit Strange sans lui prêter une attention exagérée.

Les yeux plissés, il scrutait la salle. Il sortit de sa poche la photo de Coles et la fiche qui allait avec. Il se mit à étudier la photo, mais la fille reprit la parole.

– Et une danse privée, ça vous dirait ?

– On verra ça plus tard, ma poule.

– Je peux vous faire un prix sur le champagne.

– Plus tard, je te dis.

Elle lui jeta un regard noir, en jeta aussi un à Quinn pour faire bonne mesure, puis s'éloigna.

– C'est le vrai piège à cons, expliqua Strange. Leur pisse d'âne, ils la vendent cinquante dollars la bouteille à ces pauvres glands. Des mecs qui sont tout en bas de l'échelle, des prolos à cent soixante dollars par semaine, déboulent ici le vendredi soir et claquent leur salaire en une heure. Ils bossent comme des malades pendant une semaine, et tout ce qui leur en reste quand ils ressortent d'ici c'est un mal de crâne et une grosse tache ronde sur le slip.

– T'as étudié le sujet à fond, c'est ça ?

Strange regardait par-dessus l'épaule de Quinn.

– Écoute, si tu veux payer pour une femme, je connais un endroit où tu en auras pour ton argent. Cette boîte, c'est qu'une arnaque de bas étage.

Soudain, il se leva, repoussant sa chaise en arrière.

– Excuse-moi, mais faut que j'aille faire mon boulot. Je crois que j'ai repéré Coles.

– Tu veux un coup de main ?

– Il y a longtemps que je pratique ce genre de sport. J'aime autant me débrouiller seul.

– D'accord. Si t'as besoin de moi, je serai aux toilettes. Faut que j'aille pisser un coup.

Quinn suivit Strange du regard tandis qu'il traversait la

salle, louvoyant entre les tables. Celle vers laquelle il se dirigeait était à la limite de la partie la plus obscure de la salle ; c'était une table de quatre, mais elle n'avait qu'un seul occupant, un homme de petite taille qui arborait un costume de couleur sombre au-dessus d'une chemise à col ouvert. Le petit homme tenait une cigarette extra-longue dans une main, l'autre formant corolle autour d'un verre à dégustation qui contenait un liquide ambré.

Puisqu'il veut se débrouiller seul, qu'il se débrouille seul, se dit Quinn. Il se leva et mit le cap sur un couloir obscur. Dans ces endroits-là, les chiottes sont toujours au bout d'un couloir obscur.

Alors que Strange n'était plus qu'à quelques mètres de la table de Sherman Coles, un deuxième homme émergea de l'ombre. C'était un type bâti en hercule, l'air pas commode, les traits taillés à coups de serpe. Ses biceps saillaient sous le tissu brillant de sa chemise.

À l'instant où le colosse se plaçait sur le flanc gauche de Coles, Strange s'arrêta. Il aurait pu passer devant leur table en détournant les yeux, mais les deux hommes l'observaient depuis le début et ils l'auraient sans doute apostrophé s'il avait tenté de se défiler. Il comprit qu'il n'avait plus aucune chance d'alpaguer Coles ce jour-là. C'était cuit. Mais ça ne l'aurait pas avancé à grand-chose de leur tourner le dos ou de continuer comme si de rien n'était. Il ne lui restait plus qu'à s'arrêter et à improviser une explication. Du reste, il était curieux d'entendre ce que Coles avait à dire.

– Tu cherches quelqu'un, du chnoque ?

Strange sourit, se forçant à prendre l'air aimable.

– Plus maintenant, dit-il. Quand je t'ai aperçu de l'autre bout de la salle, je t'ai pris pour un mec que je connaissais dans le temps. On a grandi dans le même quartier, lui et moi.

– Sans blague ? s'exclama Coles avec une emphase

toute théâtrale. Tu dois bien avoir vingt ans de plus que moi. Comment qu'on aurait pu grandir ensemble ?

Strange hocha la tête.

– T'as raison, ça colle pas du tout. En y regardant de plus près... j'ai la vue qui baisse, et le manque d'éclairage n'arrange rien. Mais si je me lance sur ce sujet, on y sera encore demain matin.

Coles porta son verre à ses lèvres, but une gorgée et tapota sa cigarette pour en faire tomber la cendre. Tournant la tête vers l'homme debout derrière lui, il lui demanda :

– T'as entendu, Richard ?

L'œil gauche de Richard était souligné d'une petite cicatrice en demi-lune.

– Il est miraud et l'éclairage n'arrange rien.

– Ou alors il s'imagine que nous, on est mirauds, dit Coles. On t'a vu t'installer à cette table là-bas, avec ton copain blanc, et on a vu que tu me zieutais en comparant avec des papiers que t'as remis dans ta poche après.

Strange émit un rire assourdi et écarta les mains, paumes vers le haut.

– Qu'est-ce que j'aurais pu comparer ? protesta-t-il. Je te jure, mon frère, j'ai fait erreur sur la personne, c'est tout.

– Ça, tu peux le dire.

Coles sourit, puis il tira sur sa cigarette.

– Je sais pas à quoi tu penses, dit Strange d'une voix égale, mais tu te trompes.

Le regard de Coles se déplaça vers la salle.

– Tu sais quoi ? fit-il. Je vais poser la question au visage pâle. Le voilà justement qui s'amène.

Comme une pancarte apposée à la porte des toilettes annonçait qu'elles étaient hors service, Quinn avait rebroussé chemin. En longeant le couloir en sens inverse, il avait fait un bref arrêt pour regarder par l'entrebâillement d'une porte. Dans une pièce éclairée par une bougie, un jeune type assis dans un fauteuil se faisait tailler une pipe par la serveuse qui leur avait parlé un peu plus tôt. La fille avait la tête enfouie entre les cuisses du mec et ses genoux s'enfonçaient dans l'épaisse moquette en acrylique orange. Une bouteille de champagne frelaté et deux coupes étaient posées sur un guéridon à côté d'eux. C'était exactement l'arnaque que Strange avait décrite. La bougie qui brûlait sur le guéridon, à côté du champagne, représentait deux noirs enlacés en train de faire l'amour.

Quinn reprit sa marche et ressortit du couloir. Au moment où il passait devant le bar, il aperçut Strange debout en face de Coles, dans la partie la plus mal éclairée de la salle. Un colosse se dressait derrière la table, faisant craquer les jointures de sa main gauche avec sa main droite. Quinn se dirigea vers eux.

Strange t'a dit de ne pas t'en mêler, se disait-il tout en marchant, essayant de peser le pour et le contre, puis tout à coup il se retrouva à côté de Strange et il pensa, maintenant je suis là, je peux plus rien y changer. Il fit encore un pas en direction de la table, fixa Sherman Coles, et adopta la posture dominatrice qu'il prenait au temps où il était flic, lorsqu'il avait arrêté une voiture et que le conducteur baissait sa vitre.

– Ah, v'là les renforts, dit Coles. Qu'est-ce que t'en dis, Richard ? Ce couple mixte, tu crois que c'est des flics ?

– On dirait plutôt des dératiseurs, dit Richard. Ces vestes, là, c'est vos uniformes, ou quoi ?

Strange se rendit compte pour la première fois que Quinn et lui portaient tous deux des vestes en cuir noir. Ça leur donnait une raison de plus de les chambrer, à ces blaireaux, mais il s'en fichait. Quinn avait fait l'erreur de venir le rejoindre, et la seule chose qui lui importait désormais était de savoir comment ils allaient se tirer de ce guêpier. Puis il se souvint que Quinn s'emportait facilement. Et il se dit, vaudrait peut-être mieux rester là.

– Moi, je crois pas qu'ils sont flics, dit Coles.

– Le petit blanc a pas la taille réglementaire, renchérit Richard.

Oh que si, pensa Quinn.

– Ils ont plutôt des gueules de chasseurs de primes, dit Richard.

Sa voix était d'une douceur menaçante ; c'est tout juste si on l'entendait à travers les pulsations de la pédale wah-wah et de la basse.

– C'est aussi mon avis, Richard, dit Coles.

Ses yeux se posèrent sur Strange.

– T'es chasseur de primes, le vieux ?

– Je te le répète, dit Strange d'une voix toujours aussi aimable, je t'ai confondu avec quelqu'un d'autre. Simple méprise.

– Pourquoi tu me mens ? demanda Coles.

– Peut-être qu'il a les foies, dit Richard. Il a pas l'air tranquille. Et le petit blanc est à deux doigts de chier dans son froc. C'est la vérité ou pas, visage pâle ?

– Quoi, la vérité ? dit Quinn.

– Tu vas tout lâcher dans ton slip, ou tu vas te tirer avant qu'il soit trop tard ?

– Qu'est-ce que tu dis ?

– T'es dur de la feuille ? demanda Richard.

Son regard était dur, brillant.

– Allons-y, dit Strange.

– Tu sais bien qu'un blanc se dégonfle toujours face à un noir, dit Richard en souriant à Quinn.

– J'en connais un qu'est pas comme ça, dit Quinn.

– Ouh la la, fit Richard, petit bonhomme va nous montrer ce qu'il a dans le ventre. C'est cette scène-là que tu vas nous jouer, gonzesse ?

Strange tira sur la manche de Quinn, mais Quinn, les yeux rivés sur Richard, ne bougea pas d'un poil. Richard éclata de rire.

– On s'en va, dit Strange.

– Ben quoi, tu m'embarques pas ? fit Coles en tendant les poignets comme s'il s'attendait à être menotté.

– Une autre fois peut-être, dit Strange d'une voix enjouée. À un de ces quatre, les gars.

Rompant les chaînes imaginaires qui lui entravaient les poignets, Coles leva son verre en une parodie de toast, y trempa les lèvres et le reposa sur la table.

– Si votre chef vous demande pourquoi vous êtes rentrés bredouilles, vous aurez qu'à lui dire que vous êtes tombés sur Sherman Coles et son petit frère. Et que vous vous êtes déballonnés.

Strange fit oui de la tête, son regard perdant de son éclat.

– Maintenant que tu connais notre nom, dit Richard, qui n'avait pas quitté Quinn des yeux, tu pourrais peut-être nous dire le tien, visage pâle.

Strange tira Quinn par la manche avec un peu plus d'insistance.

– Viens, dit-il, allons-nous-en.

Cette fois, Quinn obtempéra et ils se dirigèrent vers l'escalier. Quand le rire des frères Coles retentit derrière lui, Quinn eut la sensation qu'on le poignardait dans le dos.

Au rez-de-chaussée, Strange indiqua d'un geste au barman qu'il voulait le régler et lui réclama une facture en hurlant pour se faire entendre à travers la musique. Ensuite il se tourna vers Quinn qui contemplait la foule, le dos appuyé au comptoir.

– T'as fait une belle connerie. Je t'avais pourtant dit de pas te mêler de mes affaires.

– J'ai pas réfléchi, dit Quinn.

C'étaient les premières paroles qu'il prononçait depuis leur échange avec les frères Coles.

– Qu'est-ce que tu vas faire maintenant ? Tu crois que t'arriveras à l'alpaguer un jour ?

– T'en fais pas pour ça, va. Comment j'aurais pu me douter que Sammy Davis junior avait un petit frère bâti comme Dexter Manley ? Mais je suis bien décidé à garder la tête froide et à attendre le moment propice. C'est jamais que du boulot, mes émotions n'entrent pas en ligne de compte. J'avais la situation bien en main et il a fallu que t'interviennes en essayant de la leur jouer Joe Kidd. Tu devrais apprendre à brider un peu ton orgueil.

Richard Coles venait de descendre l'escalier. Il se lova contre une serveuse et lui murmura quelque chose à l'oreille.

– T'as raison, dit Quinn en suivant des yeux le manège de Richard, faudrait que je travaille là-dessus.

– T'en as même sacrément besoin, dit Strange en jetant un coup d'œil par-dessus son épaule pour voir ce qui intriguait Quinn.

Il vit que Quinn observait Richard Coles qui venait de s'enfiler dans un couloir, à l'extrémité du bar.

Strange régla le barman et empocha la facture.

– Tiens, voilà pour toi, dit-il.

– Merci, dit le barman.

En se retournant, Quinn vit son prénom épinglé au-dessus de la poche de sa chemise blanche. Il s'appelait Dante.

– T'es prêt ? demanda Strange à Quinn.

– Faut que j'aille pisser un coup.

– Encore ? Tu y es allé y a à peine cinq minutes.

– Les chiottes du premier étaient nazes. Je te retrouve à la voiture.

Strange dit « Bon », et se dirigea vers la sortie. Quinn attendit qu'il soit hors de vue avant de mettre le cap sur le couloir.

Au moment de franchir la porte d'entrée, Strange annonça au portier qu'il revenait tout de suite. Il gagna rapidement sa voiture, ouvrit le coffre, en sortit une paire de menottes et un petit casse-tête en cuir qu'il glissa dans la poche de poitrine de sa veste, puis réintégra la boîte. Il monta l'escalier quatre à quatre et traversa la salle du premier étage en se dirigeant vers la table de Sherman Coles, qui était toujours assis à la même place.

Les yeux de Coles s'écarquillèrent lorsqu'il vit Strange s'approcher de lui d'un pas décidé. Tordant le cou dans tous les sens comme un oiseau affolé, il chercha désespérément autour de lui un visage familier.

– C'est ici que ça se passe, Sherman, dit Strange en flanquant un coup de pied à la table.

Le rebord entra en collision avec Coles, qui bascula en arrière sous une pluie de cendres incandescentes et d'eau-de-vie.

Strange le remit sur ses pieds, le fit tourner sur lui-même et lui tordit les bras derrière le dos, le forçant à se mettre à genoux. Ensuite il lui enfonça son propre genou entre les omoplates, lui passa les menottes et l'aida à se relever.

Strange sortit son portefeuille, l'ouvrit et, le tenant à bout de bras, exhiba sa licence à la salle.

– Je suis enquêteur ! s'écria-t-il. Que personne ne s'en mêle et tout ira bien !

Il avait recours à ce stratagème dans ce genre de situation, et ça marchait presque à chaque coup. Il ne mentait pas en se disant « enquêteur » et la plupart des gens comprenaient « flic ». Les serveuses, les danseuses et leurs clients respectifs s'immobilisèrent tous, mais personne n'intervint, personne ne s'approcha d'eux.

Brandissant toujours son portefeuille d'une main, il poussa Coles vers l'escalier.

– Où est passé mon frangin ? demanda Coles.

– Il doit être en train de s'expliquer avec le blanc qui m'accompagnait.

– Richard va le tuer.

– Allez, avance.

Dans l'escalier, Coles perdit pied et faillit s'étaler. Strange le retint en lui tirant brutalement les bras en arrière. Coles se retourna vers lui et dit :

– Je savais bien que t'étais chasseur de primes.

– Aujourd'hui, on dit « garant de caution ».

– J'étais sûr que tu reviendrais, grommela Coles. Je l'ai vu à ton regard.

– Mais tu te doutais pas que je reviendrais si vite, dit Strange.

Tout en avançant dans le couloir, Quinn fredonnait entre ses dents l'air de la chanson de Prince – la deuxième ce soir-là – que diffusait la sono. Le couloir était équipé de petits haut-parleurs, mais les basses n'y étaient pas mises en valeur comme dans les puissantes enceintes de la salle, et leur sonorité aiguë lui mettait autant les nerfs à fleur de peau que l'acte qu'il s'apprêtait à commettre.

« *Gonna be a beautiful night, gonna be a beautiful night...* »

Quinn suivit le couloir jusqu'au bout, franchit une porte battante et se retrouva dans une cuisine malpropre éclairée par des tubes fluorescents dont les tables en inox renvoyaient la lumière.

– Amigo, dit-il, s'adressant à un petit Salvadorien moustachu en tablier blanc taché qui était adossé à une des tables du fond, une cigarette au bec.

Le type resta muet et son regard n'exprima rien non plus. La radio diffusait une musique tonitruante.

– C'est Dante qui m'envoie, annonça Quinn d'une voix de stentor.

Il parcourut la cuisine du regard et se dirigea vers un four à micro-ondes modèle industriel sur lequel était posé un maillet d'acier qui servait à attendrir la viande. Il s'empara du maillet, le soupesa, l'agita ridiculement dans l'air et déclara :

– Dante en a besoin au bar.

Le Salvadorien haussa les épaules, tira sur sa cigarette, laissa tomber le mégot sur le sol en Formica et l'écrasa sous le talon éculé d'une de ses chaussures noires.

– Je te le ramène tout de suite, dit Quinn.

Il savait que l'autre s'en fichait, mais il ne parlait que pour entendre sa propre voix et alimenter le flux d'adrénaline. Il sortit de la cuisine aussi vite qu'il y était entré.

Il reprit le couloir dans l'autre sens, en direction des toilettes. Il poussa la porte et pénétra dans les toilettes des hommes où Richard Coles, face à l'un des urinoirs alignés le long du mur, se soulageait la vessie.

Sans cesser d'avancer, Quinn dit : « Eh, Richard ! », et, au moment où Richard Coles tournait la tête vers lui, il leva son maillet et le lui abattit avec force sur l'arête du nez. Le nez de Richard se déplaça vers la droite et un flot de sang en jaillit. Son urine décrivit un demi-cercle et éclaboussa le sol aux pieds de Quinn. Ses jambes cédèrent sous lui, et Quinn lui décocha un coup de pied dans le bas-ventre au moment où il s'affaissait sur le carrelage. Puis son pied le cueillit à la pommette, et le sang gicla, arrosant la faïence blanche de l'urinoir. Quinn perçut le grognement sourd qui s'échappait de sa propre poitrine au moment où son pied entrait en contact avec les côtes de Richard. Il s'apprêtait à le frapper de nouveau quand il s'aperçut qu'on ne lui voyait plus que le blanc des yeux.

Quinn avait les mains qui tremblaient. Voyant que la poitrine de Richard se soulevait toujours, il dit : « Terry Quinn », et lâcha le maillet, qui heurta bruyamment le carrelage.

Dans la salle, on sentait flotter un obscur pressentiment, comme si les gens avaient deviné qu'il venait de se passer quelque chose. Les danseuses se trémoussaient toujours sur leurs estrades, mais les clients s'étaient détournés d'elles et discutaient entre eux.

Les hommes s'écartèrent sur le passage de Quinn. Cela fit renaître en lui le sentiment de puissance familier qu'il n'avait pas éprouvé depuis un certain temps. C'était un peu comme s'il était redevenu flic, et il comprit à quel point l'uniforme lui manquait. La sensation était des plus agréables.

Quinn monta à bord de la Caprice de Strange et jeta un coup d'œil à l'arrière. Sherman Coles était allongé sur la banquette, menottes aux poignets.

– T'as rien ? demanda Strange à Quinn en désignant du menton ses chaussures tachées de sang.

– Non.

– Où il est, mon frangin ? demanda Sherman depuis la banquette arrière.

Quinn et Strange laissèrent sa question sans réponse.

– Comment tu savais que j'allais m'en sortir indemne ? demanda Quinn.

– J'en savais rien. Tout ce que je savais, c'est que ça allait me laisser le temps dont j'avais besoin.

– Où est mon frère ? brailla Sherman.

– Tu te réserves toujours le boulot le moins dur ? demanda Quinn à Strange.

– Quand je peux, dit Strange en mettant le contact. Faut que j'emmène le petit Sherman jusqu'à la 5e Rue, où on aura un tas de formulaires à remplir. Ça te dira sûrement rien de nous accompagner.

– T'as qu'à me déposer à la station de métro la plus proche, dit Quinn. Faut que je passe chez moi. J'ai rendez-vous avec une dame ce soir.

– Moi aussi, dit Strange, se souvenant de sa mère.

Au moment où il démarrait en direction de M Street, il jeta un coup d'œil à Quinn. Il émanait toujours de lui une espèce d'énergie effrayante. Assis sur sa banquette, raide comme la justice, il frappait machinalement sa vitre du poing.

– Sur ce coup-là, on va partager les honoraires, Terry. Qu'est-ce que t'en dis ?

– Et pour l'autre affaire, on pourrait pas s'associer aussi ?

– S'associer ? C'est sur toi que porte mon enquête, l'aurais-tu oublié ?

– Non, je l'ai pas oublié.

– T'as aucun souci à te faire, crois-moi. La commission d'enquête a conclu que bien qu'étant l'auteur des coups de feu t'étais blanc comme neige, et j'ai aucune raison d'en douter.

– Blanc comme neige ? Oui, c'est l'expression qui figurait dans le rapport, je m'en souviens.

– De toute façon, je ne pourrais pas t'associer à un boulot pareil. Il faudrait que t'aies une licence de détective privé.

– Si tu continues ton enquête, je veux y participer.

En arrivant à la sortie du virage, Strange accéléra.

– T'en fais pas, dit-il. On aura l'occasion de se revoir.

10

La mère de Derek Strange, Alethea Strange, était pensionnaire d'une maison de repos qui dépendait de l'administration du district de Columbia. Mêlant vieillards grabataires et simples retraités, la maison de repos, en service depuis le dix-neuvième siècle, se trouvait à Northwest, l'un des quartiers les plus chics de Washington, peuplé majoritairement de blancs.

Strange avait la même aversion naturelle pour les hospices que pour les hôpitaux ou les salons funéraires. Après l'attaque cérébrale qu'elle avait subie en 1996, il avait ramené sa mère chez elle et avait embauché une infirmière à domicile, mais un caillot l'avait obligée à retourner à l'hôpital, où on l'avait amputée de la jambe droite. Avant, elle arrivait encore à se déplacer à l'aide d'un déambulateur, mais à dater de ce moment-là l'hémiplégie l'avait confinée dans un fauteuil roulant. Bien qu'ayant perdu une bonne partie de ses facultés d'élocution et n'étant plus capable de lire ni d'écrire, Alethea Strange avait réussi à expliquer au seul fils qui lui restait qu'elle souhaitait finir ses jours ailleurs, en compagnie d'autres malades. Strange la soupçonnait de ne lui demander cela que parce qu'elle ne voulait pas être un boulet pour lui ; néanmoins, ne voyant pas ce qu'il aurait pu faire d'autre, il avait accédé à ses vœux et l'avait fait admettre dans le service des longs séjours de la maison de repos de Northwest, où l'on acceptait les économiquement faibles couverts par le programme Medicaid.

Ce soir-là, une espèce de séance récréative avait lieu dans le foyer de la maison de repos. Des jeunes gens en chemise verte, vraisemblablement délégués par une paroisse des environs, essayaient de faire chanter les vieux en chœur. Le rez-de-chaussée comportait aussi un réfectoire et une bibliothèque avec aquarium. Alethea Strange ne participait jamais aux soirées, ne profitait jamais non plus du réfectoire ni de la bibliothèque. Elle n'acceptait de descendre de sa chambre qu'avec Derek. Au printemps, elle permettait à son fils de la pousser jusqu'au jardin soigneusement entretenu où un écureuil noir, visiteur fréquent des lieux, venait boire sur le rebord de la fontaine. Strange plaçait son fauteuil roulant dans un carré de soleil, s'asseyait sur un banc en pierre à côté d'elle, et lui frottait le dos ou la tenait simplement par la main. La vue de l'écureuil semblait avoir sur elle un effet rasséréNant.

Strange suivit jusqu'au bout l'interminable couloir et prit l'ascenseur. Au deuxième étage, il longea un autre couloir aux murs beigeasses, et en approchant de l'aile des longs séjours où résidait sa mère, il sentit l'odeur qu'il craignait désormais comme la peste, mixture d'aliments fades, de maladie et d'incontinence.

Sa mère était dans son fauteuil roulant, assise à l'une des trois tables rondes de la salle de télé où les pensionnaires prenaient parfois leurs repas. Ses compagnons de table étaient un Arménien, victime lui aussi d'une attaque cérébrale, dont Strange n'avait jamais réussi à retenir le nom, et une vieille dame squelettique confinée dans un fauteuil roulant à dossier basculant, qui passait son temps à contempler le plafond de ses yeux caves bordés de rouge sans jamais émettre une parole ni esquisser un sourire. À la table voisine, une dame faisait manger son mari, qui avait un bavoir autour du cou, et un vieux monsieur s'était endormi devant son plateau intact, le menton sur la poitrine. La télé diffusait un match de basket, mais personne ne la regardait, personne n'écoutait les vociférations du présentateur qui commentait la partie. Strange tapota l'épaule de l'Arménien, alla chercher une chaise à l'autre bout de la pièce et s'installa à côté de sa mère.

– Bonsoir, maman, dit-il en l'embrassant sur la joue et en lui prenant la main qui était aussi légère et délicate que du papier.

Sa bouche se tordit en un sourire et elle battit lentement des cils. Un reste de compote de pomme lui ourlait la lèvre supérieure ; Strange l'essuya avec la serviette qui lui avait glissé du cou.

– Tu veux boire un peu de thé ? lui demanda-t-il.

D'une main tremblante, elle lui désigna deux petits sachets de sucre. Strange en déchira les coins, versa le sucre dans le gobelet en plastique qui contenait le thé, et après l'avoir touillé lui plaça le gobelet dans la main.

– Chaud, souffla-t-elle d'une voix à peine audible.

– Oui, maman. Tu veux encore un peu de viande ?

La « viande » en question aurait aussi bien pu être du poulet que du bœuf, car la sauce grisâtre qui s'était figée autour empêchait d'en discerner la nature exacte.

Sa mère fit non de la tête.

Strange remarqua que la table d'à côté vacillait chaque fois que leur voisine s'y appuyait pour porter la fourchette aux lèvres de son mari. Il se leva, gagna la petite pièce où étaient entreposés les produits d'entretien, préleva quelques carrés de Sopalin sur un rouleau et les plia plusieurs fois sur eux-mêmes pour en faire une cale qu'il plaça sous celui des pieds de la table qui ne touchait pas le sol. La dame le remercia.

– J'ai calé la table, annonça Strange à une aide-soignante corpulente en allant retrouver sa mère.

L'aide-soignante, qui discutait avec une collègue, lui

adressa un bref signe de tête. Il la connaissait de vue, comme tous les autres immigrés de fraîche date à la peau sombre qui assuraient les mêmes fonctions qu'elle. Celle-ci était du genre brutal, même si elle se montrait toujours polie avec lui. Sa mère lui avait dit que cette femme lui aboyait dessus et se moquait cruellement d'elle lorsqu'elle était seule avec elle. La plupart des employés de l'établissement étaient compétents, et beaucoup faisaient preuve de gentillesse, mais Strange savait que deux ou trois aides-soignantes s'étaient mal conduites avec sa mère. L'une d'elles lui avait même barboté le flacon de parfum, cadeau de Strange, qu'elle gardait toujours sur sa table de chevet.

Il était au courant des agissements de ces femmes et il les haïssait de tout son cœur, mais que pouvait-il faire ? Les signaler à la direction ? Il y avait renoncé depuis belle lurette. Il n'était pas, hélas ! un visiteur des plus assidus, et elles auraient été capables de se venger sur sa mère en son absence. Alors, il essayait de leur faire comprendre avec les yeux qu'il savait à quel jeu elles jouaient, en priant le ciel que les regards qu'il leur lançait les feraient hésiter la prochaine fois que l'idée leur passerait par la tête de manquer de respect à sa mère de cette façon odieuse et lâche.

– Aujourd'hui, ça a bardé pendant le boulot, annonça-t-il à sa mère.

Il raconta l'histoire de Sherman Coles, du frère de Sherman Coles et du jeune type, ancien de la police, qui lui avait prêté main-forte. Il lui présenta l'affaire sous un angle comique, aussi peu angoissant que possible, car il savait qu'elle se faisait du souci pour lui à cause de son métier. Mais peut-être qu'elle ne se fait plus aucun souci, se dit Strange. Peut-être qu'elle n'a plus la moindre idée de ce qui m'arrive, que l'image qu'elle avait de moi, de sa ville et de ses habitants s'est complètement brouillée dans sa tête.

Quand il eut achevé son récit, sa mère lui adressa un de ces sourires tordus qui lui étaient désormais habituels, ses lèvres retroussées découvrant des gencives sans dents. En lui rendant son sourire, Strange ne regarda pas sa peau constellée de petites ecchymoses violettes, ses bras décharnés, ses jambes atrophiées ni les seins flétris qui lui pendaient jusqu'à la taille. Il ne regarda que ses yeux. Car ses yeux n'avaient pas changé, eux. Ils étaient d'un brun profond, débordants d'amour, rayonnants de beauté, comme ils l'avaient toujours été. C'étaient les mêmes yeux que du temps où Strange était enfant et où Alethea Strange était jeune, éclatante de force et de vie.

– Chambre, dit sa mère.

– D'accord, maman.

Il la poussa jusqu'à sa chambre, d'où on avait vue sur le parking d'un bureau de poste. Il sortit son peigne du tiroir de la table de nuit et le passa dans les rares cheveux blancs qui lui restaient. Comme elle était pratiquement chauve, Strange discernait sans peine les nævus et les autres marques de vieillesse qui saillaient sur son cuir chevelu.

– T'es toute belle, dit-il quand il eut fini de la peigner.

– Fils, dit-elle en levant sur lui ses yeux magnifiques.

Un bref rire la secoua, soulevant ses épaules osseuses.

Alethea Strange désigna la fenêtre du doigt. Strange s'en approcha et en examina le rebord. Sa mère avait la passion des oiseaux. Elle avait toujours aimé les observer quand ils bâtissaient leurs nids.

– La nidification n'a pas encore commencé, maman. Va falloir attendre le printemps.

Après être sorti de sa chambre, Strange s'arrêta devant l'aide-soignante corpulente et lui adressa un sourire carnassier qui lui donna un peu la sensation qu'on lui arrachait la gueule.

– Tâchez de bien prendre soin de ma mère, hein !

Tandis qu'il se dirigeait vers l'ascenseur, sa mâchoire se décrispa et il exhala lentement son souffle. Comme chaque fois qu'il quittait la maison de repos, il se demandait avec qui il allait passer la soirée. Cet endroit faisait toujours naître en lui une envie de femme. La vieillesse, la maladie, la solitude, la douleur... ces souffrances auxquelles nul n'échappe, on peut nier leur existence, momentanément en tout cas, en faisant l'amour. Quand on est au lit avec une femme, quand on expulse sa semence au plus profond de cette chaleur enveloppante, la mort elle-même n'existe plus.

– Encore un peu de vin ?

– Pourquoi pas ?

Terry Quinn tendit le bras par-dessus la table pour remplir le verre de Juana Burkett. Juana but une gorgée de rioja et se laissa aller sur le dossier de sa chaise.

– Ce vin est délicieux.

– Je l'ai acheté chez Morris Miller. L'étiquette disait qu'il était généreux, gouleyant et fruité.

– Heureusement, le voyage ne lui a pas trop nui.

– Pendant tout le trajet en métro j'ai serré la bouteille contre ma poitrine comme un nourrisson.

– Vous devriez vous acheter une voiture, Teu-ri.

– Je m'en suis très bien passé jusqu'ici. La librairie est à deux pas de chez moi et si je dois aller en ville, le métro fait parfaitement l'affaire. Mais maintenant, il vaudrait peut-être mieux que j'en achète une.

– Pourquoi maintenant ?

– Il y a une sacrée trotte entre la station de métro et chez vous.

Une lueur d'amusement passa dans les yeux de Juana.

– Vous êtes bien sûr de vous, dit-elle. Vous croyez que je vous réinviterai ?

– J'en sais rien, mais si vous cuisinez toujours comme ça, j'attendrai pas d'être invité. Je viendrai gémir devant chez vous en grattant à la porte comme un chien. Vous êtes un vrai cordon-bleu.

– J'ai eu de la chance. C'est la première fois que je

m'attaque à ce plat. Linguini aux crevettes et cœurs d'artichaut. Quand j'ai vu la recette dans le *Post*, ça m'a mis l'eau à la bouche.

– Y avait de quoi, dit Quinn en repoussant son assiette vide. La prochaine fois, c'est moi qui vous invite au restaurant. Je connais une petite trattoria dans Sligo Avenue. Leurs poivrons aux anchois sont à tomber à genoux.

– Vous habitez tout près de là, n'est-ce pas ?

– Oui, on pourra y aller à pied, dit Quinn. Tant que je n'ai pas de voiture, je préfère ne pas trop m'éloigner de mon quartier.

Pendant que Juana allait chercher le café et le cognac dans la cuisine, Quinn se leva et s'approcha de la cheminée où une bûche de papier compressé achevait de se consumer, ses flammes roses et bleues formant un demi-cercle parfait. Une pile de CD était posée sur une enceinte. Quinn prit celui du dessus et l'examina. C'était un album de Luscious Jackson. De la musique de gonzesses, comme tous les disques qu'elle avait passés ce soir-là – du rock et de la soul avec chanteuses et choristes femmes.

Les colocataires de Juana était des gens plutôt sympathiques. Elle partageait la maison avec un jeune couple d'étudiants mariés qui s'appelaient James et Linda. Juana avait fait les présentations ; Quinn les avait trouvés charmants et d'une discrétion remarquable, car ils s'étaient éclipsés presque aussitôt. Juana lui avait expliqué que James et Linda occupaient le haut de la maison et qu'ils lui avaient cédé le sous-sol aménagé en échange du quart de leur loyer. Les meubles n'avaient visiblement pas été achetés neufs, mais ils étaient bien entretenus. Les murs étaient couverts de petites reproductions encadrées, format carte postale, de tableaux de Hopper, Degas, Cézanne et Picasso.

Juana ressortit de la cuisine, un plateau en équilibre sur sa main ouverte. Elle était vêtue d'une chemise blanche, d'un pantalon noir à pattes d'éléphant et de chaussures noires à talons bottier. Deux traits d'eye-liner noir soulignaient ses yeux de jais. Elle posa son plateau sur une petite table et passa d'une fenêtre à l'autre pour abaisser les stores.

– On s'assoit sur le canapé ?

– D'accord, dit Quinn.

Quinn rapprocha le canapé de la cheminée. Ils burent du café noir, sirotèrent leur fine Napoléon.

– J'ai retrouvé sur Internet tous les articles que la presse vous avait consacrés l'année dernière, dit Juana.

– Ah bon ?

– Oui, je les ai lus aujourd'hui.

Juana s'abîma dans la contemplation des flammes.

– La police de Washington est dans un sale état, on dirait, reprit-elle.

– Pas brillant, en effet.

– Qu'est-ce qu'il peut y avoir comme bavures. La moyenne des coups de feu tirés par les flics de Washington dépasse celle de toutes les autres polices municipales.

– Oui, mais la moyenne des crimes violents par habitant est supérieure à celle de n'importe quelle autre ville d'Amérique.

– Pour ne rien dire de leur manque de formation. D'après les journaux, la plupart des jeunes recrutés à la fin des années quatre-vingt étaient psychologiquement inaptes à exercer la fonction de policier.

– C'était vrai dans beaucoup de cas, mais pas tous. J'en faisais partie, de ces recrues. Et j'avais quand même fait des études de criminologie. Ils n'auraient pas dû recruter autant de gens d'un seul coup, mais c'était la panique. Le gouvernement fédéral voulait qu'on mette le paquet pour lutter contre l'épidémie de crack, et augmenter le nombre de flics était la solution la plus simple. Tant pis si les recrues n'étaient pas compétentes ou si leur formation laissait à désirer. Et tant pis si notre ancien maire, le fumeur de crack bien connu, s'était distingué pendant sa mandature en démantelant presque complètement la police municipale et en rognant systématiquement sur son budget.

– Vous n'avez pas envie de parler de tout ça, hein?

– Pas trop.

– Et les armes dont on les avait équipés? dit Juana. Il paraît que ces automatiques-là...

– C'est de l'excellent matériel. À une époque où de simples pékins se trimbalent avec des TEC-9 ou des fusils d'assaut, on ne peut pas demander aux flics de se contenter d'un .38 à cinq coups. Le Glock 17 est un excellent pistolet. J'étais à l'aise avec, et bon tireur en plus. J'avais manqué pas mal de séances de tir, mais j'allais souvent me balader à la campagne avec ce flingue. Non, croyez-moi, j'étais parfaitement apte à m'en servir, et sa qualité n'est pas en cause.

– Je vous dois des excuses.

– Mais non, voyons.

– Vous vous dites, elle ne sait pas de quoi elle parle, celle-là. Elle croit peut-être qu'elle va m'apprendre le métier de flic.

– Ce n'est pas du tout ce que je pensais, mentit Quinn. Enfin maintenant qu'on a un nouveau chef, les choses vont peut-être s'arranger du côté des flics. Mais du côté des criminels, j'ai des doutes.

La main de Juana effleura celle de Quinn.

– Je ne voulais pas vous blesser, dit-elle.

– Vous ne m'avez pas blessé.

– Je n'ai jamais fréquenté personne qui avait fait ce métier. Je suppose que j'essaye de me prouver qu'il n'y a pas de mal à sortir avec quelqu'un comme vous. Vous êtes un peu une énigme pour moi, vous savez.

– C'est réciproque, dit Quinn.

Elle se rapprocha de lui, lui frôlant la poitrine de l'épaule. L'espace d'un moment, ils restèrent silencieux, puis Quinn reprit la parole :

– Aujourd'hui, j'ai fait la connaissance d'un détective

privé. Un type assez âgé, noir, qui a été flic autrefois. Je peux dire qu'il est noir, ça vous va ?

– Bien sûr, voyons. Vous n'êtes pas de ceux qui prétendent qu'ils ne distinguent pas les couleurs, n'est-ce pas ?

– Je suis pas daltonien, non.

– Dieu soit loué. Un jour, à un dîner, alors qu'une fille blanche décrivait quelqu'un, son ami lui a demandé : « Il était noir, non ? » et elle a répondu : « J'en sais rien, j'ai pas fait attention à la couleur de sa peau. » Elle disait ça à mon intention, vous comprenez, pour que je saisisse qu'elle n'était pas « comme ça ». Elle n'avait pas l'air de se douter que les noirs se moquent des gens de son espèce et qu'ils les haïssent autant que les racistes déclarés. Un raciste au moins, on sait par quel bout le prendre. J'ai appris par la suite que la fille en question habitait un quartier où les gens payent des loyers insensés pour que leurs enfants ne soient pas obligés de croiser des noirs dans la rue.

– Je vois très bien ce que vous voulez dire. Dans le temps, un type m'avait loué le sous-sol de sa baraque dans un quartier qui est à deux ou trois kilomètres de celui où j'habite maintenant.

– Vous parlez de ce bastion de gauche où tout le monde est contre le nucléaire ?

– Exactement. Dans ma rue, plein de gens avaient des autocollants du style : « Apprenons à vivre en paix » ou « Vive la diversité » sur leurs bagnoles. Leurs gamines promenaient des poupées noires dans leurs poussettes miniatures, mais le jour de leur anniversaire on ne voyait pas le moindre noir parmi les enfants invités à la fête, pas le moindre gosse venu de l'un des rares immeubles collectifs des environs. Ces gens-là croyaient vraiment qu'il suffisait de mettre un autocollant sur sa Volvo et de filer une poupée noire à sa gamine blanche pour tout régler.

– Ça y est, vous êtes en nage.

– Pardon, dit Quinn en se frottant la lèvre supérieure du

poing. Bref, aujourd'hui j'ai fait la connaissance d'un détective privé noir qui n'est plus de la première jeunesse.

– Ah bon ? Que vous voulait-il ?

Quinn lui raconta sa journée. Quand il en arriva à la partie concernant Richard Coles, il se contenta de dire qu'il l'avait « retenu » aux toilettes pendant que Strange, le vieux privé, alpaguait son frère.

– Je ne sais pas si vous vous en êtes rendu compte, dit Juana, mais en me racontant cette histoire vous aviez le sourire aux lèvres.

– C'est vrai ?

– Ça vous a fait du bien de renouer avec tout cela, n'est-ce pas ?

Quinn eut la brève vision du maillet qui s'abattait, du sang qui giclait.

– Sûrement, dit-il.

– Si vous aimez tant l'action, pourquoi avez-vous quitté la police ? demanda Juana.

– Vous avez raison, dit Quinn en hochant la tête. J'aimais mon métier. Et dans l'affaire des coups de feu, je n'étais pas en tort. Je donnerais n'importe quoi pour n'avoir pas tué Chris Wilson, mais je n'étais pas en tort. La commission d'enquête m'a disculpé, Juana. Mais vu le bruit qu'on avait fait autour et les accusations de racisme que certains collègues lançaient contre moi... je me suis dit que la seule solution possible était de m'esquiver.

Le visage de Quinn s'était de nouveau rembruni.

– N'en parlons plus, dit Juana. Je ne voulais pas vous...

– C'est pas grave.

Juana se tourna vers lui et lui posa une main à plat sur la poitrine. Quinn lui entoura la taille de son bras.

– Le sort en est jeté, dit-il.

Juana éclata de rire. Ses yeux brillaient comme des diamants noirs.

– Ma parole, mais vous tremblez, dit-elle.

– C'est parce que vous êtes d'une beauté renversante.

– Merci, dit Juana.

D'une main légère, elle lui repoussa les cheveux derrière les oreilles.

– Qu'allez-vous faire maintenant ? demanda-t-elle.

– Oh, je vais garder mon boulot à la librairie jusqu'à ce que j'aie tiré tout ça au clair dans ma tête.

– Non, je voulais dire là, maintenant.

– Vous embrasser sur la bouche ?

– Vous avez beau être passé par l'université, vous mettez un temps fou à déchiffrer les signaux.

– La politesse exige qu'on demande la permission, dit Quinn.

– Permission, mon œil, dit Juana en avançant ses lèvres vers les siennes. Pour un peu, vous m'auriez forcée à vous supplier à genoux.

11

En arrivant chez lui, Derek Strange trouva sur son répondeur un message de Janine qui lui proposait de venir dîner avec elle et son fils Lionel. Elle avait préparé, disait-elle, « un peu trop » de poulet, et il aurait été dommage de le laisser « se gâter ».

Strange appela une certaine Shirley avec qui il lui arrivait de sortir, mais soit elle n'était pas chez elle, soit elle ne répondait pas au téléphone. Après avoir nourri Greco, Strange lui fit faire le tour du pâté de maisons.

À son retour, il vérifia l'état de son portefeuille d'actions sur Internet tout en écoutant un CD de la bande originale d'Elmer Bernstein pour le *Retour des sept mercenaires*. Il prit une douche et changea de tenue, passant une veste sport au-dessus d'une chemise à col Danton. Il fit le numéro d'une autre femme. Sa ligne était occupée, et il en fut soulagé, car il n'avait pas une folle envie de la voir. Son estomac s'était mis à gargouiller. Il appela Janine.

– Allô ?

– C'est Derek.

– Bonsoir, Derek.

– Il reste du poulet ?

– Je l'ai gardé au chaud pour toi.

– Je peux amener Greco ? demanda Strange.

– Je lui ai mis quelque chose de côté aussi, dit Janine.

*

Ils continuèrent à s'embrasser pendant un bon moment, puis Quinn retira sa chemise. Juana l'imita, découvrant un soutien-gorge noir qu'elle entreprit de dégrafer.

– Laisse-moi faire, dit Quinn.

– Si tu veux.

L'agrafe lui donna du fil à retordre.

– C'est pas commode, dit-il.

Elle fit courir ses doigts le long de son biceps aux veines protubérantes.

– Je croyais que tu t'y connaissais.

– Je vais y arriver. Tiens, ça y est, j'ai compris.

Il lui retira son soutien-gorge. Elle se laissa admirer, caresser. Il lui embrassa l'épaule, effleura d'un baiser l'un de ses mamelons brun foncé puis, appuyant les lèvres sur la chair tendre de son sein, éprouva le goût salé de sa peau.

– C'est agréable, dit-elle.

– Bon Dieu, fit Quinn.

Il retira son jean, et en se retournant vers elle il s'aperçut qu'elle aussi était nue à présent. Enlacés, ils s'allongèrent sur la couverture qu'elle avait jetée en travers du canapé. Il l'embrassa sur la bouche, se frotta à son entrecuisse, et quand ses doigts se refermèrent sur son clitoris gonflé elle laissa échapper un gémissement de plaisir et un rire étouffé. Sa peau d'un brun profond contrastait avec le corps de Quinn, pâle et constellé de légères taches de son. Entourant de ses doigts blancs les doigts cuivrés de Juana, il lui embrassa la main.

– Tu sais ce qu'on est en train de faire ? murmura-t-il.

– On pratique la diversité.

– Pour l'instant, ça me déplaît pas.

– Mais au fond de nous-mêmes on est tous pareils, dit Juana.

Strange possédait une Cadillac Brougham V8 de 1991, ultrapuissante, noire avec intérieur en cuir noir et calandre chromée, qu'il n'utilisait que pour de courts trajets en ville, en dehors des heures de travail. Il remonta Georgia Avenue en écoutant la cassette de *The World Is a Ghetto*. Greco occupait le siège du passager, assis sur le coussin rouge qui lui était réservé, la truffe collée à la vitre.

Janine et Lionel Baker habitaient un modeste pavillon à façade de bardeaux rouges au coin de la 7e Rue et de Quintana Street, du côté de Brightwood Park. Strange se gara devant la maison, fit descendre Greco de voiture en tirant sur son collier étrangleur avec la laisse et l'entraîna jusqu'à la porte.

Janine, Lionel et Strange dînèrent ensemble dans la minuscule salle à manger ornée d'une reproduction de la *Cène* de Léonard de Vinci. Janine avait donné à Greco l'os d'une épaule de bœuf qu'elle avait préparée en rôti huit jours plus tôt, et le boxer était allé se réfugier au sous-sol pour le ronger en paix.

– Veux-tu me passer la purée, mon garçon ? dit Strange.

Lionel était de haute stature, comme sa mère ; on voyait déjà qu'il serait bel homme, mais il avait encore des rondeurs enfantines. Il tendit le saladier de purée à Strange, qui le remercia, se servit généreusement et attira à lui le bol de sauce.

– Où vas-tu ce soir, Lionel ? demanda Janine.

– J'emmène une copine au cinoche.

– Comment s'appelle-t-elle ?

– Sienna.

– Comment peux-tu emmener ta copine au cinéma ? Tu n'as pas de voiture.

– Je peux prendre la tienne ?

– Arrête, Lionel.

– On sort avec Jimmy et sa copine. Son oncle lui a prêté sa Lexus. Couleur or, avec jantes chromées. La classe.

Le regard de Janine rencontra celui de Strange, qui était assis en face d'elle.

– Où est-ce que l'oncle de Jimmy a trouvé de quoi se payer une Lexus ? demanda-t-elle.

– J'en sais rien, dit Lionel. Mais elle est d'enfer, comme bagnole.

Il coula un regard vers Strange et ajouta :

– Oh bien sûr, c'est rien à côté d'une Cadillac.

– Elle te plaît pas, ma caisse ? demanda Strange.

– Si, beaucoup, dit Lionel.

Ses lèvres se fendirent en un sourire, et il se mit à chanter :

– Ô Cadillac, ma Cadillac, t'es la reine-euh des voitures !

Sa mère et lui éclatèrent de rire. Strange rit aussi, mais moins fort qu'eux.

– Il a une belle voix, dit Janine. Pas vrai, Derek ?

– Il se débrouille, dit Strange. Dommage que sur les disques de maintenant, plus personne ne chante, il aurait pu faire carrière.

– Moi, de toute façon, je serai avocat et je me ferai plein de thune, dit Lionel.

Il tendit le bras vers le plat de poulet frit et y pêcha un pilon.

– Pour ça, faudrait que t'aies de meilleures notes, dit Janine.

– Tu te plais au lycée Coolidge ? demanda Strange.

– Ça peut aller. J'ai plus qu'un an à tirer.

– Vous allez voir quel film ? demanda Janine.

– Le nouveau Chow Yun-fat. Il passe à l'AMC, tu sais le cinéma qui est sous la gare centrale.

– « Fat », ça veut dire qu'il est gros ? demanda Strange.

– Très drôle, dit Lionel.

Le regard de Strange se posa sur le tee-shirt de Lionel ; il était à l'effigie de Tupac Shakur – la fameuse photo de Tupac fumant un joint maquillé en cigare.

– Ça ne me regarde pas bien sûr, mais moi, si je sortais avec une jeune personne, je n'exhiberais pas la tronche d'un autre mec sur mon tee-shirt.

– Oh, je vais me changer, monsieur Derek, vous en faites pas.

Lionel consulta la montre-bracelet que son poignet filiforme faisait paraître plus grosse qu'elle n'était.

– D'ailleurs, faut que je me dépêche. Jimmy sera là d'un instant à l'autre.

Lionel rongea le peu de chair qui restait sur son pilon, puis il prit son verre et son assiette et les emporta dans la cuisine.

– Tu vois ce que je dois endurer ? dit Janine.

– C'est un brave gosse.

– Je l'aime de tout mon cœur.

– Je sais, dit Strange.

Janine lui tapota la main.

– Merci d'être venu ce soir, Derek.

– Tout le plaisir est pour moi.

Dix minutes plus tard, on klaxonna dehors et les pas de Lionel résonnèrent lourdement dans l'escalier. Strange se leva de table, gagna le vestibule et l'intercepta au moment où il se dirigeait vers la porte.

– À plus, monsieur Derek.

– Attends une seconde, Lionel.

Lionel s'examina de bas en haut. Il portait un jean propre, une chemise Tommy Hilfiger et des Timberland montantes.

– Quoi, mes sapes vous plaisent pas ?

– T'es très chic.

– Mes Timberland sont neuves.

– Chez Sears, on trouve de meilleurs brodequins pour moitié moins cher.

– Oui, mais y a pas de petit arbre dessus.

– Écoute-moi bien, Lionel.

Strange inspira une grande goulée d'air. Il n'était pas très doué pour ce genre de discours, mais il fallait bien qu'il essaye.

– Il ne faut pas fumer de la marie-jeanne quand on roule dans une bagnole aussi voyante.

– De la marie-jeanne ? fit Lionel.

Il avait pris un ton sarcastique, et Strange sentit que le sang lui affluait au visage.

– Crois-moi, quand les flics tombent sur une voiture avec de jeunes noirs à bord, surtout quand il s'agit d'une Lexus couleur or avec des superjantes, ils se figurent aussitôt qu'ils ont affaire à des dealers et ça leur donne une raison suffisante pour vous contrôler. Et si en fouillant la voiture ils trouvent de la beu ou un tarpé, comme vous dites aujourd'hui, ça sera inscrit sur ta fiche de police et tu pourras plus jamais t'en débarrasser. Tes études de droit, faudra tirer un trait dessus. Je me fais bien comprendre ?

– Très bien, monsieur Derek.

– À la bonne heure.

Strange sortit son portefeuille de sa poche revolver et en tira un billet de vingt dollars.

– Tiens. Ce serait pas convenable de sortir ta copine sans avoir de quoi payer un petit extra. Après le film, emmène-la au TGI Friday et offre-lui un sundae ou un truc du même genre.

– Merci, dit Lionel.

Il prit l'argent et, avec un clin d'œil, ajouta :

– Peut-être que si je lui paye un sundae, elle se laissera sauter.

Strange fronça les sourcils, approcha son visage de celui du gamin et baissa la voix.

– Je ne veux pas t'entendre parler comme ça, Lionel. Ta copine est une fille comme il faut, tu dois la traiter avec respect. Avec le respect que tu serais en droit d'attendre d'un homme qui fréquenterait ta mère. C'est compris ?

– Oui, monsieur Derek.

Strange tenait toujours son portefeuille à la main. Il en extirpa le préservatif qu'il avait toujours sur lui en cas d'urgence, dissimulé sous ses cartes de visite, et le tendit à Lionel.

– Mais bon, si jamais ça marchait...

Lionel le remercia et empocha la capote avec un sourire niais. Dehors, un nouveau coup de klaxon retentit.

– Faut que je me sauve.

– Amuse-toi bien.

Quand la porte se fut refermée derrière Lionel, Strange poussa le verrou et se dirigea vers la salle de séjour en espérant qu'il n'avait pas dit trop de conneries.

Janine l'attendait, assise sur le canapé. Elle avait disposé une bouteille de Heineken fraîche et deux verres sur la table basse et la chaîne stéréo diffusait *Songs in the Key of Life.* Janine avait pris soin de se déchausser avant de poser les pieds sur la table basse, mais elle avait gardé ses bas. Strange s'assit à côté d'elle sur le canapé.

– Vous avez eu une petite conversation entre hommes, Lionel et toi ?

– Si on veut.

– À moi seule, je ne peux pas tout lui donner.

– Je ne suis qu'un homme, pas plus malin qu'un autre.

– Tu en es un, c'est l'essentiel. Il a parfois besoin d'un modèle masculin et fort.

Strange sourit et plia le bras, faisant saillir le biceps.

– Tu me trouves fort ?

– Où veux-tu en venir, Derek ?

– Ce soir, j'ai pas l'impression d'être fort, je t'assure.

– C'était si dur que ça d'épingler Sherman Coles ?

– Heureusement que le jeune Quinn était avec moi.

Janine lui glissa un coussin sous la nuque.

– Raconte-moi ta journée, dit-elle.

Ils parlèrent boutique. Il lui narra l'affaire Coles par le menu, et elle lui expliqua comment elle s'y était prise pour expédier un certain nombre de dossiers en souffrance. Quand ils se furent dit tout ce qu'ils avaient à se dire et que la bouteille de Heineken fut vide, ils montèrent dans la chambre de Janine.

Les draps étaient déjà rabattus ; Strange comprit que Janine avait fait cela à son intention. Son radio-réveil, réglé en permanence sur WHUR, diffusait de la soul sensuelle en sourdine. L'odeur de son parfum imprégnait la chambre, et pendant que Strange la déshabillait, avec des gestes très lents, son odeur de femme s'y mêla.

Il ôta ses vêtements, se dépouilla de son slip. Nus, ils restèrent debout, échangeant des baisers. Strange plaça une main sur les fesses de Janine, en palpa la chair généreuse et ferme.

– Oh la vache, Janine.

– Quoi ?

– T'as une de ces arrière-boutiques !

– Elle te plaît pas ?

– Tu sais bien que si.

Il prit ses seins lourds entre ses mains, les rapprocha l'un de l'autre, les baisa, puis il l'embrassa sur la bouche.

– Viens, dit-elle, un peu essoufflée.

– Qu'est-ce que t'as, t'es pressée ?

Strange émit un rire étouffé, mordilla sa lèvre douce et fraîche.

– Pose ton cul, dit Janine.

– Là-dessus ? demanda-t-il en désignant le bord du lit.

– T'es fatigué, dit-elle. Ce soir, c'est moi qui travaille.

– C'est qui, la chanteuse ? demanda Quinn.

– Lauryn Hill, dit Juana. Tu aimes ?

– Elle est pas mal. Mais t'aurais pas un disque où c'est un mec qui chante ?

– J'ai un disque de Prince. L'album noir. Ça compte ou pas ?

– Oh, merde ! s'exclama Quinn en riant.

– Qu'est-ce qu'il y a de drôle ?

– C'est la deuxième fois que j'ai cette conversation aujourd'hui.

Quinn chercha une meilleure position. Sentant son érection renaître, il rapprocha ses hanches de celles de Juana et donna deux légers coups de reins pour lui faire comprendre qu'il avait encore du répondant.

– T'essayes de rester dedans ou de ressortir ?

– Je me demande si je vais pas repiquer une tête.

– L'eau est bonne, tu peux y aller.

– C'est qu'elle est profonde aussi.

– Arrête ça, dit Juana en souriant. À ce stade-là, la plupart des mecs que je connais trouveraient toutes sortes de raisons pour battre en retraite.

– Même si j'essayais, je buterais sur un obstacle de taille.

– Arrête de frimer.

– De toute façon, j'ai aucune envie de sortir.

– Si je comprends bien, tu n'es pas du genre un p'tit coup et puis s'en va.

– Ça m'est déjà arrivé, je te le cache pas. Mais avec toi, je n'ai aucune envie d'agir de cette façon.

Ils étaient toujours sur le canapé. Il ne restait plus que des braises dans la cheminée, et il ne faisait plus si chaud que ça dans la pièce. Quinn tira à lui une couverture au crochet multicolore et en recouvrit leurs deux corps. La peau blanche de son avant-bras se détachait sur la peau cuivrée de Juana.

– Tu crois que ça va bien se passer entre nous ? demanda-t-il.

– Tu le souhaites ?

– Oui.

Strange et Janine étaient allongés côte à côte sous les draps quand Greco entra dans la chambre. Il s'arrêta au pied du lit, laissa tomber son os par terre, puis s'allongea sur le tapis et le fit aller et venir entre ses pattes.

– C'est sa manière de me signifier qu'il est temps de rentrer, dit Strange.

– C'est dommage que tu puisses pas faire autrement, dit Janine. On est si bien dans notre lit douillet.

– Il ne serait pas convenable que Lionel me trouve ici en rentrant du cinéma.

– Il est au courant, Derek.

– N'empêche, ce serait pas bien.

Janine se redressa sur un coude et fit courir ses doigts dans les poils courts et rêches de la poitrine de Strange.

– Tu sais Janine, cet avocat de la 5e Rue pour qui je travaille à l'occasion, dit Strange. Celui qui porte toujours des costumes bon marché ?

– Markowitz ?

– C'est ça. Il nous doit de l'argent, je crois ?

– Il me semble que son compte est débiteur, en effet.

– Tu lui passeras un coup de fil demain, pour voir s'il lui est possible de nous procurer le procès-verbal des audiences de la commission d'enquête qui a blanchi Quinn.

– Je lui efface son ardoise en échange ?

– Ça dépend de la somme qu'il nous doit, je te laisse juge.

– Il t'a fait quelle impression, ce Quinn ?

Strange avait pensé à Terry Quinn toute la soirée. Quinn était violent, écorché vif, mal dans sa peau, et il n'avait peur de rien. Bref, un cocktail assez explosif. Même s'il pouvait rendre service dans des situations comme celle qu'ils avaient eu à affronter aujourd'hui, les types de son espèce font de piètres représentants de l'ordre, ils ne sont pas faits pour porter l'uniforme.

– J'en sais pas encore assez sur son compte, dit Strange. Je vais d'abord me pencher sur ce procès-verbal. Ensuite je tâcherai de tirer les vers du nez des autres individus impliqués dans cette affaire.

– Tu penses que Quinn était dans son tort ?

– Je pense qu'il est blanc et qu'en voyant un noir braquer son arme sur un autre blanc en pleine rue, il a réagi comme la société l'avait programmé pour réagir depuis qu'il est venu au monde.

– Tu crois qu'il est comme ça ?

- La plupart des blancs sont comme ça. La plupart des blancs jurent leurs grands dieux qu'ils savent même pas ce que c'est que le racisme.

– Et ils y croient dur comme fer.

– Quinn est persuadé qu'il n'est pas comme ça, mais il se trompe, dit Strange.

12

Nestor Rodriguez repéra la Ford verte dans son rétroviseur. Elle était à dix voitures de lui, à peu près. Il composa un numéro sur le portable de son tableau de bord et attendit la sonnerie avant de le décrocher.

– Lizardo ?

– C'est moi, frangin.

– On y est presque. Je viens d'appeler Boone. Il vient nous chercher.

– Qu'est-ce qu'il a à nous refaire ce coup-là à chaque fois, ce nabot ?

– Il veut pas qu'on sache où ils habitent, lui et son père. Quel taré !

– Pourquoi on fait pas l'échange dans le parking ?

– Parce que l'avorton tient absolument à peser et à tester la *manteca* sous nos yeux, chez lui. Il a peur qu'on l'arnaque.

– Quel enculé ! s'exclama Lizardo.

Il disait « encoulé ».

Les frères Rodriguez n'avaient aucune raison de craindre qu'on capte leur conversation. En Floride, Nestor avait soudoyé un jeune informaticien pour qu'il trafique les numéros de série et les codes d'identification de leurs portables. Une sécurité supplémentaire leur était fournie par d'ingénieux petits appareils à déformer les voix – ils en possédaient chacun un.

Nestor avait pris la 270 en direction du nord à bord d'une Ford Contour à moteur turbo de couleur bleue. La voiture que conduisait son frère était du même modèle, mais verte. Ils transportaient dix kilos de brown sugar colombienne : cinq kilos dans le coffre de Nestor, cinq autres dans celui de Lizardo.

La Contour a l'air d'une berline familiale, mais avec ses deux cents chevaux, elle est capable de passer de zéro à cent à l'heure en moins de sept secondes et peut monter jusqu'à deux cent trente. Son design passe-partout était idéal pour les livraisons, mais quand il s'agissait de se balader dans les rues d'Orlando, leur ville d'adoption, les frères Rodriguez préféraient des modèles qui en jetaient plus. Étant encore célibataire, Nestor pouvait sacrifier tant qu'il voulait à son goût pour les belles bagnoles. Il avait une Mustang Cobra flambant neuve, également SVT, qui atteignait le cent en 5,5 secondes. Contrairement à beaucoup d'Hispaniques, qui ont tendance à en rajouter côté décoration, il avait laissé la Mustang intacte et il en était très fier. Enfin, intacte, pas tout à fait. Il avait collé au-dessus du pare-chocs arrière la décalcomanie de deux filles blondes à poil avec une inscription en lettres fluo disant : « PAR ICI MESDAMES ». Mais à part ça, la Mustang était restée telle quelle.

– À qui tu parlais, juste avant moi ? demanda Nestor.

– À ma femme, dit Lizardo. Son père veut pas se reconvertir. Je lui ai pourtant expliqué que le cartel lui fournirait les engrais et les semences et qu'il s'engagerait à lui acheter sa production. Avec le pavot, il aurait deux récoltes par an, deux fois plus qu'avec le café. Et au moment de la cueillette, ses ouvriers toucheraient quatre fois plus de pognon qu'aujourd'hui.

– Où est le problème ?

– C'est un plouc, voilà où est le problème, dit Lizardo. Quand il voit les hélicos américains avec les mitrailleuses qui dépassent, ça lui fout les jetons. Quand il me voit, moi son propre gendre, il est mort de trouille. Il a peur de son ombre, qu'est-ce que tu veux.

– Ah, ces péquenots, fit Nestor, méprisant.

– Oui. Si j'arrive à l'aider, peut-être que ma femme me lâchera un peu. Peut-être même qu'elle me laissera tirer ma crampe de temps en temps.

Nestor comprenait très bien que la femme de Lizardo fasse chambre à part. Lizardo se bourrait souvent la gueule, et quand il était bourré il n'était pas très galant avec les dames. Quand il était trop bourré pour accomplir son devoir conjugal, il tapait sur sa femme. Nestor était d'avis qu'il est parfois nécessaire de cogner les bonnes femmes, qui du reste ne demandent pas mieux, mais une femme qui prend une dégelée chaque soir finit par perdre tout enthousiasme.

– Invite-le chez toi en Floride, dit Nestor. T'en as les moyens.

– Il veut pas en entendre parler. Et j'ai aucune envie d'héberger un cradoque pareil chez moi. Même en sortant de la douche, il sent encore le fumier.

– Ton beau-frère pourrait pas lui dire un mot ?

– Le curé ? Tu parles ! Il est même pas foutu de s'en sortir lui-même.

– Il a trop de mal à observer son vœu de chasteté ?

– Il a jamais été chaste. Tu sais ce qu'on dit, au village ? Que tous les enfants appellent le curé « mon père », sauf les siens qui l'appellent « mon oncle » !

Nestor et Lizardo s'esclaffèrent en chœur. Là-dessus, Nestor mit son clignotant et passa dans la file de droite, en s'assurant que son frère l'imitait.

Nestor s'inspecta dans le rétroviseur. Ses cheveux noirs étaient maintenus en arrière par du gel, et il arborait un petit bouc proprement taillé. Il avait pris le pli de se raser entre les sourcils, si bien qu'aujourd'hui ils ne se rejoignaient plus. Il portait un petit anneau d'or à chaque oreille. Il était bien fringué, mais sans ostentation. Il épluchait régulièrement *Esquire* et *GQ* pour être toujours à la pointe de la mode. Ensuite il se payait des sapes qui ressemblaient à celles des mannequins, mais sans ces griffes à la mords-moi le nœud qui vous obligent à raquer un max. Nestor s'habillait dans des magasins de confection pour hommes à succursales multiples, comme Men's Warehouse et Today's Man.

Au bout de deux kilomètres, ils arrivèrent à un centre commercial en bordure d'autoroute, juste à côté d'un lotissement en construction. Le parking n'était qu'à moitié plein et Nestor trouva une rangée où il y avait deux places libres. Il en prit une et attendit que son frère se soit garé dans l'autre, tout au bout de la rangée, avant de récupérer l'arme qu'il avait dissimulée sous son siège. C'était un 9 mm Sig Sauer dont le chargeur contenait neuf balles. Il le glissa dans le holster en cuir qu'il portait sous l'aisselle.

– Et Coleman, tu lui as parlé? demanda Lizardo, qui n'avait pas lâché son portable.

– Pas depuis le dernier voyage. Je l'appellerai de Baltimore ce soir.

– Est-ce qu'il nous prendra la coke la prochaine fois?

– Il m'a expliqué qu'il achetait sa coke à un mec de Los Angeles et qu'il ne voulait pas changer de fournisseur. Mais je lui ai dit que s'il voulait notre *manteca,* faudrait qu'il nous prenne aussi la cocaïne. Qu'il n'était plus question qu'on les vende séparément. On cède la *manteca* aux Boone à un prix très intéressant. Même en ajoutant leur com, c'est presque impossible de trouver de l'héroïne à meilleur compte et Coleman le sait.

– Et s'il refuse?

– On dira aux Boone de vendre la *manteca* à quelqu'un d'autre.

Lizardo tendit le bras vers la boîte à gants, l'ouvrit et en sortit son Davis calibre 32. Une arme de petit format, qui n'était efficace que sur des cibles rapprochées, mais qui tenait dans la poche de son pantalon à pinces noir. Après l'y avoir glissé, il réfléchit quelques instants à la situation. En matière de bizness, Nestor ne demandait jamais l'avis de Lizardo, qui pourtant avait parfois de bonnes idées. Comme maintenant.

– Écoute, dit-il, on n'a qu'à faire comme avant, vendre à Coleman sans intermédiaire. Ça lui reviendra moins cher, et ça le convaincra peut-être de nous acheter la coke.

– On avait une raison de mettre les Boone dans le coup, t'as oublié ?

– C'est pas nous qui les avons mis dans le coup, c'est notre cousin Roberto, quand il était en taule avec le nabot.

– D'accord, mais qui c'est qui lui avait demandé de nous trouver un livreur ?

– C'est nous.

Nestor poussa un grand soupir. La lenteur d'esprit de son frère mettait souvent sa patience à rude épreuve.

– T'as envie de te retrouver face aux bamboulas dans cette ville de merde, toi ? lui demanda-t-il.

– Non, dit Lizardo.

– C'est bien pour ça qu'on a besoin des Boone. Jusqu'à nouvel ordre, en tout cas. Alors le nabot, fous-lui la paix, d'accord ? Tu lui cherches tout le temps des crosses.

– Fait chier, putain, maugréa Lizardo.

Il disait « poutain ».

Edna Loomis roulait à tout berzingue sur l'allée gravillonnée. La suspension du pick-up Ford était en train d'en prendre un vieux coup, mais elle était trop pressée de regagner la maison pour se faire du souci à ce sujet. Elle avait mis la radio à fond pour se donner de l'énergie, et Travis Tritt bramait à tue-tête.

La veille au soir, elle avait pris l'empreinte de la clé de Ray avec du mastic spécial acheté à la quincaillerie du coin. Cette petite ruse lui avait été inspirée par une copine qui raffolait autant qu'elle de la méthédrine en cristaux. La copine, qui s'appelait Johanna et qui était coiffée d'une impressionnante choucroute, l'avait convaincue que Ray ne s'apercevrait jamais de rien si elle lui ponctionnait un peu de speed par-ci par-là et que vu toutes les petites gâteries qu'Edna lui faisait à l'œil c'était bien la moindre des choses qu'elle puise régulièrement dans sa réserve. Après tout, Edna était pour ainsi dire la femme de Ray et quand on est la femme de quelqu'un y a pas de raison qu'on soit obligé de le supplier à genoux chaque fois qu'on a envie de se défoncer un peu. Au bout de deux bières-Coca, les arguments de Johanna avaient fini par faire mouche.

Donc, la veille au soir, Edna avait attendu que Ray se soit endormi pour détacher subrepticement la clé de son porte-clés. Le lendemain au réveil, la clé était toujours accrochée à la ceinture du jean que Ray avait jeté en travers du dossier d'une chaise avant de se coucher, et il n'y avait vu que du feu. Edna était allée voir un mec que Johanna connaissait avec son empreinte et elle était ressortie de là avec une clé toute neuve et bien brillante qui à présent était au fond de sa poche.

Edna gara le pick-up entre la Taurus et la Shovelhead de Ray. Les jambes de Ray dépassaient de la portière ouverte de la Taurus, et sa boîte à outils était posée par terre à ses pieds. Il était tout le temps en train de bricoler la voiture, quand ce n'était pas la Harley. Il se redressa en brossant ses vêtements de la main au moment où Edna descendait du pick-up.

– Je croyais que t'étais allée au cinéma, lui dit-il. Je t'avais prévenue qu'on recevait des relations d'affaires, papa et moi.

– J'ai oublié mes cassettes, dit Edna. Je peux pas passer la journée en voiture sans ma musique.

– Bon, mais alors magne-toi.

– Où est Earl ?

– Dans la maison. Pourquoi ça t'intéresse ?

– Pour rien, je me demandais où il était, c'est tout. C'est pas la peine de t'occuper de moi, continue à bricoler.

Ray réintégra la Taurus et se glissa dans l'espace entre le siège et les pédales d'accélérateur et de frein en se demandant pourquoi les bonnes femmes jacassent tout le temps pour ne rien dire. Il remettait à sa place, à côté de la colonne de direction, la trappe qu'il venait de démonter pour la graisser. Depuis quelque temps, elle avait tendance à gripper, et il fallait absolument y remédier. Après avoir ajouté un peu de WD-40 pour faire bonne mesure, il ne lui resterait qu'à revisser l'ensemble, et son père et lui n'auraient plus qu'à aller retrouver les frères Rodriguez dans le parking du centre commercial.

Galvanisée par l'adrénaline, Edna traversa la grange à toute allure. Elle inséra la clé neuve dans la serrure de la porte blindée et sourit en entendant le déclic du pêne qui se soulevait. Elle pénétra dans l'antre où Ray préparait ses potions sans même jeter un regard en arrière. Johanna avait dit vrai : du moment qu'on avait le cran nécessaire, c'était d'une simplicité enfantine.

Elle aurait pu tirer le verrou, mais elle s'en abstint, car elle aurait eu encore plus de mal à se justifier si Ray l'avait trouvée enfermée là-dedans. S'il la surprenait en poussant simplement la porte, ça la ferait paraître plus innocente et elle pourrait prétendre que la bonne vieille curiosité féminine avait été plus forte qu'elle.

Magne-toi, Edna, faut pas perdre une minute.

Elle repéra instantanément le réchaud sur lequel Ray préparait son speed. Sur l'étagère au-dessus du réchaud, il y avait un tas de vieux flacons de médicaments en plastique ambré avec des bouchons blancs. Edna en ouvrit un. Il contenait des spansules, la réserve personnelle de Ray. Ce n'était pas du tout ce qu'elle cherchait. Elle déboucha un autre flacon. Il était plein à ras bord de méthédrine en cristaux. Elle secoua le flacon au-dessus de sa paume ouverte, y fit pleuvoir la moitié de son contenu et le transféra dans la petite boîte à pellicule photo en plastique dont elle s'était munie à cet effet. Ray tenait-il un compte exact, au gramme près, de tout le speed qu'il possédait ? Alors là, ça me ferait mal au sein, se dit Edna, se citant à elle-même l'une des expressions favorites de Johanna.

Avant de ressortir, elle inspecta rapidement du regard l'outillage de Ray, ses haltères et ses barres. Les mecs aiment bien faire mumuse avec ça. Mais c'est pas elle qui se serait plainte parce qu'il faisait de la gonflette. Ray était un peu court sur pattes, mais le soir, quand il ôtait son tee-shirt, sa carrure de bouledogue la faisait mouiller à tous les coups.

Quelque part dans la pièce, il devait aussi y avoir une entrée de tunnel. Ce tunnel, Edna en avait parlé à Johanna un soir qu'elles avaient bu plus que de raison dans le bar de Poolesville dont le juke-box passait les groupes de hard favoris de Johanna, Whitesnake, Warrant et compagnie, et elles s'étaient marrées comme des petites folles. Ray avait essayé de lui foutre la trouille en lui racontant que son tunnel pullulait de serpents, mais ça ne l'avait guère impressionnée. Elle n'avait pas peur des serpents. Pour elle, les serpents n'étaient jamais que des espèces de lombrics géants. Et puis qu'est-ce qu'elle aurait été faire au fond de ce tunnel à la con, de toute façon ?

Elle ressortit de la pièce aussi nonchalamment qu'elle y était entrée. Le saloon du vieil Ouest que Ray et Earl avaient conçu et décoré eux-mêmes était désert. Personne ne l'avait vue.

Elle referma la porte avec sa clé, écartant d'un geste négligent les cheveux qui lui retombaient sur les épaules. Elle avait réussi son coup, et elle en était fière.

Assis au bord de son lit, Earl Boone éclusa le reste de sa canette de Busch et la broya dans son poing. Il la jeta dans la corbeille à papier et elle produisit un tintement métallique en heurtant les autres canettes vides qui y étaient déjà entassées. Earl se leva et s'approcha de la fenêtre. Il souleva d'une chiquenaude le couvercle d'un paquet de Marlboro, en extirpa une cigarette, se la mit entre les lèvres et l'alluma avec un Zippo qui portait une carte en relief du Viêt-nam sur l'un de ses flancs et l'emblème du corps des marines sur l'autre. Au-dessous de la carte, on lisait l'inscription « Tueur-né ». Chaque fois que ses yeux se posaient sur ce Zippo, Earl se rappelait non sans nostalgie le gamin tout feu tout flammes qu'il avait été.

La porte de la grange s'ouvrit et Edna en sortit. Elle se dirigea vers le pick-up en courant à moitié. Ses cheveux se balançaient d'avant en arrière et elle se trémoussait du cul. Elle fonçait toujours comme une dératée, sauf le matin au réveil. Le matin au réveil, elle avait l'air d'une vieille serpillière. Elle se lança dans une discussion avec Ray. Est-ce qu'ils s'engueulaient ? Comme d'habitude, Earl aurait été bien en peine d'en décider. Il s'était toujours demandé ce qui empêchait Ray de lui en retourner une quand elle ouvrait sa grande gueule. Avec les mecs, Ray se foutait en rogne pour des riens, mais face à n'importe quelle créature pourvue d'une fente velue entre les cuisses, il devenait un vrai chapon.

Earl, lui, n'avait jamais mangé de ce pain-là. Au temps où il était marié à la mère de Ray, cette pauvre Margo, paix à son âme, elle avait eu droit à sa baffe et voire même à un coup de poing dans la gueule chaque fois que son gin chéri l'incitait à manquer de respect à son seigneur et maître. À la fin, le gin avait eu raison de son foie. En la voyant reliée à des machines par des tubes qui lui sortaient du nez, dans l'hôpital où elle attendait une transplantation, Earl avait failli lui demander pardon pour toutes les torgnoles qu'il lui avait flanquées, mais c'était si peu dans son caractère qu'il avait laissé passer l'occasion. Il savait bien qu'on ne lui trouverait pas de foie, il ne se faisait pas d'illusions là-dessus. Si foie il y avait, il irait à quelqu'un de riche, même si la personne en question figurait au-dessous d'elle dans la liste d'attente. Le monde était ainsi fait, Earl l'avait toujours su. Il l'avait su dès qu'on l'avait arraché de son berceau et qu'il avait dû apprendre à marcher.

Le pick-up piloté par Edna sortit de la cour et s'engagea dans l'allée gravillonnée.

Earl enfila son gros blouson molletonné, glissa ses Marlboro et son Zippo dans une poche et son .38 dans l'autre. Il empoigna la mini-glacière dans laquelle il avait mis un pack de six au frais et éteignit sa lampe de chevet. Apparemment, Ray avait fini de trafiquer la Taurus, et d'ici une minute ou deux il allait être pris d'une agitation fébrile. C'est comme ça qu'il était, Ray. Chaque fois qu'il y avait de l'action en perspective, il faisait un caca nerveux.

13

Nestor Rodriguez vit la Taurus entrer dans le parking et la suivit du regard tandis qu'elle passait d'une rangée de voitures à l'autre. Avant de se garer, Ray Boone faisait toujours le tour du parking en quête d'éventuelles voitures banalisées. Nestor avait déjà vérifié et il savait qu'il n'y avait aucun risque ; rien n'est plus facile à repérer qu'un flic ou un agent de la DEA qui essaye de ne pas se faire remarquer. Mais Ray tenait toujours à s'en assurer personnellement.

– Ils sont là, annonça Nestor à son frère.

Puis, sans cesser d'observer les mouvements de la Taurus dans ses rétroviseurs, il ajouta :

– À mon signal, tu fermes ta bagnole à clé et tu viens me rejoindre.

Ray Boone gara sa Taurus à côté de la Contour de Nestor. Le regard de Nestor glissa rapidement sur Boone père, qui n'était pas rasé et avait l'air de n'avoir pas dessoûlé depuis deux jours, comme d'habitude, avant de s'arrêter sur Ray. Tout en saluant Ray d'un signe de tête, Nestor approcha son téléphone de ses lèvres et dit :

– C'est bon, Lizardo, amène-toi.

– Quelles têtes ont nos amis Boone aujourd'hui ? lui demanda Lizardo.

– Joue pas les rigolos, dit Nestor en esquissant un sourire à l'intention de Ray. Le nabot supporte pas ton humour.

On règle notre affaire, et on se casse, c'est tout. Et pas d'espagnol, Lizardo. Il a horreur de ça aussi.

– D'accord, dit Lizardo. J'arrive.

Nestor replaça le portable sur son socle. Il avait perçu une pointe d'amusement dans la voix de son frère, et ça ne lui plaisait guère. Depuis leur plus tendre enfance, Lizardo avait toujours été porté sur la blague.

Lizardo descendit de voiture, verrouilla ses portières, mit ses clés dans sa poche et se dirigea vers l'autre extrémité de la rangée. Il avait la même coiffure que son frère, mais ne se rasait pas entre les sourcils ; ses deux sourcils confondus s'étiraient sur toute la longueur de son front ; on aurait dit une chenille noire et velue. Il avait une fine moustache, mais pas trace de poil au menton, et il était moins soucieux de son élégance que Nestor. Il ne s'habillait que dans des grands magasins populaires, genre Target ou Montgomery Ward. Il n'aimait pas les tissus qui froissent et n'arrivait pas à comprendre ces abrutis qui raquent un max pour avoir des costards pleins de plis. Il lui arrivait de dormir tout habillé, quand il avait bu un coup de trop.

Nestor descendit de la Contour, verrouilla sa portière et alla rejoindre Lizardo qui s'était arrêté derrière la voiture. Il ouvrit le coffre, souleva le carré de moquette normalement destiné à dissimuler la roue de secours dont il avait recouvert les sacs de sport en vinyle aux flancs barrés de la triple bande Adidas. Il y en avait cinq, tous identiques. Il en souleva deux, remit le carré de moquette en place, referma le coffre et le verrouilla. Ses mouvements étaient fluides ; son frère et lui étaient d'un calme olympien.

Nestor et Lizardo se séparèrent. Nestor fit le tour de la Taurus par un côté, Lizardo par l'autre et ils se glissèrent sur la banquette arrière.

– Salut, Ray, dit Nestor. Salut, Earl.

– Hola, amigos, dit Ray.

– Ça va, Earl ? demanda Lizardo, accompagnant sa question d'une tape amicale sur l'épaule.

– Et toi ? fit Earl.

Il dégoupilla une canette de Busch et s'enfila une lampée de bière.

– Allongez-vous sur la banquette, dit Ray. C'est pas loin.

Nestor et Lizardo ne protestèrent pas, détail qui parut faire diminuer d'un cran la nervosité de Ray. Les deux frères s'installèrent dans la position qu'ils avaient bien des fois adoptée auparavant. Laissant pendre ses jambes dans le vide, Nestor s'allongea sur le flanc, et Lizardo fit de même en sens inverse. Le visage de Nestor n'était qu'à quelques centimètres du cul de Lizardo.

Ray dit : « On y va », et il sortit de son emplacement en marche arrière.

À peine avaient-ils franchi deux kilomètres sur l'autoroute, Nestor perçut une sorte de couinement aigu. Aussitôt après, une atroce puanteur s'échappa du froc de Lizardo.

– Enfin quoi, Lizardo ! protesta Nestor.

– J'y peux rien, moi, Nestor. J'aurais pas dû prendre les *huevos rancheros* ce matin au Denny's...

– T'y peux rien, mon œil ! Tu l'as fait exprès, je l'ai reconnu au son !

– Excuse-moi, dit Lizardo.

Mais ce n'était que des excuses de pure forme, et il ne put s'empêcher de pouffer en entendant les hoquets dégoûtés de son frère.

La voiture ralentit, puis vira brutalement de bord. En percevant le crissement des gravillons sous les pneus, Nestor comprit qu'ils venaient de s'engager dans l'allée des Boone. La Taurus roula encore un moment à petite vitesse, puis s'arrêta.

– Vous pouvez vous relever, dit Ray en coupant le contact.

Les quatre hommes descendirent de voiture. La cour était jonchée de débris de toutes sortes : pneus, bidons d'huile vides, plaquettes de frein usagées, parpaings, vieilles pièces de charpente ; il y avait même une charrue toute rouillée. Un casque prussien était accroché par sa jugulaire au guidon d'une vieille Harley, et on avait cloué une tête de cerf en plastique au-dessus de la porte de la grange. La maison qui jouxtait cette dernière aurait eu besoin d'un coup de peinture. Un reste de vigne vierge noirci pendait du toit de la véranda, dont le côté droit s'était affaissé.

Ah, ces ploucs du Sud, se dit Nestor. On peut leur donner tout le fric qu'on voudra, ils n'auront jamais aucune classe.

– Amenez-vous, dit Ray. On aura plus chaud à l'intérieur.

Ils se dirigèrent vers la grange. Nestor avançait nonchalamment, un sac de sport au bout de chaque bras. Tout en marchant, Ray l'inspecta du regard. Nestor était vêtu d'un costume en tissu brillant aux épaules rembourrées, et il avait aux pieds une paire de ces chaussures en cuir tressé, pointues du bout, dont les espingos raffolent. Il faisait un froid de canard, et Nestor se baladait avec des godasses qui laissaient passer l'air. Ray savait que Nestor était porté sur la bagatelle ; sapé comme il était, il devait se croire irrésistible, ce basané de merde. Il avait raconté à Ray qu'en Floride les filles l'avaient surnommé Nestor le peloteur, comme s'il y avait eu de quoi se vanter ! Enfin, peut-être qu'avec ce look-là il faisait des ravages du côté de Miami, mais ici, dans les vertes campagnes du Maryland, de quoi est-ce qu'il avait l'air ? D'un con – ou en tout cas c'était l'avis de Ray

– Eh, Nestor, demanda-t-il, combien il t'a coûté, ce costard ? Cent billets ?

– Cent cinquante, dit Nestor, sur la défensive.

– Qu'est-ce que t'en penses, papa ? Tu crois que j'en jetterais si j'avais un costume comme celui-là ?

– Hon-hon, grogna Earl.

Une douce chaleur régnait dans la grange. Ils éclusèrent quelques verres, et Ray tint absolument à verser aux deux frères un doigt de la tequila ambrée qu'il conservait sur l'étagère supérieure du bar pour qu'ils fassent descendre leurs bières avec. Earl s'installa avec eux à l'une des tables de poker tapissée de feutre vert tandis que Ray allait s'enfermer dans sa pièce secrète pour vérifier qu'il y avait bien deux kilos d'héroïne. Ray prétendait qu'il lui faisait aussi subir un test chimique, mais Nestor n'avait jamais vu l'équipement de ses propres yeux.

Earl resta silencieux tandis que Nestor et Lizardo sifflaient à toutes petites gorgées leur bière et leur tequila. Il fuma deux Marlboro coup sur coup, se bornant à hocher la tête ou à marmonner de vagues « hon-hon » quand Nestor essayait de le faire participer à la conversation.

– Vas-y mollo avec ça, dit Nestor en désignant du doigt la bouteille de Cuervo que Lizardo approchait de son verre.

– Rien qu'une petite goutte, dit Lizardo.

Il se servit une tequila bien tassée et reposa la bouteille sur la table.

Quand Lizardo avait un coup dans le nez, Nestor n'aimait pas être avec lui. Il n'était pas d'un naturel très futé, mais la boisson le rendait carrément débile.

Dans la pièce du fond, Ray rompit en deux une spansule de méthédrine, ferma le poing, versa la poudre blanche mouchetée de brun sur le repli de peau qui séparait son pouce de son index et la sniffa d'un coup, en se fourrant tout dans la même narine. Ensuite il se mit à faire les cent pas, le cœur battant à tout rompre, mourant d'envie de griller une cigarette. Il exécuta quelques mouvements d'échauffement avec un haltère, puis ouvrit la porte et passa la tête à l'extérieur.

– Nestor, Lizardo ! Venez chercher votre pognon !

Nestor regarda Lizardo et haussa les épaules. Ils se levèrent et se dirigèrent vers la pièce du fond. Earl écrasa sa cigarette et les suivit. Quand ils furent tous réunis dans la pièce, Ray referma la porte.

La pièce du fond avait toujours intrigué Nestor. C'était la première fois qu'on l'invitait à y pénétrer, et il en fut quelque peu déçu. Elle renfermait un établi, quelques fusils alignés dans un râtelier vitré, un réchaud qui servait à préparer le speed, deux coffres-forts, un banc de musculation avec quelques haltères de petit format répandus çà et là et une pile de magazines pornographiques posés sur une petite table juste à côté des chiottes. Bref, la pièce ressemblait beaucoup à celle que Nestor s'était installée dans le sous-sol de sa maison d'Orlando.

– Pas de problèmes ? demanda Nestor.

– Non, tout baigne, dit Ray.

– Alors on va prendre notre fric et mettre les bouts.

– Vous avez encore des livraisons à faire ?

– Tu sais bien qu'on commence toujours par chez vous, Ray.

– Tu te fais pas de souci pour le reste du chargement, tout ce que vous avez laissé dans les coffres des deux bagnoles ?

– Si je me fais du souci, ça me regarde, répondit Nestor avec un large sourire.

Lizardo émit un bref ricanement. Il avait les yeux légèrement vitreux, et Nestor comprit que la tequila et la bière lui avaient fait pas mal d'effet.

– Pourquoi tu te marres ? demanda Ray.

– À cause de tes bottes, *menino*, répondit Lizardo en baissant les yeux sur les Dingos faites sur mesure de Ray.

– Ça veut dire quoi, « menino » ?

Nestor grimaça intérieurement. *Menino*, ça veut dire « petit bonhomme ». C'est un terme qu'on aurait pu employer pour s'adresser à un enfant.

– C'est une autre façon de dire *amigo*, Ray, expliqua-t-il.

– Je t'assure, Ray, tes bottes me plaisent beaucoup, dit Lizardo. Les talons aussi. Où c'est que je pourrais m'en acheter des pareilles ?

– Pour quoi faire ? lui demanda Ray, soupçonneux.

Lizardo sourit de toutes ses dents.

– Je voudrais en offrir une paire à ma femme.

Ray fit un pas en avant. Earl, qui avait du mal à se retenir de sourire, essaya de s'interposer.

– C'est pas méchant, P'tite tête, dit-il. Il te chambre un peu, c'est tout. File-leur leur pognon et qu'on n'en parle plus.

Ray s'approcha de l'établi, empoigna les deux sacs de sport dans lesquels les frères Rodriguez avaient apporté leur marchandise et les tendit à Nestor. Nestor en ouvrit un et jeta un coup d'œil à l'intérieur.

– Tu peux compter, dit Ray.

– Pas la peine, dit Nestor. Notre association va durer encore longtemps.

– Eh, Ray, fit Lizardo en désignant le banc de musculation, t'arrives vraiment à soulever ça ?

– Cent kilos, c'est que dalle, dit Ray. Je pourrais la lever plusieurs heures de suite, cette connerie de barre.

– Allons-y, frangin, dit Nestor.

– T'en es sûr ? dit Lizardo en décochant un clin d'œil à son frère. T'as l'air costaud, d'accord, mais...

– Je vais te montrer, dit Ray. Et je me contenterai pas d'une seule fois. Une série de dix, ça te va ?

Lizardo écarta les bras, paumes vers le haut.

– Mais oui, c'est ça, t'as qu'à me montrer, dit-il.

– Ils sont cons, soupira Nestor en se plaçant entre Earl et le banc de musculation.

Ray ôta sa chemise en flanelle, ne gardant que son tee-shirt blanc. Il s'allongea sur la planche capitonnée de son appareil, recouvrant la marque BRUTUS qui s'étalait en travers. Il empoigna la barre, prit sa respiration et la souleva de sa fourche. Il l'abaissa jusqu'à sa poitrine et la releva, trois fois de suite, en comptant les mouvements à haute voix, faisant saillir les veines de son front et de son cou. Au bout de dix mouvements, il reposa délicatement la barre sur sa fourche.

Ray se redressa sur son séant, vérifia rapidement l'état de ses bras et sourit à Lizardo.

– À ton tour, dit-il.

– Tu crois que j'en suis pas capable ?

– À ton tour, insista Ray.

– *Vamonos*, Lizardo, dit Nestor.

– Y a pas de *vamonos* qui tienne tant qu'il aura pas levé cette barre, dit Ray. Je l'ai fait, maintenant c'est son tour. Alors, Lizardo, tu te dégonfles ?

– Non, je me dégonfle pas, dit Lizardo. Mais moi, je garde ma chemise.

Il émit un gloussement de rire et s'allongea sur la planche rembourrée. Il empoigna la barre, la lâcha, l'empoigna de nouveau. Il avala une grande goulée d'air et ne la recracha pas. Ray se plaça derrière l'appareil, juste au-dessus de la barre.

– Oune ! beugla Lizardo.

Au moment où il soulevait la barre, il comprit qu'il n'arriverait pas à répéter le mouvement plus de deux ou trois fois. Elle pesait beaucoup plus lourd qu'il ne l'avait prévu.

– Deux ! éructa-t-il d'une voix à peine audible.

Il était tout juste parvenu à déplier les coudes. Il ramena lentement la barre vers sa poitrine, reprit sa respiration et poussa de toutes ses forces.

Cette fois, il ne compta pas. Il avait un mal de chien à soulever la barre. Des tremblements incoercibles lui secouaient les bras, et il lui semblait qu'ils étaient en feu. Il sentit le sang lui affluer au visage. La barre s'était arrêtée à mi-chemin, et elle ne voulait rien entendre pour monter plus haut. Lizardo implora Ray du regard.

– Bouge pas, dit Ray.

Il passa les bras au-dessus de la fourche, empoigna la barre et la tira vers lui.

– Tu la tiens ? demanda Lizardo.

– Oui, dit Ray, je la tiens.

Lizardo lâcha la barre et ses mains retombèrent le long de ses cuisses. Ray leva la barre jusqu'à la hauteur de sa fourche. Il se tourna vers son père, et un sourire niais lui fendit les lèvres.

– Eh, papa, fit-il en lâchant la barre.

En la voyant tomber, Lizardo poussa un hurlement strident. La barre lui écrasa la pomme d'Adam et le larynx, lui brisant les vertèbres cervicales. L'espace d'une fraction de seconde, mais pas plus, Lizardo vit le geyser de sang qui lui jaillissait de la bouche.

Nestor lâcha ses deux sacs. Il tremblait de tous ses membres. Il glissa maladroitement une main sous sa veste, mais ses doigts eurent à peine le temps d'effleurer la crosse du 9 mm.

Earl dégaina son .38 et lui tira une balle dans la nuque. Ses cheveux noirs se redressèrent, le sang décrivant un arc gracieux au-dessus d'eux, et au moment où il s'écroulait Earl lui logea une deuxième balle entre les omoplates. Quand Nestor fut à terre, les jambes secouées par les spasmes de l'agonie, Earl plaça sa main gauche ouverte au-dessus du .38 et lui tira une troisième balle derrière l'oreille.

Ray, qui regardait son père en plissant des yeux à cause de la cordite, fut pris d'un fou rire nerveux. L'espace d'un moment, ils ne perçurent d'autres sons que le rire de Ray et l'écho des coups de feu qui leur résonnait dans les oreilles.

Earl rempocha son .38 et s'assura que ses manches ne portaient pas de traces de poudre, en se félicitant d'avoir eu la présence d'esprit de les protéger de sa main gauche ouverte. Il se lava les mains dans l'évier.

– Tu me files une clope, papa ?

– Tiens.

Earl secoua son paquet de Marlboro et en fit tomber deux cigarettes, une pour lui, une pour son fils. Il souleva le couvercle de son Zippo et frotta la molette du pouce, faisant jaillir la flamme.

Earl tira une bouffée de sa cigarette et recracha la fumée.

– T'avais ça en tête depuis le début ?

– Non, dit Ray. L'idée m'est venue pendant que je remplissais nos verres, tout à l'heure.

– T'aurais quand même pu me prévenir.

– Je me suis dit que le moment était bien choisi, vu que Coleman avait un problème avec eux.

– Il t'avait seulement demandé de leur parler, dit Earl en tirant sur sa cigarette. Il te reste plus qu'à aller te chercher une pelle, P'tite tête.

– Je peux pas creuser, le sol est trop dur. Je vais m'y prendre autrement, en attendant que la vague de froid soit finie. Mais faut d'abord que je retourne au centre commercial avant l'heure de la fermeture. Un petit aller-retour, le temps de vider leurs coffres.

Earl hocha la tête et tira sur sa cigarette.

– T'as bien dit que tu voulais raccrocher, non ? dit Ray en souriant.

– Oui.

– Ben voilà, c'est fait, on arrête. On sera pleins aux as, et on pourra se payer tout ce qui nous plaît.

– Moi, il me faudrait quelqu'un pour rompre ma solitude, dit Earl en pensant à la jolie petite junkie café au lait de Washington.

– Une gonzesse, tu veux dire ?

– À quoi ça sert de gagner le gros lot si on n'a pas quelqu'un avec qui le partager ? dit Earl.

14

Assis à son bureau, Strange lisait le procès-verbal des audiences de la commission d'enquête qui avait statué sur le cas de Quinn. Greco était endormi à ses pieds, tenant entre ses pattes une balle en caoutchouc rouge à pointes.

Une ou deux fois par semaine, le boxer se montrait si implorant que Strange l'emmenait avec lui au boulot. Ce matin-là, quand Strange s'était dirigé vers la porte, ses clés de voiture à la main, Greco avait levé sur lui d'immenses yeux bruns en poussant des geignements déchirants. Strange n'avait pu supporter l'idée que le chien allait passer toute la journée derrière la porte fermée, en tournant inlassablement sur lui-même et en aboyant chaque fois qu'une voiture ralentissait ou se rangeait le long du trottoir.

Il décrocha son téléphone et enfonça une touche.

– Janine ?

– Oui, Derek.

– T'as du nouveau, pour Kane ?

– J'ai son adresse. Il habite avec sa mère, à ce qu'il semblerait.

– Et son numéro de téléphone ?

– Je l'ai aussi. Mais ça nous a coûté vingt dollars. J'ai donné ton numéro de carte de crédit.

– La vache.

– On trouve tout sur Internet, mais faut casquer.

– Ron est là ?

– Oui.

– Il fait quoi ?

– À première vue, je dirais qu'il est en train de lire le journal.

– Je le paye pas pour lire le journal.

– J'aime mieux ne pas me mêler de ces choses-là, Derek.

– Il me faut une copie de la facture pour le comptable. N'oublie pas de l'imprimer.

– C'est déjà fait.

– Bon. Il faudrait aussi que tu appelles Lydell Blue au commissariat du 4e, pour voir s'il a fait la recherche sur Ricky Kane.

– Entendu.

– Je vous rejoins dans quelques minutes.

Strange acheva sa lecture. La plupart des informations que contenait le procès-verbal avaient été rapportées par la presse et les journaux télévisés. Il lut avec une attention particulière la déposition de Quinn et celle de son équipier, Eugene Franklin, qui avait corroboré ses dires. Il lut ensuite le témoignage de Ricky Kane et le relut une seconde fois pour faire bonne mesure.

Le soir de la fusillade, Kane, qui exerçait la profession de barman, venait de finir son service au Purple Cactus, un restau branché à l'angle de la 14e Rue et de F Street, et s'apprêtait à traverser la ville pour rejoindre son domicile, lorsqu'une envie pressante l'avait obligé à faire un léger détour. Kane avait, expliqua-t-il, « sifflé une petite bière » après le boulot, mais sa vessie un peu déficiente en avait vite ressenti les effets ; c'est à ce moment-là, alors qu'il roulait vers l'est, qu'il s'était aperçu qu'il n'y avait pas un chat dans D Street. Debout à côté de la portière ouverte de sa Toyota, il avait « sorti son pénis, s'apprêtant à uriner », lorsqu'une Jeep du modèle « qui rappelle les jeeps de l'armée » avait surgi au coin de la rue, roulant pleins phares, et était venue se ranger derrière sa Toyota.

Ébloui par les phares de la Jeep qui étaient braqués directement sur lui, Kane avait « rengainé son bazar » et refermé sa braguette. Un « noir à la carrure impressionnante » était apparu dans le faisceau aveuglant des phares et s'était précipité vers lui en réclamant son permis de conduire et les papiers de la voiture. « Il gueulait comme un âne », disait Kane. « Qu'est-ce que j'ai fait ? » lui avait-il demandé. « Épanchement d'urine sur la voie publique ! avait hurlé le noir. Inutile de nier, je vous ai vu la quéquette à la main. »

L'inconnu était « une vraie armoire à glace » et dépassait Kane d'une bonne tête. Kane apprendrait plus tard qu'il s'appelait Chris Wilson, qu'il était flic, et qu'il ne portait pas son uniforme ce jour-là.

C'est à cet endroit que Kane affirmait avoir décelé une forte odeur d'alcool dans l'haleine de Chris Wilson.

Quand on a bu, ne serait-ce qu'une bière, on a du mal à percevoir une odeur d'alcool dans l'haleine de quelqu'un d'autre, se dit Strange, et il souligna le passage en question au surligneur jaune.

« Qui êtes-vous ? avait demandé Kane. Pourquoi voulez-vous voir mon permis ? – Je suis flic », avait répondu Wilson. Kane avait peur, mais comme il « connaissait ses droits » il avait demandé à Wilson de lui montrer sa plaque ou une autre preuve de son identité, et là-dessus Wilson était « devenu fou furieux », avait empoigné Kane par le col de sa chemise et l'avait projeté contre sa voiture. Kane avait instantanément éprouvé de violentes douleurs lombaires.

– Mon cul, grommela Strange.

De toute évidence, Kane pensait déjà à une éventuelle procédure. Greco ouvrit les yeux, leva la tête vers Strange et le regarda.

Kane prétendait avoir perdu connaissance « l'espace de quelques instants ». Quand il avait retrouvé ses esprits, il était allongé sur le dos au milieu de la chaussée et Wilson, accroupi au-dessus de lui, lui enfonçait un genou dans la poitrine. Wilson avait une arme à la main, « un automatique, je crois », et il la braquait « à bout touchant » sur le visage de Kane.

Kane n'avait jamais eu aussi peur de sa vie. Wilson avait de la bave aux commissures des lèvres, les traits « déformés par la rage », et il répétait sans arrêt : « Je vais te buter, salope ! » Kane était sûr qu'il allait y passer. Il avouait, bien que ce soit « très gênant » pour lui, que quand Chris Wilson lui avait appuyé le canon de son arme sur la joue, ses intestins s'étaient « involontairement relâchés ».

Strange avait lu le rapport des policiers qui avaient été appelés sur les lieux. L'un d'eux ayant déclaré qu'une forte odeur fécale émanait de Kane, Strange en conclut que Ricky Kane avait bel et bien chié dans son froc ce soir-là.

Alors que Wilson le tenait ainsi plaqué au sol, Kane avait vu une voiture de patrouille s'arrêter à quelques mètres d'eux. Deux policiers, un noir et un blanc, en étaient descendus et avaient ordonné à Wilson de lâcher son arme. La description que Kane donnait des événements correspondait à peu de chose près aux déclarations de Quinn et de Franklin.

Strange ouvrit le classeur où il avait rangé ses coupures de presse. Il rechercha un passage qu'il se souvenait d'avoir surligné ; c'était un entretien avec la petite amie de Chris Wilson, qui avait passé la soirée avec lui. Elle confirmait que Wilson avait bu et que quelque chose semblait le « miner ». Elle ignorait quoi ; il ne lui avait fait aucune confidence à ce sujet. Strange prit mentalement note du nom de la petite amie.

Il composa un numéro, obtint la personne qu'il désirait joindre et au terme d'une courte négociation lui arracha un rendez-vous pour la fin de l'après-midi. Il dit « merci » et raccrocha.

– Pardon, mon vieux, mais faut que j'aille bosser, dit-il en ôtant délicatement ses pieds de sous la tête de Greco.

Strange enfila sa veste en cuir et sortit de la pièce. Le chien lui emboîta le pas.

Dans l'antichambre, Greco s'installa sous le bureau de Janine tandis que Strange échangeait quelques mots avec elle.

– T'as eu Lydell Blue ?

Janine détacha une feuille rose de son bloc de messages téléphoniques et la lui tendit.

– Lydell a recherché le nom de Kane dans tous les fichiers de délinquants connus, à l'échelle locale et nationale. Il n'a jamais été condamné ni arrêté. Il ne s'est jamais fait prendre avec un joint dans sa chaussette, ne s'est jamais livré à des gestes déplacés dans des toilettes publiques. Il n'a jamais commis le moindre larcin, même dans son enfance. RAS.

– D'accord. Tu me feras penser à appeler Lydell pour le remercier.

– Il m'a dit qu'il te devait bien ça, à cause d'un service que tu lui as rendu au temps où vous débutiez tous les deux dans la police. Heureusement que tu as encore des amis dans la maison.

– Les rares qui ne sont pas morts ou à la retraite, dit Strange.

– Eh, patron, lui dit Ron Lattimer, assis à l'autre bout de la pièce.

Ce jour-là, Ron arborait une chemise à col officier, une cravate lamé or et un pantalon à pinces anthracite. Ses pieds chaussés de luxueuses Kenneth Coles modèle chasse étaient posés sur son bureau et il tenait un journal déplié entre ses mains.

– Quoi ?

– D'après cet article, les vestes comme la tienne, c'est plus dans le coup. Je parle des vestes en cuir avec fermeture Éclair. Faut que tu te dégotes un trois-quarts coupe blazer, avec ou sans ceinture, si tu veux avoir l'air d'être au courant de ce qui se porte dans la rue.

– C'est le compte rendu du bouquin sur la mode masculine chez les noirs ?

– Oui. *Hommes de couleur de toutes les couleurs.*

– Moi aussi, je l'ai lu ce matin. Leur chroniqueuse de mode a une curieuse façon de voir les choses. Elle dit que la conception dynamique que les hommes noirs ont de la mode est un « outil contre l'invisibilité ».

– C'est ça. Elle écrit que pour nous autres hommes noirs « la mode est à la fois une épée et un bouclier », dit Lattimer, lisant un passage de l'article.

– Et ça vaut pour tous les hommes noirs ?

– Faut toujours que tu t'emballes, Derek.

– Par exemple, le vieux bonhomme d'Upshur Street qui vit plus ou moins dans la rue, celui qui a un pantalon taché de pisse et qui se cherche à bouffer dans la benne à ordures – tu crois que la mode lui sert d'outil contre l'invisibilité ? Hier, dans Georgia Avenue, j'ai vu un jeune mec qui descendait du bus avec un survêtement orange à bandes vertes dont j'oserais même pas me servir pour ramasser les crottes de Greco. Et moi, regarde, j'ai oublié de cirer mes brodequins ce matin...

– Ça va, j'ai compris.

– J'aime pas qu'on m'explique ce que les hommes noirs font ou ne font pas. Parce que cette façon de penser est aussi dangereuse que la façon de penser inverse, si tu vois ce que je veux dire. N'oublie pas qu'en lisant cet article il y a des blancs qui vont se dire, c'est vrai, ils claquent des sommes folles pour s'acheter des sapes ou des bagnoles, mais est-ce qu'ils pensent à mettre de l'argent de côté pour leurs vieux jours ou pour payer des études à leurs gosses ?

– Je t'ai dit que j'avais compris.

– Ce n'est qu'un stéréotype de plus. En surface, on pourrait croire qu'il s'agit d'un compliment, mais ça ne nous fait qu'une croix de plus à porter.

– Bon sang, Derek, pourquoi tu t'excites à cause de ces

conneries ? s'écria Lattimer en jetant le journal sur son bureau. Tout ce que dit l'article, c'est qu'on aime se saper. Et toi, faut tout de suite que tu t'imagines qu'il y a plein de sous-entendus sinistres.

– Derek ? dit Janine.

– Qu'est-ce qu'il y a, Janine ?

– Où tu vas, là ?

– Je suis sur l'affaire Chris Wilson. Si t'as besoin de moi, j'ai mon bipeur.

Strange se tourna vers Lattimer et lui demanda :

– T'es occupé ?

– Deux ou trois fuyards dont je dois retrouver la piste. Des mecs qui payent plus leur pension alimentaire, et tout.

– Là, tout de suite ?

– J'avais prévu de démarrer ma journée en douceur, Derek.

– Ça te dirait de m'accompagner ce matin ?

– C'est pas avec l'affaire Chris Wilson qu'on va payer nos factures. Si j'alpague un ou deux de mes bonshommes, ça sera d'un meilleur rapport pour nous.

– J'aurais aimé que tu me donnes ton avis. T'as bien un peu de temps à me consacrer ?

– Bon d'accord, mais cet après-midi faudra quand même que j'abatte un peu de boulot.

– Passe un coup de fil à Terry Quinn, Janine, dit Strange. La librairie où il travaille s'appelle Silver Spring Books. Dans Bonifant Street. Dis-lui que je passerai le prendre dans une heure, qu'il tâche de se faire remplacer.

– Tu vas te trimballer avec le mec sur qui tu enquêtes ? demanda Lattimer.

– C'est comme ça que j'apprends à le connaître, expliqua Strange. Et puis je lui ai promis de le tenir au courant.

Lattimer se leva, enfila son pardessus en cachemire et se coiffa d'un feutre au pli central parfaitement rectiligne.

– C'est pas la peine de nourrir Greco, dit Strange à Janine. Il s'est envoyé une boîte entière ce matin.

– Je peux quand même lui donner un os en cuir ? J'en ai toujours en réserve dans le tiroir de mon bureau.

– Si tu veux.

Au moment de passer la porte, le regard de Strange accrocha celui de Janine et il lui sourit avec les yeux. C'était l'une des nombreuses qualités qu'il appréciait chez Janine : elle était gentille avec son chien.

Une fois qu'ils furent sur le trottoir d'Upshur Street, Strange désigna d'un mouvement du menton le feutre de Lattimer

– Il est bath, ton chapeau, dit-il.

– Merci.

– Il fait office d'épée ou de bouclier ?

– Il sert surtout à me tenir la tête au chaud, dit Lattimer.

15

Strange prit la direction de Southeast. Il avait inséré dans le lecteur de la Caprice une cassette de *3 + 3*, album qu'il considérait comme le plus beau des Isley Brothers. Quand Ronald Isley entama la jolie ballade « The Highways of My Life », Strange fut tenté de chanter en chœur, mais il savait que Lattimer allait le chambrer s'il faisait ça.

– C'est vraiment une belle chanson, dit Strange. Tu vas quand même pas me dire le contraire.

– Elle est pas mal. Mais un peu trop lente à mon goût.

– En plus, les paroles sont constructives. Pas de vantardises sur les gonzesses à qui on casse la gueule, pas trace de pseudo-fascination de la mort.

– Tu sais bien que j'écoute pas cette merde-là, Derek. Moi, ce qui me branche, c'est le hip-hop avec un côté jazz. Des groupes comme The Roots, Black Star, tout ça. Le rap dont tu parles ne m'intéresse pas. Si tu veux mon avis, c'est toujours la même histoire d'exploitation du peuple noir par l'industrie musicale blanche. Je vois que les patrons blancs des maisons de disques encouragent les jeunes rappeurs à ajouter encore plus de violence et d'insultes contre les femmes à leur musique, sous prétexte que c'est ce qui fait vendre, et tu dois bien te douter que ça ne me plaît guère.

– Rien ne remplacera jamais la musique soul des années soixante et soixante-dix, dit Strange.

– Comment veux-tu qu'elle me touche, Derek ? 1970, c'est l'année de ma naissance.

– Si tu savais ce que t'as raté, mon garçon.

Strange bifurqua dans la 8e Rue et la suivit jusqu'à M Street.

– Où on va ? demanda Lattimer.

– Dans une boîte de strip, dit Strange.

– Merci, patron. Ça fait partie des avantages en nature que tu as mentionnés au moment de m'embaucher ?

– Toi, tu restes dans la voiture. C'est l'endroit où j'ai alpagué Sherman Coles à ta place pendant que tu t'admirais dans un miroir à trois faces. Je veux seulement poser quelques questions au portier.

– Au sujet de Quinn ?

– Oui.

– Si j'ai bien compris ce que t'a dit Janine, le type que Wilson menaçait avec son flingue n'avait rien à se reprocher.

– Ça reste à voir. Une chose est sûre, c'est qu'il a palpé un beau paquet. D'après ce que j'ai lu dans la presse, la police de Washington a dû lui verser quatre-vingt mille dollars à titre d'indemnité. Pour le traumatisme psychique qu'il avait subi et la vertèbre que Wilson lui avait disloquée en le jetant contre sa voiture.

– Et la mère de Wilson, elle a touché combien ?

– Dans les cent mille dollars, à vue de nez.

– La police a été obligée de cracher une vraie fortune pour plus les avoir sur le dos.

– Mais tout cet argent n'a pas suffi à apaiser Mme Wilson.

– Ça te fait bicher, hein ?

Strange pensa à son frère, dont la mort remontait à trente ans déjà, et à une femme dont il avait été épris corps et âme au début des années soixante-dix.

– Quand une personne qu'on aime est victime de la violence, on éprouve une douleur que tout l'or du monde ne suffirait pas à apaiser, dit Strange.

– Et la vengeance ? Tu crois qu'elle peut consoler ?

– Non, dit Strange, qui pensait toujours à son frère et à la jeune femme qu'il avait tant aimée. On n'échange pas la vie d'un salaud contre celle d'un innocent, ça ne marche pas.

Strange se gara dans la rue le long d'un des parkings clôturés, un peu en avant du tronçon où s'alignaient les saunas et les boîtes de strip-tease.

– Bouge pas, je reviens, dit-il à Lattimer.

À l'entrée du Toot Sweet, il tomba sur le portier qui était de service le jour où il avait alpagué Sherman Coles. Il avait une nouvelle coupe de cheveux, avec dégradé artistique sur la nuque, et portait un survêtement flottant qui ne masquait qu'imparfaitement sa corpulence. Il avait l'air d'un hybride d'Africain et d'Asiatique, mais Strange se dit que l'Africain devait l'emporter de beaucoup, car il n'avait jamais vu de Chinois aussi mastoc.

– Comment ça va ? dit-il.

– Le prix d'entrée est toujours de sept dollars. Il a pas changé depuis l'autre jour.

– Tu te souviens de moi ?

– De toi et de ton copain blanc. Il a fait pas mal de dégâts aux toilettes.

Strange lui glissa dans la main un billet de dix dollars plié en deux.

– Aujourd'hui, j'ai pas besoin d'entrer. C'est pour toi.

Le portier jeta un coup d'œil par-dessus son épaule et glissa le billet dans la poche de son pantalon de survêtement.

– Qu'est-ce que tu veux savoir ?

– Qu'est-ce qui s'est passé au juste dans les toilettes ?

– Ce qui s'est passé, c'est que ton pote a démoli le portrait au balèze. Il a piqué un maillet en acier dans la cuisine, puis il est entré dans les chiottes et il a pété le nez du balèze sans faire ni une ni deux. Et quand l'autre est tombé, il lui a défoncé les côtes à coups de pied. C'est moi qui ai nettoyé derrière lui. Y avait du sang partout.

– Qu'est-ce que vous avez fait du balèze ?

– Un employé de la boîte l'a accompagné en voiture à l'hôpital général. Ils ont un toubib là-bas, le Dr Sanders, qui a vachement bien recousu des mecs qui s'étaient fait démolir la gueule chez nous. On s'est dit qu'il serait dans de bonnes mains.

– Pourquoi vous avez pas appelé les flics ?

– Le balèze voulait pas en entendre parler. J'en ai déduit qu'il devait être recherché. Et puis la direction tient pas à ce que les flics viennent fourrer leur nez dans nos affaires. Surtout que toi et ton pote, même si vous êtes pas flics vous-mêmes, vous devez avoir assez de copains dans la police pour attirer toutes sortes d'emmerdes au patron de la boîte, tu vois ce que je veux dire ? On n'est pas tombés de la dernière pluie.

– Oh ça, j'avais compris.

– Mais la prochaine fois que tu passeras par ici avec ton pote blanc...

– Je sais. Faudra que je le tienne en laisse.

Le portier sourit et, tout en se tapotant la cuisse, il demanda :

– Tu veux un reçu ?

– C'est tentant, dit Strange. Mais ce coup-ci je m'en passerai.

En retournant à la voiture, il se dit qu'il aurait peut-être tort de prendre tout ce que disait Quinn pour argent comptant. Peut-être que les choses s'étaient passées comme il l'affirmait avec Wilson. Mais peut-être aussi qu'il avait pété un plomb, que tout à coup sa machine avait fait tilt. Quand un garçon de son âge a une telle violence en lui, tout peut arriver.

Quinn secouait l'épaule de Moonman, qui dormait dans la pièce du fond, à côté du radiateur électrique. Moonman s'était baptisé de ce nom lui-même. Il s'habillait à l'Armée du Salut, se nourrissait et se lavait dans le refuge pour SDF qui venait d'ouvrir dans Georgia Avenue, le long de la voie ferrée, derrière la salle de billard et les boutiques de prêteurs sur gages. Moonman passait ses journées dans la rue. Mais ce jour-là, comme il caillait sec, Quinn l'avait autorisé à faire un petit roupillon au fond de la librairie, dans la pièce réservée à la science-fiction.

– Eh, Moon, réveille-toi. Faut que tu te tailles. Syreeta va s'amener et elle aime pas que tu dormes ici, tu le sais bien.

– Bon, bon, j'y vais.

Moonman se hissa sur ses pieds. Il ne faisait pas usage des douches du refuge aussi souvent qu'il aurait fallu. Il émanait de lui une odeur nauséabonde d'individu qui vit dans la rue, mélange de tabac froid, de vinasse et de moisissure; Quinn recula d'un pas tandis qu'il reprenait ses esprits. Sa barbe était encroûtée de jaune d'œuf et de miettes d'origine indéterminée. Il portait un vieil anorak anthracite doublé de molleton bleu dont Quinn lui avait fait cadeau. Il venait de chez REI et c'était le vêtement d'hiver le plus chaud que Quinn avait jamais possédé.

– Tiens, dit-il à Moonman en lui tendant un billet d'un dollar.

C'était assez pour se payer un café, mais trop juste pour s'offrir une boisson alcoolisée.

– Un ducat, dit Moon en inspectant le billet. Savais-tu que ce terme désignait à l'origine une pièce de monnaie en or qui avait cours dans toute l'Europe? Au vingtième siècle, il est entré dans l'argot des Africains-Américains, et il fait désormais partie du vocabulaire courant des pratiquants de l'ebonics.

– C'est super, dit Quinn en pilotant Moonman en douceur vers la sortie.

– J'en ferai bon usage.

Alors que Moonman avançait vers la porte, Quinn aperçut le livre qu'il avait fourré dans la poche revolver de son pantalon en loques.

– N'oublie pas de ramener ce bouquin quand tu l'auras fini.

– *Terminus les étoiles*, d'Alfred Bester. C'est plus qu'un bouquin, Terry. C'est un hallucinant périple, un colossal chef-d'œuvre littéraire...

– Ramène-le quand même.

Quinn suivit Moonman des yeux tandis qu'il s'éloignait le long du trottoir. Les habitants du quartier le traitaient comme une sorte d'érudit fétiche, se demandant comment un type doué d'un intellect aussi puissant avait pu tomber si bas, mais Quinn n'avait aucun plaisir à écouter ses élucubrations. Il le laissait dormir dans la pièce du fond quand il faisait trop froid dehors, et il lui avait donné son anorak parce qu'il ne voulait pas qu'il crève.

Quinn s'arrêta devant la porte ouverte de la pièce consacrée aux arts et aux spectacles et jeta un coup d'œil à l'intérieur. Un homme entre deux âges, avec des cheveux teints et des lèvres molles et épaisses, étudiait un album de photos qui avait pour titre *Tous les enfants du monde*. Il était face au mur et serrait le livre contre sa poitrine. Il avait la même expression que le gros type aux yeux larmoyants qui passait de longs moments dans la section sports et loisirs et que l'adolescent blanc aux cheveux très courts, au visage livide et boutonneux, qui s'attardait au rayon histoire militaire, contemplant avec un drôle de petit sourire aux lèvres les photos d'atrocités nazies. Quinn ne les connaissait que trop bien, ces âmes perdues, ces mecs repoussants, ces pédophiles, tous ces pauvres glandus seuls au monde qui ne veulent de mal à personne mais finissent toujours par en faire. Syreeta voulait qu'on les laisse tranquilles, elle disait que les livres étaient un exutoire salubre, une façon de satisfaire leurs pulsions malsaines, qu'il valait mieux qu'ils soient là que livrés à eux-mêmes dans la rue.

Mais ça ne les empêchait pas de rôder dans les rues, Quinn le savait. Syreeta était une fille bien, animée d'excellentes intentions, mais Quinn avait été en contact avec des réalités qu'elle ignorait. Ces mecs-là étaient tous pourris jusqu'au trognon. Tous autant qu'ils étaient. Il aurait voulu les rassembler dans une pièce et...

– Eh, Terry !

Lewis se matérialisa devant lui, un carton de livres dans les bras. Ses lunettes lui avaient glissé sur le nez.

– J'ai fini de classer les 33 tours qu'on vient de rentrer. Maintenant, faut que j'aille ranger ces bouquins au rayon romans. Tu peux me remplacer à la caisse ?

– Bien sûr.

Quinn regagna la pièce de devant. Il appela Juana pour lui confirmer leur rendez-vous de ce soir. La veille au soir, il avait eu une longue conversation téléphonique avec elle. Il lui avait suffi de lui parler, d'entendre le son de sa voix, pour se mettre à bander. Il devenait fou à force d'imaginer les yeux de Juana, ses cheveux, ses mamelons d'un beau brun sombre, sa chatte accueillante, ses mains fines et délicates. Bien des filles l'avaient déjà excité de cette façon, mais cette fois c'était différent : il avait envie d'elle, d'accord, mais il avait aussi envie d'être avec elle. Il lui laissa un message sur son répondeur.

Quinn s'installa derrière le comptoir et lut quelques pages des *Desperados*, de Ron Hansen. C'était un de ses livres favoris, un classique du western, et c'était la seconde fois qu'il le lisait, mais il avait du mal à se concentrer et il abandonna vite. Il se leva et passa rapidement en revue les disques d'occasion dans des bacs proches de la caisse. Ils avaient rentré un nouveau Natalie Cole, un album des Brothers Johnson, un Spooky Tooth et un Haircut 100. Il s'arrêta sur un disque dont la pochette s'ornait de trois photos d'un groupe de noirs très années soixante-dix en train de faire des galipettes sur une piste d'atterrissage. Il eut un sourire en voyant le titre de l'album.

Le carillon de la porte de devant tinta et Syreeta Janes entra dans le magasin. Syreeta approchait à grands pas de la cinquantaine ; c'était une femme d'assez forte corpulence, avec un joli visage brun parsemé de taches de rousseur, des pommettes saillantes et des yeux noisette au regard pénétrant. Elle ne passait qu'une partie de son temps à la librairie, consacrant le reste à des salons du livre ancien et au site Internet sur lequel elle achetait et vendait des raretés parues directement au format de poche sans avoir besoin de quitter le bureau qu'elle s'était installé chez elle. Comme à l'accoutumée, elle était vêtue d'une chemise et d'un gilet flottant librement au-dessus d'une jupe ample qui lui descendait jusqu'aux chevilles, chaussée de sabots et coiffée d'un koufi aux couleurs vives d'où débordaient des dreadlocks. Se départant pour une fois de son sérieux habituel, Lewis avait un jour déclaré à Quinn que le look de Syreeta était un « hybride de Harlem et de Takoma Park * ».

– Salut, Terry.

– Ça va, Syreeta ?

– Tu prends ta journée, à ce qu'il paraît ?

– Oui, on va venir me chercher sous peu. Et je serai peut-être obligé d'en prendre d'autres.

– Moi, du moment que Lewis assure, ça m'est égal, dit Syreeta en posant son fourre-tout en toile sur le comptoir. Mais l'argent ne va pas trop te manquer ?

– Avec ma pension, j'en ai plus qu'il ne m'en faut.

Le regard de Quinn fut attiré par un mouvement dehors ; une Caprice blanche venait de se garer le long du trottoir. Il actionna la caisse enregistreuse, mit de l'argent dans le tiroir, se cala sous le bras le disque qu'il avait prélevé

* Banlieue de Washington connue pour ses maisons victoriennes et les nombreux survivants de l'époque hippie qui y résident. (*N. des T.*)

dans le bac des nouveautés et décrocha son cuir du portemanteau.

– C'est la personne qui vient te chercher ?

– Oui.

– On dirait une voiture de flic.

– C'en est une.

– Dis donc, Terry.

– Quoi ?

– Je sens comme une odeur.

– C'est celle de Moonman. Il nous a emprunté un bouquin. *Terminus les étoiles*. On n'a plus qu'à tirer un trait dessus.

– C'est un bon livre.

– Un colossal chef-d'œuvre, dit Quinn.

– Je veux bien que tu le laisses dormir ici, dit Syreeta, mais tu serais sympa de passer un coup de désinfectant après.

Quinn n'entendit pas cette dernière remarque. Il était déjà dehors.

16

– Après tout le mal que je me suis donné, tu vas quand même pas me faire faux bond, dit Strange.

– Je suis vraiment désolé, dit Lattimer. Je sais bien que tu as dû te déplacer pour aller acheter les billets, mais Cheri dit qu'elle a aucune envie de passer une soirée entière dans une salle mal éclairée à regarder deux mecs se foutre des pains dans la gueule.

– Ta copine doit pas être n'importe qui pour que tu renonces à deux billets pour un match de cette importance. Une production Don King en plus, pas un combat arrangé par le premier venu dans le sous-sol de sa baraque. T'aurais dû m'avertir qu'elle risquait de réagir comme ça avant que j'achète les billets.

– Je pouvais pas savoir.

Quinn traversa la rue, un disque sous le bras.

– Le voilà, dit Strange.

– Pourquoi ces jeunes blancs ont-ils tous des chemises à carreaux ? demanda Lattimer. On lui a filé la tronçonneuse en prime quand il l'a achetée ?

– Chacun son truc, mon vieux.

– Il a pas l'air si violent que ça, je trouve. Et il a pas non plus l'air d'un flic.

– Il n'est pas très grand, je te l'accorde, dit Strange. Mais crois-moi, il le compense largement.

Quinn ouvrit la portière arrière côté passager et s'installa sur la banquette.

– Terry, je te présente Ron Lattimer, que j'emploie comme enquêteur.

– Ça va, Ron ?

– Je me débrouille pas trop mal.

Quinn lui tendit la main par-dessus le dossier et Lattimer la serra.

– C'est quoi, ce disque, Terry ? demanda Strange.

– Un cadeau pour toi.

Quinn passa le disque à Strange. C'était *Flying Start*, des Blackbyrds. Strange examina la pochette en souriant. Il l'ouvrit et étudia la photo centrale, pour laquelle le groupe avait posé à l'entrée d'un hangar d'aérodrome.

– Oh putain ! L'original de chez Fantasy, en plus. Jamais j'aurais cru que je le reverrais un jour.

– On l'a rentré ce matin.

Strange parcourut rapidement le texte de pochette.

– Exactement comme dans mon souvenir. Ils étaient encore étudiants à l'université Howard quand ils ont enregistré cet album. Ils avaient Donald Byrd comme prof, et...

– J'ai des choses à faire cet après-midi, Derek, coupa Lattimer.

– C'est vrai, t'as raison, dit Strange en posant le disque sur la banquette à côté de lui. Ça vous dirait d'aller casser une graine ? ajouta-t-il.

– Je connais un vietnamien pas loin d'ici, dit Quinn. Leur soupe est du tonnerre.

– Je suis preneur, dit Strange.

Il embraya et la Caprice démarra. Suivant les indications de Quinn, il roula jusqu'à Georgia Avenue, tourna à gauche et continua vers le sud. Au premier feu rouge, il ouvrit de nouveau son disque et admira les tenues d'époque et les casquettes surdimensionnées des membres du groupe en riant dans sa barbe.

– C'est vraiment sympa, Terry.

– Je sais que t'as aucun besoin de te faire de nouveaux amis, dit Quinn en captant le regard de Strange dans le rétroviseur. Je me suis dit que ce disque te plairait, c'est tout.

Strange, Lattimer et Quinn prirent une table pour quatre au My-Le, ancienne brasserie munichoise de Selim Road convertie en pho vietnamien. De l'autre côté de la vitrine, ils voyaient les voitures qui allaient et venaient dans Georgia Avenue et la voie ferrée au-delà.

– Y a des travaux là-bas, dit Quinn en désignant de la tête le bâtiment de la gare, qui était recouvert d'une bâche bleue et dont on avait masqué les fenêtres avec des rectangles de contreplaqué.

– Ils la restaurent, apparemment, dit Lattimer.

– À moins qu'ils ne la démolissent. Ça se fait beaucoup par ici.

– Faut bien qu'ils se débarrassent de toutes ces boutiques de prêteurs...

– Oui, et aussi des manucures et des coiffeurs, du cordonnier, du serrurier et des magasins d'accessoires auto, le genre de commerces dont les prolos font quotidiennement usage. Tout ça pour que les yuppies qui se sont payés une baraque dans le quartier puissent se vanter d'avoir un Virgin Megastore, une épicerie fine et un Starbucks, exactement comme leurs congénères de Georgetown.

– Si je comprends bien, tu ne comptes pas parmi les plus chauds partisans de la rénovation de Silver Spring, dit Strange.

– Ils fichent tous mes souvenirs en l'air, dit Quinn. Et pour être franc, la vétusté, ça me déplaît pas.

L'unique serveur de la maison, jeune homme d'humeur toujours joyeuse qui travaillait aussi à l'occasion comme peintre en bâtiment et répondait au prénom de Daniel, leur apporta leurs soupes et leurs citronnades fraîchement pressées.

Lattimer examina le contenu de son bol et fronça les sourcils.

– Y a pas de tripe ni de tendon là-dedans, j'espère ?

– Numéro quinze, dit Quinn. Bœuf en lamelles, c'est tout.

La soupe était une riche mixture de vermicelles de riz, de viande et de bouillon gras, servie avec accompagnement de germes de soja, de petits piments, de citron vert et de menthe fraîche. Strange et Quinn préparèrent leurs soupes et se versèrent chacun une généreuse ration de sauce à l'ail piquante. Lattimer, la cravate rejetée par-dessus l'épaule, observa leur manège avant de les imiter.

– T'as été flic, toi aussi ? lui demanda Quinn, tout en se chauffant le visage avec la vapeur aromatique qui s'élevait de son bol.

– Moi ? fit Lattimer. Oh, non.

– L'uniforme était pas assez seyant pour lui, dit Strange.

– Mais oui, c'est ça, Derek. J'ai toujours rêvé de me livrer au genre d'enquête que je fais en ce moment. Détective privé, c'était ma vocation. D'ailleurs, le prends pas de travers, mais vu le nombre de problèmes qui se posent dans la police, c'est une chance que j'y sois pas entré.

– Y a des flics médiocres, d'accord, mais les bons flics sont beaucoup plus nombreux, dit Quinn. Et les ripoux, y en a pas tant que ça. On a lâché dans les rues des mecs qui n'avaient pas la formation nécessaire, mais c'était pas leur faute. À cette époque-là, la situation était merdique de bout en bout.

– C'est pour ça qu'ils se sont mis à faire des cartons sur n'importe qui ? demanda Strange.

– Des mecs sans armes qui avaient esquissé un geste suspect, des bagnoles qui refusaient de s'arrêter, précisa Lattimer, saisissant la balle au bond.

– Dans le feu de l'action, qui est capable de décider si un type qui plonge une main sous sa veste est armé ou pas ? demanda Quinn. Surtout avec le climat qui règne dans les rues en ce moment. Maintenant que n'importe quel délinquant peut se procurer une arme, que l'agressivité est à son comble, qu'on abat les flics de sang-froid... il n'est peut-être pas exagéré de partir du principe que le seul fait de porter l'uniforme représente un risque potentiel. Enfin tu vois, ce que j'essaye de t'expliquer, c'est que, pour la plupart, on avait la trouille. Tu comprends ça, non ?

Lattimer ne répondit pas, mais il soutint le regard de Quinn sans ciller.

Strange sépara ses baguettes en bois et s'en servit pour pêcher quelques lamelles de viande au fond de son bol.

– À mon avis, ça explique pas tout.

– C'est compliqué, dit Quinn. Et t'es bien placé pour le savoir, Derek. T'as été sur le terrain, toi. Tu sais de quoi je parle.

– D'accord, mais si je ne m'abuse, tu as fait l'objet de plusieurs plaintes pour brutalité ?

Strange avala une bouchée de viande et de nouilles et s'essuya les lèvres avec sa serviette.

– C'est vrai, dit Quinn. Mais Chris Wilson était dans le même cas. Et beaucoup d'autres flics le sont encore. Quand un flic fait l'objet d'une plainte, elle reste à tout jamais dans son dossier, qu'elle ait été fondée ou non.

– Les plaintes à ton encontre, sur quoi portaient-elles ?

– Les conneries habituelles, dit Quinn. Le mec qui s'est cogné la tête sur un coin de portière au moment où on le faisait monter à l'arrière d'une voiture de patrouille, celui qui prétend qu'on lui a fait mal exprès en lui passant les menottes... Mais ce qui n'est jamais mentionné dans les rapports, c'est ce qu'on a subi nous, le nombre de fois où on nous a manqué de respect en l'espace d'une seule nuit.

Strange hocha la tête. Il se souvenait très bien de tout

ça. Il se souvenait aussi de ces flics qui au fil du temps s'endurcissaient à un point tel que pour eux les habitants de certains quartiers de la ville, hommes, femmes ou enfants, n'étaient plus des citoyens qu'ils avaient fait serment de protéger, mais des criminels en puissance. Et que pouvait-on imaginer de pire qu'un flic blanc se retrouvant face à face avec un noir ?

– Vous vous rappelez l'affaire du flic noir qui avait arrêté une blanche pour conduite en état d'ivresse ? demanda Quinn. C'était il y a quelques années, très tard le soir, du côté de Georgetown.

– Le flic avait menotté la bonne femme à un poteau indicateur, la forçant à s'asseoir sur le bitume gelé, dit Lattimer. Et un photographe qui passait par là avait immortalisé la scène.

– Exactement, dit Quinn. Maintenant, Derek, dis-moi ce que t'as pensé de ce fait divers la première fois que tu en as pris connaissance par la presse.

– Je vois où tu veux en venir, dit Strange. Tu supposes que ce flic devait avoir une raison de traiter cette femme de cette façon. Qu'elle avait dû lui dire quelque chose...

– Quoi, par exemple ?

– Je sais pas, moi. Un truc du genre : « Bas les pattes, saleté de noir ! »

– Si ça se trouve, elle l'avait peut-être même traité de sale nègre, dit Quinn.

Lattimer leva le nez de son bol. Il n'aimait pas entendre un blanc user de termes pareils, quel que soit le contexte.

– C'est pas impossible, dit Strange.

– Que les choses se soient passées ainsi ou pas ce soir-là, il n'en reste pas moins que toutes les nuits il y a des flics qui échangent ce genre de propos dans la rue avec des gens qui ont commis des délits, ou de simples citoyens. Et que leurs paroles, on nous les cache soigneusement.

– Où est-ce que tout ça va te mener? demanda Strange.

– C'est justement la question que j'étais en train de me poser, dit Lattimer.

Quinn pencha le buste en avant et posa les coudes sur la table.

– Bon, dit-il. Vous voulez savoir ce qui s'est passé ce soir-là ? Le rôle que j'ai joué dans cette affaire est décrit dans le procès-verbal de la commission d'enquête et la presse a tout rapporté en détail. Rien n'a été omis, il n'y a pas de mystère. Un homme m'a mis en joue avec une arme à feu et, étant flic, j'ai eu la réaction à laquelle ma formation m'avait préparé. Rétrospectivement, je me suis aperçu que j'avais commis une erreur de jugement et que ça avait coûté la vie à un innocent. Mais rétrospectivement seulement. J'ignorais que Chris Wilson était flic.

– Continue, dit Strange.

– Pourquoi est-ce que Chris Wilson braquait un pistolet sur Ricky Kane? Pourquoi est-ce que son visage exprimait une telle haine?

– D'après la version officielle, il s'agissait d'une banale interpellation, dit Strange. Qui pour une raison qu'on ignore a dégénéré en autre chose.

– Tu imagines un flic qui n'est même pas en service se donnant la peine de verbaliser un mec pour épanchement d'urine sur la voie publique?

– Ça n'a guère de sens, je te l'accorde, dit Strange. Mais supposons que Wilson ait bel et bien décidé de faire son boulot, uniforme ou pas.

– On sait pas ce qui s'est passé entre Kane et lui, dit Quinn. On sait pas ce qu'ils se sont dit.

– On le saura jamais. Wilson est mort, et nous ne disposons que d'une seule version des faits, celle de Kane. Kane est inconnu des services de police. Et comme ce n'est pas lui qui a tué Wilson, il n'y avait aucune raison que l'enquête se focalise sur lui.

– J'ai pas de leçons à vous donner, dit Quinn, mais si on m'avait engagé pour redorer le blason de Wilson, je commencerais par poser quelques petites questions à Kane.

– C'était bien mon intention, dit Strange.

– Mais Kane a sûrement aucune envie qu'on le questionne, dit Quinn.

– Je sais, ça va pas être facile.

– Et si je suis présent, il va se fermer comme une huître, dit Quinn.

– C'est pas pour ça que je suis venu te chercher.

– Ah bon ? Qui on va voir, alors ?

– Eugene Franklin, dit Strange. Ton ex-équipier. On doit le retrouver dans un bar d'ici une heure.

Quinn hocha la tête, posa sa serviette sur la table et mit le cap sur les minuscules toilettes, à côté du karaoké.

Lattimer avala d'un trait le bouillon qui restait au fond de son bol et se redressa sur sa chaise.

– Tu pourras me déposer au bureau en allant à ton rendez-vous ?

– Oui, dit Strange. Alors, qu'en penses-tu ?

– Il est du genre tourmenté, dit Lattimer. Mais ses explications tiennent la route.

Après avoir réglé l'addition en payant chacun son écot, ils remontèrent en voiture. En suivant Georgia Avenue en direction du sud, ils passèrent devant le commissariat du 4e, qu'on avait rebaptisé bâtiment Brian-Gibson en l'honneur d'un flic qui s'était fait descendre au volant de sa voiture de patrouille. Un psychopathe qui sortait d'une boîte de nuit du quartier avait fait feu sur lui à trois reprises. L'agent Gibson avait une femme et une petite fille âgée de quelques mois.

17

Vers le bas de la 2e Rue, l'Erika's occupe le premier étage d'une maison individuelle reconvertie, au milieu d'une rangée de maisons mitoyennes qui fait face au ministère du Travail. Au fil des années, le bar était devenu un repaire de flics, où se retrouvaient aussi des membres de la faune assez particulière qui évolue autour des flics. Des marshals fédéraux et des procureurs venaient y boire un verre entre deux audiences au palais de justice, qui n'était qu'à quelques centaines de mètres de là. La maison d'à côté abritait un *bar and grill* fréquenté surtout par des blancs – rugbymen, étudiants, fonctionnaires ou avocats. Malgré leur proximité, les deux établissements ne se faisaient pas d'ombre, la clientèle de l'Erika's étant presque exclusivement noire.

La jeune et accorte barmaid, dont la lumière tamisée mettait les avantages en valeur, posa les deux bières sur le comptoir. Strange les régla, ajouta un pourboire et demanda une facture. Quand la barmaid revint avec sa facture, il lui demanda si elle ne pourrait pas mettre un disque de Frankie Beverly and Maze. Ayant passé une soirée à l'Erika's avec une amie quelque temps auparavant, il savait qu'il y avait du Maze parmi les CD empilés à côté de la chaîne qui trônait derrière le bar. Maze avait toujours la cote à Washington; bien que le groupe n'ait pas sorti de disque depuis des années, on entendait sa musique un peu partout, dans les boîtes, aux fêtes de mariage, dans les réunions de famille, aux pique-niques de Rock Creek Park.

– Vous voulez lequel ? demanda la barmaid.

– Celui où il y a « Southern Girl ».

– C'est comme si c'était fait.

Strange prit les deux bières et regagna la table où il avait laissé Quinn, le long d'un mur en brique. Quinn venait de se lever pour donner l'accolade à un noir de son âge, échangeant avec lui de fraternelles tapes dans le dos. Strange devina qu'il s'agissait d'Eugene Franklin. Lorsqu'il arriva à leur hauteur, Strange lui tendit la main et dit :

– Comment ça va ? Derek Strange.

– Eugene Franklin.

La poignée de main de Franklin était d'une mollesse que Strange jugea peu naturelle et le sourire par lequel il avait répondu à celui de Quinn s'effaça presque aussitôt de ses lèvres.

Franklin était de la même taille que Strange. Il semblait en bonne condition physique et sortait visiblement de chez le coiffeur, mais les traits de son visage étaient bizarrement déséquilibrés. Strange se dit que ce devait être à cause de ses dents de devant, proéminentes au point d'en paraître presque comiques, et de ses grands yeux humides, qui s'accordaient mal avec l'image de dur à cuire qu'il essayait de projeter.

– Vous voulez boire quelque chose, une bière ?

– Je ne bois jamais d'alcool, dit Franklin.

Ils s'assirent et un silence un peu gêné s'installa. Deux types dont l'allure mi-fanfaronne mi-réservée trahissait la qualité de flics passèrent à côté de leur table. L'un des deux salua Franklin, puis son regard s'arrêta sur Quinn.

– Terry ! s'exclama-t-il. Comment tu vas, vieux ?

– Bien, merci.

– T'as bonne mine, dis donc. Les cheveux longs, en plus.

– Je fais de mon mieux.

– Bon ben, salut. Et à un de ces quatre, hein.

Avant de s'éloigner avec son compagnon, le deuxième homme avait toisé Quinn d'un œil peu amène et cela n'avait pas échappé à Strange. Il en déduisit que même si Quinn conservait encore des amitiés et des soutiens chez ses anciens collègues, il y suscitait aussi de solides inimitiés.

– Ça va pas tourner au vinaigre pour toi ? lui demanda-t-il.

– Non, ça risque rien, dit Quinn. Je connais presque tout le monde ici.

Strange jeta un regard circulaire sur la salle. Le bruit que Terry Quinn était dans la place s'était répandu comme une traînée de poudre. Il décela pas mal de regards curieux, et quelques autres qui lui parurent franchement hostiles. Mais peut-être que c'était seulement son imagination qui lui jouait des tours. Du reste, j'ai rien à voir là-dedans, se dit-il, alors pourquoi m'en soucier ?

– Vous m'avez demandé de venir, je suis venu, dit Franklin. C'est pas que je veuille vous bousculer, mais je dois reprendre mon service sous peu et j'ai pas des masses de temps à vous consacrer.

– Allons-y, dit Strange.

Il posa sa carte de visite sur la table, la poussa vers Franklin et, pendant qu'il la déchiffrait, ajouta :

– Merci d'avoir accepté de nous rencontrer.

– C'est la mère de Chris Wilson qui vous a engagé ?

– Oui. Elle veut laver la réputation de son fils. Qui d'après elle en a pris un sacré coup dans cette affaire.

– Les journaux, la télé, dit Franklin avec un haussement d'épaules dégoûté. Vous savez bien de quoi ils sont capables.

– J'essaye simplement d'éclaircir un peu les choses. Si j'arrivais à dissiper ne serait-ce qu'une infime partie de l'ombre qui a éclaboussé Wilson, je serais déjà content.

– Le procès-verbal de la commission d'enquête n'a rien laissé de côté. Puisque vous êtes détective privé (à cet endroit, Strange perçut une pointe de mépris dans la voix de

Franklin), vous trouverez sûrement un moyen de vous le procurer.

– C'est déjà fait. Et Terry m'a donné sa version des événements. Si vous n'y voyez pas d'inconvénient, j'aimerais entendre la vôtre.

Franklin regarda Quinn. Après avoir avalé une gorgée de bière, celui-ci l'encouragea d'un hochement de tête vigoureux. Strange sortit de la poche de sa veste en cuir son petit magnéto à activation vocale, enfonça la touche *on* et le posa sur la table.

Franklin désigna nonchalamment le magnéto du doigt.

– Pas de ça, dit-il. Éteignez-moi ce truc, sinon je me casse.

Strange appuya ostensiblement sur la touche, mais pas assez fort pour éteindre l'appareil, qu'il reglissa dans sa poche.

– Bon, allons-y, dit Franklin. Par où vous voulez que je commence ?

Après lui avoir donné les explications nécessaires, Strange se laissa aller en arrière sur sa chaise.

Le temps que Franklin arrive au bout de son récit, Strange et Quinn avaient tous deux bu leur bière jusqu'à la dernière goutte. Tout en parlant, Franklin observait Strange à la dérobée, guettant une réaction ou un commentaire de sa part, et Strange ne put se retenir de sourire. Le compte rendu de Franklin ressemblait tellement à celui de Quinn que ça en devenait presque comique. Deux personnes différentes ne pouvaient avoir gardé un souvenir aussi précis du même événement, où tout coïncidait jusqu'au moindre détail.

– Quelque chose vous chiffonne ? demanda Franklin.

– Non, pas vraiment, dit Strange. Enfin, ce n'est pas très important, mais je me demandais... si l'imminence du danger sautait tellement aux yeux, comment se fait-il que vous n'ayez pas tiré sur Wilson de votre côté ?

– Parce que Terry a tiré le premier.

– Vous auriez abattu Wilson si Terry ne l'avait pas fait ?

– Je peux pas vous dire ce que j'aurais fait.

– Mais d'après vous, il a eu raison de tirer.

– À cent pour cent. J'ai vu sur qui Wilson braquait son arme. J'ai vu une lueur passer dans son regard. Pour moi, y a pas l'ombre d'un doute. Si Terry avait pas tiré sur Wilson, Wilson m'aurait descendu. Vous m'entendez ? Y a pas l'ombre d'un doute.

Strange se frotta le menton du pouce.

– Quelle certitude... et c'est justement ce qui m'embête, Eugene. À la bibliothèque, j'ai lu tout ce que la presse avait publié sur l'affaire et ses prolongements, et il y a un détail qui me trouble vraiment beaucoup.

– Un détail ? Lequel ?

– Après la démission de Quinn, vous avez adhéré à un comité de vigilance formé par un groupe de flics noirs. Votre comité a diffusé un tract appelant tous les policiers noirs de Washington à participer à votre action. Il me semble même que vous étiez l'un des signataires de la pétition.

Le regard de Franklin accrocha brièvement celui de Quinn.

– C'est exact.

– Mais si Quinn avait raison à cent pour cent...

– Écoutez, dit Franklin. Dans ce cas précis, Terry avait raison. Mais depuis 1995, trois policiers africains-américains se sont fait descendre par des flics blancs alors qu'ils n'étaient pas en service. Déjà que je mets ma vie en péril chaque jour, je vois pas pourquoi je servirais de cible à mes propres collègues par-dessus le marché. Alors, je trouvais que la vigilance s'imposait. Et puis de toute façon, ce sont des problèmes internes. Vous comprenez, Strange ? Tout ça ne vous regarde en rien. Ça ne concerne que moi, mes collègues et mon équipier.

– Votre ex-équipier, plutôt.

Strange sentit un courant passer entre Franklin et Quinn, et il comprit qu'il avait dû exister entre eux un lien solide, qui était peut-être même proche de l'affection. Mais ce lien, l'affaire Wilson lui avait porté un sérieux coup, et il n'y avait guère de chance que les pots cassés soient recollés un jour.

Franklin hocha la tête et baissa les yeux.

– Vous êtes dur, Strange.

– Je fais mon boulot, c'est tout.

– Alors il est temps de passer à la pointeuse. Parce que, moi, j'ai dit tout ce que j'avais à dire.

– Oui, on en a fini pour aujourd'hui, je crois, dit Strange en se levant. Je vous laisse quelques instants en tête-à-tête. Cette bière-là me fait toujours un effet fulgurant.

Strange se dirigea vers les toilettes et Franklin le regarda s'éloigner. Il se tenait droit, carrant les épaules, bombant imperceptiblement le torse.

– Il a une démarche de flic, dit Franklin.

– Il a été flic dans le temps, dit Quinn.

– Dès que je l'ai vu bouger, j'ai compris, dit Franklin.

Strange s'arrêta au bar pour échanger quelques mots avec une personne de connaissance, un flic à la retraite qui s'appelait Al Smith et avait longtemps fait équipe avec un certain Larry Michaels. Les cheveux de Smith avaient blanchi, et en voyant sa bedaine Strange se dit qu'il devait passer le plus clair de son temps à l'Erika's.

– Je t'offre un verre, Derek ? dit Smith.

– Je bois jamais plus d'une bière dans la journée, et j'ai déjà atteint mon quota.

– Bon ben, ça sera pour une autre fois. Si je retombe sur toi... la matelas.

Strange s'esclaffa sans trop de conviction. Cela faisait trente ans qu'Al Smith ressortait à tout bout de champ les mêmes calembours éculés.

Strange reprit son chemin, adressant un signe de tête au

passage à un type assis au bar, un colosse au nez épaté et aux arcades sourcilières protubérantes qui fumait un gros cigare. Le type fit comme s'il n'était pas là et, sans répondre à son salut, baissa les yeux sur sa chope de bière, la porta à ses lèvres et avala une grande lampée. Le tissu de son tee-shirt frappé du sigle MPD de la police métropolitaine de Washington était tendu au maximum par ses pectoraux massifs et ses biceps saillants.

Aux chiottes, Strange se plaça face à un urinoir pour pisser, fredonnant en chœur les paroles de « Joy and Pain », que diffusaient de petits haut-parleurs muraux au son nasillard. Il referma sa braguette et, au moment où il se retournait, l'homme au tee-shirt MPD pénétra dans les toilettes, poussant la porte avec tant de force qu'elle heurta le mur. Il était d'une stature impressionnante. On aurait dit un grizzly dressé sur ses pattes de derrière.

D'accord, t'es bourré, se dit Strange. Et tu veux le faire savoir au monde entier.

– Pardon, mon frère, dit-il d'une voix courtoise et même affable au géant qui lui bloquait le passage. Tu permets que je sorte ?

Mais le type ne bougea pas d'un poil, n'eut aucune réaction. Son visage luisant de sueur n'exprimait qu'une vague hébétude. Strange était sur le point de répéter sa question, mais il se ravisa. Il contourna l'obstacle en se faufilant dans l'espace exigu qui le séparait du mur, et franchit la porte.

Des flics comme celui-ci, Strange en avait connu beaucoup. Au lieu de profiter de sa journée de repos, loin des avanies qu'il subissait quotidiennement, ce gars-là la passait dans ce bar, moulé dans un tee-shirt MPD, à s'enfiler des bières qui le rendaient de plus en plus agressif et à chercher des crosses à tout le monde. Il appartenait à cette catégorie de flics qui sont tellement peu sûrs d'eux qu'ils cherchent constamment à faire leurs preuves. S'il voulait chercher des crosses à quelqu'un, il s'était trompé d'adresse. Il y avait belle lurette que Strange avait tiré un trait sur ce genre de conneries.

– Comment tu t'en sors ? demanda Franklin.

– Bien, dit Quinn. Je suis vendeur dans une librairie d'occasion de Silver Spring. C'est un boulot plutôt pépère.

– Du coup, t'as le temps de lire tes histoires de cow-boys et d'Indiens.

– C'est pas le temps qui me manque le plus.

– Y a quelqu'un dans ta vie ?

– J'ai une copine. Elle te plairait. Elle est cool.

– Mignonne, en plus ?

– Eh oui.

– T'as beau être moche comme un pou, tu t'arranges toujours pour être avec des filles canon.

– On peut pas en dire autant de toi.

– Vas-y, fous-toi de ma gueule. Remarque, c'est pour ça que j'ai arrêté de picoler. J'en avais marre de me réveiller à côté de cageots pas possibles que j'avais dragués dans des boîtes.

– Combien d'entre elles ont renoncé à la boisson en voyant ta tronche ?

– Y en a sûrement plus d'une qui est retournée dans le giron de l'Église à cause de moi.

Franklin et Quinn s'esclaffèrent en chœur. Franklin avait toujours souffert de son physique ingrat et de son incapacité à lever de jolies femmes. Quinn était l'un des rares à pouvoir se permettre d'aborder ce sujet, et même d'en plaisanter, avec Eugene.

Quinn jeta un regard circulaire sur la salle. Il repéra Al Smith, qui occupait son tabouret habituel au bar, un vieux briscard nommé Effers avec qui il avait fait quelques petites parties de poker autrefois, et Adonis Delgado, un flic d'une laideur repoussante, détesté de tous, qu'il ne connaissait que de vue. Se laissant glisser au bas de son tabouret, Delgado s'éloigna du comptoir.

– Nostalgique ? demanda Franklin.

– Un peu.

– Écoute, Terry...

– Quoi ?

– Le comité de vigilance dont parlait Strange, celui auquel j'ai adhéré...

– J'étais au courant.

– Ça n'avait aucun rapport avec toi, ni avec ce que je pensais de ta conduite dans l'affaire Wilson. Tu le comprends, n'est-ce pas ?

– Bien sûr.

– On demandait depuis des années que les policiers hors service soient équipés de radios, pour le cas où ils se trouveraient mêlés à un incident quelconque alors qu'ils n'étaient pas en uniforme, afin qu'ils puissent se mettre en relation avec le central pour s'identifier.

– Je sais.

– Si Chris Wilson avait eu une radio ce soir-là, on aurait su qui il était au moment où on est arrivés sur les lieux et il serait encore de ce monde.

– Vous les avez obtenues, vos radios. D'après ce que j'ai lu dans la presse, vous avez eu gain de cause.

– Grâce à l'affaire Wilson et à la menace d'une action collective. On a revu de fond en comble la formation des recrues en matière de tir et d'armement, et la direction a décidé d'instaurer une remise à niveau obligatoire. Il y a pleins d'autres projets en cours, et il paraît qu'on adoptera bientôt des critères de recrutement beaucoup plus stricts.

– Tu veux me persuader que la mort de Wilson a été bénéfique ? C'est pas à moi que t'arriveras à vendre ce genre de salade. On se connaît depuis trop longtemps.

– Tout ce que je te dis, c'est qu'elle a eu des effets positifs. Quelle qu'ait pu être mon opinion sur les événements de ce soir-là, c'était normal que je fasse tout ce qui était en mon pouvoir pour qu'ils ne se reproduisent pas.

– Ça devait aussi être une manière de soulager ta conscience.

– Oui, ça entrait en ligne de compte.

– T'en fais pas, Gene, j'ai aucun reproche à te faire. Un petit signe de loin en loin m'aurait fait plaisir, mais je te reproche rien.

– J'ai bien pensé à te téléphoner, dit Franklin. Et puis je me suis rappelé qu'en dehors des heures de service, on se fréquentait pas, toi et moi. On n'a pas dû se parler au téléphone plus de deux ou trois fois en tout du temps qu'on faisait équipe.

– C'est vrai, qu'on ne se fréquentait pas.

– On évoluait dans des univers différents, on n'avait pas les mêmes intérêts, ni le même genre d'amis. On en parlait souvent, tu te rappelles ? C'est pas un crime de préférer la fréquentation de ses pareils.

– C'est pas un crime, mais c'est moche, dit Quinn.

– En attendant, faut que je file, dit Franklin.

– Vas-y. Ça m'a fait plaisir de te voir, Gene. Et ramène plus de cageots chez toi, hein ?

Franklin piqua un fard.

– Je tâcherai de les éviter, dit-il.

Ils se levèrent, se donnèrent de nouveau l'accolade, puis se séparèrent gauchement. Franklin évitait le regard de Quinn. En se dirigeant vers la sortie, il croisa Strange qui revenait des toilettes, mais fit comme s'il ne le voyait pas.

– Quelle ambiance chaleureuse, dit Strange en se rasseyant à leur table. Ton copain Eugene déborde visiblement d'amour pour moi et aux chiottes je suis tombé sur un sosie de Carl Eller qui aurait pas demandé mieux que de m'arracher la tête.

– Tu connais les flics, dit Quinn. Ils préfèrent la fréquentation de leurs pareils.

– J'ai deux autres visites à faire, dit Strange. Je t'aurais bien ramené à Silver Spring, mais c'est pas sur ma route.

– T'as qu'à me déposer à la gare centrale, dit Quinn. Je rentrerai en métro.

Strange fit démarrer la Caprice et s'engagea sur la chaussée.

– Ce soir, ils repassent *Nevada Smith* sur TNT, dit-il. Tu l'as vu ?

– Oui. C'est un bon film. Steve McQueen était vraiment le meilleur.

– Tu te rappelles la fin, quand le vieux des *Rues de San Francisco*, celui qui a le nez...

– Karl Malden.

– C'est ça. Steve McQueen lui loge deux balles dans la peau, mais il le tue pas. Son obsession de vengeance lui passe soudain, il redevient humain, et il abandonne Karl Malden au milieu de la rivière. On le voit qui s'éloigne à cheval, et Karl Malden lui hurle : « Achève-moi, sale trouillard ! T'as rien dans le ventre ! » Il le répète plusieurs fois de suite. Rien que d'y penser, j'en ai des frissons partout.

– Tu vas le regarder ?

– Non, ce soir je vais à un match de boxe avec une dame.

– Ta copine ?

– Janine Baker est plus une amie qu'autre chose. À mon bureau, c'est elle qui tient les rênes. On se connaît depuis toujours. Pas de fil à la patte, ni rien.

– Les rapports d'amitié, c'est encore ce qu'il y a de mieux.

– T'as bien raison. Et toi, tu fais quoi ce soir ?

– Moi aussi, je sors avec une dame. Elle s'appelle Juana. On se voit pas mal depuis quelque temps.

Strange tourna brièvement la tête vers Quinn.

– Vous avez prévu quelque chose de particulier ?

– Non, on s'est dit qu'une fois dehors on aviserait.

– Pourquoi vous viendriez pas au match avec Janine et moi ? J'ai justement deux billets de trop.

– Moi, je serais partant. Mais je sais pas si Juana aime la boxe.

– Pose-lui la question et passe-moi un coup de fil. Mon numéro de bipeur est sur la carte que je t'ai donnée.

– Entendu.

Strange bifurqua dans North Capitol Street.

– T'as qu'à me laisser là, dit Quinn en entrouvrant sa portière avant même que Strange se soit arrêté.

– Salut, Terry. Et encore merci pour le disque, hein.

– Y a pas de quoi, dit Quinn.

Ils échangèrent une poignée de main, puis Quinn mit le cap sur la gare centrale et Strange continua vers le nord.

18

Debout au milieu de la chambre de Chris Wilson, Strange examinait les objets alignés sur la commode. Il y avait une boîte à cigares qui renfermait des boutons de manchette, une petite croix en or avec sa chaîne, une chevalière ornée d'un onyx noir, des talons de billet pour des manifestations sportives au MCI Center et au stade Robert-Kennedy, un récépissé du Safeway local. Il y avait des chausse-pieds et des stylos dans une chope en céramique portant les initiales d'un syndicat de policiers. On avait glissé sous la chope une photographie en couleurs de petit format. C'était un cliché de la sœur de Wilson, une jeune et jolie femme, élégamment vêtue. Il y avait encore un coupe-ongles, un appareil photo muni d'un téléobjectif, un canif à manche de nacre, un flacon d'eau de toilette Calvin Klein, une coupe en cristal pleine de pochettes d'allumettes provenant d'un certain nombre de bars et de restaurants, et une vieille balle de base-ball couverte d'éraflures, portant encore des traces de boue et d'herbe, à laquelle un joueur célèbre avait apposé son paraphe.

À droite du miroir de la commode, une photo encadrée était accrochée au mur. C'était une photo de Chris Wilson enfant, debout à côté de Larry Brown, qui lui entourait les épaules d'un bras protecteur. Brown avait griffonné quelques mots, suivis de sa signature, en travers du cliché. Tous les murs de la chambre étaient couverts d'images protégées par des sous-verres bon marché : photos de l'équipe des Redskins au grand complet datant d'une bonne quinzaine d'années, affichettes annonçant des matches de basket, des combats de boxe et d'autres manifestations sportives. Bref, un condensé somme toute banal de la vie d'un petit garçon devenu adulte.

– Je n'ai touché à rien, dit Leona Wilson, qui se tenait derrière Strange. Si vous saviez comme il était fier d'avoir été pris en photo avec Larry Brown.

– Je possède moi-même une photographie dédicacée de Larry Brown, dit Strange. Et j'en suis rudement fier aussi.

– Un jour que je remettais la photo d'aplomb, Chris est entré dans la chambre et il m'a défendu d'y toucher. Il s'est mis dans tous ses états. Lui qui n'élevait pour ainsi dire jamais la voix.

– Certains hommes attachent beaucoup de prix à des objets en apparence anodins. Moi, sur mon bureau, j'ai une statuette de joueur de football à tête articulée...

– C'est la chambre où Chris a grandi. Il n'a jamais vécu ailleurs. Je suppose que s'il était parti d'ici pour aller s'installer dans un endroit à lui, sa nouvelle chambre aurait été différente. Celle-ci n'a pour ainsi dire pas changé depuis son enfance.

– Je comprends, madame Wilson.

– Je ne lui ai jamais demandé de rester, monsieur Strange. Quand son père est mort, il a décidé de son propre chef qu'il serait l'homme de la maison. Pour lui, s'occuper de moi et de sa sœur était un devoir. Je ne lui ai jamais demandé de faire ça. Il l'a décidé de son propre chef.

Strange jeta un regard circulaire sur la chambre.

– Est-ce que Chris tenait un journal, un carnet de bord ?

– Pas que je sache.

– Si vous n'y voyez pas d'inconvénient, je voudrais emporter ses pochettes d'allumettes. Je vous les restituerai, ainsi que tout autre objet que je pourrais être amené à vous emprunter.

Leona Wilson fit oui de la tête en se tordant machinalement les mains.

– Chris avait bien une petite amie au moment où il est mort ? lui demanda Strange. La jeune femme qui a fait des déclarations à la presse ?

– C'est exact.

– Vous croyez qu'elle accepterait de me parler ?

– Elle a été formidable. Elle vient dîner ici une ou deux fois par mois. Avec son adorable petite fille. Qui était déjà née quand elle a fait la connaissance de Chris. Vous voulez que je lui passe un coup de fil ?

– Oui, s'il vous plaît. En fait, ça m'arrangerait de la voir le plus tôt possible. Il faudrait aussi que je parle à votre fille.

Leona Wilson baissa les yeux.

– Madame Wilson ?

– Oui ?

– Savez-vous où se trouve votre fille ?

Leona Wilson hocha négativement la tête.

– Je ne sais pas où elle est, dit-elle. C'est la drogue qui nous l'a enlevée, monsieur Strange.

– Comment est-ce arrivé ?

– Ces choses-là, personne n'y comprend jamais rien. Elle était étudiante à l'université du Maryland et travaillait comme hôtesse dans un restaurant du centre ville. Sondra était une merveilleuse enfant. Tout lui réussissait.

– Elle habitait encore avec vous ?

– Non, elle s'était trouvé un appartement, et c'est à partir de ce moment-là que nous avons perdu le contact avec elle, Chris et moi. Ses visites se faisaient de plus en plus rares et, quand on la voyait... elle n'était plus la même, et je ne parle pas seulement de son apparence physique, son comportement aussi avait changé. Elle était méconnaissable, il m'était devenu impossible de me confier à elle comme je l'avais toujours fait. Un jour, Chris m'a prise à part et il m'a tout expliqué. D'abord, je n'ai pas voulu y croire. Pendant ses études secondaires, nous avions surveillé Sondra de près, et tout s'était très bien passé. Quand ses ennuis ont commencé, on aurait dit qu'elle avait tout oublié des enseignements qui lui avaient été dispensés à la maison et à l'église. Je n'y comprenais rien. Et je n'y comprends toujours rien.

– Le jour où on a enterré Chris, elle est venue au cimetière. Je ne l'avais pas vue depuis un mois. On lui avait coupé le téléphone, elle avait perdu son travail et n'allait plus à ses cours.

– Si vous ne l'aviez pas vue, comment étiez-vous au courant de tout ça ?

– Par Chris.

– Il était en contact avec elle ?

– J'ignore d'où il tirait ses informations. Sa sœur et lui étaient très proches... Chris se faisait un sang d'encre, monsieur Strange. Mais il a fini par perdre la trace de Sondra, lui aussi. Nous ne savions pas si elle avait un toit sur la tête, si elle avait de quoi manger. Nous ne savions pas où elle habitait, où elle dormait. Pour ce que nous en savions, elle aurait aussi bien pu être morte.

– Donc, elle est venue à l'enterrement ?

– Elle avait l'air d'un fantôme. Pas la moindre étincelle de vie dans les yeux. Même sa façon de marcher faisait penser à une morte. Il y avait si longtemps que je ne l'avais pas vue. Je ne l'ai pas revue depuis.

– Je suis navré.

– Si Chris était encore de ce monde, il la retrouverait.

Des larmes lui jaillirent des yeux et roulèrent le long de ses joues émaciées.

– Excusez-moi, monsieur Strange.

Elle tourna les talons et se précipita hors de la chambre.

Strange ne la suivit pas. Au bout d'un moment, il entendit sa voix dans le séjour. Elle parlait au téléphone. Il s'approcha de la commode et vida la coupe en cristal de ses pochettes d'allumettes, qu'il répartit dans les poches de sa veste en cuir. Il prit la photo de Sondra Wilson sous la chope en céramique et la rangea dans son portefeuille. Il parcourut plusieurs fois la pièce de long en large, puis s'assit sur le lit de Chris Wilson, face à la fenêtre.

Strange imagina Wilson petit garçon se réveillant dans ce lit, au son des mêmes chants d'oiseaux, des mêmes aboiements de chiens que tous les autres matins. Il l'imagina face à cette même fenêtre, le regard perdu au loin, rêvant à des prouesses au base-ball ou à la jolie frimousse d'une camarade de classe. Il imagina l'odeur du petit déjeuner montant jusqu'à lui, la voix de sa mère qui fredonnait une chanson en le préparant, cette mère qui allait bientôt passer la tête dans l'entrebâillement de la porte pour lui annoncer qu'il était temps de se lever pour aller à l'école.

Dans le séjour, Leona Wilson éclata en sanglots. Elle essaya de les réprimer, mais le flot était trop puissant.

– Bien joué, Derek, grommela Strange entre ses dents.

Il ne savait pas quoi faire et il s'en voulait terriblement d'avoir donné de faux espoirs à Mme Wilson.

Il sortit de la chambre et alla la rejoindre dans le séjour. Elle était assise sur le canapé, triturant son mouchoir. Strange s'approcha d'elle et posa une main sur son épaule osseuse.

– C'est si dur, dit-elle d'une voix à peine audible. Si vous saviez comme c'est dur.

– Je sais, dit Strange.

Elle s'essuya les joues et leva sur lui ses yeux rougis de larmes.

– Avez-vous du nouveau ?

– Vous recevrez mon rapport sous peu.

Mme Wilson prit un bout de papier sur la table basse et le tendit à Strange.

– Voici l'adresse de Renee. Elle est allée chercher sa petite fille à la crèche, mais elle ne va pas tarder à rentrer. Elle m'a dit qu'elle était à votre disposition.

– Merci, dit Strange.

Se sentant plus inutile que jamais, il lui tapota de nouveau l'épaule et se dirigea vers la porte.

– Vous verrai-je à l'église dimanche, monsieur Strange ?

– Je ferai mon possible pour m'y rendre, dit Strange sans ralentir l'allure.

Pour un peu, il aurait pris ses jambes à son cou. Il resta un moment planté au milieu du trottoir, s'emplissant les poumons d'air frais.

Renee Austin habitait un petit immeuble moderne avec patio central, juste à côté d'un centre commercial, au fin fond d'une banlieue du Maryland à laquelle on accédait par l'autoroute 29. Comme elle n'était pas encore revenue de la crèche, Strange l'attendit dans le parking en écoutant un vieil album de Harold Melvin & the Blue Notes. Renee arriva à bord de sa Civic rouge au moment où, les yeux mi-clos, il reprenait le refrain de « Pretty Flower », en imitant de son mieux la voix rocailleuse de Teddy Pendergrass.

Ils s'installèrent à la table de la cuisine devant deux tasses de Nescafé. La fille de Renee, une adorable petite gamine de trois ans qui s'appelait Kia, était assise sur le lino à leurs pieds. Kia tenait une poupée noire dans une main et dans l'autre un baigneur blanc avec des taches de rousseur qui avait une tête de personnage de dessin animé. Elle pressait leurs visages l'un contre l'autre en émettant des bruits de baisers.

– Tais-toi un peu, ma chérie, dit Renee. On a du mal à s'entendre avec le vacarme que tu fais.

– C'est pas moi, maman ! protesta Kia. C'est Raz'moquette qui embrasse Soul Girl.

– Je sais, ma puce, dit Renee.

Renee était une jeune femme avenante, au teint d'ébène, avec un visage allongé aux traits finement ciselés. Elle avait les ongles peints et ses cheveux décrêpés, coiffés à la dernière mode, lui arrivaient aux épaules. Elle était employée comme aide-comptable dans un centre de gestion de Connecticut Avenue. Le salaire n'était pas mirobolant et les chances d'avancement réduites, mais elle s'était néanmoins accrochée à cette boîte à cause des horaires élastiques qui lui permettaient de consacrer plus de temps à sa gamine.

Avec son visage las, Renee paraissait plus que ses vingt et un ans. Elle expliqua à Strange qu'elle avait dû renoncer à poursuivre ses études à cause de l'arrivée intempestive de Kia et de la désertion du père de celle-ci. Outre les innombrables jouets dont il était jonché, l'appartement était équipé de deux postes de télé et d'une chaîne stéréo d'assez belle taille, et la Honda de Renee semblait neuve. Strange en déduisit que la jeune femme devait jongler avec les cartes de crédit et qu'elle était sans doute endettée jusqu'aux oreilles.

– Quand votre fille sera assez grande pour aller à l'école, vous trouverez le temps de suivre des cours, dit Strange.

– Peut-être, fit Renee sans enthousiasme.

Elle savait aussi bien que lui qu'il valait mieux ne pas trop y compter.

Renee parla ensuite de Chris Wilson, de la façon dont elle avait fait sa connaissance, de son caractère. D'après elle, il avait été un meilleur père pour Kia que le véritable géniteur de celle-ci.

– Il était gentil avec elle même quand il buvait? demanda Strange.

– C'est tout juste s'il s'envoyait une ou deux bières de temps en temps. À l'époque où je l'ai connu, il ne buvait pour ainsi dire jamais.

– Il avait bu le soir où on l'a tué?

Renee baissa les yeux sur sa tasse et hocha affirmativement la tête.

– Il avait passé la soirée ici, à s'enfiler bière sur bière. Il avait dû descendre un pack de six, ou pas loin.

– Ce n'était pas dans ses habitudes, si je comprends bien?

– Non. Mais dans les semaines qui ont précédé sa mort, sa consommation d'alcool avait nettement augmenté.

– À votre avis, qu'est-ce qui le poussait à boire?

– Quelque chose le minait.

– C'est l'impression qu'il vous a faite le soir où on l'a tué ?

– Oui.

– Qu'est-ce qui pouvait le tracasser ainsi ?

– Je n'en sais rien.

Renee se pencha en avant pour ramasser la Barbie que Kia venait de laisser tomber. Elle tendit la poupée à la fillette, se redressa et but une gorgée de Nescafé.

– Renee ?

– Oui...

– Qu'est-ce qui minait Chris ? Vous avez dit aux journalistes que vous l'ignoriez, mais vous saviez de quoi il retournait, n'est-ce pas ?

– À quoi ça aurait servi que je leur en parle ? Ça n'avait strictement rien à voir avec sa mort. Il s'agissait d'une affaire de famille, monsieur Strange.

– Il se trouve que j'agis pour le compte de la famille en question. C'est la mère de Chris qui m'a engagé, Renee. C'est elle qui m'a dit de venir vous voir.

Renee détourna les yeux. Son regard effleura l'horloge murale, se posa brièvement sur sa fille, puis erra çà et là dans la pièce.

– Il se faisait du souci pour sa sœur ? demanda Strange.

Renee hésita un instant, puis fit oui de la tête.

– L'avait-il vue ? Lui avait-il parlé ?

– Je n'en sais rien, dit Renee.

Son regard rencontra celui de Strange.

– Je ne vous mens pas, dit-elle. Je n'en sais vraiment rien.

– Continuez.

– Quand Sondra a perdu son travail et son appartement, Chris s'est mis à s'absenter de plus en plus souvent. Il essayait de la retrouver, tout en faisant son boulot de flic et en s'occupant de sa mère, de moi et de Kia... il était débordé, je crois. J'ai vite compris qu'il valait mieux ne pas lui poser trop de questions au sujet de Sondra. Ça ne faisait que le bouleverser encore plus.

– Où travaillait Sondra quand les choses ont commencé à se gâter pour elle ?

– Elle venait tout juste d'être embauchée comme hôtesse dans un restau spécialisé dans les fruits de mer. Le Sea DC, au coin de la 14e et de K Street.

– Sa mère m'a dit qu'au fond c'était une brave fille, mais qu'elle avait de mauvaises fréquentations.

– Oh vous savez, Sondra n'avait rien d'une sainte. D'après Chris, elle profitait de toutes les occasions de s'éclater. J'ai moi-même eu des amis qui travaillaient dans des restaus ou des clubs du centre ville, et il m'arrivait d'aller les retrouver à l'heure de la fermeture. Alors, je connais la chanson. Dans ces endroits-là, une fois qu'on a retourné les chaises sur les tables, il s'en passe de drôles. Il y a toujours un pétard ou une ligne qui tourne. Dans ce milieu, quand on n'est pas sur ses gardes, on a vite fait de sombrer, monsieur Strange.

– Appelez-moi Derek.

– Sondra s'est mise à l'héroïne. Comme elle avait toujours eu peur des piqûres, Chris pensait qu'au début elle avait dû se contenter d'en sniffer. Elle devait se dire que si elle ne se shootait pas, tout irait bien, qu'elle ne finirait pas accro. Beaucoup de futurs junkies font cette erreur. Je le sais parce qu'un de mes oncles était là-dedans à fond. La déchéance est plus lente, c'est tout. Mais on finit comme tous les autres.

– Racontez-moi ce qui s'est passé le soir où Chris a été tué, avant qu'il sorte de chez vous.

Renee se lança dans son récit en faisant tourner machinalement sa tasse entre ses mains. Elle parlait d'une voix neutre, qui ne trahissait pas d'émotion particulière.

– Son portable s'est mis à sonner, et il est allé dans ma chambre pour répondre. À qui parlait-il ? Je n'en sais rien, je ne lui ai pas posé la question. Mais quand il est ressorti de ma chambre, il était dans tous ses états. Il m'a dit qu'il fallait absolument qu'il sorte. Il m'a dit qu'il allait boire une bière quelque part, qu'il avait besoin de réfléchir, que chez moi il n'y arriverait pas. Vu la quantité de bière qu'il avait déjà ingurgitée, je trouvais que ce n'était pas raisonnable, et je ne lui ai pas caché ma façon de penser. Il m'a dit de ne pas m'inquiéter, il m'a embrassée, il a fait un bisou à Kia et il est parti. Deux heures plus tard, sa mère m'a appelée pour m'annoncer qu'il était mort.

Strange redressa le buste et se cala plus confortablement dans sa chaise.

– Chris avait fait l'objet de plusieurs plaintes pour brutalité. Vous en a-t-il jamais parlé ?

– Oui, dit Renee. Il m'a expliqué qu'il était parfois obligé de rudoyer des suspects, mais qu'il ne s'en était jamais pris à quelqu'un qui ne le méritait pas. Et c'est vrai qu'il avait bu plus que de raison le soir où il a été tué, comme ils l'ont dit. Les journaux, la télé et la commission d'enquête interne ont tous brossé leur tableau des événements, mais rien de tout ça ne permet d'expliquer pourquoi on l'a tué. Une seule chose est sûre, c'est que si ce flic blanc n'était pas arrivé sur les lieux, Chris serait encore vivant aujourd'hui.

– Le flic blanc en question ne savait pas que Chris était de la police, dit Strange. Il a vu un homme armé...

– Il a vu un noir armé, dit Renee. Et c'est pour ça que Chris est mort, vous le savez aussi bien que moi.

Strange se garda bien de la contredire. Si on allait au fond des choses, elle n'avait probablement pas tort. Il se pencha en avant, et effleura la joue de Kia d'une caresse.

– Il est à toi ce baigneur, jolie petite fille ?

– Oui, c'est mon bébé, dit Kia.

– J'espère vous avoir été utile, dit Renee.

– Vous avez été d'une aide précieuse, dit Strange. Merci d'avoir bien voulu me recevoir.

*

Juché sur son tabouret de bar au rez-de-chaussée du Purple Cactus, Strange sirotait sa ginger ale en observant la clientèle. Elle était principalement composée de jeunes blancs friqués, nouveaux riches ou héritiers vivants de leurs dividendes. Les serveuses et les garçons étaient tous des jeunes gens à la plastique irréprochable et ils déployaient des trésors d'énergie pour satisfaire les clients déjà nombreux à cette heure, des gens qui venaient manger un morceau avant le spectacle. Les chaises de la salle de restaurant étaient dures, et la décoration murale consistait en triangles et autres motifs géométriques. Les tables étaient éclairées par des spots peu puissants qui créaient un effet théâtral et permettait à chaque client d'être « vu » en train de déguster ses mets hors de prix.

Peu après son inauguration, le restau avait eu droit à des articles dithyrambiques dans le *Post* et le *Washingtonian*, si bien qu'il était devenu le rendez-vous des branchés. Cette année-là, Strange y avait invité à dîner une femme avec laquelle il n'était encore jamais sorti pour essayer de lui en mettre plein la vue dès le premier soir, ce qui est toujours une erreur. On lui avait fait cracher cent vingt-cinq dollars pour deux cocktails et trois malheureuses assiettes de hors-d'œuvre qui auraient à peine suffi à satisfaire l'appétit d'un caniche nain. Et là-dessus, le garçon, sémillant jeune homme aux cheveux artificiellement blondis, avait eu le culot de se présenter à leur table avec la « farandole des desserts » et d'essayer de leur fourguer un gâteau au chocolat « décadent » à douze dollars la tranche dont il leur avait vanté avec un sourire enjôleur la « virtuosité architecturale ». Strange avait tellement eu l'impression qu'on le prenait pour un pigeon que ça lui avait gâché sa soirée. Et pour couronner le tout, la femme avec qui il dînait était restée de marbre devant ses avances.

Un garçon qui arborait un discret collier de barbe posa son plateau sur le comptoir et annonça à la barmaid :

– Une Absolut tonic avec zeste de citron, avant d'ajouter : T'as vu les cheveux de la touriste à ma table de quatre ? Tu crois qu'elle est en chimiothérapie ?

Sa voisine, une serveuse brune qui remettait de l'ordre dans ses additions en attendant sa commande, le réprimanda :

– Pas si fort, Charlie, les clients vont t'entendre.

– Les clients, je les emmerde, répondit Charlie en plantant un bâtonnet de plastique dans la vodka tonic que la barmaid venait de déposer devant lui.

Pourquoi ce rade ne s'est-il pas déjà cassé la gueule ? se demanda Strange. Mais il connaissait la réponse : même en sachant que c'était une arnaque, les gens continuaient d'y affluer, victimes de ce curieux instinct grégaire qui les poussait à lire les mêmes livres que tout le monde, et à aller au cinéma pour voir des malfrats qui détournent des avions ou des astéroïdes qui menacent d'entrer en collision avec la terre. Rien de tout cela n'avait d'intérêt, mais la seule chose qui leur importait était de pouvoir participer aux conversations dans les soirées en ville. Ils voulaient être à la page. Ils auraient fait n'importe quoi pour ne pas passer pour des ringards.

– Vous ne manquez de rien ? lui demanda la barmaid, une blonde au teint de rose et aux yeux clairs.

– Tout va bien, merci, dit Strange. En revanche, j'ai une question à vous poser. Vous vous souvenez d'un certain Ricky Kane, qui travaillait ici autrefois ? Un de ses amis m'a chargé de retrouver sa trace.

– Je suis nouvelle, dit la barmaid.

– Moi, je me souviens très bien de lui, s'exclama Charlie, qui était toujours debout devant la section du comptoir réservée au service.

Sacré Charlie, il est bien du genre à se mêler des conversations des autres et à vouloir y mettre son grain de sel alors que personne ne lui demande rien, se dit Strange.

– Il ne travaille plus ici, n'est-ce pas ? demanda-t-il en prenant un air faussement aimable.

– Il en avait plus besoin, vu les indemnités qu'il a palpées, dit Charlie.

Il coula un regard en direction de la serveuse brune et ajouta :

– Enfin, même avant ça il aurait pu se passer de travailler, pas vrai ?

Parce que son activité de dealer lui assurait des revenus confortables, compléta mentalement Strange, qui venait soudain de comprendre.

– Charlie, fit la serveuse d'une voix pleine de reproche.

Charlie s'éloigna avec son plateau en ricanant dans sa barbe. La barmaid apporta sa commande à la serveuse brune.

– Tiens, Lenna, voilà tes cocktails, dit-elle.

Quand Lenna se fut éloignée, la barmaid s'approcha de Strange.

– Vous voulez une autre ginger ale ?

– Non, dit Strange. Donnez-moi l'addition, c'est tout. Et une facture.

Strange prit à droite dans Vermont Avenue et après avoir parcouru environ trois cents mètres à pied, descendit la volée de marches qui conduisait au Stan's, un bar en sous-sol qu'il fréquentait à l'occasion. La foule qui se pressait dans la salle enfumée était composée d'habitants du quartier, des noirs et des blancs à revenus moyens, entre quarante et cinquante ans pour la plupart. Alors que Strange se dirigeait vers le comptoir, une voix d'homme s'échappant du brouhaha le héla :

– Eh, Derek !

– Bonsoir, Ernest, dit Strange.

Ernest James, originaire du même quartier que lui, était en costume-cravate et galante compagnie.

– Paraît que ta petite affaire marche du tonnerre, dit Ernest.

– Je me plains pas.

– Tu vois toujours Donald Lindsay ?

– On m'a dit qu'il avait passé l'arme à gauche.

– Oh non, il est toujours des nôtres.

– N'empêche, je l'ai pas vu depuis un moment.

Strange gratifia la compagne de table d'Ernest d'un signe de tête assorti d'un sourire.

– Vous m'excuserez, hein, mais faut que j'aille boire un coup au bar.

– Bon ben salut, Derek.

– Salut.

Au bar, Strange commanda un Johnny Walker Red Label et du soda. Au Stan's, on servait le whisky dans un verre de vingt-cinq centilitres plein à ras bord, en laissant à part le liquide destiné à le faire descendre, comme c'était jadis l'usage dans les bars de son quartier, le Round Table, aujourd'hui disparu, ou l'ancien Royal Warrant. Strange s'y rendait chaque fois que l'envie le prenait de boire un vrai coup à l'ancienne au milieu de gens normaux.

Il but son scotch à petites gorgées et la sérénité lui revint peu à peu. Il lia conversation avec l'homme qui occupait le tabouret voisin du sien. Ils parlèrent du nouveau quart-arrière des Redskins, un transfuge des Vikings, et de la tactique que l'équipe aurait mieux fait d'adopter. Le voisin de Strange, qui avait sensiblement le même âge que lui, se souvenait d'avoir assisté à des matches au temps où Bobby Mitchell n'avait pas encore pris sa retraite ; la conversation ne tarda pas à s'orienter sur d'autres grands joueurs et sur l'âge d'or des Redskins, la belle époque de Sonny Jurgensen.

– DC vaincra ! fit le type en clignant de l'œil.

Il prononçait « Dici », comme il se doit.

– Autrement dit « Dixie vaincra ».

– Ah, ça aussi, tu t'en souviens ?

– Oh, je me souviens d'un tas de choses. Ce qui est

dommage, c'est que les jeunes qui utilisent le mot « négro » à tout bout de champ s'en souviennent pas, eux.

– Y en a parmi nous qui s'indignent parce que le mot est dans les dictionnaires, mais quand ils l'entendent dans la bouche de leurs propres enfants, ça ne leur fait ni chaud ni froid.

– C'est vrai. Pourquoi les blancs se priveraient-ils d'en faire usage si nos jeunes sont pas foutus de se censurer eux-mêmes ?

– Je suis bien de cet avis.

Le bipeur de Strange se mit à gazouiller. Il consulta l'écran de lecture, s'excusa, et se dirigea vers les téléphones alignés le long du mur du fond, à droite des toilettes. Il composa un numéro et eut Quinn au bout du fil.

– Je m'en réjouis d'avance, dit Strange quand Quinn eut fini de parler.

– Nous aussi, dit Quinn. Où est-ce qu'on se retrouve ?

Strange lui fixa un lieu de rendez-vous, raccrocha et jeta un coup d'œil à sa montre. Il régla le barman, paya une autre bière à son voisin de comptoir et se dirigea vers la sortie.

Chez lui, Strange empila les pochettes d'allumettes sur son bureau et posa la photo de Sondra Wilson au sommet de la pile. Après avoir rapidement passé son courrier en revue, il se déshabilla, enfila un survêtement et descendit au sous-sol. Un sac de sable était accroché à l'une des poutrelles d'acier qui soutenaient le plafond. Strange mit la BO de la *Bataille de San Sebastian* dans la grosse radiocassette portable et fit pleuvoir une grêle de coups sur le sac de sable. Il donna à manger à Greco, retira son survêtement trempé de sueur, se doucha. En se dépêchant, il aurait tout juste le temps d'aller rendre une petite visite à sa mère à la maison de retraite avant de passer prendre Janine pour l'emmener au match de boxe.

19

Ray et Earl Boone s'arrêtèrent au feu rouge à l'angle de Michigan Avenue et de North Capitol Street. Ray tirait sur sa cigarette, Earl buvait à petites gorgées sa cannette de Busch. À leur droite, une affichette aux couleurs fluo agrafée à un poteau de téléphone annonçait des combats de boxe qui devaient avoir lieu ce soir-là.

– Si on allait au palais des Congrès ce soir, papa ? demanda Ray, qui savait très bien qu'à Washington son père ne descendait de voiture qu'en cas de force majeure. Y a des boxeurs valables au programme, et il paraît que Don King sera là en personne.

– Don King ? fit Earl. Autant se faire lécher le trou de balle par un chien après l'avoir tartiné de beurre de cacahuète.

– Ça veut dire non ?

– Le feu est passé au vert, P'tite tête. Et arrête de faire le con, tu veux.

Ray fit le numéro du QG de Cherokee Coleman. Il eut l'un des hommes de Coleman et lui annonça que son père et lui seraient là sous peu. Quelques instants plus tard, ils pénétrèrent dans l'ancien quartier d'entrepôts qui court le long de Florida Avenue.

Une voiture de patrouille, moteur tournant au ralenti, était arrêtée dans la rue non loin du QG de Coleman. Ray reconnut le numéro inscrit en caractères minuscules sur le pare-chocs de la Crown Vic et répété en chiffres énormes sur ses flancs. Au moment où il la dépassait, à très faible allure, Ray entrevit le flic assis au volant, un malabar noir moche comme un pou qui fixait le vide devant lui. Il savait que ce flic était à la solde de Coleman, lequel lui avait dit son nom un jour. Mais Ray avait beau se triturer les méninges, le nom refusait de lui revenir. C'était un drôle de nom pour un mec, surtout un mec de cette taille, Madonna ou quelque chose dans ce goût-là.

Les Boone déposèrent le kilo d'héroïne au garage. Ils étaient attendus par la bande habituelle, au milieu de laquelle Ray repéra deux ou trois visages nouveaux, de très jeunes garçons coiffés de bonnets qui ressemblaient à de vieux bas, regards vides et sourires carnassiers. Au moment où Ray et Earl mirent pied à terre, deux gamins issus de quartiers rivaux vidaient leur querelle en simulant un combat aux poings tandis que leurs potes écoutaient le gros magnéto qui diffusait de la musique de sauvages en agitant la tête comme des demeurés. Ces mecs-là, Ray s'en tamponnait complètement. Tandis que son père et lui grillaient une cigarette en les regardant peser l'héroïne, il ne pensait qu'à une chose : si tout marche comme prévu, se disait-il, j'aurai plus besoin de remettre les pieds dans cette ville de merde.

Tonio Morris sortit de la pièce obscure du rez-de-chaussée de la Droguerie qu'il partageait avec d'autres junkies en phase terminale, des cafards et des rats. Il y passait le plus clair de ses journées allongé sur un vieux matelas moisi couvert d'une couche de crasse épaisse. Le reste du temps, il était dans la rue, occupé à chaparder ou à faire la manche, à récupérer des mégots dans le caniveau ou à fouiller dans les poubelles des allées de derrière de LeDroit Park et de Trinidad.

La monotonie de l'existence qu'il menait à la Droguerie était rompue çà et là par un épisode dramatique, un acte de violence physique d'une rapidité fulgurante ou une blague particulièrement drôle qui faisait monter un rire du fond de sa poitrine sibilante. Il dormait mal et ne s'alimentait guère, sauf quand il arrivait à soutirer un peu de chocolat à ses compagnons d'infortune. La vie ne consistait plus pour lui qu'en larges étendues de temps entre deux défonces, qu'il passait essentiellement à attendre, se rendant compte quelquefois, mais sans en être affecté outre mesure, que c'était la mort qu'il attendait.

Tonio traversa le rez-de-chaussée, faisant craquer sous ses pas les fientes de pigeon desséchées. Chaque fois qu'il posait le pied dans une flaque, l'eau s'engouffrait dans ses semelles trouées, imbibant ses chaussettes brunes de crasse. Il s'arrêta à l'endroit où on avait ouvert une brèche dans le mur de brique à l'aide d'un marteau pneumatique et vit la Ford Taurus passer à côté de la voiture de flics. Ils étaient ponctuels, comme toujours. Tonio fit demi-tour et se dirigea vers l'escalier.

Croisant l'un des petits soldats de Coleman, il monta au premier et gagna les toilettes où ceux qui avaient encore suffisamment de force ou disposaient d'une monnaie d'échange avaient pris possession des stalles ouvertes à tous les vents. Sondra, celle qui jadis avait été si belle, était dans la dernière stalle, le dos appuyé à la paroi métallique, se frottant le bras gauche de la main droite comme si elle avait essayé d'en faire disparaître une tache.

Tonio pénétra dans la stalle et se plaça à quelques centimètres de Sondra, afin de pouvoir distinguer ses traits. Il perdait la vue à présent, ultime pied de nez de la maladie.

– Salut, Tonio.

– Salut, ma belle. Tes copains sont là.

Sondra sourit, découvrant des dents couvertes d'un film grisâtre, signe de carence alimentaire. Ses lèvres gercées de froid étaient écorchées par endroits. Ce jour-là, en plus du chemisier blanc et du pantalon noir qu'elle portait d'habitude, elle avait enfilé un gros anorak molletonné. Une semaine auparavant, une vieille dame qui habitait une rangée de maisons mitoyennes du côté de Gallaudet College l'avait vue passer dans la rue et elle était sortie sur le pas de sa porte pour lui donner l'anorak.

– Tu devrais faire un brin de toilette, dit Tonio. Il sera là bientôt.

– J'ai de l'eau, dit Sondra.

Elle avait récupéré une bouteille en plastique vide dans une benne à ordures et était allée la remplir à la fontaine publique.

– T'as qu'à t'astiquer le museau avec ça, dit Tonio en lui tendant le chiffon graisseux qu'il venait d'extirper de sa poche revolver. Dépêche-toi, mon petit, ajouta-t-il d'une voix pressante.

Sondra prit le chiffon, l'examina, puis l'imbiba d'eau glaciale et s'en tamponna délicatement les joues, les barbouillant de cambouis.

– T'es vraiment sympa avec moi, dit Sondra.

– J'espère que toi aussi tu seras sympa avec Tonio.

– Je t'oublierai pas, Tonio. Je t'en garde toujours une petite lichette.

Il la reluqua avec une concupiscence qui n'avait strictement rien de sexuel. Ce qu'il attendait d'elle était d'une autre nature. Même s'il avait eu envie de faire l'amour avec une femme, Tonio n'en aurait pas été capable. Ce désir-là lui avait passé. Il n'y pensait même plus.

– Vaut mieux que je retourne en bas, dit-il.

– À plus, Tonio, dit Sondra.

Il lui tourna le dos et s'éloigna en remontant son pantalon qui lui glissait sur les fesses.

Sondra aimait bien Tonio. Lui au moins, il n'essayait jamais de se la faire. C'était un ami.

– Pourquoi tu fais la gueule, Cherokee ? demanda Ray. Je croyais que tu serais content, moi. La dernière fois, tu nous as dit que les Rodriguez te mettaient la pression et que t'en avais par-dessus la tête.

– Je t'avais pas demandé de les buter, dit Coleman.

– Ça, ils l'ont demandé tout seuls.

– Autrement dit, ils se sont suicidés ?

– En quelque sorte. Toute façon, je peux pas les ressusciter, alors à quoi bon de se mettre la rate au court-bouillon ? Et puis crois-moi, j'ai assuré sur ce coup-là.

Assis derrière son bureau, les doigts joints au-dessus du sous-main, Cherokee Coleman ne quittait pas Ray des yeux. Son lieutenant, Big-Ass Angelo, se tenait derrière lui, son visage joufflu figé dans une impassibilité de statue, les yeux dissimulés par des lunettes noires du plus pur style hollywoodien, avec des branches en plaqué or d'une épaisseur invraisemblable. Les lunettes faisaient doucement marrer Earl Boone. Comme il n'y avait pas d'autre éclairage que celui de la petite lampe de bureau à abat-jour vert, la pièce était plongée dans une espèce de demi-jour glauque et le gros lard ne devait pas y voir goutte.

– Si tu nous expliquais comment t'as fait pour assurer, comme tu dis ? demanda Cherokee.

– Le lendemain de leur visite, j'ai appelé la femme à Lizardo et je lui ai demandé où ils étaient passés, son frère et lui. Je lui ai dit qu'on les avait attendus, mais qu'ils s'étaient pas montrés et qu'ils nous avaient même pas passé un coup de fil. Cinq minutes plus tard, un mec de la famille Vargas m'a téléphoné de Floride. Je lui ai servi la même histoire, il a marmonné quelque chose en espagnol et il m'a raccroché au nez. Aussitôt après, on a fait deux allers-retours en Virginie, papa et moi. On a descendu les Contour de Nestor et Lizardo jusqu'à la sortie de Richmond, et on les a abandonnées au bord de l'autoroute 95. On a répandu un peu de leur sang sur les banquettes et on a semé par-ci, par-là des cheveux qu'on leur avait arrachés. Quand les flics vont se mettre à la recherche des propriétaires des deux bagnoles, ils croiront que les Rodriguez se sont fait dessouder alors qu'ils roulaient vers le nord.

– Qu'est-ce que vous avez fait des corps ?

– Ils vont rester entreposés chez moi jusqu'à ce que la vague de froid soit passée. Mais je m'en occuperai, t'en fais pas.

– Et que se passera-t-il quand les Vargas vont m'appeler, moi ? demanda Cherokee.

– Enfin quoi, Cherokee, t'auras qu'à leur dire la même chose. Que Nestor et Lizardo se sont évanouis dans la nature, et que c'est moi qui te l'ai raconté.

– Pourquoi est-ce que je leur dirais une chose pareille ?

– Entre associés, faut bien qu'on se serre les coudes, dit Ray.

– Ah parce qu'on est associés maintenant. T'entends, Angie ?

– Écoute, Cherokee, dit Ray en penchant le buste en avant. Tel que tu me vois, je suis à la tête de neuf kilos de brown sugar extrapure.

– Tu les as là ? demanda Coleman.

– Je suis quand même pas con à ce point, protesta Ray.

Il éclata de rire. Coleman et Angelo l'imitèrent, mais leur hilarité se prolongea bien longtemps après que la sienne se soit calmée. Ray les observait, les sourcils froncés. Est-ce qu'ils se foutaient de sa gueule ou pas ? Va savoir.

Coleman déplia le mouchoir en soie qui ornait la poche de poitrine de son costard à la noix et s'en servit pour s'essuyer les yeux.

– Papa et moi, ça fait déjà un petit moment qu'on pense à se ranger des voitures, dit Ray. Moi, mon idée, c'était qu'on te refourgue toute l'héro qui nous reste, à prix d'ami, et qu'on dégage d'ici une bonne fois pour toutes.

– Tiens donc. Et il irait chercher dans les combien, ton prix d'ami ?

– Jusqu'à présent, tu nous en filais cent mille dollars du kilo, c'est bien ça ?

– Commission incluse. Mais ce coup-ci, y a pas de raison que vous en préleviez une, vu que votre prix de revient est égal à zéro.

– C'est vrai. Alors si tu prends le tout, je te la fais à soixante mille dollars le kilo. Neuf fois soixante mille...

– ... égalent cinq cent quarante mille.

– C'est ça, cinq cent quarante mille dollars. Mais puisque je t'ai à la bonne, Cherokee...

– Tu m'as à la bonne, Ray ?

– Je t'assure. Et c'est pour ça que je vais te faire une fleur.

– Quelle fleur vas-tu me faire ?

– Je vais te céder le lot pour cinq cent mille dollars tout rond.

– C'est vraiment très généreux de ta part.

– Je trouve aussi.

– Quand nous amènerez-vous la marchandise ?

Ray jeta un coup d'œil à Earl, puis son regard revint se poser sur Coleman.

– Papa et moi, on se disait que ce serait peut-être pas la peine qu'on revienne en ville pour traiter cette affaire, qui pour nous sera la dernière.

– Vous vous plaisez pas à Washington ?

– On aime mieux la campagne, pour tout te dire.

– Sans blague ?

Coleman et Angelo furent pris d'un nouvel accès d'hilarité. Imperturbables, Ray et Earl attendirent qu'il s'apaise.

– Tu sais quoi ? dit Coleman. On n'a qu'à partager fifty-fifty. Vous nous amenez une moitié du chargement tout de suite, et j'enverrai quelqu'un récupérer la moitié restante chez vous.

– Pourquoi seulement la moitié ?

– Tu t'imagines peut-être que j'ai cinq cent mille dollars

sous la main ? Qu'il me suffit de faire un saut à ma banque pour les emprunter ?

– Non, mais...

– Faut d'abord que je fasse tourner la marchandise pour me procurer les espèces nécessaires. Sans quoi on pourra jamais faire affaire, Ray.

– Je sais pas, dit Ray.

– Oh et puis merde ! s'exclama Earl.

Coleman sursauta en entendant sa voix. C'était la première fois qu'il ouvrait la bouche depuis que son fils et lui avaient pénétré dans la pièce.

– Qu'est-ce qui t'arrive, papa ? demanda-t-il. T'as une idée derrière la tête ?

– Si tu y tiens, on te livrera la marchandise ici, dit Earl. Mais je veux quelque chose en échange.

– Ce quelque chose aurait-il la peau café au lait et les yeux verts ? demanda Coleman.

– T'as deviné, dit Earl. Je veux que la jolie fille qui habite de l'autre côté de la rue vienne vivre avec moi. Je vais la ramener chez nous aujourd'hui.

– Tu dérailles ou quoi, papa ?

– Boucle-la, P'tite tête. C'est moi qu'ai la parole.

– T'en pinces vraiment pour elle, alors, dit Coleman. À la bonne heure.

– Tu vois un inconvénient à ce que je l'emmène ?

– Non, j'y vois aucun inconvénient. Qu'est-ce que tu veux que ça me fasse ? Évidemment, certains résidents de la Droguerie risquent de te tomber sur le paletot en voyant que tu veux l'emmener. Parce que depuis un mois, ils y sont tous passés à tour de rôle.

– Ils sont passés où ?

– Ils sont tombés amoureux d'elle, quoi.

Les lèvres de Big-Ass Angelo émirent une suite de chuintements ; ses larges épaules étaient secouées de tremblements incoercibles. Sans lui prêter aucune attention, Earl déclara :

– C'est réglé alors, on n'a plus qu'à mettre les bouts.

– Je te rappelle, dit Ray en se levant. On te livrera la première moitié dans un jour ou deux. Ensuite t'auras plus qu'à venir récupérer le reste.

– Oh tu sais, Ray, j'ai aucune intention de venir en personne. Je vais vous envoyer une escorte policière, ça fera plus officiel.

– Tu vas nous envoyer ton pote Madonna ?

Coleman pouffa de rire.

– Oui, Ray. Je vais vous envoyer Madonna.

– Bon ben salut. Et à la revoyure, hein.

– Au revoir, Ray, dit Coleman. Au revoir, Earl.

Quand ils eurent passé la porte du bureau, Coleman se tourna vers Angelo et lui dit :

– Convoque tous nos dealers, Angie. Annonce-leur qu'un gros chargement va arriver, et que le produit sera d'excellente qualité. Et oublie pas d'appeler le petit blanc, hein. Il arrosera l'ensemble des quartiers ouest. Faut qu'on écoule cette marchandise au plus vite. Dès que la première moitié aura été distribuée, on pourra s'occuper de la seconde. C'est une sacrée aubaine pour nous. Ce coup-ci, on va vraiment se faire des couilles en or, Angie.

– Sauf qu'il va falloir se trimballer jusqu'à Trifouillis-les-Patates pour récupérer la came.

– C'est pas grave. Tôt ou tard, il aurait fallu qu'on règle leur compte aux Boone, alors autant faire d'une pierre deux coups. Quand on les aura allongés à côté des frères Rodriguez, ça fera un joli tas de cadavres. On maquillera ça façon Jonestown, pour que les Colombiens y voient que du feu. J'ai vraiment aucune envie que la famille Vargas déterre la hache de guerre.

– D'accord, mais moi j'irai pas.

– T'en fais pas, ma grosse. Je vais leur expédier Adonis et son acolyte.

– Tu veux dire Madonna et son acolyte ? dit Angelo, souriant jusqu'aux oreilles.

– Ah, ce Ray Boone, dit Coleman. Pour une lumière, c'est une lumière.

– « Je suis quand même pas con à ce point » ! dit Big-Ass Angelo.

Coleman, plié en quatre, lui tendit sa paume ouverte et Angelo tapa dedans.

Earl Boone longea la rangée de stalles sans portes et s'arrêta devant la dernière. Sondra Wilson était debout à l'intérieur, le visage éclairé par la lueur d'une unique bougie. Son chemisier blanc était crasseux, elle avait des traînées brunâtres sur les joues et elle vacillait imperceptiblement.

– Salut, mon petit chou, dit Earl.

– Salut, Earl.

Il s'approcha d'elle et inspecta ses yeux. Le droit était vert, le gauche marron.

– Qu'est-ce qui est arrivé à tes yeux, ma petite fille ?

– Oh, j'ai dû perdre une lentille, dit-elle, la lèvre retroussée en une parodie de moue langoureuse. T'as quelque chose pour moi, Earl ?

– J'ai ce qu'il te faut, mais pas sur moi. Je vais t'emmener loin d'ici.

– Où on ira ? demanda-t-elle.

– Tu vas habiter avec moi quelque temps. Tu vas te doucher, porter des vêtements neufs, coucher dans des draps propres tous les soirs.

– Et l'autre truc, alors ? demanda-t-elle, car désormais c'était la seule chose au monde qui lui importait.

– T'en auras autant que tu voudras.

Sondra se retourna, décrocha la photo de top-model qu'elle avait scotchée au mur de sa stalle et la plia. Elle se saisit du presse-papiers posé sur le distributeur de papier hygiénique, puis regarda autour d'elle, en quête du reste de ses affaires. Une pochette détrempée, dans laquelle il ne restait que quelques allumettes, traînait sur le carrelage. En la ramassant, Sondra se rendit compte que ses possessions se ramenaient à ça.

– Dépêche-toi, mon petit cœur. Ray nous attend dans le couloir.

– Tu peux me filer un petit quelque chose pour mon ami Tonio avant de partir ?

– Oublie Tonio. Faut qu'on se tire d'ici sans se faire remarquer. Paraît que t'as pas mal de soupirants par ici. Je tiens pas à ce qu'ils viennent nous faire une scène de jalousie.

– Des soupirants ? fit Sondra.

Elle se frotta le nez et éclata de rire.

Ils descendirent au rez-de-chaussée et sortirent par la brèche. Du fond de son ténébreux repaire, Tonio vit Sondra traverser le mur de brique avec le vieux barbon blanc et son fils, et il se demanda pourquoi elle s'en allait sans lui dire au revoir. L'espace d'un instant, il en éprouva de la tristesse, puis il comprit qu'il venait de perdre la dernière source d'approvisionnement qui lui restait et une terreur sans nom l'envahit.

Dehors, le flic assis au volant de la voiture de patrouille garée dans la rue vit les Boone sortir de la Droguerie en compagnie de la jolie petite junkie du premier étage. Le trio se dirigea vers le garage où les Boone avaient laissé leur voiture. Le flic cassa en deux le cigare qu'il tenait entre ses doigts et le laissa tomber sur le plancher.

20

– Quel boxeur magnifique, ce Sharmba Mitchell, dit Strange.

– Il a une de ces gauches, dit Quinn.

– Si j'avais une gauche comme la sienne, je me servirais jamais de ma droite.

Assis sur l'un des gradins du palais des Congrès, Strange et Quinn dégustaient chacun un demi pression à quatre dollars. À part Quinn, il n'y avait qu'une poignée de blancs parmi les quatre mille spectateurs de la salle : les parents du mi-lourd texan, quatre étudiants à l'air mort de trouille, quelques rares femmes accompagnées par des noirs. Le palais des Congrès était une erreur architecturale que la ville de Washington avait toujours traînée comme un boulet. Mais ce décor lugubre et spartiate convenait assez bien à un match de boxe, sport qui se passe volontiers de fanfreluches.

Le mi-lourd texan, qui boxait sous le nom de Joe Bill « Rocky » Jakes, était allé se rhabiller après son écrasante défaite et se dirigeait à présent vers la sortie. Il avait le visage bouffi, couvert d'ecchymoses, et sa paupière gauche était tellement enflée qu'on ne voyait plus l'œil.

Du haut des gradins, un homme lança :

– Salut, Rocky !

Et un autre lui répondit :

– Yo, Adrian !

– La prochaine fois, c'est toi qui gagneras ! rugit une troisième voix.

Cette imitation de Burgess Meredith souleva l'hilarité des spectateurs assis dans les travées voisines.

– Il se fait exploiter jusqu'au trognon, ce pauvre type, dit Quinn.

– T'as remarqué le nombre insensé de boxeurs blancs qui ont pris le surnom de « Rocky » ? demanda Strange.

– J'en connais pas plus d'un ou deux.

– Regarde, il lui a encore collé un crochet du gauche ! s'exclama Strange en pointant l'index vers le ring.

Sharmba Mitchell, la star locale, défendait son titre de champion du monde des super-légers contre Pedro Saiz, un Portoricain de Brooklyn. Comme Saiz avait remplacé William Joppy au pied levé, personne ne s'attendait à le voir faire des étincelles, mais il s'en tirait plus qu'honorablement. Mitchell portait un short bleu blanc rouge. Celui de Saiz était tout blanc.

Le quatrième round venait de s'achever. Tandis que les deux adversaires regagnaient leur coin, une blonde aux longues jambes fuselées se hissa sur le ring et en fit le tour, brandissant une pancarte qui annonçait le round suivant.

– T'as vu les filles ? demanda Strange.

– C'est miss deuxième round que j'ai préférée, dit Quinn.

– Elle a une sale gueule.

– Mais elle doit avoir un cœur gros comme ça.

– Au-dessous des hanches, tu veux dire ?

– D'accord, elle a un gros cul. Je croyais que vous aimiez ça, vous autres.

– Crois ce qui te chante. Du reste, c'est pas de ces filles-là que je parlais, Terry. Je parlais de nos filles à nous. De celles avec lesquelles nous sommes sortis ce soir.

– Elles sont allées se chercher des bières.

– Il y a un bon quart d'heure qu'elles sont parties.

– Que veux-tu qu'il leur arrive ? Elles doivent être en train de tenir un conciliabule à notre sujet.

– J'espère que t'as raison. Si elles parlaient pas de nous, ce serait mauvais signe.

Strange avala une gorgée de bière et jeta un coup d'œil en biais à Quinn.

– Tu m'avais pas dit, pour Juana.

– Qu'est-ce que je t'avais pas dit ? Qu'elle était belle ?

– Tu m'avais pas dit qu'elle était noire.

– Elle est métisse. Sa mère était portoricaine.

– Métisse, mon œil. Pour être noir, il suffit d'une seule goutte de sang noir.

– Et alors, ça te défrise ? demanda Quinn.

– Pour être franc, oui. Ça m'a pris au dépourvu, tu comprends. Je m'y attendais pas.

– On a été programmés pour réagir comme ça, voilà tout.

– C'est toi qui vas m'expliquer la vie, maintenant.

– L'autre jour, je suis allé au centre commercial de Wheaton Plaza. La moitié des jeunes couples étaient mixtes, et quelques-uns avaient des enfants en bas âge. Il y a quinze ans, au temps où je traînais avec mes potes à Wheaton Plaza, on n'aurait jamais vu ça. Les jeunes d'aujourd'hui trouvent que c'est tout naturel. En voyant ça, je me suis dit que ma génération, et la tienne encore plus, on était vraiment bloqués là-dessus. Et qu'il fallait absolument qu'on surmonte ce blocage, parce que le monde est en train de changer, que ça nous plaise ou pas.

– Au cas où tu l'aurais pas remarqué, vous avez attiré pas mal de regards ce soir. Toutes générations confondues.

– C'est pas moi qui attire les regards, c'est Juana. Les mecs la reluquent, et je peux pas leur en vouloir.

– Regarde un peu la réalité en face, Terry. Chez les blancs comme chez les noirs, il y a beaucoup de gens qui sont pas partisans des mélanges. Ils sont pas racistes pour autant. C'est leur opinion, simplement, et ils l'expriment.

– Du moment qu'ils se mêlent pas de mes affaires, ils ont le droit d'avoir toutes les opinions qu'ils veulent.

Le cinquième round venait de commencer. Une rixe éclata du côté des toilettes ; les vigiles du service de sécurité séparèrent les belligérants et entraînèrent vers la sortie un type qui se débattait en hurlant des obscénités. Il y avait déjà eu un certain nombre d'échauffourées dans la salle depuis le début de la soirée, et elles s'étaient multipliées au fur et à mesure que la consommation d'alcools forts et de bière augmentait.

– Tu fréquentes Juana depuis longtemps ?

Quinn leva les yeux au ciel.

– Ça t'obsède ou quoi ? demanda-t-il.

– J'avoue que quand on s'est retrouvés tout à l'heure, la première idée qui m'est venue a été, Terry s'est dégoté une noire pour la soirée, et c'est forcément à mon intention. Il veut en mettre plein la vue au vieux, c'est sa manière de me dire : « Tu vois, moi, Terry Quinn, j'aime tout le monde, je suis pour la concorde universelle. »

Quinn éclata de rire.

– Pourquoi j'essayerais de t'en mettre plein la vue, Derek ? On n'en est plus à ce stade-là toi et moi, tu devrais le savoir. Laissons le problème de côté pour ce soir, tu veux ?

– Alors ça fait longtemps que tu la fréquentes ?

– Non, pas très. Mais pour tout te dire, je suis vraiment mordu.

– Je suis pas aveugle.

– Et toi, ça fait longtemps que tu fréquentes Janine ?

– Oh, on sort ensemble depuis une dizaine années. Mais on n'a aucune obligation l'un envers l'autre.

– Elle est amoureuse de toi.

– Continue, tu m'intéresses.

– Moi non plus, je suis pas aveugle.

– Ma mère me ressort tout le temps la même vieille parabole sur le gars qui parcourt le monde en tout sens à la recherche de diamants, mais qu'aurait jamais l'idée de creuser dans son propre jardin.

– Les diamants qu'on a chacun dans son propre jardin. Elle est vieille comme le monde, cette histoire.

– Elle l'a pas inventée, c'est sûr. Mais venant d'une mère, ces trucs-là prennent un relief particulier. Enfin, bon, Janine et moi, on se rend mutuellement service, si tu veux.

Strange savait que le lien qui l'unissait à Janine était bien plus profond. Mais sa pudeur naturelle lui interdisait d'en dire plus.

Saiz frappa Mitchell au-dessous de la ceinture, le faisant tomber à genoux. Le coup bas était tellement flagrant qu'une tempête de huées s'éleva de la foule tandis que l'arbitre renvoyait le coupable dans son coin en lui retirant un point. Mitchell adressa un signe à l'arbitre et le combat reprit. Mitchell chargea son adversaire comme un taureau furieux, faisant pleuvoir sur lui une invraisemblable dégelée de coups.

– Tu vas voir ce que tu vas voir, dit Quinn.

– Oui, Sharmba va lui démolir le portrait, dit Strange.

Les juges déclarèrent Mitchell vainqueur aux points à l'unanimité. Janine et Juana, tenant toutes deux un gobelet de bière dans chaque main, remontèrent l'allée centrale jusqu'à leur rangée et le vieux couple qui en occupait les deux premiers sièges se leva pour les laisser passer.

– Mais où vous étiez passées, bon dieu ? s'exclama Strange au moment où elles s'asseyaient.

Malgré la pointe d'agacement qui perçait dans sa voix, son visage trahissait un net soulagement : de toute évidence, il s'était fait du mauvais sang pour Janine.

– Juana voulait voir Sugar Ray, dit Janine. Il est en bas, tout près du ring.

– Et alors, vous l'avez vu ?

– Oui, dit Juana, et elles éclatèrent de rire toutes les deux.

– On a aussi vu Don King, dit Janine.

– Ça vous a donné envie de manger de la barbe à papa ? demanda Strange.

– Dès que j'ai vu ses cheveux, mon estomac s'est mis à gargouiller, dit Janine.

– Tout va bien ? demanda Quinn en effleurant la main de Juana.

– Janine est super, chuchota-t-elle.

– Tu t'amuses ?

– Beaucoup.

Il l'embrassa sur la bouche.

Un type en smoking monta sur le ring, décrocha le micro qui pendait du plafond et entreprit de décrire en termes fleuris les deux prétendants au titre.

– C'est qui, ce mec ? demanda Quinn.

– C'est Jones Met-la-Merde, dit Strange avec de la tendresse dans la voix. Le meilleur de tous nos présentateurs de boxe.

– Ah, voilà enfin le fameux Bernard Hopkins, dit Quinn.

– Il a flanqué une peignée à Simon Brown, dit Strange. Tu le savais ?

L'événement principal de ce soir-là était le match revanche opposant Hopkins à Robert Allen, qui se disputaient le titre de champion du monde dans la catégorie mi-lourds. Lors de leur première rencontre qui avait eu lieu à Las Vegas, Allen avait passé son temps à se défiler et à bloquer l'adversaire et le combat s'était achevé par une disqualification après que Hopkins s'était foulé une cheville en passant à travers les cordes.

– Allen lui refait le même coup, dit Strange alors que le premier round était déjà bien avancé. T'as vu comme il lui bloque la tête ? Il veut pas se battre.

Allen voulut jouer les victimes, prétendant qu'il avait été

touché au-dessous de la ceinture. Le public entra dans une rage noire, le traitant de gonzesse et de pédé. L'excitation montait sans arrêt ; à la fin, une meute vociférante s'agglutina autour du ring. Le combat continua ainsi de round en round. Les lazzis étaient de plus en plus bruyants, de plus en plus menaçants.

– Ils veulent du sang, dit Strange.

– Tirons-nous d'ici, dit Quinn. Ce match est foireux, et c'est Hopkins qui va gagner, tu le sais aussi bien que moi.

Ils descendirent des tribunes et se frayèrent un chemin à travers la cohue. Dans la foule, il y avait beaucoup de jeunes et jolies femmes, la plupart avec des cheveux décrêpés qui leur retombaient jusqu'aux épaules, la « coupe Brandy », comme disait Juana. Chez les garçons, la mode n'était plus aux vêtements trop grands de plusieurs tailles. Beaucoup portaient des blousons de base-ball à manches de cuir au dos desquels on avait brodé des dictons plus ou moins facétieux. Quinn se fit bousculer ; il ne savait pas si c'était intentionnel et il s'efforça de ne pas en tenir compte, mais il avait senti le rouge lui monter aux joues.

Pendant qu'ils traversaient le foyer moquetté, un jeune mec désigna Juana à ses deux potes en leur disant qu'il aurait aimé la « niquer profond ». Le visage de Quinn s'empourpra, mais Juana le tira par la manche de sa veste en cuir. Il continua d'avancer, et le mouvement le calma.

Une fois dehors, ils prirent la 10e Rue à pied. Janine et Juana marchaient devant, en causant entre elles, suivies de Strange et Quinn. Dressé de tout son haut sur l'îlot central, un jeune noir hurlait des insultes aux voitures qui allaient et venaient dans la rue.

– Je vous hais, enculés de blancs ! braillait-il. Je vous buterai tous !

– Ce gars-là m'a tout l'air de souffrir d'un blocage, dit Strange, une lueur amusée dans les prunelles. Tu crois qu'il se rend pas compte que le monde est en train de changer, Terry ?

– Peut-être que je devrais le mettre au courant, dit Quinn.

– Mais oui, vas-y, dit Strange avec un sourire en coin. Sois tranquille, je ramènerai ta copine chez elle.

Strange et Janine emmenèrent Juana et Quinn au Stan's. Le bar n'allait pas tarder à fermer, mais ils commandèrent une tournée, puis une seconde. Ils étaient tous un peu pompettes ; de toute évidence, Juana et Janine avaient envie que la soirée se prolonge, si bien qu'ils décidèrent de se retrouver chez Strange pour boire le coup de l'étrier.

Après avoir acheté un pack de douze dans une supérette, Strange prit Georgia Avenue en direction du nord. Janine était assise à côté de lui sur la banquette et leurs cuisses se frôlaient. Strange inséra la cassette de *War Live* dans le lecteur du tableau de bord et enfonça la touche d'avance rapide.

– Laquelle tu cherches ? lui demanda Janine.

– « Get Down », dit Strange. Voilà, j'y suis.

Il augmenta le son, ajouta des basses.

– Est-ce que Ron est pris lundi, Janine ?

– Il est sur deux affaires de pensions alimentaires non réglées.

– J'aurais besoin de son aide.

– Faut bien qu'il fasse bouillir la marmite, Derek. Cette affaire Wilson ne va pas être d'un gros rapport. Je suis sûre que tu vas rogner autant que tu pourras sur la facture finale. Débrouille-toi sans Ron, ça vaudra mieux.

– Tu as raison, Janine.

Strange monta encore le son et reprit en chœur : « *The police... We're talking about the police.* »

Janine éclata de rire.

– T'as vraiment la pêche ce soir, mon chéri.

– Je crois que je m'amuse bien.

– Moi aussi. Juana me plaît beaucoup. Elle a la tête sur les épaules, cette petite. Elle fait des études de droit, tu le savais ? Je vais peut-être lui demander d'en toucher un mot à Lionel, histoire qu'il comprenne qu'avec de la volonté on arrive à tout. Elle ne vient pas d'un milieu privilégié, loin de là.

– Et Terry ? Tu crois qu'il est à la hauteur ?

– S'ils restent ensemble, ils vont avoir des difficultés qu'ils n'imaginent pas encore. Et puis, avec le regard qu'il a, on voit tout de suite que c'est un garçon très impétueux. Il faudra qu'il règle pas mal de problèmes avec lui-même avant d'être capable d'assumer une vraie relation. Mais je le trouve sympathique.

Strange hocha la tête et jeta un coup d'œil à son rétroviseur. La Volkswagen noire était toujours en vue.

– Moi aussi, dit-il.

À bord de la Coccinelle, c'est Quinn qui actionnait le levier de vitesse tandis que Juana conduisait de la main gauche. Sa main droite était occupée à fouiller dans la boîte de cassettes posée sur ses genoux.

– Que dirais-tu de Lucinda Williams ? demanda-t-elle.

– C'est la nana qui jouait dans *Laverne et Shirley* ?

– Tu confonds avec Cindy Williams.

– Mais non, je me foutais de ta gueule.

– Tiens, mets cette cassette, ça va te plaire.

Quinn obtempéra, et les haut-parleurs se mirent à cracher « Metal Firecracker ».

– Ça balance, dit Quinn.

– Oui, elle est d'enfer, cette Lucinda.

Quinn regarda par le pare-brise et pouffa de rire.

– Il l'astique drôlement, sa Cadillac, Derek. Il l'adore, ma parole.

– Qu'est-ce qu'il y a de mal à ça ?

– Oh, rien. Tout ce que je veux dire, c'est qu'il en est

fier. Pour les gens de son âge, la Cadillac représente la réussite. Tu vois ce que je veux dire ?

– Je crois.

Enfant, à l'école primaire, Juana avait entendu un gamin blanc de sa classe user du terme « paquebot pour nègres » en parlant d'une Cadillac. Elle se répétait depuis le début que Terry n'était absolument pas « comme ça ». Mais peut-on savoir ce qu'il y a au fond du cœur d'un être humain, quel qu'il soit ? Il avait ingurgité pas mal de bières au cours de la soirée, et peut-être que ça avait eu raison de ses inhibitions, peut-être que pour une fois il était sincère avec elle. Peut-être qu'il laissait parler ses véritables convictions, peut-être que ces idées lui avait été inculquées jadis sans qu'il s'en rende compte et qu'elles s'étaient imprimées irréversiblement. Il se pouvait aussi que Juana fasse preuve d'une susceptibilité exagérée. Une fois qu'on s'est engagé sur cette voie-là, on a tendance à s'angoisser pour des riens.

– Ça va pas ? lui demanda Quinn en voyant la tête qu'elle faisait.

Juana chercha sa main à tâtons et la pressa délicatement.

– Si, ça va, Teu-ri, dit-elle. Je pensais à toi, c'est tout.

21

Au milieu de sa salle de séjour, dont la chaîne stéréo diffusait « Night Train » à fond la caisse, Strange faisait la démonstration d'un pas qu'il appelait « la patte du poulet » et Janine s'efforçait de le suivre. Debout à quelques pas de là, une canette à la main, Quinn leur lançait des encouragements entre deux gorgées. Juana, assise sur le canapé, bricolait un joint avec un reste d'herbe qu'elle avait trouvé au fond de son sac à main. Greco était allongé sur le sol, la tête entre les pattes, frappant nonchalamment la moquette de la queue.

– Sonny Liston s'entraînait sur ce morceau, dit Strange au moment où la chanson de James Brown s'achevait.

– C'est ce que tu mimais, là ? demanda Quinn.

– Mais non, c'est une danse qui était populaire dans mon jeune temps. Tiens, regarde, ajouta-t-il en exhibant triomphalement un CD dont la couverture s'ornait de la photo d'une jeune blanche à l'allure très sixties.

– *Otis Blue*, par M. Otis Redding.

– Tu nous as déjà mis ton Solomon Burke. Et les temps modernes, ils arrivent bientôt ?

– Otis, on fait pas mieux, dit Strange tandis que la guitare de Steve Cropper jouait l'intro de « Ole Man Trouble », suivie des cuivres et de la voix d'Otis.

– T'aurais pas du Motown ?

– Enfin quoi, Terry, tu ne sais donc pas que le Motown n'est que de la soul pour blancs ?

– Comment le saurais-je ? J'étais même pas né au temps où ces trucs-là passaient à la radio.

– Moi, j'étais toute môme, dit Janine. On me décrêpait encore au fer.

– J'ai vécu ça, moi, et c'était super, dit Strange.

Juana s'approcha d'eux, un pétard à la main.

– Vous en voulez une taffe ?

– Je veux bien, dit Quinn.

– Y a si longtemps que j'en ai pas fumé, dit Strange.

– Allez, faites un effort, dit Juana.

– Vous allez pas vous mettre à faire les zouaves ? demanda Janine.

– Quoi, « vous » ? rétorqua Strange. Tu fais bande à part ?

Debout au milieu de la salle de séjour, ils firent tourner le joint. Le temps qu'il soit réduit à l'état de mégot, ils alternaient tous quatre entre les accès de fou rire et les discussions sur le genre de musique qu'il convenait de mettre à présent.

Strange glissa le CD de *Motor Booty Affair* dans la fente du lecteur et mit le volume à fond.

– Parliament, ça déménage. On va s'éclater, vous allez voir.

Ils se mirent à danser, assez maladroitement au début, car les chansons étaient d'une complexité déroutante. La ligne de basse sinuait répétitivement et les mélodies éclataient au-dessus comme des bulles. Au fur et à mesure que le rythme les imprégnait, ils se laissèrent aller, trouvant peu à peu les gestes qu'il fallait. Au bout de quatre chansons, ils transpiraient à grosses gouttes.

Strange tamisa les lumières et mit *The Belle Album*, d'Al Green.

– Ça me rappelle les soirées dansantes où on mettait des ampoules bleues, dit Strange.

– Ça aussi, c'était avant mon temps, dit Janine en l'embrassant sur la bouche.

Ils dansèrent un slow sur la chanson-titre. Janine, qui avait ôté ses chaussures, tournait lentement, une joue appuyée sur la poitrine de Strange. Quinn et Juana dansaient en se roulant des pelles comme deux collégiens à leur première surboum. Quand la chanson s'acheva, Janine jeta un coup d'œil à sa montre et annonça à Strange qu'il était temps de partir.

– Lionel va pas tarder à rentrer, dit-elle. Je tiens à être là quand il arrivera.

– T'as raison, il faut qu'on dégage le plancher, dit Strange.

– Où sont les chiottes ? demanda Quinn.

– À l'étage.

Quinn monta l'escalier. En gagnant les toilettes, il passa devant la porte ouverte d'une chambre à coucher doublée d'une véranda où l'on pouvait dormir l'été. L'une des deux autres chambres avait été convertie en cabinet de travail. Quinn jeta un coup d'œil derrière lui ; comme rien ne bougeait du côté de l'escalier, il entra dans la pièce.

De toute évidence, Strange l'utilisait beaucoup. Son bureau était constitué d'une large planche en bois posée en équilibre sur deux meubles à classeurs. Il supportait un ordinateur avec ses accessoires, une paire de baffles, des papiers et des documents en désordre. Quinn contourna le bureau et s'approcha du mur du fond, auquel était fixé un porte-CD en bois.

Il contenait des CD de musiques de films. Westerns exclusivement : *Le Bon, la Brute et le Truand, Pour une poignée de dollars, Et pour quelques dollars de plus, Il était une fois dans l'Ouest, Les 7 Mercenaires, Le Retour des 7 Mercenaires, Mon nom est Personne, Navajo Joe, La Caravane de feu, Sierra torride, Les Professionnels, La Bataille de la vallée du Diable, Les Grands Espaces,* et compagnie. Aucune trace des musiques soul et funk des années soixante et soixante-dix que Strange aimait tant. Quinn se demanda s'il dissimulait ces CD-là à dessein, si ça le gênait d'étaler devant ses amis son goût pour la musique de western.

Il jeta un coup d'œil aux papiers épars sur le bureau. Il s'agissait principalement de documents relatifs à des placements en Bourse et de feuillets destinés à la rédaction de rapports à l'en-tête de *Strange Enquêtes*. Quinn avisa un petit tas de pochettes d'allumettes surmonté d'une photo aux couleurs fanées. Celle d'une très jolie jeune femme. En regardant la photo de plus près, il la reconnut : c'était la sœur de Chris Wilson. Quinn se souvenait d'avoir été frappé par sa beauté lorsqu'il l'avait vue à la télé le jour des obsèques.

– Tu t'es trompé de porte ? fit une voix derrière lui.

Strange était debout sur le seuil.

– Excuse-moi, dit Quinn. Que veux-tu, je suis d'un naturel fouineur.

Strange avait le regard brumeux, les yeux injectés de sang. Il croisa les bras et s'adossa au chambranle.

– Pourquoi une photo de la sœur ? demanda Quinn.

– C'est simple, je commence à me dire que Sondra Wilson est la clé de toute l'affaire.

– Tu lui as parlé ?

Strange hocha négativement la tête.

– Faudrait d'abord que je lui mette la main dessus. Sa propre mère ne sait pas où elle est. Sondra est accro à l'héroïne. C'est une junkie. Il y a beau temps qu'elle a quitté sa famille. Wilson essayait de reprendre contact avec elle. Je crois qu'il voulait la ramener au bercail. Je crois aussi que le soir où il a été tué, Chris avait reçu un coup de fil qui avait quelque chose à voir avec Sondra.

Quinn reposa la photo sur le bureau.

– Tu crois que Ricky Kane était mêlé à tout ça ?

– Quel fin limier tu fais, Terry.

– Tu le crois, ou pas ?

– Ça m'a traversé l'esprit.

– Faudrait peut-être que tu lui poses quelques questions.

– S'il a quelque chose à se reprocher, ça ne m'avancera à rien de l'interroger. Il la bouclera encore plus, et je ne dispose d'aucun moyen de pression. Je risque d'avoir encore plus de mal à retrouver Sondra.

– C'est ton objectif à présent ?

– Oui, dit Strange. Je veux finir ce que Chris Wilson avait commencé. Je veux la ramener au bercail.

– Est-ce parce que tu ne peux rien offrir d'autre à Leona Wilson ? Parce que tu sais que le procès-verbal d'enquête n'a rien laissé de côté en ce qui concerne le rôle que j'ai joué dans la mort de son fils ?

– Tu me l'affirmes ?

– Non, Derek, je te pose la question.

– Bon écoute, Terry...

Strange se malaxa les joues et exhala lentement son souffle.

– La vache, je suis complètement raide. J'avais pas fumé d'herbe depuis des années. Qu'est-ce qui m'a pris d'en fumer ce soir ? Enfin, faut bien que je mette mon égarement sur le compte de quelque chose.

– Quel égarement ?

– Celui qui me pousse à te faire la proposition suivante. Ron, mon enquêteur, va être très pris cette semaine. J'aurais besoin que tu me files un coup de main.

– Qu'attends-tu de moi au juste ?

– Que tu prennes Ricky Kane en filature, si possible dès lundi matin.

– À partir de quelle heure ?

– T'as même pas de voiture.

– J'en achèterai une demain.

– Ça te prend comme ça ?

– J'en ai marre que Juana me serve de chauffeur.

– Bon, d'accord. Je t'appellerai dans la soirée pour te donner rendez-vous.

– Derek ?

– Quoi ?

– Ça veut dire que je suis hors de cause ?

Strange eut du mal à retenir le rire qui lui montait du fond des entrailles.

– Putain, t'es vraiment trop, gloussa-t-il.

– Je suis sérieux, Derek.

– D'accord, dit Strange en décroisant les bras. Si t'es en cause, comme tu dis, c'est parce que tu t'y es mis toi-même. Il faut que tu te décides à voir la situation telle qu'elle est. Que tu te libères par tes propres moyens.

– Tu viens de dire que...

– J'ai dit que la sœur de Chris Wilson avait peut-être quelque chose à voir dans tout ça, que c'était peut-être les problèmes de sa sœur qui l'avaient mené jusqu'à D Street ce soir-là. Mais tu as reconnu toi-même que Wilson avait essayé de vous prévenir qu'il était flic, toi et ton équipier. Il te hurlait son matricule, mais t'as pas voulu l'entendre.

– Écoute...

– T'as rien voulu entendre. T'as vu un noir armé d'un flingue, et t'en as immédiatement conclu qu'il ne pouvait être qu'un malfaiteur. Je sais, il y avait le bruit, la confusion, les lumières. Mais s'il avait été blanc, est-ce que t'aurais entendu ce qu'il te criait ? Si Wilson avait été blanc, est-ce que t'aurais appuyé sur la détente ? J'en doute fortement, Terry. Arrête de te raconter des histoires et regarde la vérité en face : t'as tué un homme parce qu'il était noir.

Quinn regardait Strange droit dans les yeux. Il aurait voulu se défendre, mais il n'arrivait pas à trouver les mots. Et il était sûr que les mots n'auraient pas suffi, aussi bien choisis soient-ils. Comment un blanc pouvait-il affirmer à un noir qu'il n'était pas comme ça sans paraître hypocrite et fourbe ?

Ils entendirent la voix de Janine qui les appelait d'en bas. Strange baissa les yeux et murmura :

– Allez viens, Terry. Vaut mieux qu'on redescende.

Quinn et Juana regagnèrent la 10e Rue à bord de la Coccinelle. Une fois arrivés chez Juana, ils passèrent directement dans la chambre. Quinn se mit nu, s'approcha de Juana qui lui tournait le dos et la déshabilla. Il lui glissa les mains sous les cuisses et lui inséra deux doigts dans le vagin. Elle cambra le dos et se mit à gémir tandis qu'il pinçait ses tétons durcis. L'instant d'après, ils baisaient sur le lit. Juana était renversée en arrière, s'appuyant des mollets aux épaules de Quinn qui donnait de grands coups de boutoir, les pieds toujours sur le sol. Leur étreinte fut rapide, presque brutale ; au moment de jouir, Juana poussa un cri de bête. Quinn jouit quelques secondes après, les veines de son front et de son cou saillant comme des cordes. Le lit avait dérapé sous eux et s'était arrêté contre le mur, à l'autre bout de la chambre.

Quinn se retira, repoussa Juana vers le milieu du lit et lui glissa un oreiller sous la nuque. Ils s'allongèrent sous les draps, étroitement enlacés, leurs sécrétions mêlées sur leurs cuisses et la literie. Les yeux de Juana étaient rivés sur Quinn ; elle n'avait pas besoin de parler, son regard disait tout. Bientôt, sa respiration redevint régulière. Ses paupières battirent, puis elles se fermèrent pour de bon et elle s'endormit.

Lionel Baker, à qui sa mère avait accordé la permission de minuit, ne rentra qu'à deux heures moins le quart. Janine avait passé tout ce temps au salon en compagnie de Strange, écartant régulièrement les rideaux pour voir si son fils n'arrivait pas. À la fin, une Lexus s'arrêta devant chez elle et en voyant Lionel en descendre elle s'écria : « Dieu soit loué ! »

Dès que Lionel eut franchi le seuil, Strange comprit qu'il avait fumé de l'herbe ou consommé autre chose que de l'alcool. Il avait les pupilles dilatées; ses mouvements étaient lourds et lents. Il marmonna un bref salut en évitant le regard de sa mère et essaya de se faufiler jusqu'à l'escalier pour échapper aux explications.

– Attends une minute, Lionel, dit Janine.

– Quoi, qu'est-ce qu'il y a? répondit-il, posant les yeux sur elle pour la première fois.

Son regard se déplaça brièvement vers Strange, puis revint vers sa mère, et un début de sourire narquois se forma sur ses lèvres.

– Où étais-tu passé, Lionel?

– J'étais avec Ricky. On roulait en écoutant de la musique, c'est tout. Si tu me laissais monter tranquillement dans ma chambre, pour une fois? Faut toujours que t'en fasses tout un fromage.

Janine bondit sur ses pieds.

– Ne me parle pas sur ce ton, mon garçon. On se faisait un sang d'encre à ton sujet, M. Derek et moi. Tu t'amènes avec deux heures de retard, les yeux injectés de sang...

– Je suis pas le seul!

– Comment?

– Laisse tomber, va, dit Lionel en soulignant sa déclaration d'un geste excédé.

Il tourna les talons et se dirigea vers l'escalier.

Janine resta pétrifiée l'espace d'un instant, puis elle fit mine de lui emboîter le pas, mais Strange lui prit le bras.

– Bouge pas, mon petit cœur. C'est moi qui vais lui parler.

À l'étage, Strange frappa à la porte de Lionel. N'obtenant pas de réponse, il tourna la poignée et entra dans la chambre. Lionel était debout face à la fenêtre, qui donnait sur Quitana Street. Strange traversa la pièce et vint se placer à son côté. Lionel tourna le visage vers lui.

– Lionel?

– Quoi?

– Tu sais que ta mère t'aime, n'est-ce pas ?

– Évidemment.

– Si elle te demande où t'as passé la soirée, c'est simplement parce qu'elle a besoin de décompresser. Comme elle vient de poireauter deux heures sur le canapé du salon en se rongeant les sangs à ton sujet, il est bien normal qu'elle se décharge un peu sur toi de ce que tu lui as fait subir.

– Je sais, monsieur Derek. Seulement, vous comprenez... je suis presque un homme, alors ces interrogatoires perpétuels, ça commence à bien faire.

– Tant que ta mère t'assurera le gîte et le couvert, faudra que tu te fasses une raison.

– Et puis elle est gonflée de me dire que j'ai les yeux injectés de sang, alors que vous avez des têtes à avoir fumé de la beu vous-mêmes.

– On a éclusé quelques bières ce soir, voilà tout, mentit Strange. D'accord, peut-être qu'on a bu un coup de trop, mais on a pris du bon temps et je ne vais pas battre ma coulpe à cause de ça. Ta mère travaille dur, elle mérite bien de s'amuser un peu. Et puis si j'essaye de te mettre en garde contre les diverses manières dont tu pourrais foutre ta vie en l'air avant même qu'elle ait vraiment débuté, ça n'implique nullement que je sois moi-même parfait. Je t'ai déjà dit que ça ne me plaisait pas que tu te promènes dans une bagnole aussi voyante en fumant des joints. Je pense toujours que ça pourrait avoir des conséquences funestes pour toi. Des conséquences qui risquent de te poursuivre jusqu'à la fin de ta vie. Et ta vie n'a même pas encore commencé, fiston.

– Vous êtes pas mon père, vous avez pas le droit de m'appeler comme ça, protesta Lionel d'une toute petite voix, et aussitôt ses yeux se remplirent de larmes.

Strange lui posa une main sur l'épaule.

– T'as raison. J'ai jamais été doué de la sorte de courage qu'il faut pour être père pour de bon. Mais des fois mes yeux se posent sur toi pendant que tu racontes une blague à table, ou quand je vois que tu t'es mis sur ton trente et un pour sortir avec une copine, et j'éprouve une espèce de fierté... Des fois, quand je te regarde, Lionel, les sentiments que j'éprouve sont ceux qu'un père éprouverait envers son propre fils.

Strange attira Lionel à lui. Il sentit le cœur de Lionel qui battait à tout rompre contre sa poitrine. Il étreignit Lionel l'espace d'un instant, puis le laissa s'écarter.

– Monsieur Derek ?

– Oui ?

– Ce qui se passe entre ma mère et vous... Enfin, je veux dire, bon, je suis au courant, quoi. Je sais que c'est pour pas lui manquer de respect que vous voulez pas dormir avec elle quand je suis là, mais en y réfléchissant... Je me suis dit que d'une certaine façon vous lui manquiez encore plus de respect en passant pas la nuit avec elle.

– Comment ?

– Bref quoi, j'aimerais mieux que vous restiez toute la nuit avec elle.

– Je, euh... je vais en parler à ta mère, bredouilla Strange. Elle me dira ce qu'elle en pense.

Strange gagna la chambre de Janine, au bout du couloir. Janine était assise sur son lit, déchaussée, ses pieds gainés de bas nylon effleurant le sol. La voix de Ronald Isley chantant « Voyage to Atlantis » s'échappait du radio-réveil de sa table de nuit, et elle avait baissé sa lampe.

– Ça s'est bien passé ? demanda-t-elle.

– Très bien, dit Strange. Il veut que je passe la nuit ici.

– T'en as envie ?

– Oui.

– Greco a de quoi manger ?

– Je lui ai ouvert une boîte d'Alpo avant de partir.

Janine tapota le lit à côté d'elle.

– Viens là, dit-elle avec un grand sourire.

*

Quinn se glissa hors du lit et remonta les draps sur Juana, la couvrant jusqu'au menton. Il y avait deux bonnes heures qu'il regardait les chiffres changer sur le réveil à lecture digitale, et il savait qu'il n'arriverait pas à dormir.

La sobriété lui était revenue. Il s'étira et s'approcha, nu, de la fenêtre. Il fit jouer la tringle qui actionnait les stores pour jeter un coup d'œil dehors. Le trottoir de la 10e Rue était éclairé à giorno par la lumière des réverbères. Un jeune noir vêtu d'un blouson à capuche trop large marchait le long du trottoir, tournant régulièrement la tête vers les vitres des voitures devant lesquelles il passait.

Machinalement, Quinn formula en lui-même une série d'hypothèses, toutes négatives, sur ce jeune mec. Ensuite il essaya de trouver d'autres explications à sa présence dans la rue à une heure pareille. Peut-être qu'il souffrait d'insomnie, lui aussi, et qu'il était simplement sorti faire un tour. Peut-être qu'il venait de sortir de chez sa petite amie, gonflé à bloc et fier comme Artaban, et qu'il admirait son reflet dans les vitres des voitures à l'arrêt. Ces suppositions avaient beau être logiques, ce n'étaient pas celles qui lui étaient venues spontanément à l'esprit en apercevant le jeune noir.

Quinn pensa à la première vision qu'il avait eue de Juana lorsqu'elle était entrée dans la librairie.

Strange avait eu raison sur un point dont Quinn n'avait sans doute pas pris pleinement conscience jusque-là : s'il avait abordé Juana, c'était pour se prouver quelque chose à lui-même et le proclamer à la face du monde par la même occasion.

– Sacré Terry, va, murmura Quinn.

Il ferma les yeux, contractant les paupières au maximum, et se pinça l'arête du nez.

22

Ce dimanche matin-là, Strange, Janine et Lionel allèrent prendre leur petit déjeuner au Three Star Diner, à Northwest. Billy Georgelakos, l'actuel propriétaire du restaurant, avait pris la succession de son père, Mike Georgelakos. Le père de Strange, Darius Strange, avait travaillé comme cuistot pour Mike durant un quart de siècle.

Billy Georgelakos et Strange avaient sensiblement le même âge. Les samedis, quand Mike et Darius venaient au restaurant en compagnie de leurs fils respectifs, Billy et Strange jouaient ensemble dans les rues du quartier pendant que leurs deux paternels bossaient. Strange avait enseigné à Billy les rudiments de la boxe et du football, et Billy avait initié le jeune Derek aux illustrés et aux pistolets à amorces. Pour Strange, Billy n'était pas qu'un simple camarade de jeu du samedi ; il avait aussi été son premier ami blanc.

Quand Mike Georgelakos avait succombé à une crise cardiaque, à la fin des années soixante, Billy avait interrompu les études qu'il venait tout juste d'entamer pour le remplacer au restaurant, car sa famille ne disposait d'aucune assurance qui aurait pu la mettre à l'abri du besoin. Billy ne comptait exercer la profession de restaurateur qu'à titre provisoire, mais il ne l'avait plus jamais quittée. Le quartier avait pas mal changé, et la *soul food* occupait désormais une place prépondérante sur la carte, mais Billy avait gardé les habitudes de son père, ne servant que le petit déjeuner et le déjeuner, sept jours sur sept.

Strange savait que Mike Georgelakos avait acheté les murs dès qu'il en avait eu les moyens – les Grecs de sa génération avaient tous la bosse de l'immobilier – si bien qu'il n'était pas indispensable de faire du chiffre à tout-va pour que l'affaire tourne. Grâce au Three Star Diner, Billy avait pu payer des études à ses deux fils tout en subvenant aux besoins de sa vieille mère. Billy avait gardé une autre habitude de son père, qui consistait à bloquer le rouleau de la caisse enregistreuse deux heures avant la fermeture, soustrayant ainsi une partie de sa recette au contrôle de l'administration fiscale.

– Passe-moi le Tabasco, Lionel, dit Strange.

Lionel poussa la bouteille de Texas Pete dans sa direction, la faisant glisser le long du comptoir. Strange, qui était assis deux tabourets plus loin, à la droite de Janine, fit tomber quelques gouttes de sauce au piment sur son omelette oignons-feta et la petite saucisse qui l'accompagnait.

– C'est bon, hein ? demanda-t-il.

– Oui, fit Janine.

– La bouffe est super, dit Lionel, mais côté musique, ils devraient faire un effort.

– Moi, je la trouve très bien, la musique, dit Strange.

Le dimanche matin, Billy passait invariablement du gospel, car la majeure partie de sa clientèle venait d'assister à l'office dominical. Et son père avait agi de même avant lui.

– Pourquoi vous avez appelé votre chien Greco ? demanda Lionel. C'est à cause des Grecs qui tiennent ce restau ?

– Non. Quand j'étais gamin, j'avais un autre copain grec, Logan Deoudes. Son père tenait une gargote du même genre que celle-ci, le John's Lunch, dans Georgia Avenue. Logan avait un chien qu'il avait appelé Greco. C'était un boxer aussi, mais pas de pure race. Il avait beau être teigneux comme la gale, son nom me plaisait bien, et j'ai décidé que si un jour j'avais un chien à moi je l'appellerais Greco.

Billy Georgelakos, qui était de l'autre côté du comptoir, s'approcha d'eux, tenant dans la main droite la cafetière qu'il venait de remplir au percolateur. Les manches de sa chemise blanche étaient retroussées et il s'était fiché un stylo-bille au-dessus de l'oreille droite. Billy était un homme fortement charpenté, aux traits accusés, avec un nez en bec d'aigle. À l'exception des deux petites touffes poivre et sel qui lui entouraient l'occiput, il n'avait plus un poil sur le caillou.

– Je vous en remets du chaud, Janine ? demanda-t-il en désignant du menton la tasse posée devant elle.

– J'en reprendrais volontiers une goutte, dit Janine.

Billy lui versa du café, puis il remplit la tasse de Strange à ras bord sans lui demander son avis.

– Comment va ta mère, Derek ?

Strange fit signe que ça allait couci-couça.

– *Etsi-ke-etsi*, dit-il.

– Pareil que la mienne, dit Billy. Mais elles ont la peau dure, ces vieilles, hein ?

Il se dirigea vers le coin cuisine pour échanger quelques mots avec Ella Lockheart, sa fidèle adjointe. Ella avait grandi dans le quartier, elle aussi.

– Vous parlez grec, monsieur Derek ?

– Un peu, dit Strange, en prenant un air mystérieux.

Hormis quelques expressions utiles, Billy ne lui avait appris que des jurons et des gros mots.

– Mince, fit Lionel.

– T'es libre, cet après-midi ? demanda Strange à Janine.

– Pourquoi, t'as quelque chose en vue ?

– J'ai besoin de me dégourdir les jambes. Demain, j'aurai une journée chargée et ça risque de durer quelque temps. Il fait froid, mais comme y a du soleil, on pourrait aller se balader à Rock Creek Park avec Greco. Après, je ferai peut-être un saut à la maison de retraite pour dire bonjour à ma mère.

– Je suis partante, dit Janine.

– Et toi, Lionel ?

– Moi, j'ai à faire, dit Lionel. C'est pas que ça me déplairait d'aller affronter la nature sauvage avec vous, mais si vous y voyez pas d'inconvénient, j'aime mieux passer mon après-midi du dimanche à reluquer les filles au centre commercial.

Billy encaissa le montant de leur addition. Avant de sortir, Strange s'arrêta comme toujours face au mur où étaient accrochées plusieurs photos encadrées, un peu jaunies. Sur l'une d'elles, le père de Strange se dressait de toute sa hauteur à côté d'un petit bonhomme rondouillard qui n'était autre que Mike Georgelakos. Une toque blanche était posée de guingois sur la tête de Darius Strange qui brandissait une spatule, et un large sourire illuminait son beau visage aux traits burinés.

– Vous voyez, là, c'est lui, dit Strange.

Lionel et Janine gardèrent le silence, sachant combien ce moment de recueillement était précieux pour Strange.

– *Yassou*, Derek, cria Billy Georgelakos de derrière son comptoir.

– *Yassou, Vassili*, répondit Strange en se retournant pour saluer son ami de la main.

Lionel était visiblement impressionné, et Strange lui décocha un clin d'œil tandis qu'ils se dirigeaient vers la porte.

Ce dimanche-là, au tout début de l'après-midi, Quinn prit Georgia Avenue en direction du sud et marcha jusqu'à la limite du district, à l'autre extrémité de Silver Spring. Il passa devant des boutiques de tatoueurs et des lave-voitures, des magasins d'accessoires auto, des salons de coiffure pour hommes et des magasins de fringues tenus par des Africains-Américains, des supérettes dont le pack de six était la marchandise de base, des baraques de marchands de poulet frit, des boutiques spécialisées dans la téléphonie mobile. Il marcha pendant une heure, sans discontinuer. La journée était froide, mais le soleil et l'exercice physique le réchauffaient.

Il s'arrêta devant un terrain où étaient exposées des voitures d'occasion, du côté gauche de Georgia Avenue. Le terrain était d'assez modestes dimensions, et on avait planté autour des hélices en plastique dont les pales multicolores tournoyaient au vent. À droite de la grille d'entrée, une caravane tenait lieu de bureau ; les vendeurs y amenaient les clients pour la signature finale. Au-dessus de la porte de la caravane, on avait fixé un grand panneau rectangulaire éclairé par de petites ampoules rondes semblables à celles qui clignotent au fronton des salles de cinéma. Le panneau annonçait : « EDDIE RIDER, LE ROI DU BITUME ! » La grille d'entrée était ouverte. Quinn la franchit.

Les voitures ne le passionnaient pas outre mesure, mais durant son séjour dans la police il avait pris le pli d'enregistrer machinalement des caractéristiques comme le modèle ou l'année. Toutefois, au bout de quelques années, il lui était devenu de plus en plus difficile de distinguer une marque d'une autre ; debout au milieu du terrain d'exposition, inspectant du regard les bagnoles alignées, il se retrouva face au même problème. À partir du début des années quatre-vingt-dix, les bagnoles étaient toutes pareilles. Les Japonais avaient lancé la mode des formes arrondies, et les fabricants du reste du monde – les Américains, les Coréens et même certains Allemands – leur avaient emboîté le pas, si bien que, vue de l'arrière, une Hyundai de modèle récent ressemblait à s'y méprendre à une Lexus ou une Mercedes. Une Ford qui valait quinze mille dollars était la réplique exacte d'une Infiniti à quarante mille dollars. Quant aux Toyota – surtout l'insipide Camry, qui avait pris la succession de la Honda Accord des années quatre-vingt –, elles étaient à peu près aussi affriolantes que la perspective de finir prématurément ses jours dans un pavillon de banlieue. Si Quinn était resté piéton pendant tout ce temps-là, c'était parce que aucune des bagnoles qu'il voyait ne le branchait.

– Bonjour monsieur, comment allez-vous ? fit une voix extraordinairement nasillarde dans son dos.

Quinn fit volte-face et se retrouva nez à nez avec un noir petit et fluet qui devait avoir une quarantaine d'années. Il portait des lunettes à verres épais avec monture en plastique noir, une veste sport qui n'était qu'une pauvre imitation d'un modèle de prêt-à-porter haut de gamme, une chemise blanche et une cravate à motif de petits ballons. Il adressa à Quinn un sourire tout en dents – et en couronnes.

– Ça va, et vous ? dit Quinn.

– Mon nom est Tony Tibbs. Mais on m'appelle *Mister* Tibbs. Ha, ha ! Elle est bien bonne ! En fait, on m'appelle Tony l'étalon, parce que avec moi ça galope, vous voyez ce que je veux dire ? Je crois pas avoir saisi votre nom.

– Terry Quinn.

– Ah, vous êtes irlandais ?

– Oui.

– Avec les noms, je fais toujours mouche. C'est un autre de mes points forts. Vous connaissez l'histoire des deux Irlandais homos ?

Tibbs fronça théâtralement les sourcils, feignant l'inquiétude.

– Vous n'êtes pas homo vous-même, j'espère ?

– Non, écoutez...

– Je vous faisais marcher, c'est tout. Vous êtes pas de la jaquette, c'est l'évidence même. Alors, vous la connaissez, l'histoire des deux Irlandais homos ?

– Non.

– Y en a un, c'est Patrick Fitzgerald, l'autre, c'est Gerald Fitzpatrick. Ha, ha !

Tibbs exécuta un mouvement de torsion des hanches avant d'ajouter :

– Vous cherchez une bonne affaire, Terry ?

– J'ai besoin d'une voiture.

– Alors là, je crois que vous vous gourez d'adresse. Ha, ha ! Je blague !

Quinn examina Tony Tibbs de la tête aux pieds : il était à la fois héroïque et pitoyable. Les privilégiés, ceux qui n'ont jamais été obligés de travailler pour payer leurs factures, ont beau jeu de trouver ridicules les mecs comme Tibbs. Quinn, lui, le trouvait sympathique ; même ses blagues foireuses lui plaisaient bien. Mais il se dit qu'il valait mieux lui mettre les points sur les « i », histoire de gagner du temps.

– Écoutez, Tony, dit-il. Je vais vous expliquer le programme. Si je vois une bagnole qui me plaît et si son prix me paraît convenable, je pinaillerai pas dessus, je sortirai simplement mon chéquier et je vous ferai un chèque, en vous versant la totalité de la somme dès aujourd'hui. J'ai pas l'intention de prendre un crédit, ni rien ; mon intention est de vous payer rubis sur l'ongle et de repartir d'ici avec ma bagnole.

Tibbs avait l'air mortifié, un peu décontenancé aussi. Les boîtes comme la sienne faisaient plus le commerce du crédit que celui des voitures, à des taux qui dépassaient les vingt pour cent. Et pour un vendeur de voitures d'occasion, un client qui refuse de marchander est un véritable cauchemar.

– Je vois, dit Tibbs.

– Quand on ira dans la caravane, il sera pas question que je vous signe un contrat d'entretien. Si jamais vous me parlez de ça, je me tire.

– Entendu.

– À la bonne heure, dit Quinn. Et maintenant, vendez-moi une voiture.

Ils firent le tour du terrain, mais Quinn ne vit rien de particulièrement exaltant. Alors qu'ils revenaient à leur point de départ, son regard fut attiré par une rangée de voitures assez peu fournie, au milieu de laquelle trois antiques Chevrolet amoureusement astiquées rutilaient au soleil.

– C'est quoi, ces vieilles bagnoles là-bas ? demanda-t-il.

– Le péché mignon d'Eddie Rider, dit Tibbs. Il a une passion pour les Chevelle.

– Elles sont à vendre ?

– Bien sûr. Il en a toujours en réserve.

Tibbs discerna une lueur dans le regard de Quinn. Sentant que l'hallali était proche, il bomba la poitrine.

– Là, c'est un modèle grand sport de 1967.

Tibbs désigna une voiture rouge à bandes noires.

– Celle-ci est de soixante-douze. Avec moteur à injection et carburateurs à prise d'air directe.

– Et celle-là ? demanda Quinn avec un geste du menton en direction de la dernière voiture de la rangée, une superbe bicolore noir et bleu avec toit surbaissé et roues en alliage léger.

– C'est la plus rapide de toutes. Trois cent cinquante chevaux, boîte de vitesses à quatre rapports, pots d'échappement Flowmaster avec silencieux.

– Elle date de quand ?

– 1969.

– L'année de ma naissance.

– Vous êtes qu'un bébé, alors.

– Ouvrez-moi le capot, s'il vous plaît.

Quinn inspecta le moteur. Les durits étaient neuves, les courroies tendues comme il fallait. On aurait pu manger des frites à même le bloc-cylindres. Il tira la jauge d'huile du carter, la flaira.

– Hein qu'elle est propre ? dit Tibbs. Ça sent pas le brûlé ni rien.

– Elle est propre, c'est vrai. Je peux aller faire un tour ?

– Les clés sont dans le bureau.

– Combien elle vaut, au fait ?

– Puisque vous aimez pas pinailler, je vais vous faire directement le prix le plus bas possible.

– Combien ?

– Six mille cinq cents. C'est vraiment un cadeau que je vous fais. Si jamais le boss apprend que je vous l'ai cédée à ce prix-là, ça risque de me coûter ma place.

– Vous trouvez que six mille cinq cents dollars, c'est le juste prix ?

– Plus juste que ça tu meurs, dit Tibbs en pinçant les lèvres et en faisant saillir ses globes oculaires.

Quinn pouffa.

– Ça vous fait rire ?

– Mais non, mais non. Si cette voiture est aussi agréable à conduire qu'à regarder, vous avez gagné votre journée.

23

Lundi matin, Quinn et Strange se retrouvèrent pour prendre le petit déjeuner à l'église des Saintes-Âmes-du-Paradis-de-Notre-Père-Bien-Aimé qui occupait la plus grande partie d'un pâté de maisons dans M Street, entre la 6ᵉ et la 7ᵉ Rue, dans Northwest. C'était un complexe de bâtiments moderne et bien entretenu qui, outre les offices religieux, proposait à la population locale des aides matérielles et psychologiques dispensées par un noyau de bénévoles très motivés qui se chargeaient aussi de la sécurité, le quartier n'étant pas précisément réputé pour son calme. Quinn gara sa Chevelle dans le parking bien gardé de la paroisse et mit le cap sur la cafétéria, qui était au rez-de-chaussée du bâtiment principal.

Des flics en uniforme ou en civil, des militants associatifs, des commerçants locaux et des paroissiens venaient y prendre leur petit déjeuner tous les matins. Les portions étaient généreuses et les prix défiaient toute concurrence. Le service était assuré par une équipe chez qui la ferveur engendrait une amabilité souriante et sans faille.

Quinn chargea son plateau d'œufs brouillés, de bacon, de pain grillé et de semoule de maïs, puis il alla s'asseoir en face de Strange à une longue table d'hôte où avaient pris place un certain nombre de personnes de couleurs et de niveaux économiques très différents. Strange avait déjà attaqué son assiette de polenta aux fritons et d'œufs au plat.

Un blanc s'approcha de leur table, un grand sourire aux lèvres, et eut une brève conversation avec Strange. Il s'appelait Chris O'Shea.

– Bon salut, Derek, à un de ces quatre, conclut O'Shea.

– Salut, Chris, répondit Strange. Et tiens bon la barre, hein.

Quinn nota que Strange semblait connaître des gens un peu partout à Washington.

– T'es prêt à te mettre au travail? demanda Strange en repoussant sur le côté son plateau vide.

– C'est quoi, le plan?

– Ce matin, on va se mettre en planque devant chez Ricky Kane. La maison est à Wheaton. Il habite avec sa mère. S'il sort, on le suivra pour voir à quoi il occupe sa journée. Tiens, j'ai emprunté le téléphone de Ron.

Strange sortit de sa poche un portable et un morceau de papier.

– Je t'ai mis mon numéro et le tien.

– On n'a pas de talkies-walkies?

– Un portable, c'est plus commode. Et contrairement à ce qui se passerait avec un talkie-walkie, personne ne te regardera avec des yeux ronds parce que t'en utilises un dans la rue.

– Autrement dit, je serai pareil à n'importe quel connard.

– Voilà. Alors, tu t'es trouvé une voiture?

Quinn hocha affirmativement la tête.

– Et je crois qu'elle va te plaire.

Dans le parking, Strange éclata de rire en voyant la Chevelle grand sport équipée de pneus de course.

– Elle est pas à ton goût? demanda Quinn.

– Oh si, elle est superbe.

– Qu'est-ce qui va pas, alors?

– Vous autres jeunes, vous avez tous des voitures qui

ont l'air de dire : « Regardez-moi. » Sur ce plan-là, vous êtes pareils, toi et Ron.

– Ta Caprice ressemble trop à une voiture de police. On risquera moins de se faire repérer avec la mienne.

– C'est possible après tout. Prenons les deux, on verra bien si c'est toi qui as raison.

La maison de la mère de Ricky Kane était un modeste pavillon en brique à la façade revêtue d'aluminium. La petite rue dans laquelle il se trouvait, perpendiculaire à Viers Mill Road, était un alignement de maisons en tous points identiques. Le promoteur qui avait bâti ce lotissement dans les années soixante était singulièrement dépourvu d'ambition et plus encore d'imagination. Strange observait les allées et venues depuis une heure ; il en avait conclu que la plupart des pavillons n'étaient plus occupés par des familles blanches de la classe moyenne : elles avaient cédé le pas à des immigrants récents – Latino-Américains, Éthiopiens, Pakistanais ou Coréens – qui donnaient à la rue une touche nettement plus prolétarienne.

Strange sortit son portable et appela Quinn, qui était garé à l'autre extrémité de la rue.

– T'as pas trop sommeil, ça va ?

– J'ai une thermos de café, dit Quinn.

– Tu dois avoir envie de pisser, en plus.

– Maintenant que tu le dis...

– Tu l'as vu quand il est sorti tout à l'heure ?

– Oui.

– Encore un trouduc avec un gros chien.

Une heure plus tôt, Kane avait fait faire un tour à son pitbull, et Strange en avait profité pour le mitrailler au téléobjectif. Kane était de taille moyenne, blond et plutôt fluet. Il portait un anorak au-dessus d'un gilet matelassé, un bonnet en laine et un jean trop grand qui lui tombait bas sur les hanches. Son visage osseux était glabre, à l'exception de l'ombre de bouc qui lui ornait le menton.

– Il voudrait bien être admis comme noir honoraire, dit Strange.

– La moitié des jeunes blancs de banlieue ont cette dégaine-là maintenant.

– Ça leur passera quand ils comprendront ce que ça signifie vraiment d'être noir en Amérique.

– Mais ce mec-là a sensiblement le même âge que moi.

– C'est vrai. Il a plus grand-chose à voir avec le Ricky Kane que nous a montré la télé.

– Et t'as vu sa bagnole ? Sa petite Toyota de merde n'est plus qu'un souvenir.

Une Prelude rouge flambant neuve avec des jantes étincelantes et un becquet surhaussé était garée dans l'allée devant la maison de Kane.

– Je l'ai vue. La ville a dû lui verser un beau paquet.

– À moins que ce soit autre chose...

Quinn déboucha sa thermos et avala une gorgée de café.

– Au fait, on a vraiment été enchantés de faire la connaissance de Janine l'autre soir.

– Elle est super. Et au bureau, elle se pose un peu là. Mais ta copine est rudement bien aussi.

– Je sais, dit Quinn.

– Ah, voilà notre client.

Kane venait de sortir de la maison, un sac de sport à la main. Il ouvrit le coffre de la Prelude, y plaça le sac, rabattit le hayon et le verrouilla.

– Tu crois qu'il va au gymnase ? demanda Quinn.

– Va savoir.

– Je passe le premier, dit Quinn.

– C'est ça, dit Strange. Moi, il risquerait de me repérer au premier coup d'œil.

Kane s'arrêta dans une supérette pour s'acheter des cigarettes et boire un café. Strange et Quinn tournèrent un moment autour du pâté de maisons, puis le reprirent en filature. Il roulait plein sud, en direction du centre ville. Ils restèrent à plusieurs voitures de distance, car la Prelude rouge était facile à pister. Kane suivit la 13e Rue jusqu'à F Street, tourna à gauche et pénétra dans le parking de la 14e Rue.

– Je le suis ? demanda Quinn au téléphone.

– Non, gare-toi dans la rue, répondit Strange. En stationnement interdit s'il le faut. Je te rembourserai la contredanse.

Quinn se rangea le long du trottoir. Strange fit pareil cinquante mètres plus bas.

– Et maintenant ? demanda Quinn.

– Les ascenseurs du parking donnent dans l'immeuble d'à côté. À moins qu'il ait quelque chose à faire dans l'immeuble, ce qui m'étonnerait, il devrait ressortir par la porte vitrée, là-bas, dans trois ou quatre minutes.

– Pourquoi il aurait pas quelque chose à faire dans l'immeuble ?

– Parce qu'il va au Purple Cactus, le restaurant qui est juste en face.

– Tu veux que je le suive ?

– Il sait à quoi tu ressembles, mais il t'a pas vu depuis que tu t'es laissé pousser ta crinière de lion. Alors oui, suis-le. T'as des lunettes noires ?

– Oui.

– Mets-les. C'est le seul déguisement dont t'auras jamais besoin. Tout le reste est superfétatoire. Et quand on file quelqu'un, faut utiliser les ressources d'une ville, Terry.

– Explique-moi ça.

– Tu dois garder constamment en tête l'image de ton client, mais sans jamais le regarder directement. Observe le reflet de ses déplacements dans les vitrines des magasins, les vitres des voitures, ou même le métal de leurs carrosseries. Perds-toi au milieu des passants.

– Le voilà.

– Vas-y.

Quinn descendit de voiture et s'approcha de l'immeuble en prenant un air dégagé. Kane franchit la porte en verre et apparut sur le trottoir. Strange observa Quinn tandis qu'il le suivait en tâchant de se fondre dans la foule, qui n'était guère fournie en cette fin de matinée. Avec ses lunettes noires et ses cheveux longs, Quinn ressemblait plus à un musicien de rock plus costaud que la moyenne qu'à un flic. Kane traversa la rue et poussa la porte du Purple Cactus.

Strange appela Quinn sur son portable.

– T'as qu'à entrer, lui dit-il. Ils sont en train de préparer les tables pour le déjeuner. Dis-leur que t'as l'intention d'inviter une copine chez eux et que t'aimerais simplement jeter un coup d'œil. Essaye de voir ce que Kane fabrique.

– Tu veux pas qu'il me reconnaisse, c'est ça ?

– Très drôle.

Quinn ressortit du restaurant au bout de cinq minutes. Il traversa la rue dans l'autre sens, remonta à bord de la Chevelle et appela Strange.

– Il discutait avec deux serveurs et un barman dans la salle du bas. Une sorte de réunion d'anciens, à ce qu'on dirait. Ça y est, le voilà.

Quand la Prelude de Kane ressortit du parking et s'engagea dans la 14e Rue en direction du nord, Strange dit :

– En avant.

Au bout de cinq cents mètres, Kane entra dans un autre parking. Cette fois, c'est Strange qui le suivit à pied, certain d'avance de connaître sa destination.

Kane entra au Sea DC, un bar-restaurant plutôt luxueux spécialisé dans les fruits de mer à l'angle de la 14e Rue et de K Street. Comme la devanture était entièrement vitrée,

Strange n'eut pas besoin de se risquer à l'intérieur. Kane était en conversation avec un type qui se tenait derrière le bar, lequel était monté sur une sorte d'estrade en surplomb de la salle.

Après avoir regagné sa voiture, Strange prit le téléphone et annonça :

– Il fait sa tournée.

– Il est courtier en aliments de luxe ?

– Il vend quelque chose, j'en mettrais ma main à couper. D'habitude, quand on voit un type traîner de cette façon avec des loufiats, c'est qu'il enregistre des paris clandestins.

– À moins qu'il ne prenne des commandes pour autre chose.

– Je vois très bien ce que tu veux dire. Le voilà qui s'amène. Tiens-toi prêt.

Strange enfonça la touche de fin de conversation de son portable. Le Sea DC était le dernier endroit où Sondra Wilson avait été employée avant de s'évanouir dans la nature, mais il n'avait pas fait part de ce détail à Quinn.

Kane se rendit ensuite dans un club très sélect, à l'angle de la 18e Rue et de Jefferson Drive, où les gens qui se pressaient derrière les cordons de velours rouge se voyaient souvent refuser l'entrée parce qu'ils n'avaient pas la coupe de cheveux ou la marque de futal qu'il fallait. Sa cible suivante fut une discothèque de la 9e Rue spécialisée dans l'eurohouse, où se retrouvaient porteurs de béret et fils d'émir accros à la coke. Puis il monta jusqu'à U Street et se gara devant une boîte de nuit fréquentée par des yuppies noirs. Chaque fois, la visite durait à peine cinq minutes.

Kane prit Florida Avenue en direction de l'est, avec Quinn et Strange dans son sillage.

Cherokee Coleman s'empara du stylo en or posé sur son bureau et tapota le sous-main avec.

– T'es de plus en plus balèze, Adonis.

Adonis Delgado, assis de l'autre côté du bureau, baissa brièvement les yeux sur ses bras croisés, dont le tissu de sa chemise d'uniforme bleue épousait la forme. Il fit jouer ses biceps, effaçant les plis de ses manches.

– Je me donne assez de mal pour ça.

– Ça se voit. Tu trouves pas qu'il a l'air plus balèze que la dernière fois, Angie ?

Big-Ass Angelo était debout derrière le fauteuil en cuir de Coleman, le visage impassible derrière ses lunettes noires. Il haussa les épaules.

– Tu prends pas d'anabolisants, au moins ? demanda Coleman avec une feinte sollicitude.

– Tu sais bien que j'y touche pas, à cette merde-là, dit Adonis.

Il s'en était injecté une dose le matin même, à l'issue d'une séance de musculation qui avait duré deux heures.

– Quand on s'enfile ce genre de drogues, on a les bijoux de famille qui se recroquevillent. Ils deviennent aussi petits que ceux d'un Chinois.

– Mes bijoux de famille vont très bien, dit Adonis avec un sourire hideux, découvrant des dents irrégulièrement espacées et plantées de guingois.

Adonis Delgado était clair de peau et laid à faire peur. Il avait un front haut, d'une largeur remarquable, un nez en pied de marmite dont les narines se relevaient vers le haut comme celles d'un cochon. Ses yeux noirs, d'une dureté minérale, étaient légèrement bridés. Big-Ass Angelo trouvait qu'il ressemblait au mongolien demeuré du feuilleton qu'il regardait le dimanche soir quand il était gosse. C'est pour cela qu'il employait le sobriquet de « Corky » pour le désigner, mais jamais en sa présence bien entendu.

– Pourquoi nous honores-tu d'une visite aujourd'hui, Adonis ? demanda Coleman. C'est rare que tu viennes nous voir en tête à tête. D'habitude, tu te contentes de patrouiller dans nos rues, histoire que nos citoyens se sentent en sécurité. Angie et moi, on commençait à croire que tu voulais plus te compromettre avec des individus de notre acabit.

– Je voulais m'assurer qu'on était bien d'accord pour les Boone. Quand le moment sera venu d'aller récupérer la came chez eux, je veux y aller moi-même.

– Dents-de-lapin t'accompagnera pas ?

– Si, bien sûr.

– Tu crois qu'il sera d'accord ?

– Il fait où je lui dis de faire.

– Entendu alors, dit Coleman.

Puis, le sourcil droit en accent circonflexe, il ajouta :

– T'as l'air à cran, Adonis. T'es pas en colère contre moi, au moins ? Est-ce que tu m'en voudrais parce que j'ai laissé Earl Boone se tirer avec ta copine ?

– De qui tu parles ? De la petite pute d'en face ?

– T'es fâché ou pas ?

Ils s'affrontèrent du regard pendant quelques instants, et c'est Delgado qui baissa les yeux le premier. Il renifla, se frotta le nez du dos de la main.

– Pour moi, cette junkie, c'est jamais qu'une paire de lèvres. Elle m'a pompé le dard deux ou trois fois, c'est tout. Quand j'en aurai fini avec Ray et Earl, je m'occuperai d'elle.

– Si je peux me permettre de te donner un conseil, t'as intérêt à enfiler plusieurs capotes l'une au-dessus de l'autre si tu veux te la faire une dernière fois.

– J'en mets toujours deux, dit Delgado. Taille XXL, naturellement.

– Ça va de soi, dit Coleman.

Le portable posé sur son bureau se mit à sonner. Il le leva jusqu'à son oreille, dit : « OK », et coupa la communication.

– Qu'est-ce qui se passe, Cherokee ? demanda Angelo.

– Notre ami au visage pâle sera là d'un instant à l'autre.

– Je l'attendrai ici, si t'y vois pas d'inconvénient, dit Adonis.

– T'as une affaire à régler avec lui ?

– Il me doit du fric.

– Lui aussi, tu le fais cracher ? À ce que je vois, ta clientèle s'élargit sans cesse.

– Je lui ai rendu plein de services. Et chez moi, les services, c'est jamais gratuit.

Delgado prit un cigare dans la poche de sa vareuse bleue, qu'il avait accrochée au dossier de sa chaise.

– J'aimerais autant que tu ne le fumes pas ici, dit Coleman. Angie et moi, l'odeur nous incommode.

Quinn et Strange suivirent Kane jusqu'à une petite rue qui reliait Florida Avenue à North Capitol Street. En voyant les dealers stratégiquement disposés dans la rue, Strange appela Quinn au téléphone et lui dit :

– Laisse-moi prendre un peu d'avance, Terry. Suis-moi et quand tu me verras me garer, viens me récupérer.

– Entendu.

Kane roula jusqu'à un garage dont la porte était grande ouverte et y entra. Strange le regarda faire, puis il s'enfila dans la première rue à droite. Quinn suivit le mouvement. Strange regagna Florida Avenue, parcourut une courte distance en direction de l'est et se rangea sur le parking d'un supermarché coréen. Il saisit son appareil photo, bondit hors de la voiture et monta à bord de la Chevelle de Quinn.

– Mets la gomme, dit-il.

Quinn regagna aussi vite qu'il le pouvait la petite rue de traverse dans laquelle les dealers exerçaient ouvertement leur commerce. Il se gara loin de sa partie la plus animée, au coin d'une autre rue, et laissa le moteur tourner au ralenti. À deux cents mètres en avant de lui, de jeunes mecs aux allures de chats paresseux s'adossaient à des murs en brique ou à des angles d'immeuble tout autour d'un grand bâtiment délabré qui avait l'air d'un entrepôt désaffecté. Sa clôture grillagée portait encore les lambeaux du ruban de police en plastique jaune qui était censé en interdire l'accès. Une courte rangée de maisons mitoyennes, la plupart condamnées par des planches qui en barraient les fenêtres, faisait face à l'entrepôt. Plusieurs véhicules étaient garés devant : des conduites intérieures de marque japonaise ou allemande, de gros monospaces tout-terrain et une voiture de patrouille de la police municipale.

– T'as vu la Crown Vic ? demanda Quinn.

– Je l'ai vue, murmura Strange.

– Tu veux que je me rapproche ?

Strange passa la tête par la vitre ouverte et prit une série de clichés.

– Pas la peine. Un téléobjectif de 500 mm, ça vaut une paire de jumelles.

– Le voilà.

Ricky Kane sortit du garage et traversa la rue, l'air très sûr de lui. Il fut accueilli à l'angle de la rangée de maisons mitoyennes par deux jeunes mecs qui le firent entrer dans celle qui était le plus près de la voiture de police garée le long du trottoir.

– Mais qu'est-ce que c'est que ce bordel ? s'exclama Strange.

– Ce serait plutôt à toi de me le dire.

– Cherokee Coleman, tu connais ?

– De nom, oui. Comme tous les flics et la plupart des citoyens de Washington. Que sais-tu de lui ?

– Coleman appartenait à l'équipe de football du lycée Spingarn. Il était garde droit. Il a achevé ses études secondaires en 1989. Il se défendait bien dans les mêlées, mais comme il n'avait ni l'étoffe dont on fait les champions ni la taille requise, il a pas réussi à décrocher une bourse. Alors il s'est tourné vers la rue et il a connu une ascension fulgurante après avoir commis deux assassinats que les flics ont été obligés de laisser impunis faute de preuves. Le lycée qui a donné au monde Elgin Baylor et Dave Bing a aussi produit l'un des dealers les plus meurtriers de toute l'histoire de Washington.

– J'ai lu un article sur les jeunes de LeDroit Park dans le *Post*. Pour eux, Coleman est une espèce de héros.

– Il emploie plus de monde que McDo, et c'est leurs grands frères et leurs cousins qui en profitent.

– Cherokee, fit Quinn en jetant un coup d'œil à Strange. Pourquoi y a-t-il tant de noirs à la peau claire qui prétendent avoir du sang indien, Derek? Ça m'a toujours intrigué.

– Sans doute parce que l'idée d'avoir du sang blanc leur est insupportable, dit Strange.

Il abaissa son appareil photo et le posa sur ses genoux.

– Cet endroit est un peu le QG opérationnel de Coleman.

– Tout le monde est au courant, et ça n'empêche pas ses affaires de tourner?

– C'est un malin. Comme il n'a jamais de drogue sur lui, les flics ne peuvent pas l'alpaguer. Tu vois ces gamins dans la rue, là-bas? Ils ont tous une fonction bien définie. Le rabatteur pilote le client jusqu'au fourgueur; c'est à ce moment-là que la marchandise change de main. Le guetteur surveille les environs et le ramasseur encaisse le montant de la transaction. Seuls les plus jeunes, ceux qui viennent de débuter dans la carrière, sont physiquement en contact avec de la poudre ou du crack. Mais ils se gardent bien d'en avoir sur eux. En les observant de plus près, tu remarqueras qu'ils se tiennent toujours à proximité d'une cachette qui peut contenir une fiole de crack ou un sachet d'héro, fissure dans un mur, boîte à lettres sous laquelle on peut coller un porte-clés magnétique. Et qu'ils ne sont jamais loin d'une issue qui leur permettra de s'esquiver en vitesse, allée de derrière ou brèche dans une clôture.

« De temps à autre, la police s'amène et embarque tout le monde. Et ça n'y change strictement rien. On peut toujours coffrer ces gamins et leurs acheteurs, mais à quoi bon ? Des mecs aussi jeunes ne plongent pas dès leur premier délit, surtout quand ils se sont fait coincer avec une quantité de drogue minime. Les acheteurs passent une nuit au poste, tout au plus, et on les condamne à accomplir des travaux d'utilité publique. Les gros bonnets, ça ne leur fait ni chaud ni froid.

– Si je comprends bien, Coleman n'ira jamais en taule ?

– Si, ils finiront par l'avoir. Pour évasion fiscale, par exemple. Quand les agents du Trésor s'en prennent à un mec de cette espèce, ça fait toujours très mal. Ou alors un de ses complices l'accusera de meurtre en échange d'une immunité partielle ou complète. D'une manière ou d'une autre, il y passera. Mais entre-temps, il aura foutu je ne sais combien d'existences en l'air.

D'un mouvement de la tête, Quinn désigna l'entrepôt. Des drogués allaient et venaient à pas lents, franchissant dans les deux sens les trous béants qui semblaient avoir été ouverts volontairement dans le mur de brique. Un rat traversa en courant un monticule d'immondices, sans crainte apparente de la lumière du jour et des êtres humains à la démarche titubante.

– C'est là qu'ils vont fumer leur saloperie, dit Quinn.

– Oui. Mais à mon avis, y a aussi pas mal de junkies qui y ont établi leur résidence.

– Et Kane ? demanda Quinn. Qu'est-ce qu'il vient faire là-dedans ?

– Oui, à quoi il joue, ce brave petit Ricky ? À première vue, je dirais qu'il est venu prendre livraison de sa marchandise. Après être ressorti de sa tournée des restaurants et des bars avec un carnet de commandes bien rempli. Hein, qu'est-ce que tu en penses ?

– C'est aussi mon impression.

Kane venait de reparaître sur le seuil de la maison. Il traversa la rue d'un pas pressé en direction de l'entrepôt.

– Mais qu'est-ce qu'il fout ? demanda Strange en levant

de nouveau son téléobjectif et en prenant deux clichés supplémentaires.

– Derek, dit Quinn.

Kane s'engouffra dans l'une des brèches et disparut à l'intérieur du bâtiment.

– On ne s'est déjà que trop attardés, Derek. On peut pas attendre qu'il ressorte.

– Je sais. Les gamins nous ont pas encore repérés, mais ça va pas durer. Et le conducteur de la voiture de patrouille va finir par sortir de son trou.

– Tirons-nous d'ici. On en a assez vu pour aujourd'hui.

– Roule en direction de la voiture de flics, et tourne à droite une rue avant.

Quinn poussa le levier de vitesse vers l'avant, débraya et démarra en faisant crisser ses pneus. Il passa brutalement en seconde. Deux des jeunes mecs qui faisaient le pied de grue au coin de rue suivant se retournèrent vers la voiture, et l'un des deux cria quelque chose. Strange passa le buste par sa vitre ouverte et s'assit sur la portière, les coudes reposant sur le toit. Il prit plusieurs clichés de la voiture de patrouille dans cette position, et se laissa retomber sur son siège au moment précis où Quinn bifurquait à droite dans une petite rue. Quinn jeta un coup d'œil au rétroviseur. L'un des gamins s'était lancé à leur poursuite.

– Merde, Terry, je t'avais pas demandé de faire un tintouin pareil. T'as dû laisser une sacrée traînée de caoutchouc brûlé sur l'asphalte.

– J'ai pas encore la voiture en main.

– Bon, mais on peut pas revenir avec.

– Ah, parce qu'on va revenir ?

– Moi, en tout cas je vais revenir, dit Strange en se laissant aller en arrière sur sa banquette et en offrant son visage à l'air frais. Cette rue a encore beaucoup de choses à nous apprendre.

24

Le mardi matin, Quinn se réveilla dans sa chambre et s'assit au bord du matelas posé à même le sol. Outre le matelas, la chambre comportait une cantine, une table de nuit acquise dans un dépôt-vente, une lampe de chevet, un réveille-matin et quatre ou cinq romans western au format de poche empilés à côté de la lampe de chevet. Les murs étaient nus : pas la moindre photo, le moindre poster.

Quinn se massa les tempes. La veille au soir, il avait bu deux bières au Quarry House ; ensuite il était passé au Rosita's, mais Juana n'était pas de service. Il avait regagné son appartement de Sligo Avenue, avait fait le numéro de Juana, lui avait laissé un message sur son répondeur et avait attendu qu'elle le rappelle. Au bout d'un moment, voyant qu'elle ne se décidait pas à rappeler, il était ressorti de chez lui et avait parcouru à pied les cent mètres qui le séparaient de la Tradesmen's Tavern, où il avait fait une partie de billard et sifflé deux Budweiser de plus. À son retour dans l'appartement, Juana n'avait toujours pas appelé.

Quinn se prépara du café et des tartines de pain grillé dans la minuscule cuisine, puis il enfila un survêtement et descendit au sous-sol. Il s'y était installé un banc de musculation, un miroir et des tapis de sol ; sa corde à sauter était accrochée à un clou enfoncé dans le mur en parpaings. Le syndic lui avait accordé la jouissance du sous-sol à condition qu'il partage son équipement de gymnastique avec les autres locataires. Une poignée de jeunes noirs et deux ou trois Hispaniques du voisinage, ayant appris l'existence du sous-sol, venaient parfois s'exercer avec Quinn. Pourvu qu'ils ne soient pas trop mal embouchés, il leur donnait volontiers un coup de main; il en connaissait même certains par leurs noms. Mais la plupart du temps, il faisait sa gym seul.

Après s'être douché, Quinn ouvrit le tiroir du bas de sa commode et en sortit le Glock 9 mm dont il avait fait l'acquisition plusieurs mois auparavant à l'issue d'une conversation avec un inconnu dans un bar du quartier. Il démonta l'arme, la graissa, la remonta. Il n'avait aucune raison valable de posséder un Glock, et il le savait. Mais en démissionnant il avait dû restituer son arme de service et, à dater de ce jour-là, il s'était senti nu et comme amputé. Quand on est flic, détenir une arme à feu devient une habitude, et ça le rassurait d'en avoir de nouveau une à portée de la main. Il remit le Glock dans le tiroir, à côté du ceinturon porte-cartouches qu'il s'était acheté dans un magasin spécialisé de Springfield, sur l'autre rive du Potomac.

Il alluma la télé, mais s'en fatigua vite. Il composa le numéro du bureau de Strange et tomba sur Janine.

– Il est sorti, Terry.

– Vous pourriez le biper?

– Je vais essayer. Mais si ça se trouve, il pourra pas me rappeler tout de suite.

La voix de Janine n'était pas complètement naturelle; Quinn crut y percevoir comme une pointe de regret.

– Dites-lui simplement que je le cherche, Janine. Merci beaucoup.

Quinn raccrocha. Depuis samedi soir, Juana l'évitait. Et apparemment Strange s'était mis à le fuir à son tour.

Strange était debout de l'autre côté du bureau de Janine.

– Ron a appelé? demanda-t-il.

– Il court toujours après ses deux mauvais payeurs. Ce qui devrait nous faire un peu de trésorerie cette semaine.

– Parfait. Tu es passée à la banque ?

– Tiens, dit Janine en lui tendant une enveloppe. Voilà les deux cents dollars en billets de vingt que tu m'as demandés.

– Merci. Je serai absent toute la journée. S'il y a une urgence, tu sais comment me contacter. Pour les choses qui peuvent attendre, note simplement le message. Je te passerai un coup de fil de temps en temps.

– L'affaire Wilson t'accapare complètement.

– Je suis presque arrivé au bout. Va récupérer les photos que j'ai portées à développer hier, s'il te plaît. Appelle Lydell Blue de ma part et dis-lui que j'aurai peut-être besoin d'un autre service.

– Tu tiens le compte de tes heures, Derek ? Et de tes frais ?

– Bien sûr, qu'est-ce que tu crois ?

Janine croisa les bras et redressa le buste.

– Ça ne m'a pas plu de mentir à Terry de cette façon.

– Tu ne l'as fait que parce que je te l'avais demandé. Pendant les prochaines quarante-huit heures, il va falloir que je travaille seul. À deux, ce serait trop risqué. Le moment venu, je le reprendrai avec moi.

Strange se dirigea vers la porte.

– Derek ?

– Quoi ? fit-il en se retournant.

– J'ai passé un excellent week-end. C'était formidable de me réveiller dans le même lit que toi. En plus, c'est bon pour Lionel. Quand on est allés prendre notre petit déjeuner dehors tous les trois dimanche matin, en famille...

– J'ai compris, Janine. On en reparlera plus tard, d'accord ?

En arrivant sur le trottoir de la 9e Rue, Strange se dirigea vers sa Caprice, boutonnant le col de sa veste en cuir pour mieux résister au froid. Il passa devant la boutique du coiffeur, le salon funéraire et la petite gargote qui n'ouvrait qu'à midi. Il pensait à Janine et à ce qu'elle venait de lui dire. Elle avait raison. Lui aussi avait passé un agréable week-end. Et c'était bien ce qui lui faisait peur.

Strange décida qu'il était temps de passer un coup de fil à Helen, la jeune femme qu'il avait connue en boîte aux alentours de Noël, pour lui proposer de boire un verre avec lui quelque part. Il comptait bien la revoir un jour, mais il était tellement occupé ces temps-ci que ça lui était complètement sorti de la tête.

Strange gara la Caprice dans North Capitol Street, non loin du carrefour de Florida Avenue, et continua à pied. Quand il fut en vue de la rue de Coleman, il ramassa un peu de terre sèche sur le sol et s'en macula le visage, puis s'accroupit pour en enduire ses chaussures de chantier. En descendant de voiture, il s'était relevé les cheveux en arrière pour avoir l'air le plus hirsute possible et avait enfilé une vieille veste de velours côtelé qu'il gardait toujours en réserve dans le coffre.

Une fois qu'il eut pénétré dans la rue, il croisa plusieurs jeunes de la bande de Coleman. Il marchait d'un pas traînant, en regardant droit devant lui, comme s'il ne les voyait pas. Il croisa un fumeur de crack qui essaya de lui soutirer un peu de monnaie et continua à marcher en direction de l'entrepôt que les lambeaux du ruban jaune de la police désignaient encore comme périmètre interdit. La voiture de patrouille n'était pas là aujourd'hui. Strange gravit un monceau de terre et d'immondices, redescendit de l'autre côté en affectant une démarche trébuchante, se dirigea vers l'une des brèches du mur de brique et s'y engouffra.

Il se retrouva dans un vaste espace vide brisé çà et là par des piliers métalliques. Le sol en ciment était couvert de flaques et d'une épaisse couche de fiente. Des pigeons s'étaient bâti des nids du côté du plafond; quelques-uns voletaient d'un pilier à l'autre. En dépit de l'affection qu'il portait à la gent ailée, Strange n'aimait pas voir des oiseaux se balader à l'intérieur d'un bâtiment. Tout en écoutant le froufrou de leurs ailes au-dessus de sa tête, il continuait de fixer le vide devant lui de son regard de zombie.

Du fond de son ténébreux repaire, Tonio Morris avait suivi tous les mouvements de l'homme aux larges épaules qui venait de pénétrer dans la grande salle du rez-de-chaussée en fredonnant les paroles d'un vieux rap de Gil Scott-Heron que Tonio n'eut aucune peine à reconnaître, ayant jadis possédé et revendu l'album sur lequel il figurait. L'homme était âgé d'une bonne cinquantaine d'années, ses mouvements étaient lents et il avait le regard vacant de quelqu'un qui a la maladie; il était crade en plus, et fringué comme l'as de pique, mais son apparence n'abusa pas Tonio une seconde. Cela faisait trop longtemps qu'il vivait avec la maladie et au contact d'autres malades. Comment aurait-il pu se tromper là-dessus?

Tonio regarda l'homme aux larges épaules traverser la salle en chantonnant dans sa barbe. Pataugeant dans les flaques d'eau sans même essayer de soulever les pieds, il se dirigea vers l'escalier. Ce gars-là n'était pas flic. Jamais un flic ne se serait aventuré seul dans ce merdier. Toi mon frère, tu cherches quelque chose, se dit Tonio. Et il faut que tu y tiennes salement pour te pointer dans un endroit pareil.

– *Kent State, Jackson State...*, psalmodiait Strange.

Le jeune mec qui montait la garde au pied de l'escalier, un pistolet automatique à la main, l'inspecta du regard au passage. Strange gravit lentement les marches ouvertes à tous les vents. Il marmonnait entre ses dents le récitatif de « H2Ogate Blues », chanson qu'il connaissait par cœur de bout en bout ; se la réciter ainsi lui occupait l'esprit et lui calmait les nerfs.

– *The chaining and gagging of Bobby Seale*, chantonna-t-il. *Someone tell these Maryland governors to be for real* * !

À l'étage, il se retrouva dans un couloir ; des bruits étouffés et un murmure de voix le guidèrent jusqu'à des toilettes aux stalles béantes. Un homme lui cria quelque chose, mais il continua à marcher, en respirant par la bouche, à tout petits coups, pour se prémunir contre la puanteur. Les stalles étaient éclairées par des bougies dont la lueur dansait sur le carrelage tapissé de vomissures et d'excréments. La dernière était occupée par un homme vêtu d'une veste en tricot dont les manches lui recouvraient entièrement les mains. L'homme était d'une maigreur cadavérique. Il souriait. Strange tourna les talons et ressortit des toilettes. Il n'y avait rien pour lui là-dedans ; personne à qui parler, rien à voir, zéro.

L'homme aux larges épaules était de retour dans la grande salle. Il se dirigeait vers le trou par où il était entré, suivi de quelques pigeons qui lui voletaient au-dessus de la tête. Il marchait moins lentement que tout à l'heure. Il a rien trouvé et il lui reste plus qu'à se casser vite fait, se dit Tonio.

– Psst ! fit-il, sa tête émergeant à moitié de la pénombre. J'ai ce qu'il te faut, mon frère !

L'homme ralentit imperceptiblement l'allure, sans s'arrêter ni se retourner.

– J'ai des renseignements pour toi, reprit Tonio d'une voix toujours aussi basse, en agitant son index recourbé. Viens les chercher, mon frère. Un petit surcroît d'informations, ça fait jamais de mal. Allez, viens !

Strange se retourna et se retrouva face à un petit homme malingre et chétif, debout sur le seuil d'une pièce

* « Enchaîner et bâillonner Bobby Seale / Dites aux gouverneurs du Maryland d'arrêter le délire ! »

plongée dans le noir dont la porte n'était plus qu'un souvenir. Il portait un sweat-shirt gris crasseux et un pantalon qu'un bout de ficelle lui maintenait tant bien que mal sur les hanches. Ses chaussures déchiquetées bâillaient sur le devant.

Strange avança vers lui, s'arrêtant à côté d'une grande flaque au pied d'un pilier, à deux mètres de l'entrée de la pièce. Le pilier le dissimulait à la vue du jeune mec qui montait la garde au pied de l'escalier. Strange scruta le visage du maigrichon ; il avait des taies sur les yeux, un peu semblables à celles du glaucome. Au fil des années, Strange avait bien des fois rencontré ce masque de mort sur les visages de personnes dont la fin était proche quand il allait voir sa mère à l'hospice.

– Qu'est-ce que tu veux ? demanda-t-il à voix basse.

– Ce que je veux ? Me défoncer. Je veux m'éclater, mon frère, mais pour ça faut du fric. T'as du fric ?

Strange ne lui répondit pas.

– Pour dix dollars, je te sucerai la bite, dit Morris. Même pour cinq dollars, tiens, je te ferai une superpipe.

Strange tourna la tête, dirigeant son regard vers la brèche du mur.

– Non, t'en va pas, dit Morris. Je m'appelle Tonio.

– Je t'ai pas demandé ton nom.

– Tu cherches quelque chose, hein ? Quelque chose ou quelqu'un. J'en suis sûr ! T'es pas comme nous, ça se voit comme le nez au milieu de la figure. Tu t'es donné beaucoup de mal, mais ça marche pas. Tu peux te salir autant que tu veux, on voit que t'as encore des yeux et un corps. Alors, qu'est-ce que tu cherches, mon frère ? Allez, dis-le-moi !

Strange fit passer le poids de son corps d'une jambe sur l'autre. L'eau qui dégouttait d'une fente du plafond traçait des rides concentriques dans la flaque à ses pieds.

– Un jeune blanc vous a rendu visite hier après-midi, dit Strange. Vous ne devez pas en voir beaucoup des comme lui.

– Non, pas des masses.

– Petit, mince, bonnet de laine bleu marine, le genre à essayer de passer pour un des nôtres.

– Je le connais. Oui, je l'ai vu. Rien ne m'échappe. T'as pas un peu de fric pour Tonio, mon frère ?

– Qu'est-ce qu'il vient faire ici, ce jeune blanc ? Il va se shooter au premier ?

– Oh non, il se défonce pas.

– Qu'est-ce qu'il fout là, alors ? Il est en affaire avec Coleman ?

– Tu me crois cinglé ou quoi ? Coleman, je sais même pas qui c'est, et même si je le savais je serais au courant de rien.

Strange ouvrit son portefeuille et en sortit sa liasse de billets de vingt. Il en détacha un, le roula en boule et le jeta par terre aux pieds de Morris. D'un geste preste, Morris ramassa le billet et le fourra dans sa poche.

– Qu'est-ce qu'il était venu faire ici ? demanda Strange.

– Il cherchait une fille, dit Morris. Une amie à moi. Ils se connaissent depuis longtemps, elle et lui.

Le pouls de Strange s'accéléra.

– Une fille ?

– Elle s'appelle Sondra, dit Morris.

– Elle a pas de nom de famille ? demanda Strange d'une voix rauque qui même à ses propres oreilles résonnait étrangement.

– Si, mais je le connais pas.

– C'est elle ?

Strange sortit la photo de Sondra Wilson de la poche de sa veste en velours côtelé et la montra à Morris. Morris fit oui de la tête et une grimace involontaire lui tordit les lèvres. Strange remit la photo dans sa poche.

– Il l'a trouvée ? demanda-t-il.

– Quoi ?

– La fille, elle est ici ?

Morris se passa la langue sur ses lèvres desséchées et

désigna du menton la liasse de Strange. Strange roula un deuxième billet en boule et le jeta par terre.

Morris sourit. Il ne lui restait plus que quelques chicots noirs épars dans ses gencives pourries. On aurait dit des raisins secs.

– Qu'est-ce que t'as, mon frère? T'as peur de me toucher les mains?

– Où est-elle?

– Sondra? Elle s'est barrée.

– Où est-elle? répéta Strange.

– Deux blancs l'ont emmenée d'ici il y a quelques jours. Un avorton avec un œil qui dit merde à l'autre et un vieux birbe. Je les connais pas. Je sais pas comment ils s'appellent. Je sais pas où ils sont allés.

Strange resta silencieux, crispant et décrispant machinalement le poing.

– Mais ils vont revenir, fit Morris d'une voix enjouée.

– Comment tu le sais?

– Ici, les nouvelles circulent... Ceux d'en face et l'autre, là, au pied de l'escalier... quand la fringale nous tenaille un peu trop, ils nous disent quand nous allons être nourris. Et ça va pas tarder. Les deux blancs vont nous amener des provisions.

– Quand?

– Demain. En tout cas, c'est le bruit qui court.

Strange plongea deux doigts dans sa poche de poitrine et en tira un troisième billet de vingt. Morris tendit la main, mais Strange n'y déposa pas le billet.

– Qu'est-ce que tu sais de la fille?

– Dans le temps, elle accompagnait le jeune blanc à chacune de ses visites. Il l'emmenait dans la maison, de l'autre côté de la rue. Un jour, il est reparti sans elle. Elle a habité la maison pendant quelques semaines; on la voyait aller et venir à bord des belles bagnoles qui sont tout le temps garées devant. Au bout d'un mois à peu près, elle est venue s'installer ici. Elle avait sa stalle à elle au premier étage. La baraque d'en face, elle y a plus jamais remis les pieds.

– Tu sais à quelle heure les deux blancs passeront demain ?

– Non, dit Morris, en contemplant d'un œil mélancolique le billet que Strange ne se décidait toujours pas à lâcher.

Strange déposa le billet dans sa paume ouverte.

– Si jamais tu me revois dans le coin, tu me connais pas, sauf si je te dis le contraire. C'est vu ?

– Je t'ai jamais vu de ma vie.

Strange hocha la tête. Cela faisait sans doute des années que ce junkie n'avait pas eu autant de fric dans sa poche.

Strange tourna les talons et se dirigea d'un pas traînant vers la brèche par laquelle il était entré. Le sang lui courait à toute allure dans les veines et son cœur battait la chamade. Pour un peu, il se serait mis à courir. Mais il se contint et retrouva bientôt la lumière du jour.

25

Strange fit un somme. À son réveil, c'était déjà le soir et sa chambre était plongée dans l'obscurité. Il alluma la lumière. Greco, allongé sur la descente de lit, souleva la tête d'entre ses pattes et agita mollement la queue.

– T'as faim, mon pote? dit Strange. Ça vient, t'en fais pas. Le temps que le vieillard s'extirpe de son lit.

Après avoir nourri Greco, Strange se mit la bande originale d'*Un pistolet pour Ringo,* s'assit à son bureau et examina une à une les pochettes d'allumettes étalées dessus : Sea DC, Purple Cactus, Jefferson Street Lounge, Bank Vault, Shaw Lounge, Kinnison's, Robert Farrelly's et bien d'autres. Ces pochettes avaient appartenu à Chris Wilson ; Chris Wilson savait tout.

Strange décrocha le téléphone et composa le numéro du Purple Cactus. Quand il eut obtenu le renseignement dont il avait besoin, il replaça le combiné sur sa fourche. Il se malaxa les joues, se frotta les yeux.

Il retira ses vêtements, prit une douche, et après avoir enfilé un col roulé noir et un pantalon de la même couleur, il appela la nommée Helen. Helen n'était pas libre ce soir-là, et elle était prise aussi pour le week-end. Strange appela une autre femme de sa connaissance, mais celle-là ne répondait pas au téléphone.

Strange enfila sa veste en cuir noir, glissa divers objets dans ses poches, caressa la tête de Greco et sortit de chez lui. Il monta à bord de sa Cadillac et prit la direction du centre ville en écoutant la cassette de *Live It Up*, reprenant en chœur le refrain de « Hello It's Me », chanson qu'il aimait particulièrement dans la version des Isley. Il se gara dans la 14e Rue à la hauteur de H Street, remonta à pied jusqu'au coin de K Street et poussa la porte du Sea DC.

La salle et la mezzanine étaient pleines à craquer et le comptoir du bar surélevé débordait de clients, dont la plupart fumaient. Un petit bonhomme fluet et moustachu, qui semblait être l'un des gérants de la boîte, essayait de convaincre un groupe de fumeurs de cigares de se rapprocher du comptoir. Sa voix haut perchée et ses mimiques excédées les faisaient rire aux éclats. Une télé fixée au mur au-dessus du bar diffusait les derniers résultats de la Bourse et certains des consommateurs assis au comptoir regardaient les chiffres défiler sur l'écran tout en sirotant leurs cocktails.

Jouant poliment des coudes, Strange parvint à se faire une place à l'extrémité du comptoir. Dans les endroits de ce genre, les blancs se montrent toujours on ne peut plus accommodants avec un noir.

Au bout d'un moment, Strange parvint à accrocher le regard du barman. C'était un type de taille moyenne, mince et rasé de près. Il se pencha vers Strange avec un sourire faussement cordial en posant une main à plat sur le comptoir en acajou.

– Qu'est-ce que je vous sers, l'ami ? demanda-t-il.

– Ricky Kane, dit Strange en répondant à son sourire par un sourire tout aussi faux.

– C'est le nom d'un cocktail ?

Strange posa sa main droite sur la main du barman, appuyant fortement sur un nerf dissimulé dans le repli de chair entre le pouce et l'index. Le barman devint soudain très pâle.

– Je t'ai vu parler avec Ricky Kane hier, dit Strange d'une voix égale, sans cesser de sourire. Je suis enquêteur de profession, l'ami. Si tu y tiens, je peux te montrer ma carte. Et je la montrerai à ton patron par la même occasion.

La pomme d'Adam du barman tressauta et il fit non de la tête.

– C'est pas après toi que j'en ai, dit Strange, mais j'en ai rien à foutre non plus de te causer des emmerdes, tu me suis ? Ce qui m'intéresse, c'est de savoir si Ricky Kane fricotait avec Sondra Wilson.

– Avec qui ?

– Sondra Wilson. Elle bossait ici, tu te rappelles ?

– J'en sais rien, moi... peut-être qu'ils sortaient ensemble, oui. C'est vrai qu'un jour, il est venu la chercher à l'heure de la fermeture, mais elle a pas fait de vieux os chez nous. Elle a pas dû rester plus d'une semaine.

– Ils l'ont virée ?

– Elle était fâchée avec les horaires, dit le barman en baissant les yeux sur le comptoir. Ma main, ajouta-t-il.

– Barman ! cria un type à bretelles depuis l'autre extrémité du bar.

– Ricky Kane et Sondra Wilson, dit Strange.

– Ils s'étaient connus au Kinnison's, le restaurant de fruits de mer de Pennsylvania Avenue. Elle était hôtesse, lui serveur. Après elle s'est fait engager ici et il a trouvé une place au Purple Cactus.

– Barman !

Strange se pencha en avant.

– Si jamais tu parles de ma visite à Kane ou à qui que ce soit d'autre, je vous enverrai mes potes et vous couperez pas à la fermeture administrative. Tu te retrouveras derrière les barreaux, vêtu d'une combinaison orange, avec de vrais durs pour compagnons de cellule. Tu me suis, l'ami ?

Le barman hocha la tête et Strange le libéra. En faisant volte-face il heurta une femme et lui dit : « Pardon. » Il se débarrassa du sourire qui s'était figé sur ses lèvres, décrispa les muscles de ses épaules et ressortit du restaurant.

Strange fit un arrêt au Stan's, dans Vermont Avenue, et commanda un Johnnie Walker Red Label avec le soda à part. Le barman avait mis un CD de Johnnie Taylor, et la stéréo diffusait « Disco Lady », la chanson sur laquelle Bootsy Collins joue de la basse. Strange l'avait toujours trouvée particulièrement mélodieuse. Un homme s'installa sur le tabouret voisin du sien.

– Salut, Strange, comment tu vas ?

– Tout baigne, Junie, et toi ça roule ?

– On fait aller. Sans vouloir te froisser, t'as pas l'air dans ton assiette. T'es pas malade au moins ?

Strange examina son reflet dans le miroir du bar. Il avisa une pile de serviettes en papier sur le comptoir, en prit une et s'en servit pour éponger la sueur de son visage.

– Je vais très bien, dit Strange. On crève de chaud dans ce rade, c'est tout.

Au Purple Cactus, la salle du rez-de-chaussée n'était qu'à moitié pleine, et Strange était seul au bar. À en juger par la physionomie détendue et souriante du personnel, l'heure du coup de feu vespéral était passée.

Strange commanda une bière en bouteille et la but à petites gorgées. Lenna, la jeune femme brune pleine de bon sens au regard intelligent qu'il avait remarquée à sa précédente visite, était de service ce soir-là. Strange le savait, ayant téléphoné un peu plus tôt dans la soirée pour s'en assurer. Il accrocha son regard alors qu'elle ajoutait une rondelle de citron et un bâtonnet en plastique à un cocktail qu'on venait de lui préparer à l'autre bout du comptoir. Elle lui sourit avant de placer son cocktail sur le plateau circulaire où elle en avait déjà disposé plusieurs autres. Strange lui rendit son sourire.

Lorsqu'elle passa de nouveau derrière lui en revenant de la salle, il fit pivoter son tabouret et lui dit :

– Excusez-moi.

– Oui ? fit-elle en s'arrêtant.

– Vous vous appelez Lenna, c'est ça ?

Elle écarta de la main une mèche de cheveux qui lui était retombée sur le visage.

– En effet.

Strange lui tendit une serviette en papier sur laquelle il avait tracé les mots « cent dollars » au feutre noir.

– Je comprends pas, dit Lenna.

– Ils seront à vous si vous m'accordez un simple petit quart d'heure.

– Eh là, doucement, fit-elle en levant une main ouverte pour lui indiquer qu'il allait trop loin, mais en agrémentant son geste d'un petit sourire en coin qui semblait dire qu'elle était plus intriguée qu'indignée.

– Je suis enquêteur, dit Strange en ouvrant son portefeuille d'une chiquenaude pour lui exhiber sa carte. Pas flic, précisa-t-il. Détective privé.

– Vous enquêtez sur quoi ?

– Ricky Kane.

– Restons-en là alors.

– J'ai aucune intention de vous causer des ennuis, à vous et à vos collègues de travail. Mon enquête ne porte pas sur ce qu'il fait ici, je vous en donne ma parole.

Lenna croisa les bras et jeta un regard circulaire sur la salle.

– Rejoignez-moi dans la salle du haut, dit Strange. Je vous attends au bar. Je doublerai vos gains de la soirée pour quinze petites minutes de conversation. Et c'est moi qui réglerai les consommations.

– J'ai ma dernière table à finir, dit Lenna en évitant son regard.

– Dans une demi-heure, alors.

Strange la regarda s'éloigner. Dans la rue, il n'y a pas de meilleurs informateurs que les putes et les junkies. Les serveuses, les barmen, les coursiers de chez UPS et les ouvriers du bâtiment ne sont pas mal non plus. Leur tarif est un peu plus élevé, voilà tout. Toute personne qui sait ce qu'il en coûte de gagner un dollar peut être achetée, le prix seul variant suivant les circonstances : Strange le savait d'expérience.

– Ricky a bossé ici combien de temps ? demanda Strange.

– Pas très longtemps, dit Lenna. Quand l'incident avec le policier s'est produit, il n'était là que depuis un mois. Il a palpé un gros paquet presque aussitôt après et il s'est cassé.

Strange avala une gorgée de bière et Lenna l'imita. Elle avait des yeux brun clair, des lèvres charnues et sensuelles. Elle avait échangé son uniforme de serveuse contre des vêtements de ville et peigné ses cheveux bruns et brillants qui lui arrivaient à l'épaule. Elle s'était parfumée aussi, détail qui n'avait pas échappé à Strange.

– Qu'est-ce que vous en avez pensé sur le moment ? Sachant que Kane était dealer, n'avez-vous pas eu des doutes sur ce que racontaient les journaux ? Est-ce que vous ne vous êtes pas dit qu'il s'était peut-être passé autre chose ce soir-là, quelque chose dont la presse n'avait pas eu vent ?

– Oh, cette idée m'a traversé l'esprit, bien sûr, dit Lenna en examinant la salle autour d'elle.

Il n'y avait qu'un autre couple assis au comptoir, à quatre tabourets d'eux, et le barman faisait ses comptes à côté de la caisse, chichement éclairée par un spot au plafond.

– On en a parlé entre nous, mes copains et moi. Moi, vous savez, j'ai financé toutes mes études en bossant comme serveuse. Depuis que j'ai entamé mon troisième cycle, c'est grâce au Purple Cactus que je règle mes frais d'inscription. Au fil des années, j'ai travaillé dans quelques-uns des restaurants les plus courus de Washington. Dans tous les endroits où il y a un bar qui reste ouvert tard, il y a forcément un employé de la maison qui fournit de la drogue au personnel et aux clients, quelquefois à l'insu de tout le monde. La clientèle d'un restaurant constitue un excellent vivier et un bar est vraiment un lieu idéal pour ce genre de transaction. Compte tenu de l'environnement, ça paraît même on ne peut plus naturel.

« Et puis la plupart des habitants de cette ville ont une certaine perception de la police. Dans une affaire comme celle-ci, il y a deux problématiques bien différentes qui entrent en jeu. Ricky Kane était dealer, mais personne n'a pensé une seconde que c'est à cause de ça qu'on l'avait arrêté ce soir-là. On croyait sans mal qu'il avait été arrêté et pris à partie parce qu'il pissait dans la rue, comme la presse l'a rapporté. Dans ces cas-là, tout le monde se dit, ça aurait pu m'arriver à moi. À un moment ou à un autre, on a tous eu des mésaventures du même genre avec la police.

– Je vois. Et maintenant, quelle impression il vous fait ?

– Que voulez-vous dire ?

– Ricky a encore des relations d'affaires ici. Il est passé hier pour prendre des commandes.

– Je vous avais prévenu, il n'est pas question que je vous dise quoi que ce soit sur mes collègues de travail. S'ils veulent avoir des relations avec Ricky, ça me regarde pas.

– Mais vous devez bien avoir une opinion sur ses activités.

Lenna hocha la tête et baissa les yeux sur le verre de bière qu'elle tenait à la main.

– Ricky ne me plaît pas. Ses activités non plus. Je ne me défonce plus, mais j'en suis passée par là moi aussi. De mon temps, on prenait de la coke. Aujourd'hui, les jeunes et les noctambules marchent à l'héro. Et l'héro les détruit peu à peu. Ils ne le savent pas ou ne veulent pas le savoir, mais c'est vrai. Enfin bon, comme je vous le disais, ça ne me regarde pas. Vous avez d'autres questions ?

– Encore une, et ce sera la dernière.

Strange sortit la photo de Sondra Wilson de la poche de sa veste en cuir.

– Vous la reconnaissez ? demanda-t-il. L'avez-vous jamais vue en compagnie de Kane ?

Lenna examina la photo avec attention.

– Non, dit-elle. Enfin, pas exactement.

– Ça veut dire quoi, « pas exactement » ?

Lenna haussa les épaules.

– Ricky n'aimait que les femmes noires à la peau claire. Celle-ci lui aurait tout à fait convenu. Ce qui est sûr en tout cas, c'est qu'elles prenaient pas racine. Je l'ai jamais vu deux fois avec la même.

Strange avala une grande lampée de bière, puis il reposa la bouteille sur le comptoir et glissa cinq billets de vingt dollars pliés en deux dans la main de Lenna.

– Bon eh bien j'ai fini. Pardon si je vous ai offensée tout à l'heure. Vous avez peut-être supposé que je vous offrais de l'argent pour autre chose, mais ce n'était pas du tout mon intention.

Lenna rejeta en arrière les cheveux qui lui retombaient sur l'épaule et elle sourit. La lueur de la bougie posée sur le comptoir dansait dans ses prunelles.

– Vous êtes bel homme, dit-elle. Pour tout vous dire, je vous avais remarqué l'autre soir. Et j'espérais plus ou moins qu'il s'agissait d'autre chose.

– Vous me flattez beaucoup, dit Strange. Malheureusement, j'ai quelqu'un dans ma vie.

– Je comprends.

Lenna se leva de son tabouret et éclusa ce qui restait de bière dans son verre.

– Ravie d'avoir fait votre connaissance.

– C'est réciproque.

Il la regarda sortir du restaurant. Dehors, elle prit la 14e Rue et s'éloigna à pied en direction du nord. Au moment où il avalait le reste de sa bière, Strange s'aperçut qu'il avait faim. Peut-être aussi qu'il était un peu ivre. Lenna était une jeune femme séduisante, et la sexualité le travaillait beaucoup en ce moment. Et puis c'est toujours agréable de se faire draguer par une femme qui a vingt-cinq ans de moins que vous. Il était de plus en plus rare que Strange soit l'objet de sollicitations de ce genre. Mais la jeune Lenna ne l'intéressait pas. Pour tout dire, il n'avait jamais été porté sur les blanches.

26

Assis au bar du Rosita's, dans Georgia Avenue, en plein cœur de Silver Spring, Terry Quinn attendait que Juana Burkett achève son service. Pour meubler l'attente, Quinn lisait une édition de poche des *Ombres du passé*, de Donald Woodrell, en vidant une bouteille de Heineken. Juana lui avait souri au moment où il passait la porte, mais il avait suffisamment d'expérience de la vie pour savoir que ce sourire avait un fond de tristesse et que tout serait peut-être bientôt fini entre eux.

Alors que les derniers dîneurs quittaient le restaurant, Juana ressortit des toilettes des dames. Elle portait encore son uniforme, mais elle s'était débarbouillée et peignée et avait remis du rouge à lèvres.

– J'ai filé la pièce au garçon de salle pour qu'il desserve à ma place, expliqua-t-elle. T'es prêt ?

– Oui, dit Quinn en fourrant son bouquin dans la poche revolver de son jean. Allons-y.

Raphael, assis à une table, classait ses tickets de caisse. En les voyant se diriger vers la porte, il les salua de la main.

– Aujourd'hui, j'ai rentré un vieux disque qui te plairait, dit Quinn. Un George Duke de la grande époque.

– Mets-le-moi de côté, je passerai le prendre, dit Raphael.

Quinn guida Juana le long de Georgia Avenue jusqu'à

l'endroit où la Chevelle était garée, resplendissante dans l'éclat d'un réverbère.

– Ma voiture, dit Quinn. Qu'est-ce que tu en penses ?

– Elle est vraiment à toi ?

– Viens, allons faire un tour.

Pour gagner Rock Creek Park, Quinn prit par Beach Drive, une route qui descendait vers le sud en décrivant d'innombrables lacets. Il avait mis une cassette de Springsteen. Comme il ne faisait pas si froid que ça, il abaissa sa vitre d'un quart. Juana fit de même, et le vent lui souleva les cheveux vers l'arrière en lui picotant agréablement les joues.

– Maintenant je sais quel genre de musique tu aimes, dit-elle.

– C'est celle qu'on écoute dans le milieu dont je suis issu, dit Quinn. Et puis quand on s'achète une nouvelle bagnole, il faut l'étrenner avec *Darkness on the Edge of Town.* Pour rouler, y a pas de meilleur disque au monde.

– Cette voiture me plaît bien, dit Juana.

Ses mains étaient posées sur ses cuisses, et elle frottait machinalement du pouce droit la jointure de son pouce gauche. Quinn glissa la main droite entre les siennes et les sépara l'une de l'autre. Il prit sa main gauche et entrecroisa ses doigts avec les siens.

– Je vais te faciliter les choses, dit-il.

– Merci.

– J'ai ce boulet à traîner, Juana. J'en suis conscient, mais je sais pas comment m'en débarrasser. J'aurais pu me dire, je vais m'accrocher et je vais la laisser se dépatouiller avec, mais je te respecte trop pour ça. Parce que je serais resté avec toi aussi longtemps que tu l'aurais supporté, tu l'avais compris, n'est-ce pas ?

Juana fit oui de la tête.

– Au début, j'ai cru que ça allait marcher entre nous. Et puis quand on s'est retrouvés face à la réalité, les mecs qui nous reluquaient ou qui faisaient des commentaires sur notre passage, j'ai bien vu que tu le supportais pas. Et si encore on avait un moyen de s'en débarrasser, mais non. Dans la merveilleuse société où nous vivons, personne ne nous laissera jamais oublier ça. À certains moments, j'ai eu l'impression que tu cherchais délibérément la confrontation. Comme si la perspective d'un tel conflit était justement ce qui t'avait attiré vers moi. J'ai jamais voulu être ta petite amie noire, Teu-ri. Je voulais être ta petite amie, point. Tout compte fait, je ne sais pas ce que tu éprouves vraiment au fond de ton cœur.

– Je vais t'expliquer, dit Quinn. Peut-être qu'au début tu n'étais qu'une espèce de symbole pour moi, une manière d'annoncer au monde que j'étais un mec bien. Mais au bout de dix minutes avec toi, j'y pensais même plus. À partir de là, au fond de mon cœur, la seule chose qui comptait c'était toi.

– Tu vis les choses trop intensément, dit Juana. Et c'est comme ça tout le temps avec toi. Même quand on fait l'amour. L'autre soir, par exemple...

– Je sais.

– Je suis jeune, Teu-ri. Un jour ou l'autre, il faudra que j'affronte les mêmes difficultés relationnelles que tout le monde. Les problèmes matériels, l'infidélité, la mort d'un amour... Mais je suis pas pressée de les affronter. Pour moi le moment n'est pas encore venu, tu comprends ?

– Mais oui, je comprends très bien, t'en fais pas, dit Quinn en lui pressant la main.

Quinn bifurqua à gauche dans Sherrill Drive. En abordant la côte sinueuse qui grimpait vers la 16e Rue, il rétrograda et appuya sur le champignon.

– Quelle belle soirée, dit-il.

Il regagna Silver Spring et gara la Chevelle dans Selim Road.

– Viens, on va faire un tour à pied, dit-il à Juana.

Ils traversèrent Georgia Avenue par la passerelle et continuèrent jusqu'à la clôture grillagée.

– Je vais te faire la courte échelle, dit Quinn.

– Ah parce qu'il faut grimper en plus ?

– Allez quoi, c'est facile.

De l'autre côté de la clôture, ils passèrent devant la gare et avancèrent le long de la voie. Une rame de métro approchait, venant du centre ville. Quinn s'arrêta et prit Juana dans ses bras. Tout en la serrant sur son cœur, il contemplait les feux rouges, les réverbères et les néons de Georgia Avenue.

– C'est beau, hein ?

Juana lui effleura le visage de ses doigts.

– M'oublie pas, dit Quinn.

Il l'embrassa sur la bouche au moment où le métro arrivait, et leurs lèvres restèrent scellées dans le tourbillon de vent et de poussière qu'il souleva sur son passage.

Strange avait une faim de loup et il se dit qu'une bière de plus ne lui ferait pas de mal. Il quitta le Purple Cactus, monta en voiture et roula jusqu'à Chinatown. Il se gara dans une ruelle parallèle à I Street, entre la 5e et la 6e Rue. Un prostitué faisait le pied de grue dans la ruelle. Strange lui fila cinq dollars pour qu'il garde sa voiture à l'œil, en promettant de lui en donner cinq de mieux à son retour.

Strange emprunta l'entrée de derrière d'un établissement dont la façade donnait sur I Street. Il traversa la cuisine, prit un couloir, passa devant plusieurs portes fermées et pénétra par un rideau de perles dans une petite salle de restaurant sommairement décorée qui contenait une demi-douzaine de tables. Le service était assuré par plusieurs jeunes filles et une femme d'un certain âge, toutes chinoises. L'unique client était un blanc qui buvait une bière, seul à une table de quatre. Un touriste, ça sautait aux yeux.

– Je mangerais bien un morceau, mamie, dit Strange à la femme d'un certain âge.

Elle dit quelque chose à l'une des jeunes filles, qui guida Strange jusqu'à une table.

– Toi boire quoi ? demanda-t-elle.

– Tsing-tao, dit Strange.

Elle lui apporta une bière et la carte. Les autres filles essayaient d'accrocher son regard. Il avait déjà jeté son dévolu sur l'une d'elles, petite sylphide au postérieur rebondi qui lui avait immédiatement tapé dans l'œil.

Une fille essayait d'engager la conversation avec le touriste, qui avait posé son plan-guide de Washington sur la table, à côté de sa bière.

– Qu'est-ce qu'y a ? lui disait-elle. Toi jamais fait ramoul ?

Les autres filles se gondolaient.

Strange dégusta du poulet au sésame, du riz blanc, des raviolis à la cantonaise et un bol de soupe bien pimentée. Il éclusa une autre bière en écoutant la musique grêle et apaisante que les haut-parleurs de la salle diffusaient en sourdine. Son repas une fois terminé, il cassa son gâteau sec en deux et y trouva le message suivant : « Le bonheur que tu cherches partout est à côté de toi. »

Strange laissa tomber le bout de papier dans son assiette, fit signe à la femme d'un certain âge de s'approcher et lui dit laquelle il voulait et ce qu'il attendait d'elle.

– Qu'est-ce qu'y a ? Toi jamais fait ramoul ?

La fille était revenue à la charge, et le malheureux touriste arborait à présent une expression mi-perplexe, mi-effrayée.

Strange déposa le montant de l'addition sur la table et se leva. Le touriste lui dit : « Excusez-moi, monsieur », et il fit un pas dans sa direction.

– Oui ?

– Avez-vous une idée de ce qu'elle essaye de me dire ? lui demanda le touriste.

– Je crois qu'elle cherche à savoir s'il vous est jamais arrivé de faire l'amour.

Strange franchit le rideau de perles dans l'autre sens en marmonnant « pauvre con ». Il avança dans le couloir, poussa une porte et pénétra dans un local formé de plusieurs pièces en enfilade.

Il ôta ses vêtements et prit une douche brûlante dans un compartiment carrelé de céramique blanche. Ensuite il passa dans une pièce très propre, aux murs blancs, dénoua la serviette qu'il s'était enroulée autour de la taille et s'allongea nu sur une table capitonnée. La jeune femme qu'il avait choisie entra dans la pièce et se mit en devoir de lui administrer un massage complet. Elle était à califourchon sur ses reins et ses seins nus lui balayaient le dos. Son excitation allait grandissant. Elle lui demanda de se retourner sur le dos, et il en fut soulagé car il bandait comme un âne à présent.

La jeune femme serra le poing et l'agita deux fois de haut en bas, avec un sourire. Strange fit : « Oh, oui ! », lui saisit un mamelon entre le pouce et l'index et pinça. Elle s'enduisit les mains de lotion, le masturba et lui essuya le ventre avec une serviette chaude.

Strange se rhabilla et déposa quarante dollars dans le bol de porcelaine placé à cet effet à côté de la porte. La jeune femme le regarda d'un air déçu et émit un *tsk-tsk* désapprobateur. Mais Strange ne se laissa pas fléchir ; quarante dollars, c'était le tarif.

Dans la ruelle, au moment de remonter en voiture, il fila les cinq dollars de rabe au prostitué.

– Super, fit celui-ci.

– Je te le fais pas dire, répondit Strange.

Strange remonta jusqu'à Petworth et gara la Cadillac dans la 9e Rue, juste devant la porte vitrée qui annonçait « Strange enquêtes ». Il ouvrit avec sa clé, entra et alluma la lumière. Il se dirigea vers son bureau, admirant au passage l'ordre irréprochable de celui de Janine. Elle ne rentrait jamais chez elle tant que le moindre bout de papier n'était pas exactement à sa place.

Il gagna la pièce du fond et se laissa tomber dans un fauteuil. Janine avait récupéré les photos qu'il avait prises dans la rue de Coleman. Il les examina. Le visage de Ricky Kane était parfaitement reconnaissable, et on déchiffrait sans mal les numéros de plaque minéralogique et d'écusson de la voiture de patrouille.

Strange décrocha le téléphone, composa le numéro de son vieil ami Lydell Blue et laissa un message sur son répondeur, en évitant de lui faire part de certains détails qu'il préférait lui confier de vive voix. Ensuite il appela Quinn, tomba sur son répondeur, lui annonça qu'ils avaient du boulot le lendemain, lui dit où il passerait le prendre et à quelle heure.

Leur journée allait commencer tôt. J'aurais pas dû boire autant ce soir, se dit Strange. J'aurais pas dû...

– Oh et puis merde.

Strange avisa une barre chocolatée posée sur une feuille de papier blanc dans un angle de son sous-main. Au moment où il la prenait, il vit que la feuille de papier n'était pas vierge. Janine y avait tracé un petit cœur au feutre rouge. Un simple petit cœur rouge. Strange détourna les yeux et son regard tomba sur la statuette du joueur des Redskins dont Lionel avait repeint la gueule en marron. Il lui sembla que le petit footballeur le fixait d'un air courroucé.

– Tout va bien, Derek, dit Strange.

Mais sa voix manquait de conviction et la phrase sonnait atrocement faux.

27

À califourchon sur Ray Boone, Edna Loomis allait et venait sur sa bite épaisse et courte, en se trémoussant gauchement au rythme de la chanson d'Alan Jackson qui passait sur la stéréo de leur chambre. La musique était assourdissante et Edna, le buste penché en avant, agitait la tête en cadence, ses cheveux blond orangé coupés mèche à mèche balayant la poitrine blafarde de Ray.

– *She's gone country*, braillait-elle. *Look at them boots* * !

Étouffant un rire, Ray empoigna le sein droit d'Edna et tordit un bon coup. Elle émit un grognement de plaisir – ou peut-être de douleur, Ray aurait été bien incapable d'en décider.

Il lâcha la purée et l'instant d'après Edna fit semblant de jouir à son tour. Ray eut du mal à contenir son hilarité en la voyant faire son cirque. De longs frissons la secouaient et elle poussait une espèce de hululement lugubre semblable à celui d'un chien à qui on a marché sur la patte. Elle avait dû voir une actrice agir ainsi dans un des feuilletons dont elle se gavait. Ray ne savait pas pourquoi elle simulait l'orgasme; ça lui était égal qu'elle jouisse ou pas.

Edna se dégagea, mit pied à terre, traversa la chambre et baissa la musique. Puis elle sortit une Virginia Slim de son drôle d'étui en cuir et l'alluma avec son briquet. D'une main

* « Elle a viré country / Regardez-moi ces bottes ! »

qui tremblait un peu, à cause du speed qui lui courait encore dans les veines.

– La musique, t'as qu'à l'arrêter complètement, dit Ray. Je l'ai assez entendue.

Edna appuya sur un bouton et la chaîne compacte s'éteignit avec un « clic ». Quand elle s'aperçut que Ray l'observait, elle rentra le ventre. En plus de la cellulite qui lui avait envahi le haut des cuisses, elle commençait à avoir de la brioche.

– Va falloir qu'on y aille, papa et moi, dit Ray en se redressant sur son séant.

Il s'assit au bord du lit, se pressa le gland pour faire sortir le reste de jute et l'essuya avec le drap.

– Tu me fileras un petit quelque chose pour m'aider à passer le temps pendant que vous serez partis ?

– T'as vu la quantité de speed que tu t'es fumée avant de baiser ?

– Je suis sûre que ton père va filer un petit quelque chose à sa copine, lui.

– Me parle pas de ça, dit Ray.

Edna lui tira la langue façon fillette boudeuse, puis elle se concentra sur sa cigarette. À quoi ça l'aurait avancée d'en faire un fromage, puisqu'elle avait la clé de la pièce où Ray entreposait son stock, au fond de la grange.

Earl Boone referma sa braguette et regarda la fille allongée sur son lit. Elle remonta les draps jusqu'à ses épaules fluettes et le fixa de ses étranges yeux vairons, ces yeux qui l'émoustillaient tant. Earl ne se faisait aucune illusion sur elle, bien sûr. Depuis qu'il l'avait ramenée ici, dans sa campagne, l'obligeant à faire sa toilette, à se doucher et à se pomponner, elle avait presque l'air d'une jolie fille ordinaire, comme celles qu'on croise dans les rues de n'importe quelle grande ville. Il savait bien que c'était une droguée et que si elle continuait à ce rythme-là elle ne ferait pas de vieux os. Mais de toute sa vie Earl n'avait pas connu de droguée si belle.

– Tu t'ennuieras pas trop, mon petit cœur? Mon fils et moi, faut qu'on aille faire un tour en ville.

– Tu me fileras quelque chose, Earl?

– Ça va de soi. Pour rien au monde je te laisserais souffrir.

Earl acheva de s'habiller. Edna écoutait sa musique à la con dans la chambre de Ray, au bout du couloir. Earl avait une sainte horreur de ces chanteurs modernes avec leurs belles gueules, leurs jeans moulants et leurs chapeaux neufs; il n'arrivait pas à comprendre qu'on puisse écouter cette pisse d'âne alors qu'on avait Johnny Cash, George Jones ou Merle Haggard. Au moment précis où il se disait qu'il n'arriverait pas à la supporter un instant de plus, la musique s'arrêta. Il se dit que Ray devait être en train de se préparer pour leur ultime incursion dans le centre de Washington.

Earl sortit un sachet de brown sugar de la poche de son blouson et le posa sur la commode.

– On sera pas absents plus de quelques heures, dit-il.

Sondra Wilson regarda Earl se diriger vers la porte, qu'il referma derrière lui. Elle s'efforçait de ne pas regarder le sachet qu'il avait laissé sur la commode. Elle ne voulait pas se faire une ligne tout de suite; elle voulait être économe. Mais à l'idée de l'héro qui se languissait toute seule sur la commode, elle se mit à trembler. Elle pensa à sa mère, à son frère, et fondit en larmes. Elle ne comprenait pas pourquoi elle éprouvait une telle tristesse. Tout ce qu'elle désirait au monde était là, à portée de sa main.

Elle essuya ses larmes, se leva du lit et, nue, se dirigea vers la commode.

De sa fenêtre, Edna Loomis observait Ray et Earl qu'une vive discussion opposait dans la cour. Earl désignait du doigt une rangée de souches à la lisière de la forêt sur lesquelles

Ray avait disposé des boîtes de bière ; comme il tenait son pistolet à la main, Edna en déduisit qu'il s'apprêtait à les dégommer. Ray s'exerçait toujours au tir en préalable à une expédition dans Washington. Il disait qu'il avait besoin de « se renforcer le mental » avant d'être capable de faire face à tous ces négros. Earl n'aimait pas que Ray fasse des cartons ; ce tintouin le fatiguait.

Apparemment, c'est son point de vue qui l'emporta, car Ray tourna les talons et disparut dans la grange dont il ressortit avec un sac de sport à la main. Il fourra l'héroïne dans le compartiment secret derrière le pare-chocs. Tout en le regardant faire, Edna éclusa son troisième bourbon-Coca de l'après-midi.

Elle se sentait bizarre ; elle avait la peau moite, et son cœur battait à tout rompre.

Je suis déjà sacrément partie, je vais pas m'arrêter en si bon chemin.

Elle fit tinter les glaçons dans son verre et aspira les dernières gouttes de bourbon qu'il contenait tandis que Ray et Earl montaient à bord de la Taurus et s'engageaient dans l'allée.

Edna s'habilla, glissa la clé de la grange dans la poche de son jean, sortit dans le couloir et frappa à la porte de la chambre d'Earl, dont Sondra, la petite junkie café au lait, ne sortait jamais. Comme Sondra ne réagissait pas, elle ouvrit la porte et entra dans la chambre.

Assise au bord du lit, Sondra se préparait des lignes d'héro sur un presse-papiers en verre à l'aide d'une lame de rasoir. Elle était nue. Edna n'avait jamais vu une fille aussi maigre. Même les top-models new-yorkais qu'on voyait à la télé n'étaient pas décharnées à ce point. Elle ne comprenait pas ce que Earl lui trouvait, mais ça ne la regardait pas et d'ailleurs elle s'en fichait.

– Je vais faire un tour, dit-elle.

– D'accord, fit Sondra sans même lever la tête.

– Une grande balade en forêt, ça me fera du bien.

– D'accord.

– Bon ben salut.

Je me demande bien pourquoi je me donne la peine de lui raconter des salades, se dit Edna en ressortant de la chambre.

Sondra pencha la tête et sniffa une grosse ligne d'héroïne. Aussitôt après, elle sniffa la deuxième.

Elle éprouva presque instantanément une sensation de chaleur dans la nuque. La chaleur se répandit jusqu'à ses yeux, lui gagna l'occiput. Puis elle lui passa dans les jambes, dans les fesses ; le merveilleux liquide en fusion lui remonta l'épine dorsale et s'engouffra dans ses veines. Les contours de la pièce s'estompèrent et elle s'allongea sur le dos, s'abandonnant à la tiédeur du lit.

Elle se souvenait d'avoir pleuré quelques minutes plus tôt, mais elle ne savait plus pourquoi.

Edna pénétra dans la grange et traversa rapidement l'espace saloon pour gagner la pièce du fond. Tout en marchant, elle se tâta les poches. La gauche contenait sa petite pipe en laiton, la droite la précieuse clé. Elle avait fourré l'étui en cuir qui contenait son paquet de cigarettes et son briquet dans la poche revolver de son jean.

Edna fit jouer la clé dans la serrure de la porte blindée, entra et alluma la lumière. Après avoir refermé la porte, elle se précipita vers l'étagère fixée au mur au-dessus du réchaud dont Ray se servait pour jouer au petit chimiste. Elle prit un flacon sur l'étagère, le déboucha. Il était plein à ras bord de méthédrine en cristaux.

Edna reboucha le flacon et le fourra dans la poche de son jean. Ray ne serait pas de retour avant un bon moment. Elle allait se préparer un bourbon-Coca bien tassé, ensuite elle s'offrirait bel et bien une balade en forêt et une petite fête par la même occasion. En se fumant tout le speed de ce flacon. Elle méritait bien une petite gâterie vu le nombre de fois où Ray l'avait laissée le bec dans l'eau alors qu'elle se mettait en quatre pour lui faire plaisir.

Edna entendit la porte de la grange s'ouvrir. Elle tourna la tête, sursauta violemment et recula d'un pas, effrayée par son propre reflet dans le miroir du banc de musculation. Par terre, à côté du banc, elle avisa le bout de moquette qui ne dissimulait que partiellement l'ouverture de la trappe.

Edna perçut un claquement de bottes sur le plancher du saloon. Sa copine Johanna lui disait tout le temps : « C'est fou ce que tu peux avoir l'esprit rapide, Edna. » Son esprit rapide, c'était le moment ou jamais d'en faire usage. Elle réfléchit à toute vitesse. Il n'y avait pas trente-six solutions.

Au bout d'à peine deux kilomètres, Ray avait annoncé à Earl qu'il fallait absolument qu'il rebrousse chemin.

– J'ai oublié quelque chose, expliqua-t-il.

– Tu peux vraiment pas t'en passer, de ta poudre ? demanda Earl.

– Elle m'aide à assurer avec les bamboulas.

– Bon ben allons-y alors, dit Earl en sortant une canette de Busch de la glacière posée à ses pieds. Moi, le seul remontant dont j'ai besoin se vend en bouteille ou en boîte.

Ray fit demi-tour et reprit la route en sens inverse.

Earl entrouvrit sa vitre, puis la descendit à moitié.

– Le temps s'est radouci depuis hier.

– Le froid va revenir.

– Si ça continue comme ça, les bronzés vont pas tarder à schlinguer. Tu devrais les enterrer dès que t'auras un moment.

– Le sol est trop dur, papa.

– Faut pas que ça traîne, P'tite tête.

– Je m'en occuperai, t'en fais pas.

Ray aspira une grande goulée d'air en se demandant si son père renoncerait un jour à lui dire ce qu'il avait à faire.

Ray traversa l'espace saloon en faisant bruyamment résonner le plancher sous ses talons. Il serrait les poings avec force. Il aurait bien voulu garder son calme, mais comment l'aurait-il pu alors que non content d'avoir tous ces gens à sa charge et un business à faire tourner il était obligé de subir les remontrances continuelles de son vieux ? Il décrocha ses clés de sa ceinture et en inséra une dans la serrure de la porte du fond.

Comme la serrure ne répondait pas, il tourna la poignée et s'aperçut avec stupeur que la porte était déjà ouverte.

– Edna, maugréa-t-il en secouant la tête.

Il ne voyait pas qui ça aurait pu être d'autre. Elle s'était débrouillée pour mettre la main sur sa clé. À part elle, personne n'aurait été assez con pour défier Ray de cette façon.

Ray s'approcha de l'étagère et empocha un flacon de spansules de méthédrine. Il inspecta l'étagère du regard et constata que l'autre flacon, celui qui contenait les cristaux en vrac, avait disparu. Edna devait être quelque part dans la forêt, en train de se fumer tout le flacon d'un coup. Morfale comme elle était, ça ne l'aurait pas étonné. En tout cas, elle ne pouvait pas être bien loin. Le pick-up était toujours garé dans la cour.

Ray se retourna en entendant un coup de klaxon dehors. Le vieux commençait à s'impatienter.

Il jeta un coup d'œil circulaire sur la pièce. Quelque chose ne collait pas, mais quoi ? Tout à coup, il comprit. La trappe était partiellement visible. Le carré de moquette n'était plus à la même place. Avec tout le remue-ménage qui s'était produit quand ils avaient réglé leur compte aux Colombiens, il n'était pas impossible qu'il ait glissé. Se disant qu'il valait mieux vérifier, Ray écarta le bout de moquette et souleva la trappe, en retenant son souffle pour ne pas être trop incommodé par l'odeur.

Il inspecta des yeux l'ouverture du tunnel, au pied de l'échelle en bois. La lumière était allumée, mais ça ne voulait rien dire, puisque c'était le même commutateur qui commandait l'ensemble.

Earl donna un autre coup de klaxon.

– J'arrive ! vociféra Ray, en sachant bien pourtant que son père ne l'entendait pas.

Il referma la trappe et remit le carré de moquette en place. Ensuite il traîna le banc de musculation sur environ un mètre, de façon à ce qu'il bloque la trappe.

Ray éteignit la lumière, sortit et referma la porte à double tour. Taper sur Edna ne lui avait jamais donné aucun plaisir. Mais à son retour de Washington, elle allait déguster.

Edna ne voyait pas de raison de paniquer. Elle ne s'était même pas affolée quand Ray avait éteint la lumière. Elle n'avait jamais eu peur du noir. Elle était restée patiemment assise sur la terre glaciale, et quand elle avait été sûre que Ray était parti pour de bon, elle avait tâtonné un moment dans l'obscurité avant de retrouver l'échelle et de la gravir.

Mais la trappe refusait obstinément de se soulever. Ray l'avait bloquée avec un objet lourd. Edna n'en fut pas tellement étonnée. Elle redescendit de l'échelle et se rassit sur le sol, pour réfléchir.

Elle avait eu le temps de se faire une idée assez précise du tunnel pendant que la lumière était allumée : il courait tout droit sur une cinquantaine de mètres, puis bifurquait brusquement vers la droite. C'était un boyau étroit dans lequel elle serait obligée de progresser en rampant, mais à part ça, c'était d'une simplicité enfantine : il suffisait d'aller tout droit, puis de tourner à droite.

Ray et Earl s'étaient forcément ménagé une issue au

bout de ce tunnel, car c'est par là qu'ils comptaient échapper aux agents du FBI et de la DEA dont ils lui avaient tellement rebattu les oreilles. Ray était con d'accord, mais quand même pas au point de creuser un tunnel qui n'aurait abouti nulle part.

Une odeur de charogne flottait dans l'air. Il devait y avoir un animal crevé là-dedans. D'après Ray, le tunnel grouillait de serpents, mais Edna ne craignait pas les serpents non plus. Enfant, quand elle allait aux champs, elle avait décapité d'innombrables couleuvres avec sa binette. Peut-être aussi qu'il y avait des rats, mais les rats ne sont jamais que des souris en plus gros. Une chose était sûre, c'est qu'une bête avait crevé quelque part dans le tunnel. Un des chats errants qui traînaient tout le temps autour de la grange, peut-être.

Si jamais elle se sentait désorientée pendant qu'elle rampait dans le tunnel, elle pourrait s'éclairer avec son briquet Bic. Heureusement, elle l'avait sur elle. Ainsi que le speed.

Edna avait une migraine atroce. Il lui semblait qu'elle avait empiré depuis tout à l'heure. Elle sortit de ses poches son flacon de méthédrine, son briquet et sa pipe, qu'elle remplit en s'éclairant avec le briquet. Un petit coup de super dans le moteur, pour se sortir encore plus vite de ce guêpier.

Elle fuma les cristaux, la dernière bouffée se concluant par une quinte de toux épouvantable, puis laissa la braise s'éteindre. L'effet du speed ne tarda pas à se faire sentir. Agréable au début, il prit soudain une force terrible et des spasmes la secouèrent. Elle se dit qu'elle en avait fumé un peu plus qu'il n'aurait fallu. Elle avait la sensation que le tunnel s'était resserré autour d'elle. Pour la première fois, elle eut peur, mais sans savoir au juste de quoi. Il fallait absolument qu'elle sorte de là.

Edna eut du mal à remettre sa pipe et son flacon dans ses poches, car ses mains étaient agitées d'un tremblement incoercible. Elle fit jouer tant bien que mal la molette de son briquet, examina l'espace en avant d'elle et se mit à ramper.

Sa respiration lui résonnait très fort dans les oreilles. Elle se mit à fredonner entre ses dents, en espérant que ça allait lui calmer les nerfs, mais le son de sa voix ne fit que l'affoler encore plus. Elle fit une courte pause, repartit. Sa migraine lui faisait un mal de chien. Elle accéléra son mouvement de reptation en prenant appui sur la terre durcie par le froid. Tout à coup, sa tête entra en collision avec une paroi.

– Merde ! s'exclama-t-elle.

Elle se dit qu'elle était arrivée au bout de la ligne droite. Elle bifurqua vers la droite et s'enfila dans une autre galerie. La puanteur était de plus en plus atroce. Un haut-le-cœur la souleva, mais elle continua d'avancer. La tête lui tournait et elle fut prise de panique à l'idée qu'elle allait peut-être bientôt manquer d'air.

Elle eut un nouveau haut-le-cœur, perçut une espèce de chuintement bizarre et continua à ramper en faisant un effort surhumain pour aspirer un peu d'air. Elle heurta un objet mou et passa au-dessus d'un autre objet, rigide et glacé.

Edna tendit son briquet en avant d'elle, en fit jaillir la flamme et se retrouva nez à nez avec deux cadavres couverts d'asticots blanchâtres.

– Aaaah ! hurla-t-elle. Oh bon dieu, Ray !

Elle fit volte-face, laissant échapper le briquet.

Edna s'affaissa en avant et resta étendue sur le ventre. Elle avait beau griffer la terre glaciale de ses ongles, la tête lui tournait trop pour qu'elle arrive à se soulever. Elle avait l'impression qu'une hache lui fendait la cervelle en deux. Elle vomit dans les ténèbres du tunnel, puis resta là, face contre terre, la joue baignant dans une mare de dégueulis tiède. Ses yeux vitreux ne contemplaient plus que le vide et sa langue pendait entre ses lèvres béantes.

28

– Les voilà, dit Strange, l'œil vissé à son téléobjectif.

– Ils sont pas restés longtemps, dit Quinn.

– Le temps de livrer la marchandise. À présent, ils vont palper l'oseille. Ils ont vraiment des dégaines de ploucs, dis donc.

– Le plus petit des deux a des talons compensés, t'as remarqué ?

– Comme je te l'ai déjà dit, c'est toujours les demi-portions qui veulent faire leurs preuves. Les petits, faut s'en méfier.

Strange et Quinn étaient assis sur la banquette avant d'une Chevrolet Lumina de location garée à deux rues de la Droguerie. Comme la planque durait depuis plusieurs heures, Strange avait eu tout le temps de mettre Quinn au courant de ce qu'il avait appris la veille.

Après être ressortis du garage, Ray et Earl Boone traversèrent la rue et se dirigèrent vers la maison qui servait de QG à Cherokee Coleman. Ils échangèrent quelques brèves paroles avec deux jeunes types à l'air maussade qui leur firent gravir les marches du perron et leur ouvrirent la porte.

– Ils ont même droit à une escorte spéciale, dit Quinn. À ton avis, y a combien de mecs armés dans cette rue ?

– Ce ne sont que des gamins.

– Gamins ou pas, ils peuvent tuer. Appuyer sur une détente, c'est pas sorcier.

– Mais pourquoi sont-ils là, hein ? Ils croient qu'ils en ont besoin, mais c'est faux. La télé leur montre des choses qu'ils sont les seuls à ne pas posséder, et ils veulent se les approprier aussi. À leur place, comment tu t'y prendrais, Terry ?

– Ils pourraient bosser, non ?

– Tu sais bien que c'est pas aussi simple que ça. Le hasard a voulu qu'ils viennent au monde dans un certain milieu, un certain quartier. À cause de ça, et de l'exemple que leur donnent leurs frères aînés – la plupart du temps ils n'en ont pas d'autre sous les yeux –, leur destin est scellé d'avance, pratiquement dès l'instant où ils sont nés.

– Admettons. Et qu'est-ce que tu ferais pour y remédier dans l'état actuel des choses ?

– Il y a deux mesures que je prendrais, dit Strange. D'abord, je légaliserais la drogue. La drogue, pour eux, c'est le nerf de la guerre, mais elle n'a aucune signification en elle-même. Elle est un peu comme le MacGuffin des films de Hitchcock, un pur prétexte qui ne sert qu'à faire avancer l'action. La légalisation a marché dans certains pays européens, non ? La criminalité n'y a jamais pris cette tournure-là. Quand on a abrogé la prohibition, beaucoup d'activités illicites du genre de celle-ci ont perdu leur raison d'être.

– D'accord. Et l'autre mesure, ce serait quoi ?

– Une loi contre les armes à feu. À l'échelle nationale. Après un moratoire et une période de grâce, toute personne trouvée en possession d'une arme de poing serait condamnée à une peine de prison ferme. Une arme de poing, ça ne sert qu'à tuer d'autres êtres humains.

– Tu n'es pas le premier à avoir eu ces idées-là, Derek. Alors comment se fait-il que personne n'en discute sérieusement ?

– Rassemble tous les membres du Congrès dans une pièce, tu n'en trouveras pas un qui soit pourvu d'une vraie paire de couilles. Il y en a une poignée qui se rendent compte qu'il faudrait faire quelque chose, mais ils savent qu'en se prononçant pour la légalisation de la drogue et l'interdiction des armes de poing ils foutraient leur carrière en l'air. Les autres sont tous à la solde du lobby des armes à feu. En attendant, cinquante pour cent des noirs de sexe masculin habitant Washington ont fait un séjour en prison ou sont actuellement sous les verrous.

– La couleur de la peau est le facteur numéro un ?

– Non, le facteur numéro un, c'est le fric. En Amérique, il y a deux sociétés bien distinctes. Le fossé entre les riches et les pauvres s'élargit chaque jour, et moi ce qui me fait le plus enrager là-dedans c'est que...

– Tout le monde s'en tape, dit Quinn.

– Pas tant que ça. Dans ce quartier, il y a des éducateurs bénévoles, des associations, des paroisses qui se donnent énormément de mal, je t'assure. Mais ça suffit pas. Et en plus de n'être pas assez nombreux, les gens qui se mêlent de ces problèmes se trompent presque toujours de cible.

« Comment expliques-tu que le meurtre d'un DJ raciste à la con fasse la une des journaux et l'ouverture du vingt heures pendant des semaines d'affilée, alors que les gamins noirs qui se font abattre quotidiennement dans nos rues n'ont droit qu'à un entrefilet en dernière page ? Pourquoi nos porte-parole pondent-ils année après année des « points de vue » dans le *Washington Post* pour se plaindre du fait qu'aucun acteur noir n'a été nommé aux Oscars, alors qu'ils devraient protester chaque jour contre la dégradation invraisemblable de nos écoles, la pénurie de fournitures, les toits qui fuient, les manuels scolaires qui datent de Mathusalem ? Dans cette ville, il y a des enfants qui risquent leur vie en allant à l'école, et quand ils y arrivent ils se retrouvent avec un seul vigile pour cinq cents élèves. À ton avis, combien le maire de Washington a-t-il de gardes du corps ?

– Comment veux-tu que je le sache ?

– L'argument est valide en tout cas.

– Tu t'échauffes trop, dit Quinn. À ton âge, une attaque est vite arrivée.

– Je t'emmerde.

À une rue en avant d'eux, une voiture de patrouille tourna le coin et continua vers l'est, roulant au pas le long de la Droguerie.

– C'est notre ami ?

– J'en serais pas étonné, dit Strange en fronçant les sourcils. Moi, les flics ripoux, ça me donne envie de gerber.

– Tu l'as identifié ?

– Je n'ai récupéré les photos qu'hier soir.

Strange songea à la pochette de photographies que Janine avait laissée sur son bureau, et une idée lui germa au fond de la cervelle.

– Tu vas faire vérifier le numéro ?

– J'ai un ami qui s'en occupe.

– On ferait mieux de se tirer avant qu'il ne fasse demi-tour, dit Quinn.

– C'est ce que j'étais en train de me dire. Les deux ploucs repartiront sûrement par le même chemin.

– Moi à ta place, j'irais me garer dans North Capitol Street.

Strange mit le contact et répondit :

– Oui, chef.

Tout en buvant à petites gorgées le café dont il avait rempli la tasse de sa thermos, Quinn contemplait le pare-brise d'un œil vide. Strange dévissa le bouchon d'une bouteille d'eau minérale, la porta à ses lèvres et en avala une généreuse lampée.

– On a rompu, Juana et moi, dit Quinn.

– Qu'est-ce que tu dis ? s'exclama Strange, qui pensait justement à Janine et à Lionel.

– Tout est fini entre Juana et moi.

– Dommage.

– Elle trouve que je vis les choses trop intensément.

– Où a-t-elle été chercher ça ?

Strange chercha une position plus confortable derrière son volant et ajouta :

– T'es bête de l'avoir laissée filer. C'est vraiment une fille bien. Votre différence de couleur y est pour quelque chose ?

– Oui, avoua Quinn en s'efforçant de sourire. Enfin, comme disait mon père, les femmes c'est pareil que les tramways. Si on en rate un, on peut toujours attraper le suivant. Pas vrai ?

– C'est pas mal trouvé, dit Strange. T'essaye de faire bonne figure, mais les tramways du genre de Juana, on n'en croise pas beaucoup dans nos rues. Et ils sont pas dotés d'un cœur comme le sien.

– Je sais bien, dit Quinn en tournant la tête vers Strange. Puisque tu me fais profiter de la sagesse accumulée au cours de ta longue existence...

– Continue.

– Quand vas-tu épouser Janine ?

– L'épouser ? Merde, Terry, y a belle lurette que j'ai renoncé à épouser qui que ce soit.

Strange reboucha sa bouteille, détourna les yeux et ajouta :

– Et d'ailleurs, elle mérite mieux. Enfin, merci du conseil, hein.

– J'essayais de me rendre utile, c'est tout.

– Alors comme ça t'as un père. Depuis qu'on se connaît, tu m'avais pas fait beaucoup de confidences de ce genre. Il est encore de ce monde ?

– Non, mes parents sont morts tous les deux, dit Quinn. J'ai un frère à San Francisco qui ne me donne pour ainsi jamais de nouvelles. Et toi ?

– Moi, je n'ai plus que ma mère.

– Pas de frères et sœurs ?

– J'avais un frère, mais y a trente et un ans qu'il n'est plus parmi nous.

– C'est vers cette époque-là que t'as quitté la police, non ?

– Oui, dit Strange, et il ne prononça pas un mot de plus.

– Les voilà, dit Quinn.

La Ford Taurus venait d'apparaître au bout de la rue.

– Papa Pedzouille et son fiston.

– T'as fait le plein ?

– Oui.

– Ils ont pas des gueules à habiter le quartier, dit Quinn. À mon avis, on va se taper un sacré bout de route.

Après avoir quitté Washington, ils roulèrent un moment sur le périphérique, puis empruntèrent la 270 en direction du nord. La Taurus, voiture passe-partout s'il en est, avait sensiblement le même aspect extérieur que la moitié des autres véhicules qui roulaient sur l'autoroute, et son conducteur se tenait sagement en dessous de la vitesse autorisée. Strange restait dix voitures en arrière. Il ne craignait pas de se faire repérer. La circulation était bien trop dense.

– Cette voiture n'est pas équipée d'un système GPS ? demanda Quinn.

– Bien sûr que si, dit Strange. D'un instant à l'autre, leur véhicule va apparaître sur mon Batscreen.

– Parce que t'as le reste de l'équipement, tu comprends. Tous ces trucs que tu t'accroches à la ceinture. Et les lunettes de vision nocturne. Tu les as trouvées dans une boîte de corn-flakes, ou quoi ?

– Te moque pas de mes LVN.

– Qu'est-ce qu'on fera une fois qu'on sera arrivés à destination ?

– Je sais pas où ils vont, mais c'est là qu'on trouvera la sœur de Chris Wilson.

– Le tuyau vient d'un junkie, il doit être crevé.

– Faut faire avec ce qu'on a.

La circulation était plus fluide à présent. De nombreuses voitures avaient quitté l'autoroute aux sorties de Gaithersburg, Germantown et Darnestown, lointaines banlieues résidentielles qui forment la périphérie extérieure de la mégalopole de Washington. Strange leva le pied, mettant encore plus de distance entre la Ford et lui. Quinze kilomètres plus loin, le clignotant droit de la Ford s'alluma. Strange s'engagea sur la bretelle de sortie, sans quitter la Taurus des yeux.

– On les a perdus ? demanda Quinn.

– Je crois pas, dit Strange.

Ils roulaient le long d'une longue courbe qui traversait successivement une vaste étendue de campagne et une forêt épaisse. Quand ils en sortirent, ils débouchèrent sur une ligne droite et aperçurent la Taurus en avant d'eux. Le conducteur venait de s'arrêter devant un portail, à l'entrée d'une allée de gravillons qui traversait une espèce de clairière.

– Dépasse-les sans même ralentir, dit Quinn.

– Tu trouves que je ressemble à Danny Glover ? J'ai l'air d'être le faire-valoir noir du héros préféré de l'Amérique blanche ? Je te rappelle que c'est moi qui dirige cette enquête, Terry.

– Dépasse-les, dit Quinn. Mets le pied au plancher.

– Qu'est-ce que tu crois que je m'apprêtais à faire, bordel ?

Au moment où ils dépassaient la Taurus, le nabot, qui était en train d'insérer une clé dans le cadenas du portail, leva la tête et leur jeta un bref coup d'œil. Son regard était dur, mais il avait quelque chose d'indécis.

– T'as vu ? fit Quinn. Il est bigleux.

– Je l'avais déjà remarqué en les matant avec mes jumelles. Le vieux aussi, il louche. C'est forcément son père.

Ils venaient de s'engager dans un autre interminable virage à travers bois. Strange se rangea sur le bas-côté, coupa le contact et attrapa son sac à dos sur la banquette arrière.

– Allons-y, dit-il.

Ignorant le panneau PROPRIÉTÉ PRIVÉE – DÉFENSE D'ENTRER cloué à un arbre que quelqu'un avait criblé de chevrotines, ils s'enfoncèrent dans une forêt touffue où se mêlaient chênes et résineux.

Quinn dit : « Par là », en désignant ce qui semblait être la naissance d'un sentier, et ils s'y engagèrent.

– Apparemment, y a une clairière plus loin, dit Strange.

– Je la vois. Mais si c'est là qu'ils sont, vaut mieux pas trop s'en approcher. À cette époque de l'année, les arbres n'ont plus de feuilles. On sera trop faciles à repérer.

– T'as raison.

– Et regarde où tu mets les pieds. Évite de faire craquer des branches sous tes pas. Dans la campagne, le son porte très loin. Ici, on n'est pas à la ville, Danny. Enfin je veux dire, Derek.

– Très drôle, dit Strange.

Quinn tourna la tête et fit signe à Strange de s'arrêter. Les deux hommes se figèrent sur place. D'un mouvement du menton, Quinn désigna un petit observatoire édifié pour la chasse au brocard dans les branches basses d'un chêne. Il pointa l'index dessus, et Strange hocha affirmativement la tête.

Quinn se hissa le premier sur l'observatoire, usant des grossiers rectangles de bois cloués au tronc du chêne qui faisaient office d'échelle. Strange lui jeta son sac à dos et grimpa à son tour. La plate-forme était exiguë et pliait un peu sous leur poids.

– Tu crois que ça va tenir? demanda Strange à voix basse.

– On verra bien.

La clairière était à cent cinquante mètres d'eux environ, de l'autre côté des arbres. Le père et le fils étaient en train de descendre de la Ford, garée entre un pick-up et une moto dans une cour jonchée d'objets hétéroclites. Derrière les véhicules à l'arrêt se dressait une grange aux dimensions imposantes, que jouxtait une maison passablement délabrée. Strange se colla l'œil au viseur de son Canon, régla le téléobjectif et prit plusieurs photos du fils tandis qu'il sortait un sac de sport du coffre de la Taurus.

– Je vois que dalle, dit Quinn. Je deviens complètement miraud, ma parole.

– J'ai une paire de jumelles dans mon sac. Tu peux t'en servir, si tu veux.

Quinn sortit les jumelles du sac à dos de Strange, les chaussa et en fit jouer la molette pour les ajuster à ses yeux et à son nez.

Les deux hommes se dirigèrent vers la maison, le fils tenant le sac de sport. Ils ne se retournèrent qu'une fois vers la forêt avant de gravir les marches de la véranda tout affaissée et de pénétrer dans la maison.

– Elle doit être à l'intérieur, dit Strange, plissant les yeux.

Ils attendirent, écoutant les corneilles croasser, les brindilles craquer, les cimes bruisser sous le vent. Des écureuils se poursuivaient dans les hautes branches des chênes. Ils attendirent encore, aussi muets l'un que l'autre. Une biche jaillit bruyamment des fourrés, passa devant eux et disparut au bas d'une déclivité, à gauche de l'observatoire.

– Les voilà, dit Strange.

Les deux hommes ressortirent de la maison, accompagnés de Sondra Wilson.

– C'est elle, dit Strange.

Au moment de descendre les marches de la véranda, le père prit Sondra par le bras. Malgré la distance, Strange se rendit compte qu'elle était à l'article de la mort. Elle avait les yeux caves, les joues creuses. Ses épaules décharnées saillaient en pointe sous son manteau.

Ils étaient dans la cour à présent. Le fils agitait frénétiquement les bras en direction de la forêt; il était fou de rage et l'écho de ses vociférations parvenait jusqu'à Quinn et Strange à travers les arbres. Son père lui répondit sans lever la voix, en s'efforçant de le calmer. Le fils empoigna Sondra Wilson par une épaule et se mit à la secouer comme un prunier. La tête de Sondra ballottait mollement. Tout à coup, le père s'avança, plaqua ses deux mains à plat sur la poitrine du fils et l'expédia au sol.

Le fils se remit lentement debout, sans rien dire, en évitant de regarder son père et Sondra. D'un geste plein de tendresse, le père prit Sondra par la taille et lui fit réintégrer la maison.

Dès qu'ils eurent disparu à l'intérieur, le fils sortit un pistolet de sous son blouson et se mit à tirer en direction des arbres. Un rictus lui tordait les lèvres. Strange clignait des yeux à chaque coup de feu. Les détonations se répercutaient dans les bois avec une résonance étrangement métallique.

– C'était quoi, ce bordel ? demanda Quinn.

Strange pensait une fois de plus à la pochette de photographies qu'il avait laissée sur son bureau. Il imagina la chambre de Chris Wilson, les objets posés sur sa commode, ceux qu'il conservait dans une boîte à cigares. Il se revit parlant avec Leona Wilson, revit les photos accrochées au mur, une photo en particulier...

– Derek ?

– Pardon, Terry, je réfléchissais.

– À quoi ?

– Sur la commode de la chambre de Wilson, il y avait une boîte à cigares. Elle contenait un récépissé qui provenait d'un supermarché du quartier, un Safeway me semble-t-il. Et à côté de la boîte à cigares, il y avait un appareil photo.

– Tu veux dire qu'il avait donné des photos à développer et qu'il n'avait jamais été les récupérer ?

– C'est ça. Et puis s'il essayait de retrouver sa sœur – à condition qu'il ait suivi la même piste que nous –, il devait avoir rassemblé un minimum de documentation en relation avec ses recherches. Je crois savoir où elle est, cette documentation.

– Qu'est-ce qu'on attend, alors ?

– Ça m'embête de la laisser là, dit Strange. Elle n'en a plus pour longtemps, ça saute aux yeux.

– Aujourd'hui, on peut rien faire. À moins que t'aies l'intention de dégainer ton couteau de chasse pour essayer d'impressionner ce mec armé d'un automatique.

– T'as raison, dit Strange. Mais je reviendrai.

29

Strange décrocha la photo de Chris Wilson enfant en compagnie de Larry Brown et la posa sur le lit de Wilson. La photo dissimulait bel et bien une cachette. Un carnet de petit format avait été glissé dans une fente de la cloison, au milieu des copeaux d'aggloméré. Il était couvert d'une épaisse couche de poussière. La fente était exactement de la largeur du carnet. Apparemment, Wilson l'avait pratiquée lui-même à l'aide d'une perceuse.

Un jour, alors que Leona Wilson faisait mine de vouloir redresser la photo, Chris avait eu une réaction d'une violence inattendue. D'après ce que Strange savait de lui, Chris Wilson ne se serait jamais emporté contre sa mère sans un motif vraiment sérieux. Si Wilson avait découvert quelque chose (et Strange était sûr qu'il avait consigné ses découvertes dans son calepin), il s'était bien gardé d'en parler à sa mère, à sa copine et à ses supérieurs.

Strange fourra le calepin et le récépissé de Safeway dans son sac. Le récépissé avait été délivré par le magasin de Piney Branch Road, dans Takoma Park, à deux pas de son église.

Dans le séjour, Leona Wilson avait soulevé un coin de rideau pour inspecter du regard la Lumina garée le long du trottoir. Quand Strange entra dans la pièce, elle laissa retomber le rideau.

– Avez-vous trouvé ce que vous cherchiez ?

– Oui.

– Alors votre enquête avance.

– En effet, dit Strange en se passant la bretelle de son sac à l'épaule. Madame Wilson ?

– Oui ?

– Je crois avoir localisé votre fille.

De ses lèvres tremblantes, Leona Wilson esquissa un sourire.

– Ah merci ! Dieu soit loué !

Elle joignit les mains à la hauteur de sa taille, les frottant l'une contre l'autre.

– Est-ce qu'elle est... en bonne santé ?

– Elle va avoir besoin d'aide, madame Wilson. Il va falloir faire appel à des professionnels pour l'aider à se tirer de ce mauvais pas. Il faut que vous vous en occupiez de toute urgence. Il existe des cliniques spécialisées. À l'église, on vous donnera des adresses. Il faut vous organiser sur-le-champ, vous comprenez ? Dès aujourd'hui.

– Pourquoi ?

– Parce que je vais vous ramener Sondra.

Au moment où Strange se dirigeait vers la porte, Leona Wilson lui demanda :

– Qui est ce blanc dans la voiture garée devant chez moi ? Sans mes lunettes, je serais bien incapable de distinguer autre chose que la couleur de sa peau.

– C'est un collègue auquel il m'arrive de faire appel.

– Il participe à votre enquête ?

– Oui, dit Strange en ouvrant la porte.

– Monsieur Strange...

– Je sais. Je ne vous fais aucune faveur, madame Wilson. Ne craignez rien, tout ça vous sera facturé.

– Je dirai une prière pour vous dimanche, monsieur Strange.

– Bien, madame.

Strange referma la porte derrière lui et resta un moment

debout sur le petit perron cimenté. Il avait fait une promesse à cette femme et il était bien décidé à la tenir.

– J'ai vu que Mme Wilson m'épiait à travers les rideaux, dit Quinn. Elle m'a reconnu ?

– Sans lunettes, elle serait même pas fichue de reconnaître son propre visage dans la glace, dit Strange.

Ils roulaient dans Georgia Avenue. Strange passa un feu orange d'extrême justesse. Une seconde de plus, il aurait grillé le feu rouge.

– Je suis allé à l'enterrement de Chris Wilson. Je te l'avais pas dit ?

– Non.

– Des gens de la famille avaient dû lui signaler ma présence. Du reste, y avait pas des masses de blancs dans l'assistance. Quelques flics, c'est tout. Quoi qu'il en soit, le regard de Mme Wilson a croisé le mien – ce jour-là, elle avait mis ses lunettes. Je l'ai saluée de la tête, mais elle est restée d'une froideur de marbre.

– À quoi tu t'attendais ?

– Oh, à rien de particulier. Mais j'avais tout de même un vague espoir. Apparemment, même ce vague espoir était de trop.

Ne voyant pas ce qu'il aurait pu dire, Strange garda le silence. Il franchit le carrefour de Buchanan Street et continua à rouler en direction du nord.

– Tu viens de louper ta rue, dit Quinn.

– Je vais te déposer chez toi, Terry. Quand je suis près du but, j'ai besoin de réfléchir seul dans mon coin.

– Tu vas pas me laisser en plan maintenant ?

– Je te passerai un coup de fil un peu plus tard dans la soirée.

Après avoir déposé Quinn, Strange fit un saut au Safeway de Piney Branch Road. En lui remettant la pochette de photos, la femme qui officiait au comptoir lui dit :

– Elles sont là depuis un sacré bout de temps, monsieur Wilson.

– Merci de me les avoir gardées au chaud, répondit Strange.

Il alla restituer la Lumina à l'agence de location de Georgia Avenue et reprit possession de sa Caprice, qu'on l'avait aimablement autorisé à laisser au parking. De retour chez lui, il nourrit Greco, se doucha, enfila un survêtement, gagna son cabinet de travail et s'installa à son bureau. Il y avait un message de Lydell Blue sur son répondeur : les numéros qu'il avait relevés sur la voiture de patrouille étaient ceux d'une Crown Vic pilotée par un flic qui s'appelait Adonis Delgado. Strange inscrivit le nom dans son carnet.

Il abaissa sa lampe de bureau pour examiner les photos qu'il avait récupérées au Safeway. Arrivé à la moitié, les battements de son cœur s'accélérèrent et il grommela : « Oh nom de dieu. » Il le répéta plusieurs fois tandis qu'il compulsait le reste. Il ouvrit le carnet de Chris Wilson et lut les dix pages de texte, méticuleusement datées et situées, dans lesquelles Wilson avait noté en détail les progrès de son enquête. Strange tendit le bras vers le téléphone, le décrocha, le reposa sur son socle. Il ouvrit le tiroir de son classeur métallique et en sortit l'enveloppe qui contenait la cassette des conversations qu'il avait enregistrées. Il les écouta de bout en bout, puis rembobina la bande pour revenir sur les passages qui l'intéressaient, les réécoutant deux fois de suite.

Strange se laissa aller en arrière dans son fauteuil. Il se pencha, caressa la tête de Greco. Les bras croisés, il s'abîma dans la contemplation du plafond. Il traça une ligne de l'index dans la poussière qui s'était amassée sur son bureau. Il poussa un long soupir, redressa le buste et attira le téléphone à lui. Il composa un numéro, et à la troisième sonnerie une voix retentit à l'autre bout de la ligne.

– Allô ?

– C'est Derek. Tu sauras reconnaître ma baraque ?

– Ça va de soi.

– Alors ramène-toi.

– J'arrive, dit Quinn.

Cherokee Coleman appuya sur la touche de fin de conversation et reposa son portable sur le sous-main de son bureau.

– Ils sont là, dit-il.

Big-Ass Angelo ajusta ses lunettes noires, les plaçant plus bas sur son nez.

– Quand est-ce qu'on leur règle leur compte ?

– Demain soir. On a écoulé la came plus rapidement que prévu. On enverra nos gars à Pedzouilleville et c'est eux qui nous ramèneront la dernière livraison. Ils nous ramèneront aussi notre pognon. Après avoir envoyé les autres enfoirés ad patres, ce qui me permettra de raconter à nos frères colombiens qu'on a vengé le meurtre de leurs cousins. Et de continuer à être dans leurs petits papiers, histoire d'amasser un max de thune. T'imagines la gueule que vont faire les flics de Trifouillis-les-Oies quand ils trouveront tous ces macchabées. Je les vois d'ici, ces gros cons, en train de se gratter la tête pour essayer de débrouiller ce sac de nœuds.

– Dieu reconnaîtra les siens.

Coleman leva les yeux.

– Ça sonne d'enfer, dis donc. Si on appelait notre nouvel arrivage comme ça ?

– C'est un nom qu'on a déjà utilisé.

– Que dirais-tu de Coup de bambou ?

– Pas mal.

Coleman se leva et s'approcha de la fenêtre. Deux

hommes venaient de descendre d'une Maxima noire; un groupe d'adolescents s'avançaient vers eux.

– Delgado s'est offert une nouvelle caisse, dit Coleman. Elle a de sacrées belles jantes.

– Il a envie d'être comme nous, dit Angelo.

– Eh bien, continuons de lui faire envie. C'est l'envie qui fait tourner le monde, mon frère.

– Et son équipier, quelle gueule il a ?

– Côté dents longues, il se pose un peu là.

– Hue, cocotte ! fit Angelo en poussant un hennissement et en grattant par trois fois le sol du sabot.

Coleman et Angelo se tenaient encore les côtes quand les deux hommes entrèrent dans le bureau.

– Pourquoi vous vous marrez ? leur demanda Delgado.

– Angelo vient de m'en raconter une bien bonne, dit Coleman.

– Comment tu vas, Bugs Bunny ? demanda Big-Ass Angelo au compagnon de Delgado.

– Je t'ai déjà dit de pas m'appeler comme ça, rétorqua ce dernier. Mon nom est Eugene Franklin, vu ?

30

Quinn était assis sur l'une des chaises de la salle de séjour de Strange. Le petit carnet de Wilson et une bouteille de bière vide étaient posés par terre à ses pieds, et il tenait la pochette de photos de la main droite. Parmi elles, il y en avait deux d'Eugene Franklin et d'Adonis Delgado, en civil, marchant de la voiture personnelle de Franklin à la maison qui abritait le QG de Cherokee Coleman. Quinn n'avait pas encore ouvert le carnet, mais Strange lui en avait résumé le contenu.

– Tu veux une autre bière? lui demanda Strange, qui avait pris place sur le canapé passablement usagé.

– Vaut mieux que je m'abstienne, dit Quinn.

Quinn avait les yeux un peu écarquillés, le visage livide et les maxillaires crispées.

– Remets-moi cette cassette, dit-il. Celle de ta conversation avec Eugene à l'Erika's.

Strange inséra la cassette dans son petit magnéto et la voix de Franklin emplit la pièce : « *J'ai vu sur qui Wilson braquait son arme. J'ai vu une lueur passer dans son regard. Pour moi, ça ne fait pas l'ombre d'un doute. Si Terry n'avait pas tiré sur Wilson, Wilson m'aurait tiré dessus.* »

Strange appuya sur la touche arrêt.

– « Wilson m'aurait tiré dessus », dit-il. Lapsus révélateur.

Avec une expression obtuse, Quinn désigna le magnéto de la tête.

– Mets-moi la cassette de notre première conversation. Celle que tu as enregistrée dans D Street, à l'endroit où c'est arrivé.

– On l'a déjà écoutée.

– Remets-la, dit Quinn.

Strange inséra la cassette dans le magnétophone et trouva le passage que Quinn voulait entendre.

Strange : « *Et là, qu'avez-vous fait ?* »

Quinn : « *Je tenais l'agresseur en joue. Je lui ai crié de lâcher son arme et de s'allonger à plat ventre. Il m'a répondu quelque chose, mais je n'ai pas entendu ce qu'il disait parce que Eugene s'était mis à hurler à tue-tête...* »

Strange arrêta la cassette.

– Ton équipier s'est mis à hurler parce qu'il ne voulait pas que tu entendes ce que Wilson disait. Il ajoutait délibérément à la confusion pour que tu te rendes pas compte que Wilson était flic.

– Mets-moi l'autre passage, dit Quinn.

Strange : « *Qu'est-il arrivé quand il vous a regardés, Quinn ?* »

Quinn : « *Tout s'est passé très vite. Il m'a regardé, moi, ensuite il a regardé Gene et une espèce de rage lui a tordu les traits. Je ne l'oublierai jamais. Il était en colère contre Gene et moi. C'était même plus que de la colère ; son visage avait pris une expression meurtrière. Il a retourné son pistolet dans notre direction...* »

Strange : « *Il vous a mis en joue ?* »

Quinn : « *Il ne braquait pas son arme sur un point précis. Il lui a fait décrire un quart de cercle, j'ai vu le canon passer sur moi. Son visage était convulsé de haine... Pour moi, ça ne faisait pas l'ombre d'un doute... J'étais sûr qu'il allait tirer. Eugene a hurlé mon nom, et j'ai appuyé sur la détente.* »

– Arrête, dit Quinn.

Strange obtempéra.

– Je vais te dire comment je vois les choses, dit-il d'une

voix douce et basse. C'est ton équipier qui tenait le volant ce soir-là. Vous êtes tombés sur Chris Wilson, mais ça n'avait rien d'un hasard. Si Franklin a bifurqué dans D Street, c'est parce qu'il s'agissait d'un coup monté. Il savait que Kane allait attirer Chris Wilson dans un guet-apens. Il savait que Kane n'aurait pas de mal à pousser Wilson à dégainer son arme.

– Ou à me pousser à faire usage de la mienne, dit Quinn.

– Peut-être. Mais quoi qu'il en soit, ton équipier était dans le coup. On a les photos et le carnet de Chris Wilson. Ce garçon avait mené son enquête de main de maître, en ordonnant comme il fallait toutes les pièces du puzzle. Mes enregistrements ne font que corroborer...

– Je me refuse encore à y croire, Derek.

– Il faut bien que tu croies à tes propres paroles, dit Strange. « Ensuite il a regardé Gene et une espèce de rage lui a tordu les traits. » « Son visage avait pris une expression meurtrière » – en voyant Eugene. Selon tes propres paroles, le canon de son arme est « passé sur toi ». Chris Wilson n'avait pas de mauvaises intentions à ton égard, Terry. Il braquait son arme sur un flic ripou, corrompu jusqu'au trognon, à la solde du dealer qui était responsable de la déchéance de sa sœur. Tu suis mon raisonnement ?

– Oui, dit Quinn, qui fixait le sol d'un œil vacant.

– Donc, on est d'accord. Qui est cet Adonis Delgado ?

– Un flic du genre pas commode. Une vraie montagne, en plus. Le jour où on a eu notre discussion avec Eugene à l'Erika's, il était assis au bar.

– Un type plein de muscles, atrocement laid, avec le nez en pied de marmite ?

– C'est ça.

– C'est celui qui s'est mis en travers de mon chemin aux chiottes. Je suppose que c'était une manière d'avertissement.

– Eugene, marmonna Quinn

– Eh oui, Eugene.

Quinn se leva de sa chaise, décrocha sa veste en cuir du dossier et l'enfila.

– Où tu vas ?

– Chercher le fin mot de l'histoire.

– T'as besoin d'un coup de main ?

- J'aime mieux régler ça seul, dit Quinn.

Arrivé à la porte, il se retourna.

– Mais va pas te coucher, hein.

– On se revoit ce soir ?

– Oui. J'aurai quelque chose à te rapporter.

Eugene Franklin habitait un deux-pièces dans un immeuble moderne de Southwest, juste en face des quais de Maine Avenue. Comme beaucoup de flics célibataires, il n'utilisait son appartement que pour manger, dormir et regarder la télé. La salle de séjour comportait pour tout ameublement un canapé et un fauteuil, un poste de télé, une table basse et un téléphone posé sur un petit guéridon d'angle. Franklin décrocha le téléphone dès la première sonnerie.

– Allô ?

– C'est Terry, Gene. Je suis en bas, dans le hall.

– Écoute, Terry...

– Ouvre-moi, vieux. Il faut absolument que je te parle.

Franklin appuya sur une touche de son téléphone. Il se leva du canapé, caressant lentement du doigt sa lèvre supérieure proéminente, geste machinal qui trahissait chez lui la perplexité ou l'angoisse.

Franklin s'avança jusqu'à la porte de son deux-pièces, l'ouvrit et resta debout dans l'embrasure. Quinn venait vers lui depuis l'autre bout du long couloir tapissé de moquette orange.

– Salut, fit Quinn, un large sourire aux lèvres.

Quinn marchait vite, ses longs cheveux rebondissant sur

ses épaules, la tête un peu en avant du corps. Franklin se disait, il ressemble à un personnage de dessin animé qui fonce droit devant lui avec une détermination farouche... et tout à coup il s'aperçut que le sourire de Quinn n'était pas un vrai sourire, mais une sorte de rictus qui exprimait à la fois de la douleur et quelque chose de bien plus grave.

– Salut, Eugene, répéta Quinn en arrivant à sa hauteur.

Il avançait toujours aussi vite, et Eugene vit l'automatique à l'instant où il surgissait de sous la ceinture de son jean.

Franklin esquissa un pas en arrière au moment où Quinn abattait sauvagement sur lui le canon de son pistolet, dont la forme indécise obscurcit brièvement la lumière blafarde des tubes fluorescents du couloir. Le pistolet toucha Franklin à la tempe, la pièce se mit à tourner autour de lui et il recula en chancelant.

Franklin sentit ses jambes s'effacer sous lui. Au moment où il s'effondrait, la lumière déclinant rapidement autour de lui, il vit le pistolet s'abattre de nouveau à la vitesse d'un éclair, mais cette fois c'est à peine s'il sentit le coup. Juste avant de sombrer dans l'inconscience, Franklin vit le visage de son équipier, ses traits déformés par la colère et la peur, et dans cet instant-là il l'aima de tout son cœur. Tandis qu'il s'abîmait dans un ténébreux puits de velours, Franklin n'éprouva qu'un intense soulagement.

Quinn était debout au milieu de la salle de séjour d'Eugene Franklin, son automatique pointé vers le sol.

Franklin était assis sur le canapé, la tête renversée en arrière, s'appliquant une serviette de toilette humide contre la tempe. L'entaille pissait le sang, teintant de rose la serviette blanche. Devant lui, sur la table basse, Quinn avait placé un grand bloc-notes de papier jaune ligné et un stylo-bille.

– Comment c'est arrivé, Gene ?

– Quoi ? demanda Franklin.

– Tu t'es laissé entraîner par Delgado ?

– Oui. Je le voyais souvent à l'Erika's. Il y passait ses soirées à picoler et à débiter des insanités avant de rentrer chez lui tout seul. Adonis et moi, on était pareils. On n'avait pas beaucoup d'amis et on avait autant de mal l'un que l'autre à lever des gonzesses. Alors on s'est mis à se parler, tous les deux. Je savais qu'il était pourri jusqu'à la moelle ; tout le monde le savait. Mais ça m'a pas empêché de lui parler.

– Vous parliez de quoi ?

– Oh, de choses et d'autres. Et puis, de fil en aiguille, nos conversations ont pris un certain tour. Quand un mec a de l'argent, il a plus besoin de se fatiguer à trouver des femmes, me disait Delgado. C'est elles qui le trouvent. N'importe quelle gonzesse est prête à se laisser tringler si elle s'imagine que t'as de la thune. Je savais que c'était des conneries tout ça, mais quand j'étais bourré...

– Comment en êtes-vous arrivés au stade supérieur ?

– Il s'est mis à me parler de Cherokee Coleman et de la façon dont il opérait depuis son QG, du côté de Florida Avenue. Il me disait que Cherokee irait jamais en taule, qu'il était bien trop futé pour se laisser alpaguer, qu'il continuerait à faire des affaires aussi longtemps qu'il y aurait un marché pour la poudre, que les junkies on n'en avait rien à branler, vu que les lois de la sélection naturelle les auraient condamnés de toute façon. Après, il m'a dit comment il s'y prenait pour arrondir ses fins de semaine, en m'expliquant que puisque Cherokee opérait dans la plus parfaite impunité sans que personne lève le petit doigt pour l'en empêcher, il ne voyait pas pourquoi lui, Adonis, n'en aurait pas profité.

« C'est pas la mer à boire, qu'il me disait. Tous les quinze jours, on livrait un nouveau chargement à Coleman, et le jour de la livraison Delgado patrouillait autour de son QG pour s'assurer que ni les flics locaux ni la police fédérale ne risquaient de venir fourrer leur nez dans ses affaires. Y avait même pas besoin de descendre de voiture. D'après lui, c'était pas plus sorcier que ça.

– Pourquoi il te l'a dit? Quel besoin avait-il de te faire entrer dans la combine?

– Des fois, il pouvait pas être là, il lui fallait un remplaçant. Et puis ils avaient un problème que Delgado ne pouvait pas ou ne voulait pas résoudre tout seul. Évidemment, au moment où il m'a recruté, je ne savais pas en quoi il consistait.

– Leur problème, c'était Chris Wilson?

Franklin se mit à contempler le plancher.

– Exactement. À force de fréquenter Ricky Kane, sa sœur était devenue accro pour de bon. Il a remonté la piste Kane comme vous l'avez remontée vous-mêmes, et elle l'a mené à Coleman. Lors d'une de ses visites au QG, Kane est entré chez Coleman avec Sondra Wilson et il est ressorti seul. C'est comme ça que Sondra est devenue la gonzesse de Coleman, du jour au lendemain, et c'est ce qui a fait péter les plombs à Wilson.

– Tu faisais déjà partie de la bande à ce moment-là?

– Oui, je venais de commencer. C'était facile, ça oui. Sur ce point, Delgado m'avait pas menti. Il suffisait de faire deux fois le tour du pâté de maisons, une fois tous les quinze jours. À l'époque, ça me paraissait pas si honteux que ça.

– Mon cul.

– J'essaye de t'expliquer ce que j'éprouvais, c'est tout.

– Mon cul, répéta Quinn d'une voix rauque. Qu'est-il arrivé ensuite?

– Wilson s'est mis à surveiller les alentours de la Droguerie. Toujours en civil, bien entendu. C'est à ce moment-là qu'il a dû me prendre en photo. Il savait qu'il pouvait pas s'attaquer seul à l'armée de Coleman, et il faisait plus confiance à grand monde au sein de la police. Mais il s'angoissait tellement pour sa sœur qu'il a commencé à perdre les pédales. Un soir, il a menacé Delgado à la sortie de l'Erika's. Moi aussi, il m'a menacé.

– Et vous en avez parlé à Coleman, Delgado et toi.

– Delgado est allé voir Coleman, et ils ont décidé de se débarrasser de Chris Wilson. Pour Delgado, c'était facile. Entre-temps, j'avais appris qu'il avait déjà commis des meurtres pour le compte de Coleman. À ce stade, ils ne craignaient plus de me mettre dans la confidence. J'étais presque membre de la confrérie, et ils voulaient que j'en devienne membre à part entière, ils voulaient que je sois compromis pour de bon.

– En tuant Chris Wilson ?

– T'as tout compris.

Franklin jeta sa serviette par terre. Une goutte de sang jaillit de sa blessure et lui coula le long de la joue.

– C'est Kane qui a été chargé d'attirer Wilson ?

Franklin hocha affirmativement la tête.

– Kane a dit à Wilson qu'il avait récupéré sa sœur, et il lui a donné rendez-vous dans D Street. Il savait qu'en s'apercevant que Kane était venu seul au rendez-vous, Wilson allait voir rouge. Je me suis arrangé pour qu'on arrive sur les lieux au bon moment. La suite, tu la connais.

– Continue quand même, Eugene. Raconte-moi la suite.

– J'ai jamais tué personne, Terry. J'ai même jamais tiré sur personne. J'avais dégainé, mon arme était braquée sur lui, mais...

– Pourquoi tu l'as pas tué, Eugene ?

– Parce que t'as tiré le premier.

Les yeux de Quinn se posèrent sur l'automatique qu'il tenait à la main.

– Tu savais que je tirerais ?

– Non, je le savais pas. Mais je savais que tu en étais plus capable que moi. Et puis...

– Quoi ?

– Je te connaissais. Je savais ce que tu verrais en voyant Chris Wilson mettre Ricky Kane en joue.

Quinn leva son pistolet à la hauteur de sa hanche et le

braqua sur Franklin. La lèvre supérieure de Franklin se mit à trembler et ses yeux se remplirent de larmes.

– Tu pourras pas, Terry. Au fond, ça m'arrangerait plutôt, mais tu pourras pas.

– T'as raison, dit Quinn.

Déplaçant le canon de son Glock, il le pointa vers le bloc-notes posé sur la table basse.

– Consigne tout ça par écrit, Gene. Sans rien omettre. Allez, vas-y. Je vais te déshonorer aux yeux de ta famille, de tes collègues, des gens qui t'ont connu enfant à Northeast. Ils sauront tous que tu n'es qu'une crapule. Et je ferai tout ce qu'il faut pour que tes codétenus soient informés de ta qualité d'ancien flic quand on te foutra en taule.

– Je te demande pardon, Terry.

– Je t'emmerde, Eugene. Tes excuses, tu peux te les mettre où je pense. Allez, écris.

Franklin rédigea des aveux complets sur le bloc-notes jaune, signa et data au bas de la dernière page, et reposa le stylo bille.

– Je voudrais dire un mot à mon père avant que la presse en parle, dit Franklin. Quand vas-tu les rendre publics ?

– Quand on aura ramené la fille chez sa mère.

– Elle est pas à Washington.

– Je sais où elle est, dit Quinn. On y est allés aujourd'hui, Strange et moi. On a suivi les deux ploucs jusqu'à chez eux.

Franklin se tamponna la tempe de la serviette. Comme sa blessure ne saignait plus, il n'insista pas.

– Je dois y aller avec Delgado demain soir.

– Pour quoi faire ?

– On va leur apporter de l'argent et on reviendra avec un chargement de poudre.

– Je croyais que tu te contentais de faire le tour du pâté de maisons.

– On a été voir Coleman aujourd'hui, dit Franklin. Les deux ploucs que vous avez suivis sont les Boone. Le court sur pattes, c'est Ray. Son père s'appelle Earl. Ils ont dessoudé deux Colombiens qui étaient venus leur livrer de l'héroïne. Coleman veut qu'on descende les Boone pour se faire bien voir des Colombiens.

– Et la fille ?

– Ils ont évité d'en parler, sans doute parce qu'ils savaient que ça allait pas me plaire. Delgado se la faisait dans le temps, et il a encore le béguin pour elle. Mais tel que je le connais, une fois qu'il aura commencé à tuer il pourra plus s'arrêter.

– Et toi, qu'est-ce que tu feras ?

– Moi, je suis incapable de tirer sur quelqu'un, Terry. Tu sais bien que je...

– Tu m'as dit que c'était prévu pour demain soir ?

– J'ai rendez-vous avec Delgado à huit heures. On devrait arriver là-bas aux alentours de neuf heures. Les Boone viennent nous prendre quelque part, ensuite ils nous emmèneront chez eux.

– Y a une grange à côté de leur maison.

– Oui. D'après ce que nous a expliqué Coleman, c'est dans la grange qu'ils reçoivent leurs relations d'affaires. Paraît qu'ils s'y sont installé un bar meublé comme un saloon du Far West.

– Sondra loge dans la maison ?

– Pour autant que je sache.

Quinn fourra le Glock dans la ceinture de son jean.

– Demain soir, arrange-toi pour les retenir dans la grange, d'accord ? Le temps qu'on fasse sortir Sondra de la maison, Strange et moi.

– Qu'est-ce que je suis censé faire quand Delgado se mettra à les massacrer ?

– Tu feras ce que tu voudras, j'en ai rien à foutre.

Quinn prit le bloc-notes sur la table basse et glissa le stylo-bille dans la poche de poitrine de sa chemise.

– Mais quoi que tu décides de faire demain soir, je te préviens que ça m'empêchera pas de rendre tes aveux publics.

– Le contraire m'aurait étonné.

– Adieu, Gene.

Sans un regard en arrière, Quinn sortit de l'appartement et referma la porte derrière lui.

Quand la sonnette retentit, Strange était allongé sur le canapé, dormant à poings fermés. Il fut réveillé par les aboiements de Greco. Après avoir jeté un coup d'œil par le judas, il ouvrit la porte. Quinn était debout sur le perron, le panache blanc de son haleine se détachant sur la nuit.

– J'ai eu ce que je voulais, dit-il en montrant les aveux de Franklin à Strange.

– Tu vas pouvoir combler mes lacunes, dit Strange.

Quinn lui expliqua tout sur-le-champ.

Une fois qu'il en eut terminé, Strange dit :

– C'est pour demain soir alors ?

– Oui, répondit Quinn.

31

Strange enfonça la touche de l'interphone et dit :

– Janine ?

– Oui, Derek, nasilla la voix de Janine.

– Viens me voir dans mon bureau, tu veux ?

Strange plia le buste, ramassa par terre une grosse enveloppe matelassée de format 22 x 36 et la posa sur son bureau. Son destinataire était Lydell Blue, aux bons soins du commissariat du 4e, et elle contenait les preuves que Strange avait réunies dans le cadre de son enquête sur l'affaire Wilson.

Ce matin-là, Strange était arrivé au bureau de bonne heure. Il avait photocopié toutes les pièces de son dossier et s'était posté à lui-même une grosse enveloppe semblable à celle qui était posée devant lui. Ensuite il avait appelé son avocat pour s'assurer que son testament n'avait pas besoin d'être remis à jour, et lui avait donné toutes les précisions nécessaires sur la modeste assurance vie qu'il avait souscrite en faveur de Janine et de Lionel.

Janine Baker entra dans la pièce.

– Bonjour, dit Strange.

– Bonjour.

– Je serai absent toute la journée, et peut-être aussi demain matin.

– D'accord, dit Janine.

– Si t'as besoin de moi, tu peux me joindre sur mon bipeur.

– Comme toujours. Qu'est-ce que ça a d'inhabituel ?

– Oh rien, dit Strange. Non, rien du tout.

Son nez s'était soudain mis à le démanger. Tout en le frottant, il ajouta :

– Comment va Lionel ?

– Il va bien.

– Il est obéissant ? Il fait ses devoirs ?

– Il me fait tourner un peu en bourrique par moments, mais c'est un gentil garçon.

– Parfait, dit Strange.

Il se pencha en avant et tapota la grosse enveloppe posée sur son bureau.

– Si jamais je t'ai pas donné d'autres consignes d'ici demain midi, il faudra absolument que tu postes cette enveloppe, d'accord ?

– D'accord.

– En attendant, range-la dans le coffre. Dans deux jours, le facteur t'apportera une autre enveloppe, exactement semblable à celle-ci. Dès qu'elle arrivera, il faudra la ranger dans le coffre aussi.

– Entendu.

– T'as préparé la facture de Leona Wilson ?

– Je m'en occuperai dès que tu m'auras annoncé que tu as bouclé l'affaire.

– Eh bien, je te l'annonce. Tu n'auras qu'à lui facturer huit heures de plus. Et n'oublie pas de joindre à ma note de frais les reçus que j'ai récoltés.

– J'oublierai pas.

– Bon, on a tout vu, je crois.

Strange se leva, décrocha sa veste en cuir du portemanteau et l'enfila. Il s'approcha de Janine et jeta un coup d'œil en direction de la porte ouverte de son bureau.

– Ron est là ?

– Non, il est en filature.

Strange entoura la taille de Janine de ses bras et l'attira à lui. Il l'embrassa sur la bouche, prolongeant le baiser un assez long moment. Janine leva les yeux et capta son regard.

– C'est la première fois que tu m'embrasses ici, Derek.

– J'ai souvent du mal à exprimer ce que j'ai dans la tête, dit Strange. Ce que j'essaye de te dire, c'est que...

– Tu me l'as dit, Derek.

Toujours serrée contre lui, Janine lui passa le pouce sur les lèvres pour en faire disparaître les traces de son rouge à lèvres.

– Faut que j'y aille, dit Strange.

– Il est encore tôt.

– Je sais, mais j'avais prévu de passer la journée avec ma mère.

Janine le regarda traverser l'antichambre et sortir, ensuite elle s'empara de l'enveloppe qu'il avait laissée sur son bureau et se dirigea vers le coffre.

Ce jour-là, Quinn était venu plus tôt que d'habitude à la librairie. Son travail terminé, il regagna son appartement, alla faire une séance de muscu au sous-sol et prit une douche. Ensuite, il passa des sous-vêtements molletonnés, une chemise en flanelle, un Levi's et de grosses chaussures de marche. Il dîna d'un plateau-télé passé au micro-ondes, se prépara du café et en ingurgita trois tasses dans la demi-heure qui suivit. Il alluma sa chaîne et glissa *London Calling* dans le lecteur de CD. Assis au bord de son lit, il écouta « Death or Glory ». Il remplaça *London Calling* par *Born to Run* et mit « Backstreets » à fond. Il fit un moment les cent pas dans sa chambre, puis ouvrit le tiroir du bas de la commode et en sortit son pistolet et le ceinturon qui allait avec.

Quinn se campa face au miroir en pied. Il se passa le ceinturon autour de la taille et le boucla. La gaine lui tombait exactement comme il fallait sur la hanche droite. Il avait ôté du ceinturon l'étui à gaz paralysant, le porte-cartouches, l'étui à stylos et le porte-clés, n'y laissant que les menottes, dont l'étui reposait juste au-dessus du creux de ses reins. Il mit le Glock dans sa gaine, le dégaina et le rengaina plusieurs fois d'affilée.

Quinn éjecta le chargeur, s'assura qu'il était plein. Il leva le Glock, ferma un œil, régla le cran de mire, visa un point sur le mur et appuya sur la détente, produisant un claquement sec. La crosse en plastique noir s'adaptait bien à sa paume. Il remit le chargeur en place d'un coup sec et rengaina le Glock.

Le téléphone sonna et il le décrocha.

– Allô ?

Un flot de musique orchestrale lui envahit les oreilles.

– C'est Derek. Je suis prêt.

– Moi aussi, dit Quinn. Amène-toi.

Strange raccrocha. Il était chez lui, assis derrière son bureau, écoutant la BO d'*Il était une fois dans l'Ouest*. Quand les premières mesures du lancinant leitmotiv d'Ennio Morricone se firent entendre, Strange ferma un instant les yeux. C'était le plus beau morceau de musique de sa collection, et il n'aurait pas demandé mieux que de rester assis là toute la nuit à l'écouter. Mais le ciel était déjà noir de l'autre côté de sa fenêtre zébrée de pluie; il était temps de se mettre en route et il le savait.

La Maxima noire d'Adonis Delgado avançait à une allure régulière, cap plein nord, sur la 270, ses essuie-glaces chassant du pare-brise la pluie qui s'était mise à tomber depuis peu. Passé l'heure de pointe, la circulation s'était fluidifiée et depuis quelque temps la route en avant d'eux était dégagée.

– Ils reçoivent toujours leurs relations d'affaires dans la grange, dit Delgado, qui se laissait nonchalamment aller en arrière sur son siège.

Les muscles de ses bras saillaient sous son survêtement

de nylon noir, et une grosse chaîne en or tressé entourait son cou de taureau.

– Je sais, dit Eugene Franklin assis à côté de lui sur le siège du passager.

– Du temps que les Colombiens étaient encore de ce monde, ils se marraient comme des bossus avec Coleman en lui racontant leurs visites là-bas. Dès qu'on sera sortis de l'autoroute, on leur passera un coup de fil et ils viendront nous prendre dans le parking d'un centre commercial. Ils nous conduiront eux-mêmes jusqu'à chez eux...

– Je suis déjà au courant de tout ça.

– Ils nous conduiront eux-mêmes jusqu'à chez eux, je te dis. Ils tiennent toujours à ce qu'on siffle quelques verres avec eux avant d'en venir à la transaction.

– Je bois pas d'alcool.

– Faudra que t'acceptes un coup ou deux par politesse, mais évite de prendre une biture, hein. À un moment, je prétendrai que j'ai besoin de satisfaire un besoin naturel et j'irai rendre visite à la petite junkie. Après lui avoir réglé son compte, je reviendrai dans la grange.

– Tu crois que c'est une bonne idée ?

– Pourquoi elle serait pas bonne ?

– Vaudrait peut-être mieux que tu t'occupes de la fille après. Si tu la flingues dans la maison, on entendra la détonation de la grange.

– Je ferai en sorte qu'on l'entende pas.

– Quoi, t'as un silencieux ?

– « Quoi, t'as un silencieux ? » répéta Delgado, en singeant la voix mal assurée de Franklin.

Il émit un bref rire avant de continuer :

– Putain, Eugene, comment est-ce qu'ils ont pu être assez cons pour te laisser entrer dans la police ? J'ai pas besoin de silencieux, pauvre gland. Je lui collerai un oreiller sur la tronche et je tirerai à travers.

Delgado régla les essuie-glaces sur la vitesse maximum. La pluie était soudain devenue très drue.

– En revenant dans la grange, je m'approcherai de Ray et je le descendrai aussi sec. Toi, pendant ce temps-là, tu t'occuperas de son père. J'espère que tu vas pas choisir ce moment-là pour me lâcher.

– Je te lâcherai pas, dit Franklin.

– Voilà notre sortie, dit Delgado en mettant son clignotant. Attrape mon portable dans la boîte à gants, Eugene. Appelle le petit blanc bigleux et dis-lui qu'on arrive.

Ray Boone cassa en deux une spansule de méthédrine et en versa le contenu sur un miroir publicitaire pour la bière Budweiser qu'il venait de décrocher du mur. Il hacha grossièrement la poudre blanche tachetée de bleu avec une lame de rasoir et en sniffa deux bonnes lignes. Il rejeta la tête en arrière et éprouva la sensation familière d'engourdissement dans la gorge. Il termina sa bière en quelques lampées et jeta la boîte vide à la poubelle en essuyant d'un revers de la main le filet de sang qui lui coulait du nez.

– Le téléphone sonne, papa.

– Je suis pas sourd, dit Earl qui tenait une cigarette dans la main gauche et jouait au poker électronique de la main droite.

– Ça doit être eux.

– T'as qu'à répondre, P'tite tête.

Le portable de Ray était posé devant lui sur la table recouverte de feutre vert. Il s'en saisit, échangea quelques brèves paroles avec l'un des hommes de Coleman et appuya sur la touche de fin de conversation.

– Ils sont arrivés, dit Ray.

Earl hocha la tête sans rien dire.

Ray avait tout l'équipement nécessaire sur lui. Son Beretta 92F était au creux de ses reins, coincé sous la ceinture de son jean, et le chargeur était plein. Il avait un flacon de méthédrine dans une des poches de son blouson et un paquet de Marlboro dans l'autre. Il avait sorti toute l'héroïne qui leur restait de la pièce du fond et avait remisé les sacs derrière le bar.

Ray avait sorti l'héroïne parce qu'il ne voulait pas être obligé de retourner dans la pièce du fond. Ça commençait à cocoter méchamment là-dedans. En constatant que son père avait eu raison, le trouble que Ray éprouvait depuis qu'Edna s'était tirée n'avait fait qu'augmenter. Le temps s'était réchauffé inopinément, et au fond du tunnel les deux macchabs se décomposaient à la vitesse grand V.

Empoignant d'une main la mini-glacière dans laquelle il avait mis au frais un pack de six bières, et tapotant de l'autre les poches de son blouson pour s'assurer qu'il avait pris ses clopes et son .38, Earl sortit de la grange à la suite de Ray. Arrivé dans la cour, il projeta d'une chiquenaude sa cigarette vers la forêt.

– Je reviens, dit-il. Je vais voir ce que fait la petite.

Ray savait que son père allait dans la maison pour filer une dose à sa junkie café au lait, mais ça ne le tarabustait pas outre mesure. Il n'en voulait même pas au vieux de l'avoir envoyé au tapis la veille. Ses propres problèmes lui pesaient déjà bien assez comme ça.

Ray s'avança jusqu'à la lisière des arbres et scruta le sous-bois ténébreux, exposant son visage à la pluie battante. Où était passée cette conasse d'Edna ? D'accord, elle avait été puiser dans sa réserve de quoi se fumer une pipe ou deux, et maintenant elle avait la trouille. Mais ça faisait vingt-quatre heures qu'elle n'avait pas donné signe de vie. Ray avait téléphoné à sa copine Johanna, la demeurée aux tifs gigantesques, et elle lui avait juré ses grands dieux qu'elle savait pas non plus où était Edna. Elle savait forcément où était Edna, cette sale menteuse, vu qu'elles étaient comme cul et chemise depuis l'école primaire. En plus, cette pétasse de Johanna était montée sur ses grands chevaux, comme si elle avait soupçonné Ray d'être responsable des ennuis éventuels d'Edna. Pour rien au monde Ray n'aurait fait du mal à Edna. Enfin, il faudrait quand même qu'il lui foute une ou deux torgnoles à son retour, mais ça n'irait jamais plus loin que ça.

– Tu vas être trempé, P'tite tête, fit la voix d'Earl dans son dos. Si tu restes dehors sous une pluie pareille, le cuir de tes bottes va en prendre un coup.

– Je réfléchissais papa, c'est tout, dit Ray.

– Oh, je sais ce que t'as en tête. Une fois qu'on aura réglé l'affaire de ce soir, tu pourras t'offrir autant de pouliches que tu voudras, ça t'aidera à l'oublier, ta greluche.

– C'est vrai, t'as raison. Viens, allons chercher les deux bamboulas.

Ils se dirigèrent vers la voiture.

– Ça commence à schlinguer dans la grange, dit Earl.

– Je les enterrerai demain, dit Ray.

– Je t'avais bien dit qu'on allait avoir un redoux.

Edna, son vieux qui n'arrêtait pas de lui faire la leçon, le speed qui lui tourbillonnait dans les veines, tout cela faisait un sacré méli-mélo dans la tête de Ray. Pour un peu, il se serait mordu la langue jusqu'au sang.

– T'es prêt ? demanda Strange, désignant du menton le petit sac à dos que Quinn tenait à la main.

Ils étaient debout face à face dans la chambre de Quinn.

– Oui, dit Quinn. Et toi ?

– J'ai passé la journée avec ma mère. Les médecins disent qu'elle est en train de se replier sur elle-même. Elle reste prostrée dans son lit, à regarder par la fenêtre. N'empêche, j'avais envie de lui tenir compagnie.

– Moi, je suis allé bosser à la librairie. J'avais besoin d'une occupation, pour m'éviter de trop gamberger.

– Comment va Lewis ? Il fréquente pas trop Mlle Paluche ?

Strange et Quinn pouffèrent, puis restèrent un assez

long moment à se regarder sans rien dire. Strange tendit à Quinn une paire de gants noirs.

– Mets-les quand on arrivera là-bas. T'auras un peu moins froid aux mains, et ils sont d'une telle finesse qu'on n'a pas besoin de les enlever pour ramasser une pièce de monnaie.

– Merci, dit Quinn en fourrant les gants dans son sac.

Strange jeta un coup d'œil en direction de la fenêtre.

– Il pleut comme vache qui pisse. On va patauger dans la gadoue, mais la pluie amortira les sons.

– Avec la pluie, on n'aura aucune visibilité quand on passera à travers la forêt.

– Tout ira bien grâce à mes lunettes à infrarouge.

– Toi et tes gadgets, dit Quinn.

Son regard se dirigea vers la taille de Strange, qui avait accroché à sa ceinture son bipeur, son Leatherman, son couteau de chasse et son portable.

– Au fait, prends ça, tu en auras besoin, dit-il en décrochant son bipeur de sa hanche et en le tendant à Quinn. On va partir dans deux voitures pour le cas où on serait obligés de se tirer chacun de son côté.

Quinn hocha la tête.

– Rendez-vous au panneau « Propriété privée », dit-il.

– D'accord, mais si jamais on pouvait pas se rejoindre là-bas...

– On se retrouve à Washington, dit Quinn.

32

Ray Boone passa derrière le bar et trouva la bouteille de Jack Daniels où il l'avait laissée, sur la paillasse de l'évier en inox, à côté du frigo. Le Colt de son père était à sa place habituelle, accroché à deux clous plantés dans le bois au-dessus de l'évier, le canon reposant sur l'un et la sous-garde sur l'autre. Ray posa la bouteille de bourbon sur le bar, prit un verre sur l'étagère derrière lui et le remplit à ras bord.

– Un petit coup de bourbon, les gars ? demanda-t-il en hurlant pour couvrir la chanson de George Jones que diffusait le juke-box.

Le moricaud à gueule de Bugs Bunny qui tirait une tête de six pieds de long à la table de poker, une boîte de bière à la main, fit non de la tête. L'autre bougnoule, le gros malabar laid à faire peur en survêt grand luxe, n'eut aucune réaction. Il était debout au milieu de la pièce, faisant aller et venir sa tête crépue au-dessus de ses épaules massives, comme s'il essayait d'expulser quelque chose de son énorme cou. Il avait un cigare fiché entre les dents.

– Et toi, papa ? beugla Ray.

– J'en boirais bien un petit, dit Earl.

Debout au-dessus du juke-box, il sélectionnait des chansons en portant de loin en loin sa boîte de bière à ses lèvres.

Ray remplit un verre à l'intention de son père. Il faillit s'esclaffer à l'idée que leurs deux visiteurs ne s'étaient pas mis plus à l'aise que son père et lui en dépit de la chaleur d'étuve qui régnait dans la grange. Ray savait qu'ils étaient armés tous les quatre, et les autres le savaient aussi bien que lui. C'était la règle du jeu. Ray et Earl voulaient raccrocher, et vu la quantité de pognon qu'ils avaient amassée, ils auraient pu s'arrêter depuis belle lurette. Mais en y réfléchissant, Ray était bien obligé d'admettre que cet aspect de leur activité allait lui manquer : le verre qu'on prend avec les clients, la tension, les flingues… le jeu, quoi.

Les ripoux de Coleman avaient posé le sac plein de billets sur le comptoir, et Ray avait placé les deux sacs d'héroïne à côté. Ils n'avaient pas manifesté la moindre velléité de peser la poudre, ni même d'y jeter un coup d'œil. Ray leur avait dit qu'il serait impoli de ne pas boire un coup avant, et ils avaient obtempéré.

Ray brisa une spansule de méthédrine et la vida sur le comptoir. Sans même se donner la peine de tracer des lignes avec sa lame de rasoir, il pencha la tête et se l'enfila dans les narines. Son père et les deux crépus en penseraient ce qu'ils voudraient, il en avait rien à foutre. Il était bien décidé à fêter comme il se devait leur ultime transaction.

– Waouh ! s'exclama Ray.

Il alluma une cigarette, et le juke-box répondit comme en écho : « *Tonight, the bottle let me down* *. »

Ils me font chier, ces deux ploucs de merde, se disait Adonis Delgado en éclusant le reste de la pisse d'âne qu'ils lui avaient filée. D'abord ils l'avaient obligé à s'allonger à l'arrière de leur Ford, le nez contre le cul d'Eugene Franklin dans une position si inconfortable qu'il en avait la nuque toute raide, et maintenant ils le forçaient à écouter la musique de pedzouilles qu'ils se passaient sur leur machine à la con. Delgado s'était muni d'un 9 mm Browning, qu'il portait dans un étui fixé à sa ceinture. Un 9 mm, ça peut faire de sérieux dégâts. Il se délectait à l'avance de l'instant où il le dégainerait.

* « Ce soir, la bouteille m'a fait faux bond. »

Eugene Franklin suivit du regard Earl Boone qui passait devant lui pour aller s'asseoir sur le tabouret du jeu de poker électronique. Franklin glissa une main dans sa poche et effleura la crosse de son arme de service, un Glock 17. Il jeta un coup d'œil à sa montre. Il pensait à Quinn et Strange.

– On t'attend quelque part ? lui demanda Ray, qui venait de sortir de derrière le comptoir, un verre de bourbon à la main et une cigarette au bec. Hein, Eugene ? C'est bien comme ça que tu t'appelles ?

– Oh non, rien ne presse, dit Franklin en évitant de croiser le regard halluciné de Ray Boone. Je me sens très bien.

– Ben pas moi, dit Delgado. Faut que j'aille aux toilettes.

– T'as qu'à pisser dehors comme tout le monde, dit Ray.

– J'ai envie de chier, dit Delgado. Vous avez bien des gogues quelque part ?

– Y en a dans la pièce du fond, mais elles sont pétées, dit Earl.

– T'as qu'à aller dans la maison, dit Ray. La porte est pas fermée à clé.

Delgado vit le regard que le vieux jetait à son fils.

– Vous en faites pas, je toucherai à rien, dit-il. Elles sont où, les chiottes ?

– Au premier, dit Ray.

– Je reviens tout de suite, dit Delgado à Franklin.

Il cassa son cigare en deux et le jeta dans le cendrier de la table de poker.

Franklin regarda Delgado sortir. Quand la porte de la grange se fut refermée derrière lui, il porta sa canette à ses lèvres. Heureusement qu'il y avait la musique tonitruante et le bruit de la pluie s'abattant sur le toit. Ses dents jouaient des castagnettes, produisant un léger cliquetis au contact du métal.

Quinn et Strange cheminaient à travers les arbres. Strange avait chaussé ses lunettes de vision nocturne, et

Quinn mettait ses pas dans les siens. Le vent et la pluie leur cinglaient le visage. Ils portaient plusieurs couches de vêtements et ils avaient enfilé leurs gants de fine peau noire, mais cela ne suffisait pas. À un moment, Strange dérapa dans la boue, et Quinn le retint par le coude, lui évitant de se casser la figure.

Ils parvinrent enfin à la lisière du bois et déposèrent leurs sacs au milieu d'un bosquet de pins touffu, sur un tapis d'aiguilles humides. La lampe montée au-dessus de la porte de la grange illuminait la cour, la pluie serrée hachurant son large triangle de lumière. Une faible lueur brillait à la fenêtre d'une chambre, au premier étage de la maison.

Strange rangea ses lunettes dans son sac et en tira un pied-de-biche. Quinn ouvrit le sien et en sortit son ceinturon. Il se releva, se le boucla autour de la taille, fit jouer le bouton-pression qui maintenait la gaine fermée.

– T'as une de ces touches, dit Strange. Tu te prends pour Lee Van Cleef, ou quoi ?

– Faut bien que quelqu'un joue le rôle.

– C'est vrai. Moi, j'aime mieux me réserver le boulot le moins dur.

Strange leva les yeux vers la chambre éclairée du premier étage, puis son regard se reposa sur Quinn. Quinn était trempé ; la pluie avait plaqué ses longs cheveux de part et d'autre de son visage.

– À mon avis, c'est Sondra qui est dans la maison. Les autres sont dans la grange.

– C'est qu'une hypothèse.

– On saura bientôt ce qu'elle vaut.

Par deux fois, Strange avala une grande goulée d'air et l'exhala lentement.

– Ajoute le bipeur à ton ceinturon, Terry.

Quinn se fixa l'appareil au-dessus de la hanche gauche.

– Voilà, c'est fait.

– Si je te vois pas en revenant ici avec Sondra, il est pas

question que je t'attende, tu comprends ? L'idée de te laisser en plan me plaît pas, mais ce soir la chose la plus importante c'est de la ramener à sa mère, Terry...

– J'ai pigé.

– Donc, je m'arrêterai pas. Dès que j'aurai rejoint ma voiture avec Sondra, je t'appellerai avec mon portable. Si ton bipeur se déclenche, ça voudra dire que j'ai réussi à la sortir de là, d'accord ? À ce moment-là, tu pourras te tirer à ton tour. Mais pas avant. Tant que je t'aurai pas envoyé le signal, faudra que tu les retiennes dans la grange.

– Je bougerai pas d'un poil, sauf si tu me donnes le feu vert.

– Tu m'en bouches vraiment un coin, tu sais.

– Vas-y, Derek.

– Écoute, Terry...

– Vas-y, je te dis. Rendez-vous devant chez Leona Wilson, d'accord ?

Strange traversa la partie éclairée de la cour en zigzaguant façon commando. Il monta sur la véranda croulante et s'avança jusqu'à la porte, prêt à faire usage de son pied-de-biche pour la forcer. Mais constatant qu'elle n'était pas fermée à clé, il la poussa et pénétra à l'intérieur.

Quinn ôta sa parka et la laissa tomber sur le tapis d'aiguilles de pin, au-dessus de son sac à dos.

Adonis Delgado se dépouilla de son survêt et de son tee-shirt, qu'il laissa en tas sur le plancher. Il retira son slip, le laissa tomber sur la pile de vêtements et se dirigea vers la fille qui était assise au-dessus des couvertures, recroquevillée contre la tête du lit. Il crut entendre une marche craquer de l'autre côté de la porte fermée, mais il en fut distrait par la vision de son reflet dans le miroir de la commode. Il avait fière allure avec ses abdominaux en relief et les muscles impressionnants de ses bras, de ses épaules et de sa poitrine. Son érection était impressionnante aussi.

– Viens là, ma belle, dit-il en arrivant au pied du lit.

La petite Wilson était un vrai sac d'os. Elle ne ressemblait plus que de très loin à ce qu'elle était quand il se l'était tapée pour la première fois, dans sa stalle de la Droguerie. Mais ça lui était égal. Ses pupilles n'étaient pas plus grosses que des têtes d'épingle. Delgado comprit qu'elle venait de se défoncer. Ça aussi, ça lui était égal.

– Pitié, gémit Sondra Wilson d'une voix à peine audible.

La main de Delgado se referma sur l'un de ses poignets squelettiques.

– Sale petite pute.

De l'autre côté de la porte, Strange était presque arrivé au palier.

– Qu'est-ce qu'il fout, ton pote ? demanda Ray. Ça fait vingt minutes qu'il est parti.

– Il va pas tarder, dit Franklin.

– Je vais aller le chercher, moi, dit Earl en s'arrachant à son poker électronique.

– J'y vais, papa, dit Ray. Faut que j'aille faire pleurer le poireau, toute manière.

Earl regarda son fils sortir, puis il passa derrière le bar pour se préparer un verre, tout en surveillant du coin de l'œil le négro aux dents de cheval. La bouteille de Jack Daniels était toujours à côté de l'évier. Pendant qu'il y était, Earl décrocha le Colt de ses clous, fit jouer la culasse et posa l'arme sur la paillasse.

Earl avait son .38 en poche, mais il se disait qu'il valait mieux garder une arme d'appoint à portée de la main. On ne prend jamais assez de précautions quand on a affaire à cette racaille-là.

– « Orange Blossom Special », dit Earl en désignant le juke-box du menton. C'est vraiment une sacrée bonne chanson.

Voyant que le flic noir assis à la table de poker restait de marbre, il ajouta :

– Ben quoi, mon gars, t'aimes pas Johnny Cash ?

En voyant la porte de la grange s'ouvrir, Quinn se faufila jusqu'à la cour. Il s'adossa au pick-up Ford qui était garé à côté de la Taurus et s'accroupit. Il dégaina son Glock, fit jouer la culasse et le leva jusqu'à son visage, canon pointé vers le ciel. Il se redressa lentement en suivant du regard les mouvements de Ray qui passait devant lui, se dirigeant vers la maison.

Quelques instants encore, Quinn étudia le rythme des foulées de Ray. Puis il compta mentalement jusqu'à trois et s'avança dans la cour, mettant ses pas dans ceux de Ray, comblant rapidement la distance qui le séparait de lui. Au moment où Ray posait le pied sur la première marche de l'escalier de la véranda, il cria :

– Plus un geste !

Ray se pétrifia sur place.

– Mets tes deux mains derrière la tête, les doigts croisés, lui ordonna Quinn. Et maintenant, écarte les jambes !

Au moment où il levait les bras, Ray tourna légèrement la tête. Comme il mettait un temps fou à écarter les jambes, Quinn fit un pas en avant et lui flanqua un coup de pied à la hauteur du mollet.

– D'où tu sors, toi ? s'exclama Ray.

– Ta gueule, dit Quinn en lui plaçant le canon de son Glock sous l'oreille droite.

En palpant Ray, Quinn découvrit un automatique glissé dans sa ceinture, juste au-dessus du creux des reins. Il s'en empara, libéra prestement le chargeur, le laissa tomber dans la boue et jeta le pistolet au loin. Pour un peu, Quinn aurait souri. Décidément, il n'avait pas perdu la main.

– Retourne dans la grange, dit Quinn.

– T'énerve pas, dit Ray.

– Allez avance.

Ray fit demi-tour, et Quinn suivit le mouvement, le canon de son Glock toujours appuyé sur l'oreille de Ray. Soudés l'un à l'autre, ils marchèrent jusqu'à la porte de la grange. Quinn battait des paupières pour ne pas être aveuglé par la pluie. Ils franchirent le seuil et se retrouvèrent à l'intérieur.

Quinn jaugea la situation d'un coup d'œil : le père, debout derrière le comptoir, le fixait nonchalamment du regard. Ses mains étaient cachées. Eugene était assis à une table recouverte de feutre vert, une boîte de bière à la main. Delgado n'était nulle part en vue.

– Les mains en l'air, vous deux ! vociféra Quinn. Et pas d'entourloupes, ou je lui fais gicler la cervelle jusqu'au mur d'en face !

– T'excite pas, mon gars, dit Earl en levant lentement les mains.

Quinn avait du mal à l'entendre, à cause du juke-box qui faisait un boucan de tous les diables.

– Toi, pose les mains à plat sur la table devant toi, ordonna Quinn à Franklin, qui obtempéra.

D'une bourrade, Quinn projeta Ray vers l'avant.

– Va te mettre le dos au comptoir !

Ray s'approcha du bar, s'arrêtant à environ un mètre cinquante de l'endroit où se tenait son père. Il se retourna face à Quinn et posa le talon d'une de ses bottes sur la barre d'appui en laiton. Ses coudes reposaient sur le comptoir en acajou, ses deux mains pendant mollement dans le vide. Un filet de sang lui coulait d'une narine.

Quinn déplaça son arme, passant du père au fils. Il la braqua brièvement sur Franklin, puis remit les Boone en joue.

– Toi, dit-il, jetant un rapide coup d'œil en direction de Franklin, lève-toi et va débrancher le juke-box. Quand ce sera fait, reviens t'asseoir à la même place.

Eugene Franklin se leva de sa chaise, s'approcha du juke-box, mit un genou à terre et arracha la fiche de la prise murale. La musique se tut instantanément. Franklin retourna s'asseoir et posa les deux mains à plat sur le feutre vert de la table.

À présent, on n'entendait plus que le son de la pluie. Elle fouettait la façade en bois de la grange, s'abattant sur le toit en tôle avec un cliquetis régulier.

– T'es du FBI ou de la DEA ? demanda Ray.

– Une chose est sûre, c'est qu'il est seul, dit Earl.

– Ça doit être un de ces agents qui opèrent en solitaire, dit Ray. Un cow-boy. Hein, c'est ce que tu es ?

Eh oui, c'est ce que je suis, songea Quinn.

Ils entendirent une femme crier. Le cri semblait venir de très loin. Ensuite il n'y eut plus que le bruit de la pluie. Puis le cri reprit, se prolongea.

– T'entends ça, P'tite tête ?

– Oui.

– La ferme, vous deux, dit Quinn.

De son énorme paluche, Delgado empoigna Sondra Wilson par les cheveux et la tira vers le pied du lit.

La porte s'ouvrit à la volée. Delgado fit volte-face, nu comme un ver. Un homme se précipitait sur lui, brandissant un pied-de-biche à deux mains au-dessus de sa tête. Delgado bloqua le coup avec l'avant-bras et son poing s'écrasa sur l'oreille de l'homme au moment où il entrait en collision avec lui, l'envoyant dinguer contre la commode. Delgado le repoussa et le pied-de-biche lui échappa. L'homme faillit tomber, retrouva l'équilibre et se mit en position de combat, les pieds bien à plat sur le sol, les doigts largement écartés.

– Strange, fit Delgado, et il éclata de rire.

Voyant que Delgado lorgnait vers ses vêtements empilés sur le sol, Strange les envoya promener d'un coup de pied. Delgado ferma les poings, s'effleura le menton du pouce droit, puis du gauche et il avança sur Strange, qui battit en retraite.

Quand il fut acculé au mur, Delgado se jeta sur lui. Strange reçut un direct du gauche dans les côtes, qui lui fit l'effet d'une vrille, puis bloqua un crochet du droit en resserrant sa garde, son biceps gauche absorbant l'impact du coup. Strange poussa un grognement et balança un uppercut d'une force terrible qui atteignit Delgado à la mâchoire. Delgado recula d'un pas et une rage folle s'empara de lui. En deux enjambées, il fut sur Strange. Son poing droit se détendit avec une telle rapidité que Strange eut à peine le temps de le voir. Il le cueillit à la pommette gauche et l'expédia au tapis.

Strange fit un roulé-boulé, se retrouva debout et secoua la tête pour faire passer son début de vertige. Sa main droite se posa sur l'étui fixé à sa hanche. Il fit jouer le bouton-pression, en tira son Buck, déplia la lame et se cala le manche dans le creux de la main. Debout à l'autre bout de la pièce, Delgado lui sourit, exhibant ses gencives rouges de sang.

– Je vais te le prendre, ton putain de couteau, pépé.

– Viens le chercher, dit Strange.

Delgado s'avança en sautillant d'un pied sur l'autre, feinta du gauche et balança un direct du droit vers le visage de Strange, en y mettant toute sa force. Strange esquiva le coup. Emporté par son élan, Delgado fit un faux pas et tomba sur un genou aux pieds de Strange, levant sur lui des yeux écarquillés par la stupeur. Strange abattit violemment son couteau, le plongeant jusqu'à la garde dans le cou massif de Delgado. La lame lui sectionna la carotide et lui perfora la trachée. Un geyser de sang jaillit, inondant toute la chambre. Sondra se mit à hurler.

Delgado s'effondra en tendant une main hésitante vers le manche du couteau. Une brume écarlate s'échappa de sa bouche tandis qu'il essayait vainement d'aspirer un peu d'air. Son cerveau cessa de lui répondre, des spasmes lui agitèrent les jambes et sa tête s'abattit dans une mare de sang qui s'élargissait à vue d'œil.

Strange posa une semelle sur la joue de Delgado et extirpa son couteau. Il essuya la lame sur son jean, enfonça le cran de sûreté et replia la lame. Tout en remettant le Buck dans son étui, il se tourna vers Sondra. Elle était recroque·villée contre la tête du lit et poussait des hurlements perçants. Strange ramassa son pied-de-biche et le glissa dans la poche revolver de son jean.

Ensuite il s'avança jusqu'au lit et gifla la jeune femme. Il la gifla une deuxième fois. Ses cris perçants se muèrent en sanglots étouffés. Elle avait peur de lui et ça l'arrangeait bien. Il arracha la couverture en laine du lit, lui en enveloppa les épaules.

Strange prit Sondra dans ses bras, la porta jusqu'au palier, descendit l'escalier. Il ouvrit la porte tant bien que mal, traversa la véranda et se retrouva dehors sous la pluie. Sans un regard pour la grange, il marcha jusqu'au bosquet de pins, posa la jeune femme sur le sol, s'accrocha son sac aux épaules et la reprit dans ses bras. Il ne toucha pas au sac et à la parka de Quinn. Il s'enfonça rapidement dans l'obscurité du sous-bois, sans se retourner une seule fois.

– Elle gueule plus, dit Ray.

– J'avais remarqué, dit Earl en jetant un coup d'œil à Franklin.

– Bouclez-la, dit Quinn.

Du coin de l'œil, il vit que la main droite d'Eugene glissait peu à peu vers le bord de la table de poker.

– Je vais continuer à causer, dit Ray. Je vois pas en quoi ça te gêne.

– Cause, P'tite tête.

– Ça me fait du bien. Et toi, papa, ça te fait pas du bien de discuter de tout ça ?

– Si, dit Earl en se grattant le nez.

– Les mains sur le comptoir, dit Quinn.

– Oui chef, dit Earl.

Ray s'esclaffa.

– Tu veux quoi, au juste? demanda-t-il. Du fric? De la poudre? Tout est là, sur le comptoir. T'as qu'à prendre les sacs et te tirer, si c'est ce que t'es venu chercher.

Quinn ne dit rien.

– Tu vas attraper une crampe à force de nous braquer, dit Earl.

Une rafale de pluie fouetta la façade de la grange.

– Tu vas rester comme ça toute la nuit? demanda Ray. Merde quoi, fais quelque chose. Flingue-nous, dépouille-nous, ou casse-toi. Alors, tu choisis quoi?

Le bipeur fixé à la ceinture de Quinn se mit à sonner. Ils écoutèrent tous la sonnerie sans mot dire. Puis elle se tut.

Quinn recula lentement vers la porte, son arme toujours pointée sur les trois hommes. Ray éclata de rire et Quinn sentit le sang lui affluer au visage.

– Regarde, papa. Le voilà qui bat en retraite.

– Je vois bien, dit Earl, avec un large sourire qui accusait encore les rides de ses joues.

– Alors, chochotte, tu te dégonfles?

Quinn s'arrêta. Il se campa fermement sur ses pieds et rengaina son Glock. Il jeta un bref regard à Eugene et tourna les talons, leur présentant son dos. Puis il se dirigea vers la porte.

Earl prit le Colt sur la paillasse de l'évier, le posa sur le comptoir et le fit glisser vers son fils. Au moment où le buste de Ray pivotait, le talon de sa botte buta contre la barre d'appui et cela lui fit perdre une seconde. Il tendit le bras vers le Colt, empoigna la crosse et dirigea le canon vers Quinn tandis qu'Earl enfonçait une main dans sa poche et en sortait son .38.

– Eh, Terry, fit Franklin d'une voix parfaitement égale.

Quinn dégaina son Glock, virevolta sur lui-même en adoptant une position accroupie et tira de la hanche. Il toucha le comptoir, arrosant Ray d'une pluie d'éclats de bois.

Quinn appuya de nouveau sur la détente, et la balle atteignit Ray en pleine poitrine, trouant sa chemise. Ray lâcha son Colt et s'écroula.

Il y eut une détonation assourdissante. Le .38 tressauta dans la main d'Earl et Quinn sentit un souffle violent et une brûlure sur le côté du crâne.

Franklin se leva en renversant la table de poker d'un coup de pied. Il appuya quatre fois sur la détente de son Glock, qui lui rebondissait violemment dans la main. Earl fut précipité contre le miroir du fond, les bouteilles posées sur l'étagère explosant autour de lui en une tempête de sang et de débris de verre. Earl tourna lentement sur lui-même, s'écroula et disparut.

Les oreilles de Quinn lui tintaient. Il perçut un gémissement étouffé, suivi d'une brève toux, puis il n'y eut plus que le tintement dans ses oreilles et le bruit régulier de la pluie.

Quinn s'avança à travers la fumée âcre de la fusillade. D'un coup de pied, il écarta le Colt du cadavre de Ray. Pointant son automatique devant lui, il passa de l'autre côté du comptoir, inspecta Earl du regard et rengaina le Glock.

– La fille? dit Franklin.

– Strange s'en est occupé, dit Quinn.

– Et Delgado?

– S'il a la fille, c'est qu'il s'est occupé de Delgado aussi. Viens, on se tire.

Quinn récupéra son sac et sa parka dans le bosquet de pins. Ensuite Franklin et lui s'enfoncèrent dans les bois, prenant pour repère les lumières de l'autoroute qui scintillaient faiblement au loin.

Une heure plus tard, Quinn gara la Chevelle dans le parking de l'immeuble de Franklin, laissant tourner le moteur.

– Qu'est-ce qui va se passer maintenant, Terry? demanda Franklin.

– T'as un peu de temps devant toi, dit Quinn. Ce matin, Strange va poster le carnet de Chris Wilson et les photos à un responsable policier auquel il fait confiance.

– Et mes aveux ?

– Strange en a fait une photocopie, dit Quinn.

Il tendit le bras droit et ouvrit la boîte à gants.

– J'ai gardé l'original, ajouta-t-il en sortant les feuillets de papier jaune.

Franklin s'en saisit. Quinn hocha la tête, et Franklin glissa le document dans sa poche.

– Merci, Terry.

Les yeux rivés sur le pare-brise, Quinn se repoussa derrière l'oreille la mèche qui lui retombait sur le front en évitant de toucher l'endroit où la balle d'Earl Boone lui avait éraflé le cuir chevelu.

– T'es pas tiré d'affaire. Le paquet de Strange contient assez de pièces à conviction pour te faire condamner. Ta défense, tu l'organiseras comme tu l'entends. Mais pour ce qui est des événements de ce soir et de la fille...

– Personne en entendra jamais parler. Pas par moi, en tout cas.

Franklin avala sa salive.

– Écoute, Terry...

– Oui, quoi ?

Franklin tendit la main à Quinn, mais celui-ci resta cramponné à son volant.

– Bon, d'accord, soupira Franklin.

Il descendit de voiture et traversa le parking, rentrant la tête dans les épaules pour se protéger de la pluie.

Par la suite, et pendant tout le reste de sa vie, Quinn serait hanté par la tristesse profonde qui s'était peinte sur l'étrange visage d'Eugene Franklin, et par l'image de sa main tendue en suspens dans le vide.

*

Au point du jour, Derek Strange ressortit de chez Leona Wilson et referma doucement la porte derrière lui. La pluie avait cessé. Remontant son col pour se protéger du froid, il resta un moment debout sur le perron en ciment, aspirant à pleins poumons l'air frais du matin.

Un peu plus bas dans la rue, une élégante Chevelle bleue s'était garée derrière sa Caprice. Un jeune blanc aux cheveux longs en tenait le volant.

– Merci mon Dieu, dit Strange.

Son regard rencontra celui de Quinn et il sourit.

33

Ce soir-là, le suicide d'Eugene Franklin fut annoncé aux infos télévisées de six heures.

Aux alentours de midi, un voisin avait entendu un coup de feu et appelé la police. On avait retrouvé Franklin assis sur le canapé. Il avait les yeux exorbités, le nez en partie calciné. Du sang, des débris d'os et des fragments de cervelle avaient éclaboussé le mur et le tissu du canapé. Son arme de service lui était retombée sur les cuisses. Une lettre manuscrite était posée sur la table basse devant lui.

Au journal de onze heures, le suicide de Franklin fut éclipsé par la découverte d'un meurtre collectif dans une propriété en bordure de forêt, non loin de la limite orientale du comté de Montgomery. On avait retrouvé un total de six cadavres en état de décomposition plus ou moins avancée. La police avait été alertée par une amie d'une des victimes, une certaine Edna Loomis. L'amie, qui s'appelait Johanna Dodgson, était sans nouvelles d'Edna Loomis depuis plusieurs jours et, morte d'inquiétude, elle avait fini par appeler le siège local de la police d'État. Après avoir découvert deux cadavres dans la grange et un troisième dans la maison, les policiers en avaient trouvé trois de plus, dont celui d'Edna Loomis, dans un souterrain traversant la propriété. Johanna Dodgson avait mentionné l'existence du souterrain en question lors de sa conversation téléphonique avec les policiers.

Ce fait divers, que la presse s'était empressée de baptiser

« le Massacre de la forêt », avait fait la une de tous les journaux pendant trois jours d'affilée. La rumeur selon laquelle l'une des victimes aurait appartenu à la police de Washington ne tarda pas à être confirmée officiellement. On disait aussi que des quantités importantes de drogue et d'argent liquide avaient été retrouvées sur les lieux. Selon une autre rumeur, jamais confirmée celle-là, le suicide de l'agent Eugene Franklin aurait été lié au Massacre de la forêt. Les porte-parole de la police promirent que l'affaire serait vite élucidée, et annoncèrent que les résultats de l'enquête seraient « incessamment » rendus publics.

Strange se rendait chaque jour à son travail, accomplissant ses tâches habituelles. Il suivait les informations de près, mais n'en discutait guère, sauf avec Ron et Janine, et encore n'était-ce qu'en passant. À deux reprises, il téléphona à Quinn, qui se montra taciturne et distant ; il souffrait peut-être de dépression. Il passa voir Leona et Sondra Wilson, et fut satisfait de sa visite.

Pour Strange, ce furent des jours d'incertitude, et hormis deux affaires très simples qu'il lui restait à boucler, il les passa essentiellement à attendre. À la fin de la semaine suivante, le coup de fil qu'il savait inéluctable arriva enfin. Le samedi matin, alors qu'il venait de passer la porte d'entrée de sa maison de Buchanan Street au retour d'une longue promenade avec Greco, le téléphone sonna.

– Allô ? dit Strange.

– C'est Lydell. On peut parler, Derek ?

– Je te retrouve où ? demanda Strange.

Au sud de Military Road, le tronçon final d'Oregon Avenue conduit à une partie de Rock Creek Park qui contient, outre la Maison de la nature, un centre équestre et des kilomètres de pistes accidentées. À droite de l'entrée s'ouvre un immense parking où se retrouvent les gens qui font faire de l'exercice à leurs chiens sur le pré voisin. Le parking est aussi un lieu de rendez-vous très populaire pour les couples illégitimes.

Strange et Lydell Blue étaient assis à l'avant de la Caprice de Strange, garée dans le parking à côté de la Park Avenue de Blue, face au pré. Les cheveux de Blue s'étaient éclaircis et ils étaient entièrement gris à présent, ainsi que l'épaisse moustache qui ornait depuis trente-cinq ans son large visage aux traits bien dessinés. Son ventre débordait au-dessus de la ceinture de son pantalon. Il tenait à la main un grand gobelet en carton plein de café; il avait déchiré le coin du couvercle, et de la vapeur s'en échappait.

Une bonne douzaine de chiens de race de grande taille couraient et s'ébattaient sur le pré. Leurs maîtres étaient tous blancs, d'allure prospère et vêtus de coûteux vêtements de loisir. À l'autre extrémité du parking, près du rideau d'arbres, un homme entre deux âges et une jeune femme se bécotaient à l'avant d'une Pontiac dernier modèle.

– T'aurais dû amener Greco, dit Blue.

Il observait un lévrier irlandais et un samoyède d'une blancheur immaculée assis côte à côte au sommet d'un talus. Une femme vêtue d'un blouson Banana Republic, debout à cinq mètres de là, leur ordonnait de ne pas bouger.

– Greco n'aime pas beaucoup les chiens, dit Strange. Ces deux-là, il serait déjà en train de leur montrer les crocs.

– Ce serait dommage de leur gâcher leur journée, à ces braves gens.

Le regard de Strange se posa sur Blue.

– Dis-moi ce que tu sais, Lydell.

– Si je te dis ce que je sais, tu me feras pas de cachotteries ?

– On se connaît depuis combien d'années, Lydell ?

– Bon, d'accord.

Blue lissa sa moustache du pouce avant de continuer :

– Les flics qui ont trouvé Eugene Franklin ont aussi trouvé une lettre d'adieu. Enfin, c'était plutôt une confession.

– Tu l'as vue, cette lettre ?

– Un ami de la Crime m'en a procuré une copie. Franklin l'a rédigée au stylo à encre, sur une feuille de papier blanc. L'écriture est nette, sans bavures. De toute évidence, il ne l'a pas rédigée sous la contrainte. La signature correspond à celle qui figure dans son dossier.

– Elle dit quoi ?

– Que Franklin et Adonis Delgado étaient à la solde d'un gros bonnet de la drogue, Cherokee Coleman. Franklin explique en détail le rôle qu'il a joué dans l'assassinat de Chris Wilson. Wilson les avait démasqués, Delgado et lui, et Coleman leur avait ordonné de se débarrasser de lui. C'est Ricky Kane qui leur a servi d'appeau. La presse a présenté Kane comme un petit banlieusard propre sur lui, mais en réalité c'était un dealer qui fournissait en poudre le milieu de la restauration. C'est lui qui s'est chargé d'attirer Wilson dans un guet-apens, en s'arrangeant pour qu'il soit en civil et qu'il ait l'air de commettre un délit. C'est Franklin qui était censé abattre Wilson, mais son équipier, Quinn, qui d'après Franklin n'était au courant de rien, a été plus rapide que lui.

Strange digéra ce que Blue venait de lui apprendre.

– D'après certaines rumeurs, dit-il, il y aurait un lien entre la mort de Franklin et le Massacre de la forêt. Si Franklin était de mèche avec Delgado...

– Il a tout expliqué dans sa lettre. Coleman les avait envoyés là-bas pour acheter une cargaison de drogue et pour abattre les deux grossistes, Earl et Ray Boone. Coleman voulait leur faire payer le meurtre de deux Colombiens qu'ils avaient liquidés sur place. De ce côté-là, tout colle ; on a retrouvé dans un tunnel les cadavres de deux hommes dont la mort remontait à une date nettement antérieure à celle de la mort des Boone. Les corps ont été identifiés. C'étaient ceux de deux frères colombiens, Nestor et Lizardo Rodriguez, dont on avait signalé la disparition peu de temps auparavant du côté de Richmond.

– Qui a tué les Boone et Delgado ?

– Franklin soutient que c'est lui. Il affirme que sa conscience le tourmentait et qu'il ne voyait pas d'autre moyen d'y mettre le holà. Il en est venu aux mains avec Delgado dans la maison et l'a tué. Ensuite il est allé dans la grange et il a abattu les Boone. Il a laissé la drogue et l'argent sur place, il est retourné à Washington, et le lendemain il s'est fait sauter le caisson.

– On a aussi retrouvé le corps d'une femme dans le tunnel.

– Edna Loomis. L'autopsie a conclu à la mort naturelle. Si on peut trouver naturel qu'une femme de trente ans meure d'une congestion cérébrale. Les amphétamines peuvent faire cet effet-là quand on en ingère une quantité suffisante.

– Sacrée histoire, dit Strange.

– Oui. L'ennui, c'est qu'elle tient pas debout.

– Qu'est-ce qui ne colle pas ?

– Plein de choses. D'abord, pourquoi des meurtres séparés, l'un dans la maison, les autres dans la grange ? Franklin prétend qu'il a changé d'idée in extremis, et que Delgado et lui se sont battus. Mais pourquoi Delgado était-il nu ? En plus, il a été poignardé. Pourquoi est-ce que Franklin ne l'a pas flingué comme les deux autres ?

– J'en sais rien.

– On a trouvé une empreinte dans le sang de Delgado. Celle d'une chaussure pointure 46. Franklin chaussait du 44.

– Quoi d'autre ? demanda Strange.

– Les Boone ont été tués par une arme du même modèle. Un Glock 17. Mais ils n'ont pas été tués par le même Glock 17. Le projectile qu'on a retiré du corps du fils et la balle qui s'était fichée dans le bois du comptoir ne provenaient pas de la même arme que les pruneaux que le père s'était mangés. Les angles de tir étaient différents aussi. Il y avait deux tireurs ce soir-là, Derek. C'est la seule explication possible.

– Pas d'empreintes digitales, ni rien ?

– On n'a relevé que celles des victimes, de Franklin et d'une femme non identifiée.

– Une femme ? Tiens donc.

– On a retrouvé des sécrétions vaginales et des poils de pubis dans la chambre où Delgado a été tué.

– Ils provenaient d'Edna Loomis ?

– Non. Le labo est catégorique sur ce point. Mais la présence de cette femme mystérieuse explique pourquoi Delgado est mort à poil.

– C'est un vrai casse-tête chinois, dis donc.

– Oui.

Blue se tourna vers Strange et le fixa du regard.

– Pourquoi m'as-tu fait venir ici, Lydell ?

– Je vais t'expliquer, Derek. J'ai reçu un paquet anonyme par la poste. Pas de nom d'expéditeur, adresse imprimée par un ordinateur pareil à des milliers d'autres. Il contenait un carnet dans lequel Chris Wilson avait consigné les détails de son enquête et des photos de Franklin et de Delgado entrant dans la maison qui sert de QG à Coleman.

Blue avala une gorgée de café.

– C'est toi qui m'as envoyé ce paquet ?

– Oui, c'est moi, dit Strange.

– C'était facile à deviner. Tu m'avais appelé pour me demander d'identifier la voiture de patrouille de Delgado, tu te souviens ?

– Je me souviens.

– Comment as-tu fait pour te procurer autant d'informations ?

Strange haussa les épaules.

– Leona Wilson m'a engagé pour que j'essaye de rétablir la réputation de son fils. Elle souhaitait entre autres qu'on inscrive son nom sur le mémorial de la police, à Northwest. Je suis allé poser quelques questions à Quinn, puis j'ai parlé à

Franklin, et à partir de là il était tout à fait logique que je m'intéresse aux activités de Ricky Kane.

– Je vois. Et qu'as-tu découvert ?

– La même chose que Wilson. Kane m'a mené à Coleman, et j'ai repéré une voiture de patrouille qui rôdait dans le périmètre où il opère. En te téléphonant, j'ai obtenu le nom de Delgado. J'ai trouvé le carnet de Wilson et les photos, et je te les ai postés. Tu comprends, Lydell, je voyais bien que j'étais pas de taille à résoudre cette affaire seul. Je me disais que si tu arrivais à relier les points entre eux, la version que Wilson avait donnée des événements finirait fatalement par être diffusée. Moi, cette histoire de ripoux, je m'en battais l'œil. Leona Wilson m'avait engagé pour disculper son fils, et c'est ce que j'essayais de faire.

– Deux collègues ont témoigné de leur propre chef qu'ils vous avaient vus discuter avec Franklin à l'Erika's, toi et Quinn.

– Ils ont dit vrai.

– Ils vont te convoquer pour t'interroger, Derek. Quinn aussi, ils vont le convoquer.

– Tu leur as dit que je t'avais posté les documents ?

Blue éclusa d'un trait ce qui lui restait de café et laissa tomber le gobelet vide à ses pieds.

– Ils savent même pas que je les ai, dit Blue. Le carnet et les photos sont dans le coffre de ma Buick. Je te restituerai le tout avant de te quitter.

– Tu peux pas t'en servir ?

– Faudrait d'abord que je puisse expliquer pourquoi on me les a postés à moi.

– C'est vrai que t'aurais du mal.

– Ça m'obligerait soit à mentir, soit à t'impliquer. Et je ne suis prêt à faire ni l'un ni l'autre. De toute façon, nous pouvons nous passer du carnet et des photos pour monter le dossier. Kane a été embarqué. À ce qu'il paraît, il est déjà passé aux aveux, en confirmant dans ses grandes lignes la teneur de la lettre de Franklin. Ils vont le convaincre de balancer Cherokee Coleman en lui faisant miroiter une prison quatre étoiles. Est-ce que Coleman s'en tirera une fois de plus avec un non-lieu ? On verra bien.

– Kane vous a expliqué comment il s'y était pris pour attirer Wilson dans D Street ce soir-là ?

– Kane avait entendu dire que la sœur de Wilson était accro à l'héroïne. Il lui a raconté que sa sœur était avec lui et lui a donné rendez-vous là-bas.

Entendu dire, mon œil, pensa Strange. Ce salaud de Kane mentait comme un arracheur de dents dans l'espoir de ne pas trop faire mauvaise figure.

– T'étais au courant, pour la sœur ? demanda Blue.

– Elle habite chez sa mère, dit Strange avec un hochement de tête faussement désinvolte. Après tout ce que la famille a enduré, ça m'embêterait que cette histoire de sœur accro à l'héro soit jetée en pâture à la presse.

– Nous savons ce que la famille a enduré. La manière dont Kane s'y est pris pour attirer Wilson dans un guet-apens importe peu. Le problème de la sœur, personne n'en entendra parler.

– Et Chris ? Qu'est-ce qui va se passer pour lui ?

– Pour Chris Wilson, ça va pas être commode à régler. L'affaire est délicate. Pour des raisons évidentes, nous ne tenons pas à ce que cette histoire de flics ripoux fasse trop de vagues. Nous ne tenons pas non plus à ce que les gens s'imaginent que nous approuvons la conduite de Wilson, ou de n'importe quel autre flic qui se mêlerait de jouer les justiciers. Je ne sais pas quel bobard ils vont inventer pour arriver à ménager la chèvre et le chou. Par contre, je sais ce qui se murmure au sujet de Wilson dans les couloirs du commissariat central. Il va avoir droit à une citation à titre posthume, tout ça dans la plus grande discrétion bien sûr. C'est le grand patron en personne qui prononcera l'éloge funèbre.

– Parfait, dit Strange. Tout s'arrange pour le mieux.

– Grâce à toi, Derek.

– Si on veut.

– Ça se termine un peu en queue de poisson pour l'autre flic. Quinn, je veux dire.

– C'est vrai qu'il fait pas plus meilleure figure qu'avant.

– Tu trouves ça injuste ? demanda Blue.

– Il a fait une erreur, dit Strange. Maintenant que je le connais un peu, je peux t'assurer qu'il la paye. Et qu'il la payera encore longtemps.

– Ôter la vie à un garçon de cette qualité, c'est bien plus qu'une erreur. Et tu me diras pas que si Chris Wilson avait été blanc...

– Je sais, Lydell. Pas la peine de remuer le couteau dans la plaie.

Strange entrebâilla sa vitre. Le soleil de l'après-midi avait réchauffé l'intérieur de la Caprice.

– Y a tellement de braves gens dans cette ville, dit Blue. Pourtant on n'entend parler que de la crapule. Et maintenant, on va parler que de ripoux, alors que la plupart des flics sont honnêtes. Moi, la plupart des gens que je croise, les gens de tous les jours, ont grandi dans des familles normales. Je parle de ceux qui appartiennent à une église, qui se lèvent chaque matin pour aller bosser, les enseignants qui croient à la pédagogie, les ouvriers qui aiment leur travail... et nous, ça fait je ne sais combien d'années qu'on est là à nous colleter avec les crapules. Pourquoi on a choisi ce boulot, Derek ?

– Je sais pas. Ce serait pas plutôt lui qui nous a choisis ?

– Si on avait su tout ça quand on était jeunes...

Blue laissa fuser un bref rire et tourna le regard vers son ami.

– Bon sang, ça fait presque cinquante ans que je te connais. Je me souviens même de la façon dont tu courais quand t'étais môme, les poings serrés contre la poitrine. Ça remonte à l'école primaire, tu te rends compte ? Je me souviens aussi de l'allure que t'avais en uniforme, quand t'as fait tes premiers pas dans la police, en 1968.

– 1968, dit Strange. Il s'en est passé des choses cette année-là, hein, Lydell ?

– Ça, y a pas de doute.

Strange et Blue échangèrent un regard.

– Merci, Lydell.

– Entre nous, ça peut toujours s'arranger.

Strange serra la main de Blue.

– Alors, je vais être convoqué au commissariat central ?

– Incessamment, dit Blue. Les explications que tu viens de me donner...

– Quoi, y a quelque chose qui te chiffonne dedans ?

– Non, mais l'ensemble est quand même un peu raboteux. À ta place, je les peaufinerais encore.

Une fois rentré chez lui, Strange appela Terry Quinn au téléphone et lui rapporta la conversation qu'il venait d'avoir avec Lydell Blue.

– Ça m'ennuyait beaucoup de mentir à un ami, dit Strange. Mais j'avais pas le choix.

– Tu crois qu'Eugene a détruit l'original de ses aveux ? demanda Quinn.

– Probablement. Ceux que la police a trouvés étaient rédigés sur du papier blanc. J'ai pas mal de trucs à détruire moi-même. Je vais me débarrasser des vêtements que je portais ce soir-là, de mes grolles, de mon couteau... toi aussi, tu dois prendre certaines dispositions. Va falloir bazarder ton sac à dos et le Glock.

– C'est déjà fait.

– Il y a quelque chose dans ta voix qui me plaît pas, Terry. Tu vas pas faire de bêtises, hein ?

– T'inquiète pas, dit Quinn. Je suis pas aussi courageux qu'Eugene.

Quand il raccrocha, le déclic résonna sinistrement à l'oreille de Strange.

34

Un dimanche matin, au début du mois d'avril, alors que les cerisiers des rives du Potomac étaient couverts d'une floraison exubérante et que magnolias et cornouillers s'épanouissaient sur toutes les pelouses de la ville, Strange, Janine et Lionel se retrouvèrent à l'église.

Strange n'avait pas assisté à un office depuis longtemps. Il avait décidé d'aller à l'église ce jour-là, une semaine après Pâques, car il voulait prier pour sa mère. Il lui arrivait de prier chez lui, dans l'intimité, mais il s'était dit que pour une fois il serait peut-être plus avisé de se rendre dans la maison du Seigneur, car sa mère était dans un état désespéré. Il savait que ce n'était pas bien d'aller à l'église pour son bénéfice personnel, que c'était même ce que Jésus avait reproché aux pharisiens, mais ça n'avait pas suffi à le dissuader.

Les bancs de l'église de la Nouvelle-Béthel-du-Christ-Roi, à l'angle de Georgia Avenue et de Piney Branch Road, étaient presque tous occupés. Strange écouta le sermon, et la main de Janine se posa sur la sienne tandis qu'il priait avec ferveur pour sa mère. Ensuite le chœur chanta des spirituals et il y prit plaisir, car c'était la partie de l'office qu'il préférait.

Dehors, en regardant s'écouler le flot des fidèles, Strange vit beaucoup de figures de connaissance. Dans les visages de certains enfants, il retrouvait ceux de leurs parents, qu'il connaissait depuis le temps où ils étaient enfants eux-mêmes. Il vit aussi plusieurs anciens clients, avec qui il échangea de vigoureuses poignées de main accompagnées de tapes amicales sur l'épaule. Strange leur avait souvent apporté des nouvelles peu réjouissantes, mais jamais il ne leur avait surfacturé ses services, jamais il ne les avait traités par-dessous la jambe, et il s'en félicitait. Ils savaient qui il était, ils savaient ce qu'il valait, et c'était pour lui une cause de fierté.

– On va prendre le petit déj chez le Grec? demanda Lionel.

– Billy n'ouvre pas aujourd'hui, dit Strange. C'est la Pâque orthodoxe.

– J'ai justement une dinde à rôtir, dit Janine. Tu veux venir dîner avec nous ce soir?

– J'avais prévu d'emmener Greco faire une balade dans Rock Creek Park, dit Strange. Mais je viendrais volontiers dîner, à condition que ce soit de bonne heure. Il faut que je passe la soirée avec ma mère.

– On dînera tôt alors, dit Janine. Vers les cinq heures, ça te va?

– Je m'en fais d'avance une joie, Janine, dit Strange.

Et il l'embrassa sur la bouche, au beau milieu du massif d'azalées qui courait le long de la façade latérale de l'église.

– C'est du beau, dit Lionel. Et vous faites ça sous le nez de Dieu, en plus.

Strange se dirigea vers sa Cadillac, qu'il avait laissée dans Tuckerman Street. De l'autre côté de la rue, une grosse Plymouth Reliant des années quatre-vingt était garée le long du trottoir. Leona Wilson venait d'ouvrir la portière côté passager à sa fille Sondra, qui baissait la tête pour se glisser à l'intérieur. Strange détailla rapidement Sondra du regard. Sa robe ne suffisait pas à dissimuler sa maigreur; elle sortait visiblement de chez le coiffeur, et ses cheveux lui arrivaient jusqu'aux épaules; ses yeux brillaient, mais son regard était un peu vague. Elle n'est pas encore sortie de l'auberge, se dit Strange, mais c'est en bonne voie.

Au moment où Strange traversait la rue pour aller pré

senter ses respects à Leona Wilson, l'image de Terry Quinn lui passa brièvement dans l'esprit. Il ne l'avait pas vu depuis un assez long moment. Ils ne s'étaient pas parlé au téléphone non plus.

Leona Wilson faisait le tour de la Reliant pour monter à bord côté conducteur. En voyant Strange venir vers elle, elle s'arrêta. L'espace d'un instant, elle ne parut pas le reconnaître, sans doute à cause de sa tenue, puis elle sourit à cet homme élégant dont le costume gris à fines rayures soulignait encore l'imposante carrure. Elle lui tendit une main gantée de blanc en rejetant légèrement la tête de côté.

– Bonjour, madame Wilson, dit Strange.

– Bonjour, monsieur Strange.

Strange était assis derrière le volant de sa Cadillac Brougham garée dans Bonifant Street, à Silver Spring. Lové sur son coussin rouge, à l'arrière, Greco ronflait doucement. Strange et son chien s'étaient goinfrés tous les deux de la délicieuse dinde de Janine, et Greco avait profité de l'aubaine pour faire une petite sieste.

De l'autre côté de la rue, Terry Quinn verrouilla la porte de la librairie, s'assura qu'elle était bien fermée et fit mine de s'éloigner le long du trottoir.

Strange passa la tête à l'extérieur et cria :

– Eh, Terry !

En identifiant le propriétaire de la voix, Quinn eut un sourire. Il traversa la rue et s'approcha de la Cadillac. Strange crut d'abord qu'il avait maigri, mais il comprit que ce n'était qu'une illusion d'optique : Quinn avait les cheveux courts à présent.

– Viens t'asseoir à côté de moi, dit Strange.

Quinn fit le tour de la voiture et s'installa sur le siège du passager. Tiré de son sommeil, Greco se redressa sur son séant et flaira la nuque de Quinn tandis que celui-ci échangeait une poignée de main avec Strange.

– Salut, Derek.

– Ça va, Terry ?

– Qu'est-ce qui t'amène par ici ?

– Je pensais à toi, c'est tout, dit Strange. T'as la boule à zéro maintenant ?

– Eh oui. Je suis allé chez un coiffeur de Georgia Avenue. « Élégant et Fier », tu vois lequel c'est ?

– Je connais, oui.

– Ils ont pas eu l'air trop ravi en voyant ma gueule. Mais comme je voulais qu'un coup de tondeuse, ils se sont fait une raison. En tout cas, ça me fait du bien de m'être débarrassé de ma tignasse.

– T'as de nouveau une tête de flic.

– Je sais, dit Quinn.

Il se frotta la lèvre supérieure du pouce et ajouta :

– Alors comme ça tu pensais à moi ? Pourquoi ?

– D'abord parce qu'on est amis.

– Ah, on est amis maintenant ?

– Évidemment.

– Quelle est l'autre raison ?

– J'ai vu Leona et Sondra Wilson ce matin, à l'église.

Quinn hocha la tête.

– Comment elle va, Sondra ?

– Tu sais bien que quand on s'est engagé dans cette voie-là, on n'en revient pas. On est obligé de se bagarrer tout le temps. Mais sa mère l'a inscrite dans un des meilleurs centres de cure de Washington. À mon avis, elle s'en sortira.

– Tu t'es bien débrouillé.

– Toi aussi, dit Strange en regardant Quinn. Chris Wilson a eu droit à sa citation posthume. La cérémonie s'est déroulée dans la plus grande discrétion, mais le principal c'est qu'il l'ait eue. Et ils ont gravé son nom sur le mémorial.

– On m'en a parlé, dit Quinn. La presse a été soigneusement tenue à l'écart, mais j'ai encore des amis dans la maison.

– Oui, pour une fois, les responsables de la police ont très bien manipulé l'information. Mais ça les avance pas à grand-chose. Ils sont loin d'avoir toutes les réponses. Ils ne disposent que des aveux de Franklin, des preuves matérielles recueillies sur place, qui ne sont guère concordantes, et du témoignage de Kane, qui n'est pas des plus fiables. Ils savent qu'il y a forcément autre chose, mais ils arrivent pas à mettre le doigt dessus.

– Et ils ont pas réussi à nous tirer les vers du nez.

– Non.

Strange dévisagea Quinn un moment.

– T'as meilleure mine.

– Oh, je me porte bien.

– Ça y est, t'as plus les glandes ?

– Non, ça m'a passé, dit Quinn. Tu m'as dit qu'un jour j'apprendrais qu'il vaut parfois mieux refuser le combat. Peut-être que ça commence à rentrer.

– Je suppose que quand tu travailles à la librairie, avec Lewis et compagnie, t'as tout le temps de méditer.

– C'est vrai, Derek, j'ai tout le temps du monde.

– En y réfléchissant, je me suis dit qu'il y avait peut-être des cas où un assistant supplémentaire pourrait m'être utile. On a fait du bon boulot ensemble, Terry. Ça te dirait de travailler de temps en temps avec moi sur une enquête ?

– Pour que tu puisses te réserver le boulot le moins dur ?

– Très drôle.

– Et Ron Lattimer, qu'est-ce qu'il devient là-dedans ?

– À cette époque de l'année, Ron ne s'occupe plus que de la mise au point de sa garde-robe de printemps. Ça fait une bonne semaine que je l'ai pour ainsi dire pas vu.

– J'ai pas de licence de détective privé.

– Simple formalité.

– J'y réfléchirai, d'accord ?

– Mais oui, ça te fera un sujet de méditation de plus.

Greco lécha la nuque de Quinn. Quinn se retourna vers le boxer et lui gratta l'arrière des oreilles.

– Tu sors avec une femme ? demanda Strange.

– J'ai pas de copine attitrée. Comment va Janine ?

– Bien. Je les quitte à l'instant, elle et Lionel.

– Vous vous voyez beaucoup depuis quelque temps, on dirait.

Strange fit oui de la tête.

– Les écailles me sont enfin tombées des yeux. J'étais toujours à la recherche d'autre chose... je courais après des femmes qui se fichaient de moi comme d'une guigne, j'avais même pris goût aux relations sexuelles impersonnelles...

– Tu parles des putes ?

– Oui. Toujours à la recherche d'autre chose, alors que j'avais à côté de moi, sous mon nez, ce qu'il peut y avoir de meilleur au monde. Ma mère avait raison, tu vois. Oh, ne crains rien, j'ai aucune intention d'épouser Janine. Mais être là pour elle et son gamin, ça j'y compte bien.

– Dis-lui bonjour de ma part.

– J'y manquerai pas.

Quinn jeta un coup d'œil à sa montre.

– Faut que je me sauve.

– Moi aussi. Où est ta voiture ?

– Je l'ai pas prise.

– Tu veux que je te dépose chez toi ?

– Non merci. Je préfère rentrer à pied.

Au moment où Quinn tendait la main vers la poignée de la portière, Strange lui prit le bras.

– Terry...

– Quoi ?

– Je voulais simplement te dire que vu la façon dont cette histoire s'est terminée... je vois bien maintenant que je m'étais trompé sur ton compte.

Quinn sourit tristement.

– Tu t'es trompé, Derek. Mais pas sur toute la ligne.

Quinn descendit de voiture et Strange le regarda traverser la rue, qui entre-temps s'était enténébrée.

Terry Quinn remonta Bonifant Street et tourna à gauche dans Georgia Avenue. Les réverbères et les fenêtres éclairées n'émettaient que de faibles lueurs dans le demi-jour crépusculaire, et il faisait plutôt frisquet. Alors que Quinn marchait le long de l'avenue, quatre jeunes noirs vêtus de fringues trop larges vinrent dans sa direction, descendant le trottoir dans l'autre sens. Voyant que Quinn n'était pas disposé à faire un écart, ils se séparèrent. L'un des quatre le bouscula légèrement au passage, et Quinn lui décocha un coup de coude.

J'ai menti à Strange, se dit-il. Et je me mens à moi-même. Je changerai jamais. Jamais je refuserai le combat.

Quinn entendit des rires derrière lui, mais il ne se retourna pas. Il passa devant la vitrine du Rosita's sans même jeter un coup d'œil à l'intérieur, puis tourna à gauche dans le passage couvert, où il tapota rituellement le crâne du buste en bronze de Norman Lane avant de s'engager dans l'allée de derrière.

Quinn traversa Silver Spring Avenue, continua jusqu'à Sligo Avenue, puis gagna Selim Road, passa devant le magasin d'accessoires auto, le pho vietnamien et les garages qui faisaient face aux voies de chemin de fer. Ensuite il emprunta la passerelle qui menait de l'autre côté de Georgia Avenue, escalada la clôture grillagée, marcha jusqu'à la gare désaffectée et descendit les marches qui conduisaient au tunnel pour piétons éclairé par des tubes fluorescents.

Quinn monta sur le quai en bois qui longeait la clôture de l'ancienne usine d'embouteillage Canada Dry. Il se campa au milieu du quai, les mains enfoncées dans les poches de son jean, et regarda la rame de métro qui roulait vers lui à toute allure.

Cet endroit avait toujours été à lui. Mais désormais, il le

partageait avec une femme qu'il avait embrassée ici par une belle nuit d'hiver glaciale.

Quinn ferma les yeux et écouta le tonnerre du train, sentant le souffle des wagons qui faisait lever le vent et la poussière.

Il ne venait pas ici chercher des réponses. Il n'y avait pas de réponses. Il n'y avait que la sensation.

Il n'y avait pas de réponses et la plaie resterait à vif. Chris Wilson avait été innocenté, mais pour Quinn cela ne changeait rien. Car Strange avait eu raison depuis le début : il avait tué un homme à cause de la couleur de sa peau.

Dans le couloir aux murs beigeasses du deuxième étage de la maison de repos de Northwest, Strange croisa deux aides-soignantes qui riaient à gorge déployée d'une plaisanterie de l'une d'elles sans prêter la moindre attention à un vieillard en fauteuil roulant qui réclamait une infirmière d'une voix monocorde. Dans l'une des chambres, la télé hurlait à tue-tête. Il faisait chaud dans le couloir et il y flottait une odeur d'aliments fades et de désinfectant, sous laquelle perçaient d'âcres remugles d'urine et d'excréments.

Strange poussa la porte de la chambre de sa mère. Elle était au lit, allongée sur le flanc, les yeux grands ouverts, le regard tourné vers la fenêtre. Strange vint se placer sur la gauche du lit pour être face à elle.

– Je suis là, maman, dit-il en baisant son front moite.

Sa mère esquissa un geste de la main et lui adressa un faible sourire, exhibant ses gencives grisâtres. Sous les draps, son corps semblait aussi minuscule que celui d'un enfant.

Strange trouva un peigne dans le tiroir de la table de nuit et le passa dans les rares cheveux blancs qui lui restaient, les plaquant sur son cuir chevelu hérissé de nævus. Quand il en eut fini, elle pointa l'index, désignant quelque chose derrière lui. Il s'approcha de la fenêtre et en examina le rebord.

Une fauvette s'était bâti un nid dans un angle et elle y couvait ses œufs. À la vue de Strange, le petit oiseau s'envola.

Strange savait ce que sa mère attendait de lui. Il détacha plusieurs essuie-mains en papier du distributeur de la salle de bains, dégota un rouleau d'adhésif sur un chariot d'ustensiles dans le couloir et scotcha les carrés de papier blanc à la fenêtre. Sa mère avait agi de même chaque printemps dans la cuisine de la maison dans laquelle il avait grandi, en lui expliquant que, comme toutes les mamans du monde, une maman oiseau avait le droit d'élever ses petits dans l'intimité et le calme.

De son lit, Alethea Strange examina le travail de son fils et cligna des yeux d'un air approbateur.

Strange prit une chaise à siège capitonné, la plaça à son chevet et s'y installa. Il passa un assez long moment à lui raconter ce qu'il avait fait ce jour-là.

– Janine, articula-t-elle d'une voix très faible.

– Elle va bien, maman. Elle m'a dit de t'embrasser.

– Les diamants...

– ... dans mon propre jardin. Oui, tu avais raison.

Strange s'assoupit sur sa chaise. Au milieu de la nuit, il se réveilla au sursaut. Sa mère, qui ne dormait pas, le fixait de ses magnifiques yeux bruns.

Strange se mit à parler de son enfance à Washington. Il parla de son père, et lorsqu'elle entendit le nom de son mari un sourire se forma sur les lèvres d'Alethea. Strange parla de son frère, des problèmes qu'il avait eus et de la pureté de cœur qu'il avait conservée malgré tout.

– Je t'aime, maman, dit Strange. Si tu savais comme je suis fier d'être ton fils.

Tout en parlant, il lui tenait la main et la regardait dans les yeux. À l'aube, quand elle rendit l'âme, il lui tenait toujours la main et les oiseaux chantaient de l'autre côté de la fenêtre de sa chambre.

RÉALISATION : GRAPHIC-HAINAUT
IMPRESSION : S.N. FIRMIN-DIDOT AU MESNIL-SUR-L'ESTRÉE
DÉPÔT LÉGAL : MAI 2002. N° 271 (59297).